U0528700

Persecuzione
Alessandro Piperno

[意]

亚历山德罗·皮佩尔诺 著

陈英 译

迫害

著作权合同登记号　图字　01-2013-8108

Alessandro Piperno
PERSECUZIONE
© 2010 Arnoldo Mondadori Editore S. p. A. Milano
© 2015 Mondadori Libri S. p. A. Milano
The simplified Chinese edition is published in arrangement through Niu Niu Culture Limited.

图书在版编目(CIP)数据

迫害/(意)亚历山德罗·皮佩尔诺著;陈英译.—北京:人民文学出版社,2016.9
ISBN 978-7-02-011981-3

Ⅰ.①迫… Ⅱ.①亚…②陈… Ⅲ.①长篇小说—意大利—现代 Ⅳ.①I546.45

中国版本图书馆 CIP 数据核字(2016)第 211086 号

责任编辑　陈　旻
装帧设计　陶　雷
责任印制　史　帅

出版发行　人民文学出版社
社　　址　北京市朝内大街166号
邮政编码　100705
网　　址　http://www.rw-cn.com

印　　刷　三河市鑫金马印装有限公司
经　　销　全国新华书店等

字　　数　258千字
开　　本　880毫米×1230毫米　1/32
印　　张　11.625　插页3
版　　次　2017年1月北京第1版
印　　次　2017年1月第1次印刷

书　　号　978-7-02-011981-3
定　　价　36.00元

如有印装质量问题,请与本社图书销售中心调换。电话:010-65233595

这本小说内容纯属虚构。文中涉及的历史事件，以及真实存在过，或者还在世的人物，亦经过了作者的文学加工。人物故事如有雷同，纯属偶然。

献给西莫娜。

你陷于沉默,是因为羞耻
抑或因为惊异?

———— 波埃修斯《哲学的慰藉》

目　录

第一章 ………………………………………… 1

第二章 ………………………………………… 76

第三章 ………………………………………… 156

第四章 ………………………………………… 256

鸣　谢 ………………………………………… 363

第 一 章

一九八六年七月十三日,莱奥·蓬泰科尔维忽然有一种强烈的、让他非常尴尬的愿望:他希望自己从来没有来到这个世界上。

在这之前,他的大儿子菲利波在使小性子,他的抱怨实在太孩子气了:他抗议妈妈偏心眼儿,给弟弟盘子里放的炸薯条多,给自己的少。就在这时候,TG电视台的节目主持人,在晚上八点准时开始的新闻播报中,对着整个国家很大一部分观众,暗示莱奥·蓬泰科尔维给他儿子的女朋友写了一些伤风败俗的信件。

或者说,涉及此事的十三岁二儿子,就是盘子里装满了金黄色炸薯条的撒母耳,他后来可能没有吃掉那些薯条。他可能还非常迷惑:这则电视新闻使他忽然名声大噪,这件事情会被他的朋友们保留在记忆仓库里——那是存放闲言碎语的仓库,他们都还年幼,这些仓库还空荡荡的,正好接纳了这件"无法挽回的丢人事儿"。这次发生的事情,在他所属的那帮娇生惯养的男孩中,还没有先例。

撒母耳年龄太小了,这使他没能很快觉察到,那些对于其他人而言显而易见的事情:有人在电视里暗示,他爸爸上了他女朋友。当我说"女朋友"时,我指的是一个十二岁的小丫头,头发颜色像熟透的南瓜,一张小狐狸脸上长满了雀斑。当我说"上"的时候,我的意思就是"上"。因此,这是一件大事儿,很严重,说起来也非常难听。作为莱奥的妻子和儿子,他们已经开始琢磨:这位丈夫和父亲,曾经一直是他们的骄傲,是不是真的是一位无可挑剔的公民?

新闻报道中,那个"已经有一段时间了"的表达,暗示了他之前惹上的官司,他是国家儿科肿瘤学领域的领头羊之一,他的事业堪称典范,但现在因为官司的事情,却让人不得不对他充满怀疑。之前,他就是那种主任医师——当老护士对新进来的同事谈起他时,一般都会这样说:"他是一位真正的绅士!他从来都不会忘记对你说'谢谢'、'请'或者'拜托'……还有,他长得那么帅……"另一方面,在圣克里斯蒂娜医院沉闷的等待大厅,有很多生病的小孩和他们的妈妈,因为生病了,孩子的童年变成了一场噩梦,有时候,她们也会交流一下感受。她们也会经常谈起对主治医生的印象:

"他总是很热情,一天的任何时候,你都可以给他打电话,包括深夜……"

"我觉得他很可靠,总是微笑着,充满正能量……"

"很会和孩子打交道……"

电话铃声响个不停,那种节奏,好像是急着要羞辱莱奥,这种羞辱——在几秒钟之前还是不可思议的事情。莱奥非常不知所措,这时候,他觉得那是他最后一次和亲人们一起用餐,然后他联想到了其他成千上万件事情,从那一刻起,也会把他排除在外。也许,为了不崩溃,为了不被感伤和恐慌压垮,为了不在儿子和妻子面前像孩子一样痛哭流涕,他用一种充满仇恨、粗暴的思想支撑着自己。

最后,她还是得逞了——她就是差不多一年前,儿子带回家的那个小姑娘。莱奥和瑞秋是他们圈子里最开放、最宽容的一对。他们没有敷衍了事，他们很正常地接待了那个小姑娘。最后，她成功地毁掉了莱奥的生活，不仅仅是他的生活，还有他最爱的那三个人的生活。

这时候，莱奥不得不想，事情真的就应该这样收场？他还是摆脱不了那个愿望和想法，就是希望自己从来没有存在过。

你搞错了！我的老伙计。现在只是开始，你谈论结果有什么意义呢？

所有这些事情，都发生在一个小时之内，那通常美好的一小时。

在奥杰塔——一个高档居民区，隐藏在连绵几公顷的树林里，里面有零零散散的别墅，一年四季开满鲜花的花园，四周有结实的围墙，在这一小时里，忽然变得空荡荡的，就像夕阳中的沙滩。

这时候，这个小区就像是一个巨大的月光公园闭馆前的两分钟。白天，小运动员们精力充沛，留下的痕迹到处都是：阿迪达斯足球卡在篱笆里，旧滑板撒在砖铺的小路上，橙色的塑料游泳板漂浮在游泳池油腻、闪闪发光的水上，还有一对网球拍，被一次性喷漆罐喷得五颜六色。

当然，你可能还会遇到穿着短裤和套头衫的人在跑步，肩膀上搭着毛巾，像拳手洛奇一样；或者年轻的父亲从超市回来，拎了很多东西，一只手上是小孩的尿布，另外一只手上是避孕套袋子。

但是，除了个别的、喜欢独来独往的人——那些到晚上也不会停歇的人，其他人都回家了，都待在家里。小区里的别墅建筑风格并不一致，可以说各式各样，有的很庄重，有的花里胡哨(最近,墨西哥风格正在阿尔卑斯山一带的别墅中流行起来)。从外面,你可以想象这些房子的地下室。地下室应该是这个情景:壁炉、墙根长了绿毛的破旧踢脚、钩针编织的小垫布、一摞摞画报、装满了薰衣草叶子的枫木盒子、一张帆布盖着台球桌——就像太平间的尸体,一台大腹便便的电视机,上面还有天线,家用录像机、雅达利游戏机的电线缠成一团。你可以嗅到木块营造出来的乡野气息,还可以看到松果、一堆发黄的报纸,还有掉在隐蔽处的乒乓球,它们像侦探一样一动不动、处心积虑。

那只是一瞬间,整个银河系中的一瞬,是超级轻松的一瞬。这一瞬,在距离罗马市中心三十多公里的小区里,家庭生活和天伦之乐达到了最高潮。这是一个真正感人的时刻,在这一瞬间之后,一切又开始运行,开始衰败。

几分钟之后,奥杰塔的居民——菲律宾女佣周末放假,没人照顾的那部分人,他们会来到街上,坐上他们无比干净的汽车,带着他们旺盛得有些无耻的活力,把车子开到附近比萨店停车场。尽管空气中一直弥漫着烤肉的味道,让人都闻饱了,但所有人都想完美地结束这一天,吃几块西红柿配面包片,还有奶油拌草莓。

但到现在为止,他们还都在家里。年龄小一点的孩子因为不想洗澡,和妈妈吵架;大一点的孩子也受家人唠叨,因为在最近几个月,他们在洗手间里待得时间太长。至于父母呢,他们有的穿T恤和短裤,在游泳池边上,自在地跷着二郎腿,手里拿着一杯"夏敦埃"酒;还有人一直在摆弄拉布拉多犬的耳朵;有人停不下下纸牌游戏;有人在厨房里,给客人用橄榄和小香肠做下酒菜;有人在收拾行李,准备远行;有人在准备第二天要穿的衣服……每件事情都是一场期冀,每个人都有一种浪漫的期待。惟一让人担心的事情,就是不能彻底享受这个美好的时刻,那种古铜色、温暖的阳光。看看吧!真巧,大家都在看同一个电视台(那个年代,电视能收到的频道很少),所有电视荧屏上,同时出现了莱奥的照片:眼睛瞪得很大、面目可憎,定格在 TG 台那个衣冠楚楚的节目主持人右肩上方的位子。

那张照片一点儿不像我们的莱奥。电视屏幕前任何一个人——熟悉蓬泰科尔维教授的人,看到这样一张照片,都会认为这照片和真人不符。那张照片有点像证件照,像那种带有偏见的体貌特征照,在照片里,莱奥脸色发黄、无精打采,一点儿也不像这位四十八岁的男人,正处于作为男性的黄金时期。在这段时光里,他的青春活力和成熟似乎达到了一种完美的、转瞬即逝的平衡。经过了近乎半个世纪努力工作,这位英俊、懒散的男士,在九十公斤、高大气派的身体的重压下,尽管他的脊梁骨正在变得弯曲,但他的身体依然算得上笔挺,他的形象依然能撑起他那有力的权威。

在意大利之外,莱奥英俊的面孔会被认为是"意大利式"美貌。然而,在意大利国内,有人会认为他的长相具有中东人的相貌特征。他的卷发,和表现摩西生活影片里的先知形象非常相像;他橄榄色的皮肤,晒了太阳之后,会很快着色,变成一种偏褐的颜色;他的眼睛很长,有两颗绿宝石般的眼珠;他的耳朵和鼻子一样笔挺、强健(这两个地方,都充分体现了犹太人的特征);还有那双嘴唇——一切秘密都在这里,在那两片嘴唇里包含着色欲、戏谑和阴郁。

这些都是那张照片不能展示出来的丰富内容(我对莱奥·蓬泰科尔维非常熟悉,可以说,在电视上露脸的那场悲剧,对他的虚荣心来说,同样是一场灾难)。

或者说,给观众展示这张不忠实本人的照片,也有它的含义,这表现了一种威胁、一种质的改变,还有一种猛烈的侵犯,几个星期以来,莱奥一直是这种侵犯的牺牲品。特别是,这意味着一件非常具体,而且极端扰乱人心的事情:这一次,莱奥不能自我欺骗了,他必须停止幻想,放弃希望,现在他在劫难逃。

那些人可能会去莱奥家里找他,可能就在当天晚上——在一个美妙、狂暴的夏日夜晚。这就是那张照片的意义,这就是那张忽然出现在电视屏幕上的照片要告诉他的事情。他们本可以把他赶走,就像把一只耗子从洞里赶出去,把他从家庭内部排挤出去,让他被公众的愤恨吞没。他们应该马上把他扫地出门,就像现在这样:光着脚,穿着卡其色短裤,一件皱巴巴的天蓝色衬衣,很别扭地坐在厨房里一把非常优雅的高脚凳上,这间厨房面朝花园,外面的一切都沐浴在一天中最后的、蜜糖般的韶光中。

不,在这个居所里,他们本不应受到任何恐吓,这栋房子是莱奥在他事业辉煌的时候,让人在奥杰塔小区的中心地段修建的,这是他一直引以为豪的房子。按照他的想法,"房如其人",他居住的地方要:理性、时尚、奇异、洒脱,尤其是要透明。这栋房子不像是一位医学界名人的房子,倒是像一位服装设计师的房子。白天,那些橱窗看起来结实厚重,到了晚上,灯光打开时,会让外面的人隐约看到室内的舒适生活。这种高调的风格让瑞秋受不了:她接受的教育,让她没办法生活在橱窗里。她想尽一切办法,想"中和"这些玻璃橱窗,她用了很多大窗帘,每年秋季到来的时候,她都会把窗帘挂起来,那是这一对夫妇通常会发生冲突的时期。

从另一个方面来说,当初莱奥决定去奥杰塔生活,选择了那样的小区,还有那种风格的房子,他遇到了更权威的反对,这和他年轻的、至少现在还算忠诚的妻子挂起的窗帘相比,那次抵抗要顽固得多。

"如果你陪我去看看……你就会发现,这个地方让人很有安全感……"

这些话莱奥记得很清楚,这是差不多二十年前,在这个肮脏的夜晚到来前二十年,他对母亲说的话。他告诉母亲,他想卖掉市里的房子——那是他母亲很慷慨,或者说很不慎重地转移到他名下的房子。他想在奥杰塔买一块地,修建一栋"适合我们居住的房子"。

"具体来说,你们要逃避什么?"

莱奥从母亲的声音里听出了一种决裂,她不赞同儿子的想法,她已经越来越忍受不了自己的独子了,按她的话来说:儿子越大,就越不懂事。

"这不会是你妻子的主意吧?"她更加恼怒了,说,"是她让你产生了去郊外生活的想法吧?这是她的另一个伎俩,想让你离我远点?她是在利用我的金钱、我的耐心以及我的情感玩这个勾当吗?"

"别这么说,妈妈。这是我的主意,不关瑞秋的事情。"

"你倒跟我说说,'瑞秋'到底是一个什么名字!就好像直接从《圣经》里跳出来一样……"

那时候,莱奥已经通过了各种考验,完成了各种艰难的任务,最后,他得到了一家医院一个至关重要的位子,并且非常称职,深受器重。他的职业就是向那些伤心欲绝,无法接受现实的父母宣布:他们的孩子治愈的希望渺茫。他就是那位让学生心怀敬畏的老师——有些学生和他年龄相仿,其中包括很多前途无量,注定成为大腕教授梅耶接班人的学生。就是这样一个儿子,有没有可能,他还是没法说服自己七十多岁的母亲?

当然啦,假如他能做到的话,他也不会告诉母亲他对住房的期许。假如市中心的那套房子属于他,假如她已经过户给儿子了,那她为什么还会说那么多?别卖就好了!为什么他还是那么幼稚地征求她的同意?尽管他知道自己无法获得母亲的支持,现在她确实否决了,那他为什么还那么恼火?

那个女人有让他气急败坏的本事,有控制他的那种天分。她总是让莱奥觉得自己是一个任性的儿子,尽管他从来都没有任性过。妈妈的影响力、顽固,还有横加干涉的做派,使她坚不可摧,坚信自己是正确的。所有这一切都带有某种刻薄的意味,这是因为在那段时间,她儿子说——提出这个问题时,莱奥还是有点窘迫——瑞秋·斯皮齐基尼很快就成为她的儿媳,从那时候起,矛盾就尖锐起来了。

于是,安全保障啊什么的,都是幌子。

母亲步步紧逼,一直在追问莱奥去郊区居住的缘由,他开始胡扯,有点夸大其词地说:我们这个年代太危险了,那些可恶的政治斗争;还有他之前一直都有这样一个梦想,就是想生活在一个充满绿色的地方;他和年轻的妻子,俩人都觉得,有必要对将来的孩子负责,他们都希望自己的孩子在设有门岗、保安、高墙、绿草还有运动场的地方成长,一切都更加安全……

"假如你要的是全副武装的人,还有高高的铁丝网,那你还不如去以色列生活,就像你那个头脑发热的表姐!"

"那是一个真正的人间天堂,妈妈……"莱奥还在坚持,假装没听到母亲的玩笑。

莱奥扯得越来越远了,他越是胡扯,母亲的讥笑就越明显,在她脸上凝结成一种烦躁、厌倦的表情。那种表情里充

满了傲慢和不信任,就像用特大号字体写着:

在这个世界上,没有任何地方可以保证任何人安全,无论是你,还是别的什么人!

现在,TG电视台新闻记者——在蓬泰科尔维家干净的厨房里,扔了一枚肮脏的炸弹之后,他接着讲撒丁岛发生的火灾,毁掉了地中海的森林。在这时候,莱奥忽然清晰地想起了他和母亲二十年前的争吵,好吧!也许他应该怀念一下那个女人,她已经不在人世,她曾经用那种沉默的、不容置疑的方式,试图保护他。

只有在这时候——他的一只脚已经踏到了深坑里了,另外一只脚也已经踩上了一片岌岌可危、充满威胁的领地,他才能明白母亲曾经是多么明智:在这个世界上,并不存在任何角落,在那个地方,人——这个傲慢又可笑的物种,可以说自己是安全的。这时候,电话铃声无法平息,简直没有任何停下来的意思。外面有很多人想和蓬泰科尔维家人通话,谈论发生在蓬泰科尔维家里的事情。很奇怪,现在这家人惟一一致想法就是:中断和外部的任何联系,直到永远。但是,假如每样东西都封闭在这个宽敞、明亮的空间里,被房子的大玻璃窗子隔开,篱笆墙也划定了蓬泰科尔维家的领地,外面还有小区的围墙保护着,一切都井井有条,为什么整个星球的其他部分好像完全失控了?

实际上,假如有一样东西在最近一段时间失去了控制,好吧,那就是蓬泰科尔维家人的生活。自从莱奥建立的医院科室被牵扯进了一桩贿赂丑闻:数额夸张的发票,床位买卖,通过欺骗或者捏造理由,病人(都是奄奄一息的未成年人)被移送到私人医院里,事情就不停地恶化下去了。每一次,总会出现一件莫名其妙、出人预料的事情,让情况更加恶化,更加不体面。在某一刻,有人甚至暗示:莱奥能进入大学教书,源于他对卡拉克西的谄媚(或者说的准确一点,是贝迪诺·克拉克西对他的喜爱)。最后,轮到一个助教来落井下石,这个助教因为玩忽职守,被学校开除了,为了报复,他说莱奥曾经借钱给他,利息和高利贷一样高。

或者说,所有这些严重的诬陷,正在使他的职业生涯面临风险,但相对于目前出现的丑闻,之前的那些都是小事儿。也许,没有任何事情比莱奥和一位十二岁女孩玩《大鼻子情圣》更加严重的了。那些让人作呕的信件!里面充斥着我的小宝贝、亲爱的小女孩,这些称呼,通常都是成人用在那些和他们同龄的伴侣身上的,而且是对方默许的,但是这次,这些称呼正好对应了收信人的年龄和身材,所以才显得那么恶心。从那些猥亵的书信里选取的一些不体面的、丰富的片段,很快就占领了各大报纸的主要版面。

看起来,莱奥打破了一个大家都不能原谅的禁忌。十二岁的女孩,天哪!占有一个十二岁的女孩儿,勾引自己儿子十二岁的女朋友。这不是性的问题,你清楚地知道,现在这个世道,已经没人会因为一桩性事而毁掉前途。相反,很多时候,上一次床可能是交大运的开始,但是,那位可能被开了苞的少女,她的年龄是问题所在。

在这桩强加到你身上的罪行面前,作为一个理性、文明的男人,你的那些优点也都会变成错误,或者会加重你的罪行。到现在为止,你所做的所有好事,都会被认为是一个变态狂的怪异行为。因为外面的人,没有人会怀疑这个控告的可信度。相反,他们相信一件事情,正是因为它不可信。在我们的世界上,事情就是这样,人们不期望别的,他们只相信那些糟糕的事情,那些关于别人的坏话(尤其是那个人在生活中很走运,有点权力),这些话很快就会被当真,社会机构的毛细血管开始膨胀,几乎要爆开,最后,唾沫星可以淹死一个人。

另一个方面,那三个和你一起待在厨房里、惊慌失措的人,这三个人中的任何一个都不会原谅你,你怎么能要求这个世界包容你?

撒母耳的呼吸很急促,是那种节奏很快的喘息,这让莱奥有一种轻微的惊恐。那种感觉就像一个害怕坐飞机的人遇到了气流,飞机正在颠簸。莱奥想:我把这个孩子毁掉了,把孩子害了。从明天开始,整个国家的人都会说长道短,说你父亲搞了你女朋友,这样的事情,会让你永远抬不起头来。

厨房里凝滞的气氛、漫长的沉默被摩卡壶嗤嗤的响声打断了,它好像很焦急地告诉在场的人,咖啡壶里最后一滴水已经煮干了,假如没有人关掉它的话,它就会忍不住炸开。

"妈妈,我们为什么不把火关上?嗯,妈妈,我们为什么不关上火?不是最好关上火吗,妈妈?"

这是菲利波的声音,带着哭腔,用那种让人讨厌的方式说话,相对于他的实际年龄,他显得很幼稚。莱奥希望瑞秋能让他闭嘴,这也是瑞秋正在做的,她像机器人一样站起身,关上了燃气灶。瑞秋,天哪!瑞秋。这时候,莱奥才想起来,他才想起来脑子里翻滚的东西,就在这一刻,他想象飞机坠落了。

莱奥感觉到一种前所未有的恨意,他从来没有如此恨过任何人。他把罪责都推到瑞秋身上:她在那里,但她并没有积极干预,她什么也没有做,但是又做了所有事情:沉默,呼吸,准备了这样一顿美味的晚餐,正好打开电视,锁定到TG台上,还有她每天看十次那个台的习惯,她不站起来回电话,她生了这两个孩子,现在他们都在场。对于他来说,这一切都让人无法忍受:她不让菲利波闭嘴,不去照顾崩溃的撒母耳……

是她让孩子们认为,他们的父亲是一个伟大的男人。这位受人崇拜的天神,怎么能表现出脆弱?他怎么能做他现在惟一想做的事情——放声哭泣?他怎么能随便找一个理由,为自己开脱,说明这是一个天大的误解,自己只是一个牺牲品?

因为这件事本身就是一个误解,不是吗?莱奥不知道,这时候,他心里很乱。但是,只要看一眼那些信件——他写给卡米拉的信件(这是真的,他不能否认那些信是他写的),实际上,事情并不是看起来的样子。

不,我的孩子,你爸爸没有搞你女朋友,说实话,是她搞了你爸比!

就这样,只要看一眼那些控告就可以证实这一点,那是一个不诚实的控诉,是假正经和不负责任的混合产物。这一点,至少瑞秋应该知道,她了解丈夫的粗枝大叶。她一直以来都在抱怨这一点,通常她都是很温柔地提醒他注意,然而,在菲利波和撒母耳面前,她却刻意隐藏这一点。你看到了吧?这是她的错。一切都是瑞秋的错。

现在莱奥在做什么呢?他正在做他最擅长的事情,就是把错误推到其他人身上,推卸责任。从最根本上,很多年前,他也是采用同样的技巧(经过校正、修订)来对应母亲的训斥。

蓬泰科尔维太太发火时,小莱奥的惟一反应就是生气,他拉着脸,较着劲儿。一直到他妈妈疲惫了,不想和这个小崽子赌气,最后让步了。她亮出一个求和的微笑,说:"好了,宝贝,没事儿啦。我们和好吧,你觉得怎么样……"

只有在这时候,我们这位有谋略的孩子,才会表现得宽宏大量,接受母亲的道歉。好吧,在莱奥的引导下,这样的情景,也经常出现在他的婚姻生活中。

应该有很多人都在想:像莱奥·蓬泰科尔维这样一个家世显赫、充满魅力的男人,怎么会娶那么普通一个女人。她的保守也可以理解为冷淡,她希望不被人注意,不爱出风头,也可以说是枯燥无味。有人会想,这个英俊高挑,像斯拉夫钢琴师(充满个性的头发和修长的手指)一样浪漫的男人,一个大学教授、一个出入于病房的医生,白大褂穿在他身上,就像乐队指挥的燕尾服一样优雅,他怎么会娶一个身材矮小、并不漂亮的瑞秋·斯皮齐基尼呢?

在外人看来,他们俩很不般配……他们的过去(他们的生活)也是截然不同。莱奥的童年记忆有些黯淡,是在那种很华丽、天花板很高的房子里度过,房子里放满了抽屉柜,还有沉重的家具,像纪念堂一样。他家里还有各式各样的家用电器,那个年代,别人家还没有这些电器。

至于瑞秋呢,她在娘家度过了差不多四分之一世纪,在娘家那间卧室里,她度过了异常勤奋的二十五年,她的窗户对着老城区一条狭窄的胡同,现在,这栋房子还是继续散发着(甚至在记忆里)煮蔬菜和油炸东西的味道,这些气味让她反胃(在回忆中更糟糕)。

尽管他们的过去各不相同,经历相差很远,但正是这一点让他们结合在一起。因为这就是婚姻成功、夫妻幸福的秘密,尽管面临分歧,但他们一直被对方经历过的、自己不熟悉的东西所吸引。

也有人怀疑,他们两个之间的关系,可能并不像表面看起来那样。莱奥很害怕妻子批评他,同时,他又很依赖她。无论是在实际生活中,还是在心理上,他已经和瑞秋建立了一种情感机制,就是很多年前,他和那个多疑的、控制欲极强的母亲之间的感情机制。外人都没法相信:这位新蓬泰科尔维太太,在莱奥生活中扮演的角色,实际上和老蓬泰科尔维太太并没有太大不同。新蓬泰科尔维太太从老蓬泰科尔维太太(实际上,她很难相处,只有某些犹太婆婆才会那么难相处)那里继承了这种关系,建立在一个脆弱任性,但又充满才气的男孩的小性子上。

就这样,当瑞秋生丈夫的气,他除了发火,没有别的反应,他会板着脸。随着时间一年年过去,这个表现越来越可笑,直到她实在受不了莱奥拉长的脸,还有他的坏心情——这种情况可能会持续很长时间,甚至几个星期。瑞秋会结束这种争执,说一句好听话,抚摸他一下,或者是用一个温和外交策略,给他一块他最爱吃的白巧克力。

总之,当妻子表现出可以做出让步的态度,而丈夫表现得很脆弱,还是板着脸,她会采取行动(只有小孩子还觉得这事儿丢脸)求和。从另一个方面来说,电视上露脸的事情,只不过是一个最终无法挽回的危机的最后一击。在最近几个星期里,他们的生活已经出现了一系列的危机。自从受到了那一系列控告,莱奥开始受到失眠的折磨,瑞秋一直守着他,像一个小妈妈一样安慰他。这时候,他们的生活就开始发生了变化。

正好是那个晚上,打开电视前,瑞秋刚和莱奥讲和,结束了前一天晚上的争吵,那是弗拉维奥和丽塔·阿尔贝塔齐——他们的老朋友,离开蓬泰科尔维家之后引起的争吵。

蓬泰科尔维和阿尔贝塔齐夫妇,在很轻松的氛围中用晚餐,这后来成为莱奥和瑞秋吵架的缘由,已经不是第一次。但是这一次,争吵的原因让人很不愉快,空气中弥漫着一种苦涩、难堪的气息,瑞秋需要马上把"战斧"掩埋起来,所以这次争吵要比平时时间短一些。

"我在厨房热了一些饭。你要不要来吃一点儿呢?"她来到作为书房的地下室,对莱奥说,星期天一整天,丈夫都在听雷·查尔斯的老碟片。莱奥花了不少时间,才收集到那些碟片,碟片填满了他的书房兼藏身所。这些收藏中,最珍贵的正好就是雷·查尔斯的碟片(也是那些很难找到的碟片),莱奥面对这张碟片时,感到有一种神秘的感恩之情。不因为别的,只是因为一直以来,在他低落抑郁、诸事不顺的时候,那是惟一能给他带来安慰的声音。

"我吃不下,我肚子不饿。"莱奥把音响声音放低了两格。

这时候,那个小女人,只能依靠那种不属于她的性感,从背后很温柔地抱住了莱奥,充满温暖,笑着说:

"来吧,蓬泰科尔维,别这样,我已经有两个孩子了,他们已经在餐桌前了……"

在私下,她总是叫他的姓,就好像学校里同学之间的称呼。或者称他为"教授",让他记得自己曾经是瑞秋的老师。是的,总之,这些充满柔情蜜意的称呼方式,让这位情深意浓的男人无法抵御,和妈妈曾经叫他"小熊熊"一样,让他心软。

瑞秋的声音里饱含着热度,这意味着在那时候,她对莱奥的爱情,已经变成了一种虚伪的爱怜。这种感觉本来应该惹他生气,不知道为什么,却让他马上恢复了好心情。

"好吧,我马上来,我把老雷·查尔斯安顿好就来。"他对瑞秋说,这时候他满怀柔情,他马上就原谅了那个原谅他的人。

这样的对话,发生在那个黑暗时刻的差不多三刻钟之前。瑞秋和莱奥都不知道,那会是他们最后一次讲和。很多年之前,这对男女为了一起生活,他们挑战了两个完全不同的家庭的家长,他们是新一代的罗密欧与朱丽叶。

噢,是的,他和瑞秋已经突破了各种障碍、各种怀疑和反对,实现了他们结合的梦想。随着时间的流逝,他们修建了那栋漂亮的房子,孩子们出生,他工作方面的成功,她完美的家务,都成了别人艳羡的理由。他们也不会知道,刚才瑞秋化解的争吵,一劳永逸地(很完美的)终结了他们俩争吵又和解的历史(每个婚姻的秘密资料)。他们向厨房走去,他们推推搡搡,打情骂俏,就像两个正在服役的好战友。他们不会想到,他们正要去吃的,但永远不可能吃完的晚饭,是他们最后的晚餐,他们正在说的话,是他们在一起的最后谈话。

几分钟之后,一切都会变得不幸。从那天开始,瑞秋选择不对任何人讲述发生的事情:她把自己的婚姻故事埋葬在大脑的一个储存室里,那个储存室是用来安置她从记忆里删除的东西。在丈夫死后,他们经常在梦里对话,她无法避免面对那个遥远幽灵的抗议。她在想,是不是所有一切在前一天晚上就开始了,在和阿尔贝塔齐夫妇吃饭的时候;她在想,这场注定要毁掉一切的海啸,是不是在那时候泥浆已经喷溅了出来,在这场灾难中,是不是阿尔贝塔齐夫妇也插了一手。

这不是一件偶然发生的事情,正是从那天开始,甚至在莱奥死后,瑞秋决定再也不接丽塔的电话,也不回复弗拉维奥万分关切的信件,这些电话和信件里,充满了虚情假意的建议和过期已久的友谊。就好像因为发生在自己身上的事情,瑞秋在责怪他们。这么长时间以来,她一直把这场婚姻的责任和义务扛在肩上,让他们的生活一段一段向前过下去(就像每个幸福的婚姻)。现在,这场婚姻非常悲惨地结束了,瑞秋现在开始转向反攻:她认为丈夫的这对朋友,说实在的,他们是最典型的、她最讨厌的那种夫妇,假如错不在他们身上,但是他们也是那个离奇事件最不适宜的见证者。那场祸事,把她的象牙塔生活——居住在奥杰塔一栋漂亮别墅的甜美生活,变成了一种真正意义的生存斗争。

他们是两个见证人,就是这样。

刚开始的时候,丽塔想尽一切办法,让她丈夫和那个变态狂莱奥断绝关系。但是后来莱奥死后,她成了莱奥最忠诚、最狂热的纪念者。弗拉维奥呢,任凭这个他娶来的祸害压制和摆布他。

这两个需要清理的证人,还有和这个罪犯有关的一切证据,还有他留下的所有痕迹,她都不想与之有一点儿干系。在很多年之后,这一切会得到清算(有些事情是逃不掉的),但这是另外一回事儿了。

弗拉维奥·阿尔贝塔齐是莱奥高中五年的同桌,弗拉维奥很早就学会了:要消除在那些有钱同学面前的自卑感——他们班里有钱人的孩子很多,就是跟他们说话时,根本就不要考虑别人的面子,还有自己的失礼。那时候,这种肆无忌惮的行为,给他招惹了不少麻烦。现在,因为他的魄力、努力和丰富的学识,让他在社会上有了显赫的地位,他的银行账户上有可观的存款,他的逆袭堪称典范。他最后终于变成了一个让人讨厌的人,至少瑞秋是这么认为的,她所受的教育,是隐藏自己的经济状况(无论真实情况是什么样的)总是要好过炫耀。

弗拉维奥第一次进教室时,穿着短裤,而莱奥穿着一身蓝色西装,裤脚笔挺,他感觉有必要问弗拉维奥:"你为什么现在还穿着短裤呢?"他得到的回答是一句反问,一劳永逸地结束了他们之间的对话:"这关你屁事儿?"

这场对话发生在五十年代初期,这两个朋友,在接下来的几十年里,每次旧事重提,都表现得兴致勃勃。这件事情,让瑞秋对丈夫产生了一系列怀疑:为什么他会喜欢这样一个愚蠢的故事?这是不是体现了在那些年里,丈夫是一个让人受不了、一个势利的人,而他的朋友擅长教训他?对于瑞秋来说,这件事情是她丈夫这段友谊的谜团之一,就像那个时代的其他太太一样,她最后只能选择忍受。

有没有可能,瑞秋可以看到莱奥看不到的东西?尽管时间过去很久了,可弗拉维奥还是像对待一个纨绔子弟那样对待他?莱奥身上有一种天真的东西,让她很恼怒。那种恼怒更加激化,那是因为她丈夫毫无根据地认为自己是世界上最精明、最有觉悟的人。这一点,妻子觉得他是最天真的。

还有一件事情值得一提,在那个年代,对于弗拉维奥来说,他很容易被莱奥的翩翩风度所吸引。第一次,他穿着那双粗犷的、布满灰尘的鞋子,踩在蓬泰科尔维家吱吱作响的地板上,他相信,莱奥的气质和魅力,和眼前他看到的大理石、壁纸还有地毯没有关系,而是因为房子入口处那一摞摞书。在这种文化氛围的熏陶下,莱奥的言谈非常优雅,他口齿伶俐,很早就表现出这方面的天赋,让弗拉维奥非常嫉妒。当然,弗拉维奥没有生活在莱奥的世界里,在那个世界里,装饰功能必须和两个非道德因素——美和优雅,达成高度的一致。

很多年之后,弗拉维奥还觉得,能交上莱奥这样的朋友,是他人生中一件值得骄傲的事情,因为莱奥投身于医学行业,而且作为学者,在学术上也非常有作为,他年轻时很英俊,家世极好，没有投靠党派，后来能做成这样一番事业，这还有什么可说的呢。

"让人难以置信的事情是：你拥有那么多东西，但你没有被宠坏。"他总是非常满意地对莱奥说，"而且，在那个年代，大家都一无所有……"莱奥兴高采烈，其实在内心深处，他从来没有强求过什么，一切都是自然而然达成的。

从莱奥这个方面来说，弗拉维奥的人生轨迹，也让他充满了崇敬。弗拉维奥是一个工人家庭的第六个孩子，也是最小的一个，最后也在这个世界上争取了一席之地。他属于意大利最先毕业于信息工程专业（那时候就是这么叫的）那批人，现在他已经是一个高新科技公司的管理者，主要负责给"好利"公司编写一些高端程序。

尽管弗拉维奥对他所从事的科学进步事业非常热爱，那种热爱并不在莱奥之下，但是他觉得意大利社会那些年非常颓废、享乐、粗俗、缺乏政治方向，（电视，天哪！他多么痛恨电视！）这就是弗拉维奥最常说的话，这些话经常会遭到莱奥的反对，因此他们会在吃饭时，进行长时间的争论。弗拉维奥最痛恨的另一件事情就是世界杯，意大利几年前在西班牙获得了世界杯冠军，德国人在马德里伯纳乌球场惨败。弗拉维奥赋予这场体育事件一个巨大的、象征性意义，他认为这非常有害。

"因为这场比赛使人们相信，最重要的事情是获胜。它在人们的心里，激起了对竞争和胜利的崇拜，让我们变得都像美国人一样。当我看到我们的共和国主席——一个社会主义者，真正参加过抵抗运动，他曾冒着生命危险和纳粹做斗争，现在他举起了那个庸俗无比的奖杯，那个金杯……这不是一件很光彩的事情。在马德里举行的世界杯决赛的收视率，是意大利电视史上的最高点,我认为一点儿也不奇怪。如你所说,大家都很在乎!"

莱奥呢,他不但是个球迷,而且是意大利国家现代化的狂热支持者,他不得不拿起宝剑,来捍卫在马德里取得冠军的英雄,以及电视的好处。(他怎么可能知道,后来正是因为电视的缘故,他付出了沉重的代价?)

弗拉维奥和莱奥完全不同,他不会抬高嗓门说话。他会不紧不慢对你提出挑战,然后娓娓道来,自圆其说,就像他踌躇满志的脸一样圆。他非常忠于马克思主义原则,他怀疑一切,他辩论时,只提出一大堆反问。

但是,他也有自己的软肋。

他的妻子丽塔就是他的软肋,弗拉维奥热爱她,要超过数学,他对她的狂热要超过他的政治理想——他表面上是实用主义者,实质上是空想主义者。丽塔是个高个子女人,卷发,脸上棱角分明,总是处于神经崩溃的边缘,她的骨瘦如柴和贪食相互矛盾。这位身材纤细的女人总是烟不离手。她那消瘦的、尖尖的手指,夹着纤细的香烟,看起来非常和谐,在逆光中看到这个情景,你会觉得像一具骷髅在抽烟。有时候,在蓬泰科尔维家厨房白炽灯惨淡的灯光下,她看起来像杜鲁兹·罗特列克画笔下的那些老鸨。

对于丽塔来说,和弗拉维奥结婚,是对她的富豪父母的一种成功报复。她已经很长时间没有和娘家人来往了:她的家族,因为把罗马城门附近的一大片地产变成了建筑用地,赚得盆满钵满。尽管如此,丽塔还是从她腰缠万贯的房地产商父亲那里,继承并学会了傲慢,还有那种让人无法忍受的冒失言行。丽塔正好和她丈夫完全相反,她的思想充满偏激,都是建立在偏见和神经失调之上。莱奥有时候会想:是她的阴道——大自然母亲创作的、最反复无常的器官,在指使着她说话。

对于世界上不公平的事情,丽塔充满了愤慨——这对于她是一个借口,这样一来,她就可以用那种刺耳、高傲的声音,说出那些让人非常不舒服的话。对于她来说,不存在底线,这也许是因为,为了和她的家庭做斗争,使她不得不失去控制,或者是因为她的家人以身作则,教给了她肆无忌惮的行为方式。在那个年代,她读了一个并没有多大意义的文科专业。到现在,她还在毫无懊悔地炫耀,她怎么样批判当时的一位教授——一个灰头土脸,但又非常自负的教授,用蒙塔莱的作品折磨年轻人,而蒙塔莱是这样一位颓废、反动的资产阶级诗人。

丽塔用一种很尖刻的方式,回忆起过去的丰功伟绩……这意味着仇恨已经将她吞没。

瑞秋和丽塔不一样,她并没有从社会学角度来看待这个问题,她很确信,在这种仇恨下面,隐藏着一种巨大的痛苦,这种痛苦折磨着丽塔瘦骨嶙峋的身体:没有孩子,这让她失望,让她憔悴。

"假如有了孩子,"瑞秋有时候对莱奥说,"那她现在就不会再回忆那些不值一提的往事。"

是的,孩子,这是因为孩子的缘故,至少对于瑞秋来说,这能解释一切。正是因为这个缘故,在阿尔贝塔齐来他们家吃饭时,瑞秋甚至不让菲利波和撒母耳过来打招呼,更别说和他们一起吃饭。她不想给丽塔伤口上撒盐,也不想让这位假装是朋友的女人,通过她的两个儿子发泄痛苦:针对菲利波轻微的肥胖,还有撒母耳喜欢音乐剧,这点女里女气的爱好,说一些难听话。就好像瑞秋尽一切努力,想对那个女人产生同情,正是这种同情的心理,才能让她能控制自己的愤怒,不把愤怒表现出来。丽塔时时刻刻都让她感到气愤,瑞秋想通过同情来驱赶其他的想法。

对于瑞秋来说,她实在很难习惯这类人,尤其是莱奥被所有人抛弃之后,她就更无法忍受这些人了。他们在文化上装腔作势,他们在道德上的审判,并不亚于他们政治上的偏激。瑞秋的父亲——斯皮齐基尼先生,他一直太忙了,根本没时间去培养和建立自己的政治立场。对他来说,宗教已经差不多包含了所有让人辨别是非的东西。瑞秋所受到的教育是:假如有人非常热衷于谈论有些抽象的观点,那他就应该是个骗子。"共产党"这个词在斯皮齐基尼家里,要比"法西斯"这个词要好一点,更容易让他们接受,因为至少在意大利,共产党没有迫害犹太人(至少对于斯皮齐基尼家人来说,他们没有迫害过),而且也没有无耻到和希特勒建立联盟。

假如瑞秋的这种不信任感可以用在丈夫所有朋友身上,那对于丽塔尤其适用。这个女人身上有太多假仁假义、前后矛盾的地方,对于一个像瑞秋这样简单、可靠的女人来说,这些事情让她恼火。莱奥有时候也让瑞秋很恼火,因为莱奥太宽容了,面对这位朋友的行为举止,还有她性格中那些公然的矛盾,他根本不会介意。

瑞秋记得有一次,丽塔在一家餐馆里大吵大闹,因为餐馆的人带了一条狗进来。那时候,丽塔一点儿也受不了狗,或者说得更准确一点,她很害怕狗,因此她才大张旗鼓、大吵大闹。那真是一件很丢人的事,人们怎么能受得了呢?她连最起码的尊重都没有吗?那位带狗的先生的反应也很激烈,真让人难堪。

瑞秋受不了这种公众场合的尴尬。她是一个很害羞、很内向的女人。当别人做了对不起她的事情,她不会大吵大闹,或者很公开地表明她的不满。比如说,如果一个餐馆服务员对她不客气,那她怎么办?好吧,那她就再也不会出现在那家餐馆里。她受不了人们的无理,假如丈夫不小心,把她带到一家已经列入黑名单的餐馆,这时候,她才会把愤怒表现出来:她根本就不进去。这就是她在某些事情上的底线,这就是她的记忆。

至于其他事情,她可以接受服务员、食客或者餐馆老板的不周到,她可以毫不在意地接受点的菜迟迟不上,或者服务上的怠慢,还有在吃饭时,账单上的任何差错。一切都好过采取行动,好过争吵,好过让另一个人觉得自己很恶劣。

让她备感耻辱的记忆是,她和父亲在一家餐馆吃完饭,然后父亲戴着那个和瓶底儿一样的厚眼镜,一条一条仔细查看那些消费名目。有时候,发现一些错误,他就会把老板叫过来,毫不客气地指出来。从那时候开始,瑞秋就发誓:她再也不要出现在这种场景中,她再也不想承受那种屈辱,她再也不愿意受辱,也不愿意侮辱别人。

丽塔进入她的生活之前,她一直都能信守自己的誓言。丽塔是一个暴戾的人,她喜欢与人争吵,她喜欢强调别人行为不当,就好像那次和带狗的先生争吵一样。

"你们觉得这合适吗?"她大声说,"有人那么没礼貌,把动物带到餐馆里来,你们觉得是不是太夸张了?这到底是怎么一回事儿?我都不知道他们是怎么想的……怎么可能,大家什么都不说?"说完这些,她还是不满意,还专门把声音抬高了几个分贝,补充说,"我建议所有在场的人,以后再也不要来这家餐馆了!"

问题是,那次丽塔遇到的是一个同类(这样的人,外面多的是)，他也不是省油的灯，他受不了这些话，就回了一句："你完全可以让我把狗带走啊，犯不着大喊大叫的。"

"我正在跟您说话吗？我觉得，我没有对您说话啊，我正在和我的朋友说话。您既然接茬，那看来，您是一个没有教养、粗鲁的人，我周围这种人可真不多啊。"为了防止事情进一步恶化，弗拉维奥和莱奥开始干预。

上面所说的这种情况，经常会发生。

命运是这样的：餐馆那件事情发生之后，没过几年，丽塔（已经注定一辈子生不出孩子）收到妹妹的一个礼物，是一只短尾小狗。她有点儿不知所措，特别是刚开始的几天，她要和那只可爱的小狗相处，后来她把感情完全投入到了这个小动物身上。这使她突破了以前对动物的恐惧，尤其是对狗的恐惧。从那天起，她和乔奇亚(小狗的名字)变得形影不离。丽塔很周到地照顾乔奇亚的饮食、情绪，还有健康，要比瑞秋照顾她的两个儿子上心得多。那种变态的情感，让她无论去哪里都会带着它。把它单独放在家里，她不放心，所以她去餐馆的时候，也带着狗。

通常，大家对她都很谅解，要超过她对别人的谅解。但有一次，一位对狗过敏的太太通过服务员，问丽塔能不能把狗拉得远一点。他们当时正在奥杰塔住宅区附近一家饭馆吃晚饭，外面是瓢泼大雨。一边是有人要求把乔奇亚拉走，一边是马上要来临的暴雨，这时候，丽塔失控了。她用那种在大场合才会用到的语气，开始激昂陈词，"我在想，人们怎么能那么残忍。我真想让这些人试试，让他们下雨天待在外面。啊！人真是残忍……"

乔奇亚在外面已经待了几分钟了，它很疲惫地蜷缩在餐馆的屋檐下面，眼睛盯着橱窗里吃饭的主人，它的主人用很大的声音,不停地批判那个让她把狗带出去的女人,批评她的傲慢,说那只她熟悉的"最特别、最乖、最温柔(最干净的,一定比这肮脏的馆子干净)"的狗狗,"像犹太人一样"被排除在外。

"那个女人怎么总是那样?"那天晚上,瑞秋对莱奥抱怨说,这时候他正站在卧室对面,更衣室里的镜子前,很自恋地脱着衣服,"两年前,她没有办法理解别人把狗带到餐馆里。你记得,她当时是怎么大吵大闹的吗?现在,她又认为不让狗进来,这很残忍。只是因为现在在外面的狗是她的。你觉得这样做对吗?合适吗?"

"当然,没有人像丽塔那样,让人气愤。"一向温和的丈夫是这样评论的。

"是的,她的无耻、傲慢和缺乏记忆让我气愤。她总是图自己痛快,理直气壮地否认事实,她总是觉得自己有理……还有关于犹太人的事情。怎么能把犹太人的悲剧和银河系最享福的狗放在一起进行比较?"

莱奥知道瑞秋是对的,他已经认识丽塔那么多年了!他知道她属于那种人:他们按照自己的方便行事,缺乏道德意识,让像瑞秋这样的人站出来,进行批判——你不是曾经因为别人把狗带到餐馆,把周围的人都折腾得烦死了?好吧,一旦你有一只狗之后,这一切都会发生逆转,你要在后半辈子都带着你的狗上餐馆,别人都不能说三道四。

如果你的名字叫丽塔·阿尔贝塔齐,如果你叫这个名字,你就会在特定的时刻,只做图自己方便的事情。你非常确信自己有某种普遍的权威,你觉得有权利评判任何挡在你的路上的人,你会把他们当作仇敌,咒骂他们,要他们滚开,毁掉他们。

还有,说到信仰,丽塔非常强调自己的信仰,她的信仰绝对不容侵犯,但是她却肆意践踏别人的信仰。

在所有那些莱奥强迫妻子来往的人中间(无论是天主教,还是一般的无神论者),他们都用一种混合着好奇、讥讽和怀疑的眼光,来看待他们信仰的犹太教。丽塔就是那种在犹太人的问题上,最爱说三道四,表达自己看法的人。

有一天,她打电话给瑞秋和莱奥,问他们星期二晚上有没有空。她邀请了几个人吃晚饭,那些人想认识莱奥。那些年莱奥已经小有名气,这一点丽塔也是能感觉到的,她受各种"名流"吸引,包括那些臭名昭著的人。尽管,她非常痛恨自己的出身,她抛弃了娘家人所有的行为方式和做法,实际上,她继承了他们的爱好和才能,就是在家里接待那些在她眼里的"要人"。她痛恨自己的父母,因为他们的社会关系建立在金钱之上;而她交往的人要高级一些,都是一些搞政治、艺术或者做学问的朋友。

她非常重视那天晚上的晚餐,因为有一位有名的导演会来做客,还有一位崭露头角的出版人要来,特别是匈牙利大使(一个了不起的人,会多种语言,一个有文化、内心矛盾的共产党员,不像我们国家的那些软蛋……她极其浮夸地描述那些"严肃的人")会出席。总之:丽塔希望把那些人物介绍给莱奥,同时把莱奥介绍给他们。莱奥在《晚邮报》上写专栏,题目是《预防要胜过治疗》,他正在成为整个意大利那些假想病人心目中的明星。

丽塔打电话给瑞秋,总是会发出这样的邀请。瑞秋感觉到自己像新闻发布会的人,她惟一的职能就是防止别人靠近自己负责的"名人"。瑞秋知道,在她和莱奥结婚的时候,丽塔是首先邀请的人之一,当时人们都在想,为什么这个男人会娶那样一个女人。打个比方说,假如那次晚餐,莱奥去了,瑞秋没有去,丽塔一定不会注意到这一点,但是,假如出现相反的事情……好吧,假如发生相反的事情,丽塔必须强忍着,才不把瑞秋从家里赶出去。那种感觉就像是一位国家元首,邀请了另外一位国家元首到访,但是去机场接的时候,却发现来的是一个神色局促的特派秘书。

"真不巧,周二我们不能出去。"这是瑞秋的话。

"为什么不能呢?"丽塔用那种可怕的声音问,就好像一个要掉到湖里的女人,在喊救命,你却拒绝帮助她,因为你正在玩牌。

"那天是赎罪节。"

"那又怎么样?"

"我们不能出去,我们不能吃东西,总之,我们什么事儿也干不了。"

"是的,对不起……但是,邀请是那天晚上。"

"我知道,但是赎罪节持续一整天,一共二十六个小时。"

瑞秋不知道自己为什么要解释那么多,她并不喜欢和别人谈论她的宗教信仰。她丈夫却很爱谈论,莱奥总是把"黎巴嫩人民""那些觉醒的人民,跟随法国革命"这样的大话放在嘴边。假如莱奥用他长篇大论谈论犹太文化的劲头儿,遵守摩西的法典,那他就是这个世界上最虔诚的男人。在谈论此事时,瑞秋更喜欢有所保留。假如有一样事情是她从家人那里学到的,那是父亲教会她的,那就是有些事情是不能谈论的,尤其是那些不合时宜的事情(父亲用这种委婉的说法,来指代犹太人)。但是,这一次不知道为什么(当时是因为丽塔在她身上引起的反应),瑞秋在很耐心地解释这件事情,那让她很生自己的气,她觉得,自己会因为过度解释而遭受报应。

"哎呀,这不算什么事儿吧? 就这一次,下不为例! 这次

27

晚餐是一件非常重要的事情。我觉得,大使可能对你们的赎罪节不感兴趣。他来自一个共产主义国家,在他们国家里,有些事情已经被取缔了。"

"但是,我们很重视这个节日。"

"你们?你是想说,你很重视吧。你丈夫一直在讥笑这种迷信行为,至少他有权利过一种他想要的生活……"

"我不会强迫他做任何事情。"

你们看见了吗?那个女人一直在逼你,让你产生抵触心理。她那种审判似的盘问,强迫你进行解释,但是你其实本可以不说那些话。

"你不觉得那是一件疯狂、不合时宜,而且是很老套的事情吗?"丽塔说。

"你在说什么事情?"

"赎罪节的事情……现在是时候了,可以摆脱某些……"

"你听我说,丽塔……"这时候,她的声音在颤抖。她知道自己是那种耐性很强、很难发火的人,但是一旦她失去耐心,会一发不可收拾,瑞秋尽量克制自己,不愿爆发。然而,她从自己颤抖的声音里,感受到她的忍耐已经到了极限。但是,在她告诉丽塔自己心里所想之前,那也是她一直都想对丽塔说的:丽塔不应该对莱奥和她的决定指手画脚,她不应该用轻蔑的语气谈论赎罪节,对瑞秋来说,赎罪节是一件非常重要的事情,她不应该那么信口开河、举止失当,不应该那么粗暴地对待瑞秋。丽塔是那种典型的、习惯于言论自由的女人,她的直觉让她明白,眼前的交谈已经亮出了警示的信号,所以她退了一步(和所有那些高傲的人一样,丽塔是一个胆怯的人)。当然,她不会道歉,而是在给自己找理由,她采用的方式,可以说很谦卑。

"好吧,你们别来了。假如赎罪节对于你和莱奥来说很重要……我理解。但是,我得说这对于你们而言,将是一件很遗憾的事情,这次晚餐对于你丈夫来说,是一个非常重要的机会。我不能说这个晚饭是专门为他组织的,但是也差不多。你知道吗?作为一位伟大的医生,光有名气还不行,只是在某些报纸上写专栏也不够,至少我是这么认为的,还不够上档次,还需要建立一些联系(丽塔永远不会用到'关系'这个词,也不会用到'友谊')。我觉得,匈牙利大使会给他一些新机会,比如说去布达佩斯举办一系列讲座——一个大型的讲座,类似这样的事情,可能会改变一个男人的前途。"

这就是丽塔最擅长的招数——引起别人的愧疚感,把她的痛苦和失败都转嫁到你身上,让你因为一件你没能做到的事情而陷入困境。她尽量说服你(她脸皮可真厚啊!),在让你帮她时,却让你感觉到她是在帮你。她把自己假扮成大公无私、助人为乐的样子,其实在这时候,她的投机主义行为已经创下新纪录。

还有,那种对别人公然的防备心理,让瑞秋非常受不了,丽塔不信任别人,这也让人很讨厌。尽管瑞秋来自一个对别人缺乏信任的世界,但是她没有办法理解:像丽塔那样出身的人,为什么防备心那么强。丽塔一直生活在一种害怕被欺骗的恐惧之中。就好像那次,瑞秋接受她的邀请,她们俩一起去逛街:那是一月份,商店打折期间。那真是一场噩梦,丽塔总是会出口伤人。"我记得,"她对一个售货员说,"这双鞋子,打完折以后,价格和上个月一模一样。"

在经过无数次那样的争执之后,瑞秋非常震惊,丽塔也意识到了这一点,她满脸嘲讽地说:"这是一个原则问题,我受不了别人骗我。"

实际上,她的出发点是:她出生的这个国家,她生活的这个城市，所有一切都是肮脏的、充满欺骗的。基本上可以说：那些观念就像她死心塌地信仰的东西，这些原则，使她自从出生以来，避免遭受周围人的欺骗和侵犯。

这种对别人的防范，对于瑞秋来说是一个昭然的矛盾，因为丽塔在大谈特谈她的政治观点时，说到"人民"这个词时，采用的一种激动的、充满情感的声音，和这种防范意识非常矛盾。就好像"人民"这个词，不包括那些数量众多的人民大众——那些她鄙视、贬低的人，比如说餐馆的服务员、卖鞋的售货员，那些她认为下流、卑鄙无耻的人，并不属于"人民"。对于她来说，"人民"是一种抽象的、值得崇拜的东西，和真实存在的人们并不对应，这些真实存在的人们，通常臭烘烘的、不可信。

"为什么她总是那么富有激情地谈论'人民'，但是却在说所有具体的人的坏话？"瑞秋问丈夫，忍受和阿尔贝塔齐夫妇那些漫长的晚饭，她实在很痛苦。

"因为她是一个共产党员。"他非常简洁地回答说。最后，瑞秋出于对莱奥的爱，也出于一种谦卑，她热爱他所爱的东西，渴望着他所渴望的东西，她想和丈夫心心相印，所以她对丽塔和她那个喜欢卖弄学问的丈夫，也产生了友情，这是宽容在推动着她，而不是出于对这对夫妇的认同、欣赏和喜爱，她最后认为：和丈夫的这两位朋友来往，是资产阶级婚姻可以依赖的一种习惯。后来，她实在找不出那对夫妇有什么值得欣赏的地方，最后，她开始喜欢上了他们的缺点。

我们说得明白一点吧，每次弗拉维奥滔滔不绝地抒发他对人类的关爱，瑞秋一直想打哈欠，就像当丽塔对餐馆服务员，还有买鞋的店员大吵大闹时，她漫不经心地接受了这些东西,就好像在忍受丈夫、孩子、生活,以及世界的某些缺陷。随着时间的流逝,她学会了避免某些话题,尤其是政治话题:不,她永远都不再会因为说一些常识性的话,被指责为一名反革命。

每次,阿尔贝塔齐夫妇来吃晚饭时,总是会让泰尔玛(那时候,她掌管着蓬泰科尔维家的菜谱)准备一道杏仁巧克力甜点,那是弗拉维奥最爱吃的,还要给丽塔准备她最喜欢吃的酸西葫芦和西红柿米饭。然而,瑞秋尽量避免让那个给他们做饭的女佣出现在饭厅里,因为她不想听见丽塔说出这样的话:"你怎么能让别人伺候你呢?你怎么不让她和你坐在一起吃饭呢?"瑞秋知道,自己永远都不可能习惯这样的话,因此尽量避免这种情况的出现。

正是出于这个原因,那个周六,在丽塔到来的前几个小时,也许是某种先见之明,瑞秋已经尽一切努力,避免阿尔贝塔齐来家里吃饭。并不是因为她生那对夫妇的气,她只是一想到,要面对莱奥收到法院传讯的话题,她就会非常不自在,更别说报纸上出现的那些关于他的文章。丽塔和她丈夫在南美度了一月假,她回来后,最近电话打得非常频繁,这也不是一件偶然的事情。很明显,她也想插上一脚:她在电话里和瑞秋讲了很长时间,她有时候不说话——瑞秋已经讲完了,但是她真正感兴趣的那件事情,瑞秋却没有说。她一直不挂电话,就是希望瑞秋不要再保持沉默,把事情痛痛快快讲出来。很明显,丽塔希望瑞秋把她的痛苦表现出来,假如没哭的话,她至少希望听到瑞秋的抱怨。瑞秋才不会那么容易让她得逞。

但是那天晚上呢?天啊,那天晚上一定会像一场噩梦。在凶残狠毒的丽塔面前,她能不能控制自己的焦虑?她能不

31

能避免落入陷阱？好吧，她可能做得到。但是莱奥呢？莱奥绝对不让人放心。我们假定莱奥能控制住自己，弗拉维奥（一个真朋友）尊重他闭口不言的选择，但怎么能指望丽塔心满意足呢？她残酷无情的本性，会让她忍不住说出伤人的话。

瑞秋又想起了莱奥曾经说过的一件事情，他讲得饶有兴趣。那是很多年以前的事情，那次，丽塔邀请了一些好友，一起庆祝她父亲被判刑。"他被判了三年，那个婊子养的。"她越喝越多，不停地重复这句话，而且越说越过分，"这个国家，终于明白该怎么做了，可能这个国家开始走上正道了！"她在和朋友们一起干杯时说，"他们终于发现，他是一名罪犯。"

"为什么？"有一次瑞秋问，"你们会出现在这样一个丢人的场合里。"

"你知道吗，亲爱的，那时候的氛围就是那样，那些年，人们都是这样想的：父母就是仇敌，是压迫者。你那个老人掌权、和时代脱节的犹太家庭，情况可能不一样，因为你们必须尊敬虔诚的犹太前辈，但是在世界其他地方，作为老人，就是一件非常严重的错误。巴黎、伯克利、罗马的瓦莱·茱莉亚区，当时我们谈论的就是这些，我不知道你明白吗……丽塔只是从字面上理解了这些东西，她认为她父母应该被打倒……"

这件事情对于莱奥来说，非常有趣，但是瑞秋觉得一点儿也不好玩。她可能是一个没头脑的犹太女人，就像莱奥所说的那样：来自一个"老人掌权"的家庭。但是她绝对无法理解：有人会因为自己父亲被关进牢里，而举办一个庆祝会。也可能是瑞秋一直都很欣赏她的父亲，她尽了一切努力，就是想取悦于他。她想到，丽塔作为女儿，她父母给她提供了那么好的条件和机会，她却对他们心怀愤恨，而且毫不顾忌地表达了这种愤恨，她认为这是一种很病态的东西，她不想沾上这种人。

这就是为什么,因为过去丽塔的种种表现,并且考虑到前几天她打来的无数电话,瑞秋心想,那个和朋友们一起干杯,庆祝父亲蹲监狱的女人,那天晚上,肯定会问一些无理的问题。

瑞秋结婚之后,她的社会地位得到了提高,但是她依然无法习惯,这些上流社会的人说话时的毫无保留、肆无忌惮,这些人根本就不知道什么叫矜持和廉耻,他们什么玩笑都可以开,根本没有任何忌讳。在刚结婚的几年,她天真地以为,这种毫不做作的方式,打破了小资产阶级的一些习俗,是自由的象征。她接受的教育是传统的、小资产阶级教育。她甚至想,那种"说出一切"和"不隐藏任何想法"是不是一种非常高雅的行为,是她所属的阶级做不到的。很多时候,她都非常惊异地看着丈夫,这时候,他正在很轻浮地说出一个家庭内部的秘密。还有几次,她简直目瞪口呆了,因为她丈夫正在随口说着自己脑子里想到的东西。

直到最后,她才明白,这一切都不适合她,她不会习惯这种行为方式,因为她不喜欢。那些重要的事情,因为它们本身的性质,应该慎重、得体地处理,而不是成为和朋友们开玩笑的谈资,毫无顾忌地在陌生人面前披露——仅仅是因为一段风趣的忏悔,要比谨小慎微吸引人。对于瑞秋来说,有很多秘密,要比没有秘密好。从另一个方面,什么是重要的,什么是不重要的,什么该说什么不该说,一直非常混乱,这帮人已经失去了分寸,他们都忘了什么是最重要的。他们常常为了逞一时口舌之快,而忘记别人的感受。

瑞秋每次想起当时她未来的丈夫,在无意中羞辱她堂妹的情景,她都感到很难过、很尴尬。那时候,莱奥和瑞秋认识没多久,当时他是梅耶教授的助理:高傲、魅力四射。瑞秋只是一个充满激情、成绩优异的学生,考试时,莱奥给她打了满分,然后邀请她吃饭。这是一段不被看好的关系,尤其是瑞秋的父亲,他非常反对,他的思想跟不上时代潮流,他希望女儿和这位"老师"出去时,萨拉也在场,萨拉是瑞秋的堂妹,她不爱说话,充当一个尴尬的监护人。这样一来,结果是:莱奥不得不为女朋友的晚饭和电影票付钱,还要为女朋友的堂妹付钱。有一次,可能是因为当时的处境,也可能纯粹是想开个玩笑,莱奥已经买了无数次单,在一家沿海的餐厅里,莱奥问萨拉:"我从来都没有看到你有任何买单的意思,你说,你是悲惨呢,还是真的很穷……"

萨拉非常震惊,气得发抖。她不知道,在蓬泰科尔维的玩笑语录里,"悲惨"这个词,指的是在他们的圈子里很普遍的一种人:他们拥有很多财产,因为吝啬的原因,他们过着非常简朴的生活。萨拉不知道这个词暗含的意思,她哭了起来,好几天,瑞秋都没有回莱奥的电话。几天后,瑞秋才叹息着原谅了他。她说:"你怎么能对她说出那么过分的话呢?你怎么能那样侮辱别人呢?"

"那只是一句玩笑话。天哪,你们真是开不起穷人玩笑!你们为什么会那么较真?假如你愿意的话,我可以道歉,但我发誓,我一点儿冒犯她的意思也没有……"

"你看到了吗?这就是我要说的:你从来言不择词。因此我对你来说,就属于穷人吧?"

"别这样,宝贝。我刚才在开玩笑……"

"你什么时候才能停止开这种玩笑?"

现在,二十年之后,这一天终于到来了。但是瑞秋并不确信,这一天是不是真的到来了:她怀疑,随着岁月的流逝,莱奥刚开始表现出来的爱开玩笑的态度,到最后变成了他和所有朋友逃避问题,或者强词夺理、篡改问题的一种惯用手法。

假如不是遇到了一个真正严重的问题,莱奥这样做,也没有什么错。是不是正是因为他的"顽主"精神,让他意识不到问题的严重性(或者说,他假装没有看到问题的严重性)?

实际上,瑞秋知道,丈夫收到法院传票后非常失措,她太了解自己的丈夫了,所以莱奥满不在乎地说起这件事情时,她并没有吃惊。这就是他在外面,或者私底下处理焦虑的方法:他全然无视造成他焦虑的原因,假如可能的话,还要拿这些事情开玩笑。因为这个原因,在最近几天,她发觉莱奥晚上失眠,白天的时候,每一个细小的声音都会让他产生很激烈的反应,就好像他担心被攻击一样,瑞秋只能假装接受丈夫这些戏剧性表现,然后表现出一副满不在乎、无忧无虑、满怀希望的样子。不知道她有多想让他醒悟过来!告诉他事态很严重,当然,事情并非不可挽回,只要表现得像个男人,而不是开那些不合时宜的玩笑。

比如说,几天前的那个早上,菲利波吃早饭时他开的玩笑。当时菲利波嘴上雀巢牛奶还没有擦干净,他问是不是轮到爸爸送他去学校。前一天,莱奥正好又收到了一张法院传票,他说:"小坏蛋,你愿意乘坐一名不法分子的车子吗?"

好吧,可能这时候,孩子们都知道传票的事情,他们也想象得到,尤其是菲利波(几天前,他问了瑞秋这件事情。很明显,在学校里,他的同学问起了这件事情)。尽管从一开始,瑞秋就试图让两个孩子远离这些肮脏的事情,但是,他们不可能什么也不知道。说那些玩笑话有什么必要吗?让两个孩子卷入他的法律纠纷中,这有什么意义?而且,那种暗含深意的玩笑(加上一点儿也不好玩),正是因为非常难懂,可能会困扰他们。他为什么要这么做呢？事实上，不管莱奥怎么做、怎么说，他就是想搅扰他们，也想让瑞秋感觉到那种不安。很简单，因为他非常不安，但他不想承认这一点，他想发泄自己内心的紧张情绪。所以当菲利波很担心地询问："你为什么要这么说？"他马上用一句话回避了这个问题，表面上听起来没什么，但会产生相反的效果，"没事儿，没事儿，我开玩笑呢。一切都正常。"

正是通过这些事情，丈夫表现出了他的焦虑和不安（这让她恼怒）。他假装缓和气氛，实际上，使情况变得让人更加无法忍受。在局势进一步恶化时，他却假装置身事外。这时候，他的整个脚都已经陷了进去，他假装不考虑这件事，实际上，他脑子里一直在纠结。他假装一点儿也不惭愧，但是晚上羞愧地睡不着觉。他假装不害怕，但是已经吓尿了。

总之，鉴于当时的情况，就差弗拉维奥和丽塔插一脚了，想到要和这对最可怕、最反复无常的朋友共进晚餐，真是让人不寒而栗。瑞秋不明白，她是应该小心莱奥，还是提防那两个人：她很肯定，有人会上演一出戏，她要避免这种情况出现。不，她还没有做好应对这个夜晚的准备，这就是为什么那个星期六的早上，当时还有时间取消聚餐，她问莱奥能不能把聚餐推后。她说会想办法通知丽塔，不用莱奥费心……

"你为什么要这么做？"

"嗯，你知道，首先我有点累，昨天晚上我没睡好。还有一个原因就是泰尔玛今天不舒服，我不想让她煮饭……"

"她怎么了？发烧吗？还是嗓子疼？要我看看吗？"就好像泰尔玛是一台出了故障的家电，或者一匹得了腱鞘炎的马。

"不是,她状态不好……就是女人的那些事情……"

"她已经是一个成熟女人了,她应该习惯了。之前,这事儿也从来没有妨碍她做家务……"

"好吧,只是这次……"

"这次怎么了?"

"我看她比平时更疲惫。"

"她对你说了什么?她抱怨了吗?她说了她不想做饭吗?"

"好吧,你想想吧,你认为她会这么说吗?"

"你呢,用你那敏锐的直觉……"

"有些事情,我是知道的,她很累,你知道她很怕热。还有,对不起,总是有那么多人来吃晚饭,你烦不烦啊?这几个星期以来,你一直请人来家里吃饭。如果这次……"

"你想说什么?"

"就是我刚才说的。已经有好几个星期,你连续请人来家里吃饭,就好像你不愿意和我,还有孩子们单独在一起,就好像和我们在一起,你感到不满足。"

"我为什么要这么做呢?"

"我不知道。也许作为妻子,我只是觉得自己有点儿被忽视……好吧,我在开玩笑。我知道你喜欢请客人来家里吃饭,而我喜欢让你高兴。我知道,你夏天喜欢在外面吃东西,喝白葡萄酒,吃切好的桃子……在我力所能及的范围内……"

"我求你了,你不要列举你为我做的事情、买的东西。有什么问题?你直接说吧。为什么我们最亲近的朋友——我已经很长时间没见到他们了,为什么他们今天不能来?为什么你不想见到他们?"

"我不知道你在说什么。"瑞秋说。

"其实你心里很清楚。你知道,这和天气热没有什么关系,和厨娘的月经更扯不上关系。"

"拜托了,不要那么粗俗,我受不了你这样。无论如何,如果你愿意,我可以跟你说说我现在的想法……好吧。总之我觉得,每天晚上你都请人来家里吃饭,是想给所有人看看,最近的这些麻烦事儿,根本就没有影响到你……同样的原因,在吃晚饭时,你说话总是夸大其词,比平时更加不恭,你在讽刺、讲笑话,你拿那件事情开玩笑。你喝酒比平时多,你之前从来没有这样过。你想传达的信息就是:你们看看,蓬泰科尔维教授现在感觉不错,他还和往常一样,还是那个无法摧毁的人……"

"因此,女佣来了月经,这只是一个负责任的妻子编造的借口,想把绝望的丈夫从酒精依赖中拯救出来。这样一个丈夫,在我看来,还真是有点儿让她蒙羞。"

"别说得那么悲惨。"

"是你自己编了那些故事,不告诉我你真实的想法,我是那个编造借口的人吗?"

"假如我要告诉你,我考虑的不仅仅是你,而是我自己,你会怎么想?今天晚上,我一点也不想看到那个女人,看到她兴高采烈地谈论所发生的事情……"

"那个女人?兴高采烈?这就是你对她的评价?一个兴高采烈的女人?我感到很吃惊,这些年,你居然接受和这么一个烂人来往。"

"她爸爸被判刑,关在监狱里三年,她举杯庆祝;她来家里吃晚饭时,会表现得兴高采烈,那也没有什么奇怪的。你想,如果她爸爸被判终身监禁,那她会搞一场多么盛大的派对啊,可怜的男人。"

"用'可怜的男人'来定义那个父亲,是最最不恰当的。我敢说,在这一点上,你错了。丽塔希望我好,丽塔希望我们好,更别说弗拉维奥了,他是惟一一个我信任的人,他会为我两肋插刀。在这种时刻把他排除在外,他会觉得自己像个外人。"

"这就是你最担心的事情?让一个朋友觉得自己像个外人?"

"我没说这是惟一原因,我说这也是一个因素。如果丽塔……"

"如果丽塔提这事儿呢?"

"我会让她闭嘴,操!……不会发生这种事情的。弗拉维奥和丽塔太了解我了,他们都知道,那些对我的起诉都是没有根据的。"

"就是这个,就是……"

"就是什么?"

"假如你真那么想,假如你觉得自己特别有理,那我支持你。宝贝,我发誓。为什么我总觉得,你没做那些该做的事情……"

"该做的什么事情?"

"别这样。你如果开始叫喊,我们只能以吵架收场。"

"好吧,说吧,我很平静,我不会抬高嗓门了。说吧,给我解释一下:什么该做的事情我没有做?"

"你太掉以轻心了,亲爱的。还是之前的问题,你现在面临这样的困境,那是因为你太信任别人了。我感觉你还是没有吸取教训,你还是太过于相信别人。这一点值得欣赏,这让你成为一个了不起的男人,但是这样非常危险,一点儿也不实际。你太相信事实了,我已经跟你说了一千遍了,你是我认识的最乐观的男人,你的好心,你对别人的信任,这些都值得称赞。"

39

"你怎么能认为：你所描述的那个纯洁的男人，那个好心的、头脑简单的人，能完成他这辈子做的那些事情？"

"莱奥，亲爱的，和这有什么关系？我知道，在你的研究领域里，你是无与伦比的。在我认识你时，在你教书时，我就明白了这一点。激情、直觉、能力，这些你都有。你在给我们讲解人身体的那些秘密时，总是很吸引人，我的那些女同学都爱上你了。我到现在还很难相信：我是被那个年轻、英俊，而且遥不可及的蓬泰科尔维老师选中的人……我好像觉得，你选中我，正因为我是最没希望的那名女生。但是，这并不意味着，你在其他方面也能游刃有余……我真觉得，这次你有点低估了这个问题。在面对问题时，你把我排除在外。你为什么不让我知道呢？你为什么不让我帮你呢？这次有什么问题呢？我一直都在全天候照顾你，为什么这次不行呢？那天，为什么你不让我陪你去律师那里？你不知道，被排除在外，这让我多难过。你不知道……"

"不管你怎么说，怎么想，总之我不是一个笨蛋，也不是一个天真的、不负责任的人。圣克里斯蒂娜医院的律师是最好的，他向我百分之百保证。"

"这正是我要说的事情！你怎么就不明白，你的利益和医院的利益已经冲突了？他们不仅仅会把你清理出去，而且会把所有责任都推到你身上。"

"你看到了吗？你还是老样子。你看不上丽塔，总在说她的不是。但是，你现在想想，谁是那个小人，那个胡思乱想、怀疑别人的人？还有，你知道什么啊？整个医院都站在我这边，很多小孩的父母，以及以前的病人都可以为我作证，还有大学的系主任，他公开为我辩护，他在多家报纸发表声明……更不用说那些同事、校长……所有这一切让我很安心，这又不是我的问题。在这种时刻,我很想和朋友们在一起……"

是啊,这就是她的莱奥,她认识的人中最没坏心眼的,他无条件地相信别人,这真是一种奇怪的天性!这仅仅是一种天性吗?或者说一种严重的缺陷,一个需要留神的东西?她丈夫的大度(有人可能会用另一个词来形容他,一个很粗俗的词),就是他不识时务,不知道什么叫作失败,他从来就没有品尝过失败的滋味,他过于相信命运的恩惠。

好吧,她接受的犹太式教育里夹杂着恐怖。她刚认识到丽塔时,她就觉得这个女人很讨厌,因为她发现,丽塔简直就是自己的翻版,只不过她生活在一个更高级的社区里。丽塔不信任别人,她的那种谨慎和担忧,都是瑞秋非常熟悉的东西,那是她们还在襁褓中时,就已经被灌输的东西。瑞秋有时候会想:她爱丈夫的原因中,非常重要的一条,可能是因为他正好是自己的反面,他从来不会担忧和害怕,而是表现得优雅而强健。

她丈夫每天都要和人体那些不可思议的、变态的、邪恶的毛病打交道,但当他在处理自己的生活时,就会沉浸在一种不可救药的理想主义博爱之中。怎么会这样呢?他的职业难道什么也没教会他吗?他工作的地方,那些小孩每天都在和死亡做斗争,还有什么比这更磨炼人的事?肮脏的床铺、呕吐物、小孩痛苦、大人绝望……但是很明显,这样的经历并没有教给他任何东西。医院的事情对他来讲,说明不了任何问题。显然,这些都没有让他变得聪明一点,也没有让他玩世不恭——那是大部分同事都表现出来的态度。

说实在的,在他们夫妇俩人当中,他是喜欢扮演冒犯神灵的角色,他总是说着那些对于瑞秋来说很空洞、浮华的话,比如说"世俗主义"、"启蒙主义"和"不可知论"。尽管如此,仔细琢磨一下,他才是家里真正的教徒。他们两个人中,只有他才真正相信存在天理,而且天理是公正的,能让所有事情正常运转。

"从根本上来说,最后纳粹失败了,纳粹注定会失败。"每次瑞秋说周围有许多反犹太主义者,他都会说,事情没有那么严重。(瑞秋忍不住会想:真的吗?纳粹失败了吗?怎么会这样?不是我们犹太人失败了吗?)

现在,面对别人写的关于他的那些可怕污蔑,还有强加到他身上的罪过,莱奥好像只满足于确信:自己没有做这些事情,或者不是故意的,这对于他来说已经够了,因为最后事实会毫不费力地浮出水面。

作为妻子,瑞秋不止一次地想,丈夫这种对世界无条件的信任,是不是因为他的生活一直一帆风顺:他的生活像童话一样,所有梦想都实现了,所有诺言都实践了。假如有一样东西,时时刻刻受到威胁,有可能被打破,那就是——完美。

蓬泰科尔维一家人是瑞秋认识的、惟一没有受到希特勒迫害的犹太人。当时,希特勒的爪牙在整个欧洲追赶和逮捕犹太人,蓬泰科尔维家人都在瑞士,住在很安全、很温暖的地方,不像其他犹太人那样,吓得要死,瑞秋的父母亲就没有那么走运。那时候,莱奥三岁,这个幸运的瑞士小孩,生活从开始就没有遇到什么挫折,后来更加一帆风顺。他的童年和少年时期都是童话般的,在一个强势母亲的庇护之下度过,他后来上了一所名牌大学,这使他能够继承整个家族的传统,开始了非常辉煌的事业,后来他把蓬泰科尔维家族提升了一个等级,一个历史上最荣耀的时期。我们就拿蓬泰科尔维家人来说,生活从一代到下一代,是一个非常平稳安康的过程,就好像他们注定会走向幸福和富裕。

是不是因为这个原因？他一帆风顺，从来没有遭遇过挫折，这种境遇反倒把他毁掉了？他会不会就像盖斯顿——唐老鸭的堂弟，生活向来都很如意，在逆境面前，会变得脆弱？他的想法本来是很好的：就是在生活中，把该做的事情做好，然后获得提升，是这个想法把他麻痹了吗？她丈夫已经把意外情况从他的人生中剔除出去了？然后用一贯的方式，对待生活中难以分辨的恶？关于丈夫性格中的这一点，瑞秋经常给菲利波和撒母耳讲一个故事，在她看来，这个故事很有意义，正好可以揭示莱奥和她自己性格的不同。

他们的蜜月是在斯堪的纳维亚度过的，他们是开车去的，瑞秋依然怀着激动的心情回忆那些日子。她那时候刚满二十五岁，丈夫二十九岁，那是她第一次出国。而且是和她深爱的丈夫在一起，丈夫身材高大、引人瞩目，是典型的地中海帅哥，眉宇间还流露出一丝书卷气息……好吧，这件事情，让那位年轻姑娘的生活忽然发生了变化，就像她喜欢的英国男演员加里·格兰特参演的那些喜剧里的人物，现在终于轮到她了，她也可以享受一下浪漫的时刻。他们蜜月旅行过程中，有时候她觉得自己就像玛利亚·卡拉斯，她一直都在小报上关注这位女星的消息。莱奥虽然没有意识到，但是他很自若地扮演起了亚里士多德·奥纳西斯的角色——当然，他并没有那么富有，但是他要比亚里士多德·奥纳西斯瘦得多。莱奥延续了家族的炫富传统，他准备的那些东西，真像童话里的一样：从金碧辉煌、历史悠久的饭店，到斯德哥尔摩剧院的票，从海湾上坐船游览，到奥斯陆大饭店套间的躺椅上，她看到的晚礼服，这一切真是太美好了！

还有，瑞秋记得，她并没有从头到尾享受着丈夫为她准备的这些浪漫惊喜。她想到莱奥把钱都花在没用的地方，这有悖于她从小受到的教育,她甚至觉得,这种做法有点不道德,这让她的心情大打折扣。她很确信:到最后,这种挥霍会遭到上天的惩罚。这个预言在他们回程的路上,就得到了证实。当他们到了蒙特卡罗的宾馆里,那是他们回罗马前的最后一站,两个新婚夫妇身上一块钱也没有了。

那时候还没有信用卡,要往国外汇款是一件非常漫长的事情,而且需要很多手续费。莱奥决定给他母亲发一个电报,向她求救,那段时间,她住在佩斯卡伊阿·卡斯蒂廖内的一个别墅里,那是莱奥的舅舅——埃内亚的房产。

这时候,瑞秋很担心地问了一句:"你觉得这样折腾你母亲合适吗?你是不是想让她一个人来找我们,为我们结账?她连驾照都没有!"莱奥一点儿也没有慌,他说:

"你不了解埃内亚舅舅,他一定会陪母亲过来的,他从来都不会放过任何一次上路的机会……"

就这样,差不多一个小时之后,莱奥回到宾馆,手里拿着一张电报的收据联。他对瑞秋说:"你看,没什么可担心的。"她看着丈夫,好像他是个疯子。这怎么可能不让人担心呢?一份电报,这就是他拥有的东西,是他发电报的收据联,而不是回复的电报。那只是一个希望,就好像在发生海难时,一个恋人或者落水者写的漂流瓶,在发出去的电报和搭救的人到来之间,不知道会发生多少意外。他们可能会收不到那份电报;他们可能会很晚才能收到那份电报;他们也可能会在来蒙特卡罗的路上发生事故;他们可能……还有其他因素,瑞秋在给她的孩子讲述时,她很小心,并没说明后来发生的事情。她的猜测并没有得到证实,后来拯救他们的,正是莱奥的母亲——那女人从一开始,就对瑞秋表现出敌视,而且她从不掩饰自己的敌意。瑞秋感觉到,自己没办法承受婆婆的嚣张气焰，就像她没办法忍受婆婆对她的指责：作为妻子，她没有管好挥霍的丈夫，阻止他的冲动消费。

瑞秋心事重重，想着婆婆可能马上就会赶到，这比她婆婆不来更让她焦心。她听到莱奥问："我们在房间里吃晚饭，怎么样？叫他们送过来，我不想出去了。"

"但是，我们现在一个子儿也没有了……"

"好吧。现在我们没有钱，但是后天钱就来了。我们又不用马上付钱，你有什么可担心的？"

"只是……"

"只是什么？来吧，我要一个海鲜拼盘、一杯葡萄酒，还有一个美味的焦糖布丁，你呢？"

"我什么也不要，亲爱的，我肚子不饿……嗯，一杯牛奶咖啡就行了……"她手里攥着剩下的几枚硬币，回答说。

"你确信你不要一个牛角面包？"

"要一杯牛奶咖啡就好了，谢谢。"最后她又补充了一句，"我不饿。"

她跟孩子们讲述到"我不饿"时，其实那时候她非常饿。几分钟后，她丈夫穿着宾馆的白色浴袍，口袋上绣着宾馆的缩写，他用海鲜蘸着粉色的沙拉酱，还在问："你确信，你什么也不要？从今天早上起，你什么都没吃。"她看着窗外著名的摩纳哥彩灯（这些彩灯让她浪漫地联想到电影《泥棒成金》里的情景），她忍受饥饿，继续说："不要，谢谢。真的，我什么都吃不下。"

那一次，莱奥的判断是对的，瑞秋的忧虑是多余的。两天之后，埃内亚舅舅和他一脸轻蔑的姐姐来了，带来了一堆钱，让他们花。但是，不是每件事情都会得到解决，也不是每次他都能灵光一现，想出一个办法，解决面临的困境。

比如说这次要付的账,数目要大一千倍。他们面对的问题,不是在一个势利的宾馆门房面前挽回自己的面子,也不是有一笔账要付,他们要挽回的是他们的生活,还有菲利波和撒母耳的生活,也就是他的整个世界!在这之前,从来没有出现过这种灾难,这并不能说明什么问题。有一些幸运的夫妇,他们非常慎重、节制,能成功地度过人生美好的几十年,安然无恙地步入老年。有一段时间,瑞秋希望,也相信有一天,他们能成为这种"高级俱乐部"成员。他们之前没有遇到任何障碍,他们的生活可以说是一帆风顺。

现在,事情并没有按照她的想象来,那些指责和控诉,对于这样一个受人尊敬的家庭来说,是一种威胁。莱奥所从事的职业,好名声是必不可少的,是决定性因素,这就是需要特别关注那件事情的原因。好吧,可能莱奥说的有道理:至少刚开始的时候,所有人都站在他那边,捍卫他。但是他怎么能那么肯定:事情不会发生变化?很明显,国家机关那些负责此事的人想拉他下马。很明显,像莱奥这样的人,他很强大,但是又不够强大,他不能依赖报纸舆论的支持,更不能依赖别人。

当然,事情进一步恶化时,任何一个埃内亚舅舅(加上这个舅舅已经去世了好几年了)都救不了他,都付不了他的账单。不,这次事情非常复杂,而且异常危险。让人难以置信的是:有一些国家公务员,他们的工作就是证实莱奥是一个恶棍。国家付钱给他们,就是让他们把莱奥弄进监狱。他们像猎犬一样,迫不及待地想咬住他的脖子不放,那些吸血鬼,他们的成功之举,就是把他榨干之后送进大牢,让他这些年辛辛苦苦建立起来的威望化为灰烬。这些擅长诡辩的混蛋,他们颠倒黑白,加害莱奥;面对这些卑鄙的敌人,乐观主义起不到任何作用,只能是一个障碍。

但是,如果是瑞秋想错了呢?不是莱奥太过于乐观,而是正好相反:是他太过于悲观了呢?事情也可能就是这样。她经常发现,丈夫玩笑态度的背后,他的满怀信心里,隐藏着一些东西——一种非常暧昧的情感,可以称之为"害怕",这种情感就像隐藏在茂密花园里的一只鼹鼠,很难被发现。

是不是丈夫的这种恐惧,可以解释所有事情?丈夫生活在恐惧之中,真有可能是这种情况,就像那些不习惯困难的人,就像那些生来就被宠坏了的人,莱奥没有有力的工具来驱赶恐惧。因为要抵抗恐惧,他首先要熟悉恐惧,是恐惧让他的精神陷于瘫痪吗?

是恐惧妨碍了他采取行动,阻止了他抓紧一切时间,来捍卫自己吗?有可能事情就是这样。在这种时候,一个不像他那么害怕的人,肯定会利用所有时间,埋头研究所有和他相关的文件资料。但实际上,莱奥一直在拖延,他总是在委托别人,是的,这是他最擅长的事情:把面对问题的时间一直向后拖,最后,把这些问题轻率地交在别人手上。他对于那位辩护律师过于信任,那位律师是为医院服务的:一旦发生什么事情,医院都会把责任推卸到医生和员工身上——这家医院已经发布了几则声明,说明自己是"受害方",让医院的律师替他辩护,这对于他的职业生涯,简直就是自杀。

但是,他还是把自己要面对的问题推给了别人。莱奥越来越像那些患了疑心病的人:他们整日沉浸在自己幻想出来的疾病里,但是,他们不想采取任何行动,去戒烟或者戒酒(因为某种让人发指的懒惰)。他们已经表现出了一种让人忧心的病症,但是没有勇气去找一个专业医生,也没有去做深入的检查和化验。就好像在绝望的事实和不知道真相的焦虑

47

之间,他们更喜欢后者。有一些这样爱胡思乱想的病人,他们喜欢生活在不知情中。

当然了,这几个星期以来,莱奥面临的危机,就是那种蔓延的恐惧。瑞秋从一些明确的症状里,识别出了他的恐惧:他原本胃口极好,吃饭狼吞虎咽,现在忽然变得吃不下饭。之前,他总是喜欢在星期天睡懒觉,现在他动不动就失眠,这是一种反复发作、折磨人心的精神危机。

一直以来,她的莱奥都处事不惊,这次怎么那么容易受影响,一点小事就让他惊慌失措。

瑞秋记得有一天,几个月之前,当时在家里,他收到了一封信,是《晚邮报》的编辑部转给他的。在那份报纸上,莱奥正在写一个名为《预防要胜过治疗》的专栏,有众多的读者。有一次,他一反常规,在某期的专栏文章里没有对读者描述某种病理,也没有提供一个健康忠告的单子。有一次,在某种理想的驱动下,他做了一个决定:要揭露教廷的"阴险抵制"。多年以来,教廷一直在抵制某些研究机构,因为这些研究机构在研究基因问题。莱奥写到(具体来说,鉴于他的温和性格和社会地位,他写东西时非常谨慎):教皇应该对那些充满热情的科学家宽容一点,因为他们的研究是为了人类利益,而不是危害人类。

最后一句话——这种直接针对教皇的话,让一个读者借题发挥了。那位读者非常愤怒,他给莱奥寄了一个纸条(而且他还告诉莱奥,他还抄送了一份给《晚邮报》的主编),在那个纸条上,他用短短的几句话,发泄了他心中的所有不满,下面就是那张纸条的结尾部分:

> 蓬泰科尔维教授怎么敢对教皇的做法说三道四?蓬泰科尔维教授,您是在给这个神圣机构提您宝贵的意见

吗？还有您——尊贵的主编,您怎么能让这位欺世盗名的教授,这位虚伪的科学家,这位穿着白大褂、不信主的人公开训斥教皇？也许,蓬泰科尔维教授也应该好好想一下您自己的宗教信仰,您的宗教局面混乱,想想您的教友在圣地所犯的罪行,而不是对和您无关的事情说三道四。

在纸条下端,在签名的地方写着:一位前读者充满敌意的问候。

"我怎么对教皇说三道四了?"莱奥一直在问瑞秋这个问题,"你能不能给我解释一下?"他还是不安心,又问道,"亲爱的,你觉得呢？我谴责教皇了吗？假如你也认为我那么做了,请你告诉我。可能那个人把'阴险抵制'理解错了,当成我对教皇缺乏敬意。你可以为我作证,这不是真的。你知道我有多尊重……还有,他用了那么多大写字体,你不觉得很让人不安吗?"

莱奥对那封信的反应让瑞秋惊呆了。他忽然变得极端焦虑,着魔一般,非常烦恼,除了那些非常了解他内心的人,没人会相信那是他的风格。那天下午,莱奥一直在客厅的水晶大桌子周围走来走去,他手上拿着那位居心不良的读者写的纸条,还有被抨击的那篇文章的剪报。他时不时会停下来,重新读一下其中的一段,接着又围着桌子打转,根本就没办法让他平静下来,也没办法让他坐下来,也没办法让他的困扰减轻一点。

"别这样,别看得那么严重。那只是一个疯子。他的语气就像疯子,风格也像疯子,为什么要在乎他说什么呢？为什么要小题大做呢?"

"那种仇恨太夸张了,我的宝贝。那是纯粹的仇恨,还有那种蔑视的语气。他在恐吓我,就好像他跟我有私人恩怨。在那封信中,他发泄了那么大的仇恨!就好像想要了我的命,这是我没有办法理解的事情。"

"你不理解是因为那些话无法理解。你不明白,是因为你一直都是好孩子,是因为你不知道一个反犹太主义者会多么恨你,是因为你永远都不会做那位先生做的事情。"

"也就是说?"

"也就是说,读一篇文章后很生气,最后拿起纸笔,写了这封糟糕的信。"

这时候,莱奥好像平静了一些。但是过了一会儿了,他脸上又露出了一丝恐慌的表情。

"你知道我害怕什么?"

"害怕什么?"

"报纸会怎么处理这件事情呢?"

"他们能怎么处理呢?"

"好吧,因为我的缘故,他们失去了一个读者,还是一个教皇主义者。"

"他们一定会很绝望!"

"别开玩笑。求求你,现在别开这种玩笑!"

"教授,打起精神,好好想想!你有没有想过,像《晚邮报》这样的报纸,会有多少读者?你有没有想过,他们每天要收到多少封这些疯子的信?他们的废纸篓里,一定全是这种垃圾!"

"假如他们把我的专栏取消了呢?"

"因为这么一件小事儿?"

"是的,就为这么一件小事儿。"

"我还以为,你不是很在乎你的专栏呢。你总是在抱怨,总是说你已经没什么可写了,还说这让你没法专心工作。假如取消的话,也不是什么坏事,你又不是记者……"

"实际上,我觉得这个专栏对我的事业非常重要,这使我在部门的地位得到了某种保证。"

瑞秋知道,报纸专栏和他在医院的工作没有任何关系,专栏只是满足了他的虚荣心。但是她觉得,要揭露出丈夫的自恋和不诚实,这样一点儿也不好。现在她真有点儿担心,因为那么小的一件事情,丈夫就陷入那么大的恐慌,莱奥的心理平衡就那么容易打破吗?

瑞秋一直在关注这个心理危机的始末。一方面,她看到丈夫陷于困境,觉得很惊异,同样让她惊异的是:丈夫接到了报纸主编的常规电话——那是每个星期都会打来的电话,他就马上开朗起来了。主编带着对一位重要撰稿人的敬意,问他有没有完成新一期的专栏文章,或者是还在写。他挂上电话之后,过了一小会儿,瑞秋就看到了他的转变:她的莱奥又回来了,那个充满正能量的莱奥。他现在充满动力,可以马上启动,瑞秋甚至觉得,他变得更高大了。

现在发生在他身上的事情(对他的调查,还有其他事情),看起来要严重一百倍,尽管她丈夫的表现很出色,但事态严重,这一点瑞秋还是非常清楚的。

就像他所预料的那样,这一次,《晚邮报》并没有让这件事情就这么过去。警察对莱奥工作的医院和诊所进行搜查之后,莱奥接到了报纸主编的一个电话。在电话里,主编非常客气地对莱奥解释说:专栏可能要暂停一段时间,但不是彻底取消。瑞秋当时也在场,在丈夫对面,他就像一名做了恶作剧之后被惩罚的小学生一样。瑞秋看着他,他不停地说:"我明白。很显然,没有问题。当然,当然,这是惯例。是的,是的,您别担心,谢谢您。我也确信一切都会水落石出。当然,我会来看望您的……"当他把电话挂上之后,他还是保持着沉着冷静,就好像在他身边的不是他妻子,而是那位让他感到敬畏的主编,或者是面对很多充满期待的听众,在考验他的承受力。假如瑞秋不是那么了解莱奥,她会觉得莱奥非常平静,对自己面对的事情很有把握。

遗憾的是,她太了解自己的丈夫了,因此她知道,那种理性的表现,不过是焦虑的另一种形式,所有问题都在这里。假如面对一个匿名者写来的一封不值一提的信,他都能表达出他的不安,现在面对一个真正的威胁,他连表达的勇气都没有了。可怜的宝贝,他一定是被吓坏了,却不能发泄出来。这次他受到了重创,他的决定把焦虑隐藏起来,忽视问题,远离别人的目光,不直视魔鬼的眼睛。

还有另外一件事故,假如莱奥有勇气跟她沟通的话,瑞秋可以用同样的方式来解释。

那件事发生在大学里,他接到报纸主编电话、取消专栏的前十几天。那时候已经是五月底了,他正在上第二学期的最后几节课。

莱奥喜欢教书,他教书教得很好,很认真、也很幽默,因为他天生口才很好。他很希望和学生交流,在讲台上他充满激情,同时也非常忘我。他的声音非常性感,加上麦克风的效果,有点像播音员。当然,也不能忽视他的名人效应。你以为呢?他能从坐在第一排姑娘们的眼睛里,看到崇拜的眼神,她们瞪着眼睛,下巴靠在手背上,非常出神地凝视着他。他能感觉到她们的目光,能猜测她们对他的评价,每次进教室时,他都能看到那些迷人的笑脸。他上课时,身上散发着某种戏剧般的性感成分。他在同一个地方上课已经有些年头了,这已经成为一种墨守成规的神圣仪式,每个星期有两天,在固定的时间:星期二和星期三,晚上六点,在医学院一层十教室进行。

莱奥·蓬泰科尔维并不是一个煽动者,但他非常擅长和学生打交道,并不违背所谓的大学规定。他谴责六十年代的学生运动彻底搅乱了师生关系,但是,他又认为老派的繁文缛节很不合时宜。假如他要提问一个女学生,他会称呼:"小姐"。至于男生呢,他会像家长一样,用一种诙谐的语气,很亲切地叫他们:"亲爱的孩子"。

学生上课时的行为规范,却是不容违反的。这几十年以来(包括在吵吵嚷嚷的七十年代),他上第一节课时,都会念一个单子,那是在上课时严禁做的事情:严禁迟到;严禁早退;严禁嚼口香糖;严禁吃零食;严禁在上课时,用提问和评论的方式打断老师讲课;严禁对老师使用随便的日常用语,比如说"不错呀";在办公室接待学生时间之外,严禁询问考试问题;诸如此类……他以身作则,尽量准时、严格、精神抖擞。

蓬泰科尔维教授的课一点儿也不让人厌烦。随着时间的流逝,经验的积累,他掌握了吸引学生注意的所有核心技巧。他会讲一些有疑心病的母亲的轶事,或者那些病孩子的故事,他们都充满了坚定的斗志,会影响到所有人,他们首先针对的就是病人主治医生。

那天下午上课时,蓬泰科尔维教授很出色地掩盖了内心的不安。实际上,他去大学的路上,在车上他接到了秘书的一个电话,秘书告诉了他一件非常糟糕的事情:几分钟前,他的工作室里闯进了几个财政警察,他们带着搜查证。莱奥几乎有点不耐烦地回答道:

"现在不行,丹妮拉!我正要去上课。"

"但是,教授……"

"我已经告诉您,我正要去上课,我们待会儿联系。"

你们想象一下,他踏进教室时的那种焦虑心情;你们想象一下,当他从随身携带的皮包里,拿出写有教案的笔记本。在上课前,他拖延了一下,往杯子里倒了一点水,心神不安地喝了几口。连他自己都惊异的是:讲课时,他的声音没有泄露出来一点点痛苦和不安,一切无比流畅。没人能猜到他内心的焦虑,也没办法想象,在一刻钟以前,这位迷人的老师得知:税务警察正在仔细搜查他的办公室。

之前的周末,他和孩子们还有瑞秋去了海边(这是天气暖和以来第一次),阳光给这位教授的脸上增添了一层运动员的色泽,这种微微晒黑的肤色和他的浅色上衣非常搭调。还有他天蓝色、尖领上有纽扣的衬衣,条纹领带,还有他在麦迪逊大道那家小店里买的亮光皮鞋,让他看起来光彩照人。

总之,这是一位最干净利落、最迷人的蓬泰科尔维教授。他正在讲解,给八到九岁的孩子验血时,如果碱性磷酸酶指数忽然增高,这就可以推断出,他患了佝偻病,或者其他骨骼发育不良的疾病。

莱奥在讲解这些时,甚至有点儿情绪高涨。在看到那个男生之前,他一直在心平气和地讲课,那是一名留着非洲式发型的男生,眼镜镜框也有些轻浮,他正在骚扰旁边的一名女生,他们俩坐在教室的第三排。莱奥那时忽然觉得,他们在嘲笑他,刚开始,他想着随他们去吧。

但是,最后没办法了:他已经失去了耐性。

"你们要不要和大家一起分享一下你们的秘密,或者,你们更乐意出去讲?"

"对不起……教授……是我的错,我向她要了一个东西。"

"是非常重要的东西吗?"

"我问她有没有笔和纸。"

"哦,也就是说,您来上课的时候,没有带纸笔……"

"是因为……"

"对您来说,上这堂课就像郊游吗?您觉着这间教室是个游乐场吗?可我觉得这是大学课堂,尽管您没有意识到,但是我们正在上课。"

莱奥本来应该就此打住,他应该感到心满意足,但是不知道是什么原因推动着他,让他更进一步,让他变成了一个让人讨厌的主讲教授,这和他平日给人的印象格格不入。

"您不觉得,在大学课堂上应该从家带纸笔来吗?是不是?也许是我错了。也许您对这个地方的看法完全相反。也许您是对的?你们其他人怎么看?也许你们的这位同学是对的?也许这里就像一片草地,可以露营,可以开怀大笑?"

这是第一次,学生们看到:蓬泰科尔维教授在大张旗鼓地发泄自己的不满。是的,所有人都知道,他很在意有些东西。但之前,他的责备总是带着一种轻松的口气。就像那一次,有一个女生当着他的面吃零食,当时莱奥是这么说她的,"您现在吃饱了吗?您觉得好点了吗?您感觉体力恢复了吗?您还需要其他东西吗?一杯咖啡?一杯苦味酒?一根雪茄?睡个午觉?"所有人都笑了(包括莱奥自己)。因为蓬泰科尔维教授的斥责从来都不会越界,不会变成辱骂和人身攻击。

然而,这次他好像要专门让那个男生陷于难堪的境地。他说话很刻薄,他的声音里流露出敌意,就像那个男生可怕的发型和镜框刺激了他,让他火上浇油。

"您回答我啊?您怎么能在上课的时候,忘了带纸和笔?这是什么行为?"

莱奥忍不住接着说,最后说出了一句不应该说的话,我建议你们,任何时候都不要这样对别人说话。他停了几秒钟,然后用一种不容置疑的语气问那个男生:"您不觉得羞愧吗?"

"您呢?您从纳税人那里骗了几亿里拉,您不羞愧吗?"那位男生说。

这句话后来一直在莱奥的脑子里浮现,让他连续三个晚上都没睡好觉。这件事情的糟糕收尾,让莱奥没有勇气讲给瑞秋听。是的,他什么也没说,但是他一直在想这件事情。那个头发茂密的混蛋,当着那么多人的面,让他颜面扫地。像在那间教室里(或者说那个魔法王国里,二十年时间里,莱奥一直在用戏谑的方式行使他的权力)一样,在法庭上,人们很快也会这么做:他们会对他就地审判,就地处决。

就这样,在接下来的几天里,莱奥本可以用一系列的回答,来回复那个挑衅者,来免除自己的罪责,但他没有那么做。通常,如果发生这样的事情:我们失去反唇相讥的机会,我们会感到懊悔,本可以用一句绝妙的话针锋相对,但是我们却受到了伤害。然而,最后莱奥确信:在当时那个情况下,他的表现是最好的。他没说话,他假装没有听到那个男生的话,假装无动于衷,假装自己的学术权威没有彻底完蛋。他接着刚才的话题开始讲课:血液分析,还有其他的内容……

他还能做什么呢?

现在,我们说说瑞秋,还有莱奥的恐惧吧。

瑞秋看着丈夫,她不由自主地想起她的父亲——切萨雷·斯皮齐基尼,他永远不会这样处理问题。瑞秋想:我的父亲,他会不畏艰难,会暴跳如雷;我的父亲,他会在律师工作室咆哮；我的父亲，他一定会放下所有事情，想出一个解决办法，让自己走出这个漩涡。

但是，莱奥一点儿也不像已经过世了的切萨雷·斯皮齐基尼。可笑的是，瑞秋嫁给莱奥，正是因为这种昭然的不同。尽管她很爱自己的父亲，但是她确信：做切萨雷·斯皮齐基尼已经很辛苦了，但做他的家人更辛苦，这就意味着要一直生活在担心之中，总担心会发生什么事情。实际上，她父亲就是这样生活的：等待（或者召唤？）被雷劈为齑粉。对于他来说，外面的任何事情，都可能会演变成灾难；整个宇宙布满了不幸的陷阱。比如说，他的吝啬就是因为他在为"大危机"（这是他的定义）做准备，这次危机可能会让世界面目全非。他的那种精神，就像有些生态学家，他们表现得像救世主一样，等待着毁掉地球的世界末日。

有没有可能，只有在这时候，瑞秋才意识到——莱奥的生命，像蜂蜜和黄油一样，在面对真正的挑战时，会表现得软塌塌的。她父亲波折的一辈子，都是带着恐惧度过的，他一直选择坚强面对，正是这种恐惧，才让他像男子汉一样，带着愤怒，面对生活的巨大痛苦。

当斯特拉——他的大女儿，瑞秋的姐姐，在一场非常荒谬的事故中死去（在床上，一床被子和一个致命的烟头），切萨雷·斯皮齐基尼就表现出了他的男人品性。面对女儿已经成为灰烬的尸体，他像杀猪一样在嚎叫。从那以后，他一直失眠，他在情感上一直都没有恢复。但是，他的反应是可以理解的，在葬礼结束之后，他又重新掌控了自己的生活，竭尽全力照顾剩下的女儿。是的，他战胜了痛苦。毫无疑问，斯特拉的死，在他的内心和潜意识里种下了恐怖的种子。但正是因为这个原因，他才一辈子研究如何战胜恐怖，这激发了他的勇气和决心。

恐惧会催生相反的效果：会让你产生过激反应，或者无法做出反应。这时候，瑞秋发现了恐惧的不同表现形式：父亲利用恐惧释放自己，而丈夫呢，他彻底被恐惧打倒了。

假如莱奥没有隐藏恐惧……好吧，当然，他现在会表现得激烈一点，或者勇敢承担责任。然而，他现在想尽一切办法，对所有人表现出自己并没有受到惊吓。同时，他又受恐怖的支配。正是这种恐惧推动着他，让他待在那些他不需要的人中间。他不想一个人待着，就像小孩子，祈求母亲在他们晚上睡觉时陪着他们。就像有些得了绝症的病人，他们用尽一切气力站起来，去餐馆和朋友们会面，他们确信，在飨宴的场面，死神是不会厚着脸皮去找他们的。

瑞秋呢，她看到所有这一切，她只想着保护莱奥，让他不要因为过于乐观，而表现得不负责任，也不能让恐惧占上风，失去行动的能力。

这就是为什么那天晚上，瑞秋想到要和阿尔贝塔齐夫妇吃饭，她会不寒而栗，怒火中烧。这就是为什么瑞秋会那么担心。因为这几个星期以来，丈夫从医院或者从大学回来，瑞秋想单独和他在一起，她想远离那些朋友探究和审判的目光，她想和丈夫坦白谈谈。

阿尔贝塔齐夫妇在他们家里的时候，瑞秋知道：应该是自己，而不是莱奥去抵挡丽塔的进攻。那个女人，她生活的惟一一个兴趣，就是向自己、向整个世界展示她有多纯洁，而其他人有多不纯洁。

"你敢不敢和我打赌，今天晚上，丽塔不会放过任何一次损人的机会……"当瑞秋明白，那天晚上，她不得不又一次满足丈夫的愿望,他们和弗拉维奥以及丽塔的晚饭无法避免时,她充满嘲讽地喊道,"你想赌什么就赌什么吧。"

他们打的那个赌,第一个回合结束了,第二个回合是在弗拉维奥和丽塔走之后马上开始的。他们喝太多威士忌了,他们玩那种男女对决的骰子游戏(瑞秋不喝酒,所以没有参加),通常男的都会大败而归。现在,莱奥和瑞秋之间的对决开始了,他们要判定谁赢了那场赌局。

表面上看,很明显是莱奥赢了:他是胜出者。弗拉维奥,还有最让人担心的丽塔,他们都没很明确地影射他的官司。给人的感觉是:好像那个平静、友爱的弗拉维奥,至少这一次,已经事先警告妻子不要信口开河,不要发表任何言论。他应该已经告诉丽塔,要她把她的想法、愤慨和强硬的立场放在一边,她要克制自己对闲言碎语无可救药的激情,要对这两位正处于困难时期的夫妇表示同情。

她接受了丈夫的指令。

开始的时候,气氛有点儿僵。尤其是当弗拉维奥用通常的问候,来开始两个老朋友的对话。这次,他很小心地回避了那句他一般都会说的话:"教授,敌人那边有什么消息?""敌人"是一个普通词汇,弗拉维奥用这个词来指代任何事情:工作、大学的同事、圣克里斯蒂娜医院的管理工作、菲利波和撒母耳在学校的成绩……总之,就是每天的日常生活。可能他担心,这样一个问题会引起朋友的误解,很显然,莱奥现在处于困境,他的工作出了问题。假装看不到这些问题,这让人不自在,揪着这些问题不放也一样。就这样,弗拉维奥只是回答了莱奥的问题,谈了自己的工作,但是并没有比平时多说几句。

感谢上帝,那时候,瑞秋从厨房里端来了一盘吃的,那是一个银盘子,上面放满了面包片,热乎乎的面包片上,放着用胡椒和金不换调味的西红柿,还有水牛鲜奶酪,那是丽塔的最爱。丽塔是那种吃得很多,却从来都不发胖的人。像这样的人,当你问他们:为什么会出现这样的奇迹?他们总会给你一个很权威的回答,比如说:"这是新陈代谢的缘故。"心怀恶意的人可能会推测,丽塔的身体是一个强力垃圾处理厂,她身体里的火——所有的愤慨、忧虑……这些东西从内部消耗着她。

从另一个方面来说,那天晚上,丽塔比她丈夫还平静,总之比她平时要平静。瑞秋不怎么说话,她一直都是那个样子。

在吃饭时,有那么一会儿,大家都不说话,只有刀叉碰到盘子的叮叮声,还有牙齿咀嚼烤牛肉的声音会打破寂静。莱奥坐在那里,像大理石雕像一样,好像有点儿走神,又满脸嘲讽。已经到了吃甜点的时间(还是通常的巧克力杏仁蛋糕),气氛有点儿缓和,莱奥和丽塔(他们不停地往蛋糕上加奶油)开始谈论政治:他们认为,意大利政坛一片死气沉沉。

那是一九八六年夏天,差不多一年之前,意大利共产党和执政的社会党同室操戈,开始了全民公决的大斗争,最后,社会党在那场强行展开的全民公决中胜出。这个话题本身并不激动人心,但是丽塔义愤填膺,她说那次全民公决的失败,是一个国家对劳动者的巨大侮辱。我们的国家,一直以来都是法西斯国家,但这个国家从来都没有像这次那样伤害劳动者。这两个超级有主见的人,开始了激烈的争执。在讨论克拉克西时,不可避免,他们的讨论激烈到了顶点——克拉克西(他后来被流放到突尼斯,十五年后死在那里)那时候是国家首领,风头正健,他的号召力像南美的革命者,他的生活水准像科威特富豪。他能让一部分人恨之入骨,又让另外一部分人爱之若狂,这些崇拜和鄙视放在一起,在当时意大利每个家庭的内部,形成了一个分水岭,可以把和平分子和非和平分子区分开来。那时候,和平分子是非常清高的,这让他们成为别人的眼中钉。

丽塔对贝蒂诺·克拉克西的刻骨仇恨,和莱奥对他的崇拜程度类似,他们俩都是怪人。

"实际上,我父亲那个混蛋,经常邀请他到家里来。"丽塔忽然说,"这就证明了他是什么样的人。五十年之前,我爷爷奶奶,就是用同样的崇拜之情欢迎墨索里尼的。我的家庭就是像这个国家的地震仪,我有什么办法呢。他们所有人都那么傲慢,都是法西斯、独裁者,最后,他们总会在一张桌子上吃饭。"

"够了!丽塔,你还是老一套,还是那些事情。我们认识多久了?二十年?三十年?总之,自从我认识你以来,你就痛恨所有革新的东西,你总批判那些让你有成见的东西。"

"我觉得,对你来说,怀有偏见是很正常的事情。是不是最近你改变了想法?"

这就是评价,用一种反问的形式提出来,暗含着嘲讽。莱奥和瑞秋的理解是不一样的,当他们的朋友离开之后,他们激烈地争论起来了。

瑞秋已经出离愤怒了,她确信,只有丈夫一个人没有理解丽塔恶意的评论,但他的确有些活该。"你是怎么想的,你怎么会和她争论起这个问题?"瑞秋问他。

"为什么我不能呢?我应该任凭那个女人胡说八道吗?"

"好吧,你应该小心一点,委婉一点。你维护克拉克西,可他从来都没有给你带来过什么好处……"

莱奥对于克拉克西的爱,是瑞秋最受不了丈夫的事情之一,这种热爱里一点功利心也没有。在他们的圈子里,有很多人的政治热情,都是源于他们在事业上能得到好处。但是,莱奥不是那种人。对于他来说,贝蒂诺·克拉克西这个名字,听起来就很悦耳,就像一首关于智慧和自由的诗歌,这推动着他在公众场合,尤其是大家一起吃饭时,捍卫克拉克西。他义无反顾,在那个圈子里,全是出身良好的共产党,这种做法很让人费解,容易让人产生误会。

莱奥怎么能不明白?在和他谈话的人当中,并没有那种理解力极强的人,可以相信这个聪明的男人是毫不功利地喜欢那位政治人物——这位政客对其他人来说是一个色狼、一个罪犯、一个堕落的人。瑞秋一直都很反对(一个耶稣会小女人,一个欣赏慎重和虚伪的女人)丈夫在那些充满敌意的人——丽塔是一个典型代表——面前的表现。瑞秋受不了现在他们谈论这个问题,因为现在莱奥身上还背负着一个诬陷,有人说:他的职业生涯是靠克拉克西的扶持。实际上,莱奥不能以喜欢克拉克西为荣,他给丽塔提供了一个把柄。为什么他这次不闭嘴呢?为什么总是伸长脖子,等着对手去砍呢?

"这样,大家都会以为你是一个法西斯分子。"

"你总是疑神疑鬼。"

"你有没有注意到她看你的眼光?"

"你不想承认,我们打的赌你输了。你就凭感觉说事儿,你那么焦急地等着这些事情发生,你最后看到了,我向你保证,丽塔跟以前一样。"

"关于密特朗的那些陈词滥调呢?"

"什么?"

"有必要说那些话吗?你不能不说吗?"

"又不是我提的,丽塔谈起了密特朗,还有那些道听途说、闲言碎语……我痛恨闲言碎语!"

"你马上就上钩了。"

"她好像比平时更加热衷于抨击那些不诚实的人,还有社会党的腐败问题。"

"是啊。谁知道为什么!"

"因为'抨击'是她最喜欢的动词,是最让她感动的词语。因为丽塔的生活,如果没有人,或者事情让她抨击的话,她的生活会失去色彩,变得黯淡……"

"你百分之百确信,这次她抨击的对象,只是那些当政的社会党?她猛烈批评的对象只是克拉克西和密特朗?"

"如果不是他们,那又是谁呢?"

"好吧,比如说,那个无私捍卫他们的人。"

弗朗索瓦·密特朗是另一个莱奥非常喜欢的人,另一个社会主义者,一个赢了满贯的人。如果可以比较的话,他要比克拉克西更加浮华,那是法国人的方式:像拿破仑、戴高乐,总之,是类似的东西,你们知道法国人的……另一个方面,谈论密特朗的大手笔和富丽堂皇,是莱奥最喜欢的话题之一,特别是最近一段时间。因为在几个月前,他参加了一个由法国"鲁西研究所"组织的研讨会——这是世界上关于肿瘤学最高级的研讨会。举办研讨会的地方,正是莱奥以前学习过的地方,也是这个领域的名人聚集的地方;接待他们的地方是"科学城",正是密特朗在位时揭幕的地方。那次盛宴上,莱奥被介绍给了主席先生,在两分钟的时间里,莱奥炫耀了他流利的法语。从那时候开始,他对密特朗由热爱变成了一种崇拜。

问题在于,蓬泰科尔维太太鄙视丈夫的崇洋媚外,也鄙视他的偶像崇拜。她认为,对于他那个层次的男人,这两样东西都太天真,太有宗派性,而且很招人烦。有时候瑞秋觉得,莱奥周游世界,就是为了回国后指责意大利有多混乱。按照莱奥的说法,罗马是这个世界上最糟糕的地方。他每次旅行归来,都会列举一系列的事情,说明在英国或者德国,很多东西要比意大利好得多。他通常都会这么说:"在外面生活一个星期,然后降落在罗马菲乌米奇诺机场,总是感觉很悲哀。"他这样的态度,让瑞秋受不了,瑞秋骨子里头还是一个沙文主义者。有的时候,对于他的妻子来说,莱奥说的话有点儿主观和虚假,那种主观偏见很天真,好吧,正是因为这个缘故,才显得悲怆。

就像那次,是的,那是在纽约旅行时(她通常都不愿意和丈夫一起出行,这样她就可以抱怨说自己从来都没有机会出行),那次她是被拖着去的。有一天早上,吃完早餐之后,莱奥从喜来登饭店大堂出来,走上了第七大道,那时候是盛夏,正值上班高峰,在熙熙攘攘的混乱中,莱奥低声嘟囔了一句:"我喜欢这种香味!"那次,他是睁着眼睛说瞎话,面对这个情景,瑞秋惊呆了,她实在忍无可忍。

"什么香味让你都说胡话了,到底是什么香味?你不觉得很臭吗?臭得要死。在这个世界上,没有任何地方比这里更臭。"

"不,这是曼哈顿的香气。你这个人没有诗意,根本无法理解。"

"我可能没有诗意,但这的确是垃圾的味道。罗马到处都是垃圾,我们的垃圾就不好吗?"

这就是瑞秋那天在纽约说的话。在评价纽约的臭气时,莱奥充满诗意,但是面对罗马的垃圾时,却感到平淡无奇,这让她实在无法忍受。

除了纽约之外,瑞秋认为巴黎也不好。她觉得,莱奥在巴黎生活的那段时间,让她潜意识里感到抓心的嫉妒,那是一般妻子对丈夫婚前的经历,没法控制的心情。从丈夫谈论在鲁西生活的方式,就能听出来,他当时的生活太愉快了。他并没有非常详细地跟瑞秋讲述他在巴黎那些年的生活,他们之间没有那么推心置腹。但是瑞秋感觉到,在丈夫的闭口不谈中,隐藏着很多风流韵事,因为这个缘故,丈夫非常怀念那段时光。

她猜的没错,事实的确如此。

一九六三年,那是莱奥在巴黎生活的年份(天哪!生活这个词真的很恰当)。那一年,大家都可以随便乱搞,莱奥根本没办法抵御那种混乱关系。撇开性不说——那是无法避免的,所以没什么让人惊异的。另一方面,巴黎的生活至少和莱奥小时候的生活有所区别,莱奥小时候是在瑞士度过的,他穿着短裤,在阿尔卑斯山上那个小村子的草地上玩耍,那是一九四一年,他明智的父母选择的藏身之所。他们战后回到了自己的地盘,他们的生活比大部分同胞要富裕、舒适。假如莱奥的父母开明一点,管得没那么严,莱奥的生活会更加安逸。

他们从来都不让他安宁,一直死死盯着他,从来不给他喘息的机会,他们一直看管着他。他们想用一种极其霸道的方式,给他提供保护,就像那个年代的犹太人父母一样——至少在欧洲是这样的,他们还没办法保证自己的后代不被屠杀,难道不是这样吗?这是一种过度补偿吗?或者只是父母对独生子女过分保护的一种表现?

好吧!无论如何,这能解释父亲的多疑症。父亲是一位有名的、不爱说话的儿科医生,他一直都在给莱奥做检查、听诊,然后搞一些无用的治疗(有一次,父亲差点儿用一剂滚烫的春黄菊灌肠剂要了他的命)。这也可以解释母亲那种让他窒息的关注。但是,这尤其解释了为什么莱奥一有机会,就从他们身边溜走了。他学的是儿科专业,从专业医学大学毕业以后,刚刚开始他的研究生阶段,就毫不犹豫地接受了导师梅耶教授的建议,去了巴黎,在古斯塔夫-鲁西研究所,实习一段时间。他觉得一旦到了巴黎,就可以为所欲为、应有尽有。

研究所让他加入一个团队,在实验室里做神经母细胞瘤方面的研究,这种细胞瘤是一种非常特殊的恶性肿瘤,只有儿童会得。在这方面,莱奥写了一篇非常精彩的论文(可以说"达到了发表水平")。

那时候,巴黎适合各种非凡人物!可以说,莱奥在整个一九六三年都没怎么睡觉,好像狂热的激情减少了他必要的睡眠时间。他投入到所有围绕着他的新事物中去了,因为在那个时期,巴黎虽然外表看起来破破烂烂,好像随时都可能会倒塌,但是每样东西,都在努力宣布自己是全新的。每天早上,你看一眼报纸,每天都有人自立门派:新电影、新小说、新精神、新政治……更别说冷爵士,混杂着加冰的马提尼,莱奥在左岸那些阴暗的地下酒馆痛饮,那些地方散发着发霉的木头和厕所的味道。

需要申明的是:莱奥和那几年聚集在巴黎的青年人不同,莱奥的波西米亚生活,可以说是养尊处优,实际上,因为老蓬泰科尔维先生的资助,我们这位出门在外的贵公子,钱包总能应对他面临的情况。因此,他什么也不缺,他一点也不亏待自己,也没有在悲惨的生活中,迫切地寻求真理,倒是度过很多寻欢作乐的时光,而且去的地方并不便宜。

但是,这并没有阻碍那些诗意的时光。有时候——尤其是星期六,他可以畅饮到第二天黎明——在回家路上(假如那个位于"朱西耶"街上,十五平方的工作室可以称之为家),莱奥喝得有点儿醉了,他感觉巴黎在对他说话。在"小箱子"

爵士酒吧度过了一个狂野的夜晚,他眼前一直浮现迪齐·吉莱斯皮鼓起的腮帮子,像蛤蟆一样,这个波普爵士大腕,像末日审判时的天使一样,吹着他的小号。莱奥刚刚看完迪齐·吉莱斯皮的演出,他依然觉得很震撼,感到难以置信:小伙子,你意识到了吗?伟大的迪齐·吉莱斯皮在给你,还有其他少数精英在演奏?或者说,巴黎黎明时分的气息——刚刚从烤箱里拿出来的牛角面包散发出来的黄油味道,还有河流甜丝丝的气息,这些都会激发你离奇的想象。

说到味道,有一种味道,莱奥不是那么轻易能够忘记的,而且他也不会透露给妻子。就是每天早上醒来时,吉塞勒·贝塞雷的面颊和脖子之间散发的气息。吉塞勒·贝塞雷是当时那位十九岁小情人的名字,她搬过来和他一起睡,她整日无所事事,这好像要把她推向一个错误的方向,要知道"睡觉"是最合适的词。

不得不提的是,这个小姑娘在床上真是充满勇气!至少,这是莱奥对她的评价,从根本上来说,莱奥并不是一个经验丰富的人。

需要强调的是,这时候莱奥二十五岁,他终于领会到"自由"这个词的含义(对于他的父母来说,这个词让他们非常感动,那是几年前,他们庆祝联军部队击溃德国人时会提到的词汇,但是在涉及儿子的独立问题时,他们会完全忘记这个词)。我说的是那种脆生生的感觉——刚刚发现自由的感觉,让莱奥有一种重生的感觉,这主要还得归功于女人。

从技术角度来讲,实际上,莱奥不能说是在巴黎失去了他的处男身份的,当然,在情感上可以这么说。我们说,充满压制的家庭,还有罗马五十年代充满清规戒律的氛围,剪掉了他寻欢作乐的羽翼。

吉塞勒帮他解决了这个问题,但在解救莱奥的人名单上,她只排到最后一个。莱奥在巴黎待了一段时间以后,他在酒吧、公园、同事家里,以及医院,实际上,他在任何地方勾搭上的姑娘,都会跟他回家,他后来再也不感到惊异。那是他混乱性生活的开始吗?那是后来整整一代人堕落生活的表现吗?经历了很多世纪的压制,女性性高潮登上世界舞台的中心了吗?你们想怎么称呼就怎么称呼。我们的莱奥把这称之为生命,应该过的生活,永远不会死去的生命。

白天他在医院工作,在那些迷宫一样的走廊里,永远都死气沉沉的日光灯下:他的工作很辛苦、肮脏、累人,而且散发着臭气,但从某种意义上来讲,这也是激动人心的。夜晚都给了音乐和女人,还有比这更好的生活吗?

在巴黎的那几个月:吉塞勒、性、爵士、学习、实验、非常前沿的儿科医院……当他出去放风时,就像所有的放风时间,总是出奇地短暂,造化弄人,时间总是不够。

莱奥的父亲死后,母亲找到一个借口,把莱奥召回了意大利。在"坐七"(那是人死了之后,所有的亲戚,都要关在家里一个星期)结束以后,莱奥没有勇气离开,他没有勇气丢下他母亲一个人。他感觉到自己肩负责任,那就是继续他父亲的儿科研究。不,他并没有放弃肿瘤学研究,但是他不得不对吉塞勒,对那个让他感到自由的城市,对那个他想干一番事业的医疗机构说再见。

感谢上天,瑞秋出现了。她非常娇小,但健康丰满,她出生于一个普通家庭(她和吉塞勒有点儿像)。随着时间的流逝,他在工作上也崭露头角。莱奥和他的导师梅耶教授,还有六七个很有抱负的同事,他们一起为建立"意大利儿童血液疾病诊治联合会"打下了基础,他们研究和创建了治疗白血病的最初模式……实际上,他只用了非常短的时间,就登上了大学讲台,获得了医院的工作,而且得到了"圣母灵魂"诊所的邀请,他可以子承父业,在这个奢华的诊所里,建立了他的儿科工作室。在这段时间里,瑞秋发现自己怀孕了。

当看起来一切都安排好了的时候,巴黎勾魂的塞壬歌声又唱起:这一次,他们提供的工作机会非常诱人,根本无法拒绝。不仅仅是鲁西研究中心需要他,巴黎犹太城的一家医院——莱奥曾经在那里热情、努力地工作过,他们想给他提供一个负责人的职位,而且待遇丰厚,他就是他们想找的人。这对于莱奥来说,真是最好的选择。

遗憾的是,这次除了老蓬泰科尔维太太,还有年轻的蓬泰科尔维太太需要考虑。婆婆和媳妇第一次联合起来,尽一切努力,阻止莱奥去巴黎。瑞秋不能离开她的鳏夫父亲,瑞秋知道,在失去了妻子和一个女儿之后,父亲把二女儿的婚姻看成是一种背叛。她如果去了巴黎,那就说不过去了。另一方面,莱奥的母亲,她不能容忍儿子再次回到巴黎,如果让他回巴黎,可能他就会永远生活在法国。这些因素交织在一起,形成一股阻挠的力量,推动着莱奥做出选择,他死了心,放弃了这个绝好的机会。这对他来说,这个选择不仅仅事业方面的,而且是情感方面的,这让他感到一种深深的懊悔,或者说为失去一个好机会而痛惜。

最近在巴黎举行的研讨会上,莱奥和密特朗聊了几句,并且拜访了他在鲁西的同事,在"朱西耶"街让人怀念的户外餐厅,吃了鞑靼生拌牛肉(和当年的味道一模一样!),每件事情对莱奥来说,都是激动人心的爱的记忆。他回意大利之后,就一直在说巴黎的事情,这让妻子埋藏在内心的嫉妒开始翻滚:

69

作为普通人家的女儿,她看到她的白马王子跑到那个地方,那个她被排除在外的地方。

但是这一次,听到丈夫在饭桌上夸夸其谈,对着阴险的阿尔贝塔齐夫妇,大谈特谈"科学城",谈凉拌生牛肉,还有巴黎的其他玩意儿,他仍然带着很大的热情,捍卫克拉克西、密特朗,还有其他当权的社会主义者。瑞秋忘记了嫉妒,她全然沉浸在愤怒和难以置信里,为什么她丈夫又一次放弃了沉默的机会?为什么他还会让那些说闲话的人捉住把柄?为什么他不知道自我保护?为什么他不低调一点?为什么他不换个话题?为什么要让别人知道他在巴黎生活的那么多细节,密特朗时期的美妙巴黎?为什么提到密特朗,他还是那么激动?丽塔强词夺理,猛烈攻击密特朗时,莱奥为什么要捍卫他?为什么在本该沉默、隐藏、反思的时候,他还在那里喋喋不休、显摆和强调呢?这是一种该死的自杀计划吧?

真的,从技术角度来看,他们打的那个赌,是莱奥赢了:弗拉维奥和丽塔都没有暗示他现在惹上的官司。但是,莱奥怎么能没有意识到,实际上,整个晚上他们一直都在谈那件事情?他怎么能不明白?积极地捍卫克拉克西和密特朗,其实是在控诉自己。

正是因为这个缘故,瑞秋现在已经出离愤怒了。因为这个缘故,她正气愤地逼问丈夫:

"真的有必要那么激动吗?"

"我一点儿也不想隐藏自己,我没做什么亏心事,丽塔爱怎么想就怎么想吧。当然,我才不会缩手缩脚,只是为了避免像她那样的人说三道四……"

"我本来希望,至少是今天晚上,你能谨慎一点儿。"

"谨慎?这就是你最喜欢说的话,这就是你生活的至理名言。你和你的随大流思想,低调,就像一只下水道的耗子一样,掩藏自己,不出风头,从来不表达自己的想法,害怕会遭到别人的棒喝,但对我来说,不是这样。"

"不,不是这个!是……"

"不是这个,又是什么呢?那你告诉我,我应该怎么做?"

悔悟、慎重、隐瞒,这就是答案。这就是瑞秋想对丈夫说的话,这就是那个应对不幸的专家——切萨雷·斯皮齐基尼教给瑞秋的。然而,瑞秋惟一能说出口的一句话就是:

"羞耻?你一点儿都不觉得羞耻吗?"

"为什么羞耻,操!告诉我,我为什么要觉得羞耻!"

为所有这些!所有这些正在发生的事情!瑞秋本来想这么回答,但是这一次,她还是什么也没说。

"我不知道你是怎么想的,我没有任何让我羞耻的事情。"莱奥非常愤怒地回了一句。这是他一辈子第一次,也是最后一次,因为一件很小的事情暴跳如雷,把内心的暴戾全发泄在她身上。

但现在,整个国家的人都知道,你性侵了一位少女,而且这个少女和你儿子情感密切(说两个小屁孩之间有关系,这种表达真是不恰当)……好吧,我的老伙计,这次你玩得太过火了,现在你真该感到羞耻了。这次麻烦太大了,厨房里的每个人都不敢喘气。摩卡壶在煤气灶上扑哧作响,有一个人起身关掉了电视和煤气灶,现在一切都沉浸在一种巨大的、让人不安的沉默中。这时你在想:假如你用往常的方法,像一个小男孩那样生气,会不会管用?你想可能不行,这次不会管用。因为这次事情太过火了,那种方法已经不管用了,在和平时期你可以采用那种方式,但现在等待你的是战争。这次,你最爱的那几个人,没人会递给你芬芳的橄榄枝。这一次,你惯用的、一直被纵容的小脾气不会管用。这一次,假如你不愿意在孤独中度过余生,被人们的敌意包围,这次轮到你请求别人原谅,轮到你想出一种缓和关系的办法,来争取原谅。

那些可笑的、无关紧要的信,通过那些信件,那个小疯子要挟你,现在她居然使出这么卑劣的手段。为什么你之前没有对瑞秋说过呢?为什么你没有及时和孩子们说这件事情呢?在时间还来得及的时候。为什么这一次,你还是一动不动,等着一切变得无法收拾?我知道,你现在想告诉他们,发生这样的事情,就像会发生在所有人身上的事情一样:因为一系列无法控制的误解和巧合。生活和你开了一个下流的玩笑,你可能要被毁掉了,你没有能力评估事情的后果,没有能力预测那个怪异小姑娘的行为。如果在这个肮脏的故事里有一个勾引者、一个色情狂、一个骗子……好吧,那个人拥有你的名字和长相,这一点上,从巴黎那段时间开始,你都一直洋洋得意。现在,发生了这样的事情,你觉得那些事情都很恶心。你也知道,之前你没有和家人解释的原因,是因为你认为他们不会相信你。

但是,假如你害怕他们不相信你,那现在怎么会指望他们会相信你呢?现在,这个丑事爆出来了,很明显是你在找借口,胡乱编一些故事来捍卫自己。你怎么能指望瑞秋、菲利波和撒母耳在这个时候相信你,还有这些不太可信、迟迟揭示的事实。假如你开始时不相信他们的理解力,那时候,事情还没有那么不可收拾;假如你不能指望这世界上仅有的三个最应该相信你的人相信你,那你怎么能期望世界上的其他人满怀信任地倾听你?你怎么能让那些无关的人、充满敌意的人、外面那些像鹰隼一样的人原谅你,那些人都眼巴巴地等着蓬泰科尔维教授一脚踩空,马失前蹄。

现在就是你一脚踩空的时候,他们就等着这种时候,把你撕碎,他们要报复你,因为你获得了成功和幸福。

你现在感觉到害怕得发抖了吧?你应该为自己的安危担忧,你终于明白了吗?整个世界都想要你的命,你感觉到了吗?这是一个非常巨大的事情(我说的是整个世界),你觉得自己慢慢地失衡。

外面有很多人都痛恨你,让人奇怪的是,他们仇恨你,并不需要知道,你是无辜的还是有罪的。他们只是痛恨你,没别的理由。

他们用这些故事,来发泄他们强烈的不满,发泄自己的愤恨。他们的闲言碎语,简直到了离谱的地步。这就是那些带着恨意的人最擅长的事情,他们用一些轻盈的闲言碎语毁掉你,把你塑造成一个可怜的变态狂、一个寄生虫,一个在很长时间里都假装慈善的人,现在,你终于露出了本来面目。之后,他们对你的进攻会更加凶猛,他们会利用那个小姑娘,那个早熟的小婊子,他们会利用她来攻击你。他们不会公开站出来,他们在暗中操纵,会把她藏起来,利用她瓦解你。她保证不会露面,表现得非常保守,而你会被暴露在公众的视野里。这样,他们会抹杀你做过的所有有意义的事。他们会说你是一个盗贼、一个不诚实的人、一个腐败的人。他们利用你,来让他们自己觉得安心,因为他们的本质要比你坏。这就是那些心怀仇恨的人最喜欢做的事情,他们通过那些大人物的不幸,来让自己觉得心安理得。

你有什么要反驳的?没有。你怎么反驳那些听起来毋庸置疑的事情?那些写给一个未成年人的信、借出去的钱、贿赂的钱,还有其他事情,你怎么能矢口否认?你和那个小女孩之间的强烈反差,能说明一切,这是摆在桌面上的最致命的武器。你的社会影响力,面对的是一个脆弱的十二岁女孩,她的力量,是不是在于她的弱小?是的,事情就是这样运作的,你原以为你会在那栋舒适的、资产阶级风格的房子里,在铺满地毯的房间活到老,一直走向坟墓。

但现在坟墓越来越近了,你距离它那么近,甚至能闻到尸体的臭味。

对你的那些肮脏起诉,类似于对任何一个强奸惯犯的起诉。这就是你藏在袖子里的红桃 A 吗?恐怕就是。你的那些辩解——对你来说是那么真实、不容置疑,正是因为这个原因,其他人才不会洗耳恭听。所有人期待听到的,是这个罪人内心深处的秘密,还有那些不堪入目的信件内容,你正是这些信件的作者之一。

那些信件往来所体现的故事,和你想讲述的故事截然相反,当然和你经历的事情也截然相反。惟一一件真实的事情——也就是大家都会相信的事情,讲的是一个五十岁、处于事业顶峰的男人(他已经被起诉,犯有一系列让人无法饶恕的罪过)伤害了一个十二岁的女孩儿,她那么年幼,假如已经来了月经初潮就算不错了,除此之外,还是他儿子的小女朋友,这真是一件让人反胃的事情。

可能这时候你良心发现,但是已经无法挽回了,木已成舟。你没有退路,你根本无法想象,你会陷入这样的陷阱。你越来越确信,假如你喊冤,说你是清白的,给你的家人解释:是她——卡米拉,而不是你,开始并且持续写那些信,是她一直在纠缠你。说这些一点儿用处也没有,没有任何东西可以拯救你,可以免除你两个儿子天真的和你妻子通情达理的头脑对你的审判。当然,你妻子这时候已经被侵犯,已经受到很大的伤害。你惟一想做的事情就是哭泣,你有一种抑制不住的愿望,想啜泣,像个孩子一样,哭得像个泪人,再也停不下来。但是,这是你可以避免的事情。

就这样,莱奥·蓬泰科尔维没有让妻子和孩子们知道,发生的事情非常复杂。他没有用一些通常的套话,向他们保证:不要慌,一切都会解决的,那些误解会得到澄清。他没有表现出该有的平静,几秒钟之前,大家还以为,遇事不慌是他的突出特点。他没用他的乐观主义做掩护,他没有做任何该做的事情,他只是站起身来,打开从厨房通往地下室的门,那扇门对着一个狭窄楼梯,他犹豫了一会儿——就像从高空跳下,自杀前一样,他跑了下去。在这栋房子里,地下室是他放松的地方,他把自己隐藏起来,像钻进地洞的动物,离开在这个世界上,他最害怕的那些人。他害怕这些人,要胜过害怕那些法官、报纸、公众舆论、卡米拉的父母亲,胜过害怕那些想要他命的人。他就像一个被当场抓获的小偷一样逃走了。尽管他很难承认,但是他逃走的原因是:他不想让瑞秋和两个孩子看到他崩溃的丑陋场面。事实上,在他人生最重要的时刻,他选择了最适合他,也是最接近他内心的表现:怯懦。逃避,意味着忠实于内心的那个孩子——不管年龄多大,事业和学术上有多辉煌,赚了多少钱,给自己和家人提供了多好的生活条件——在莱奥半个世纪的生活中,他一直都是那个孩子。

这就是莱奥·蓬泰科尔维,在妈妈的呵护下,永远长不大的孩子!

第 二 章

莱奥从厨房,从他家人身边,以及他的责任中逃离。这件事情发生的七个月前,他带着家人,从大都市的日常生活中逃离出来。那次逃离是全然无害、非常具体的离开。莱奥每年都会带着他的家人离开罗马,到另外一个地方去,去瑞士境内阿尔卑斯山上一个僻静的小村子——昂在赫。

每年过圣诞节的时候,蓬泰科尔维家人都会在那里度过差不多两个星期。他们会租一栋朝北的小木屋,像所有那些美丽、寒冷的地方一样,这里的一切会让他们忘记世界上的喧嚣,让他们沉浸在让人欣喜的寂静、洁白和温柔之中。

在医学研究领域里,尽管莱奥比较年轻,但在好多年前,大家就已经认为他是一位有名的医生。他整个人带着一种权威人士的淡淡光环,就像那些有点驼背的高级知识分子,他们在讲话之前,总是在口袋里摸索眼镜。

在《晚邮报》上,他写的健康专栏旁边,附带着一张他的小照片,他有时候也会出现在电视上,这让他体会到了在餐馆,或者火车上被认出来的乐趣。他觉得自己在那些发型古板、笑容造作、心怀叵测的中年人之间,算得上是鹤立鸡群。然而,那种小小的名气也没有让他自我膨胀,相反地,莱奥并没有哗众取宠,所以他的感召力要比通常那些名人的感召力(或者说魅力)更珍贵。是的,蓬泰科尔维教授属于那种名人,他吸引人的方式非常精致、高雅。

他所从事的工作并不是单一的(在肿瘤学领域,他是一个明星,在这个明星职业周围,还有很多其他职业像小行星一样),这使他成为一个相当有钱的男人。他喜欢在一些年轻的同事面前显摆,他的显摆里夹杂着不羁和卖弄,他说他在大学的工资(他在大学讲台上已经很多年了)对他来说,不过是零花钱而已。

可能,有些俏皮话他本不该说,因为这个世界上,只有那些年过八十的老人的财富,才可以被原谅,或者说那些品位很好,但已经不能尽情享受人生乐趣的人。

无论如何,他非常富裕。除了那些本来不该说的俏皮话,蓬泰科尔维家人不喜欢炫富,是因为瑞秋的缘故(一个脚踏实地的姑娘)。除了撒母耳,他很早就表现出对奢侈品——至少是看起来很昂贵的东西很迷恋,而其他人,都没有受当时他们那个环境里,享乐主义倾向的影响。

举个例子来说,出去度假时,他们是不会去那些"他们这个阶层该去的地方"(就像那个时期,刚刚诞生的电视上,一则流行的广告建议的那样)——也就是撒母耳很乐意去的地方,因为他的同学都会去那些地方。他们不会去科尔蒂纳、圣莫里茨,或者类似的地方。在蓬泰科尔维夫妇家里,这些俗气的事情是不被允许的。有人可能会持相反意见,说每年去一个优美的地方,像去昂在赫这种不为人所知的小镇子,就是最附庸风雅的表现,但这种看法,对蓬泰科尔维家人没有什么影响,这些问题不在他们考虑的范围之内。重要的是,已经有很多年,他们已经形成了这种神圣的、不可改变的习惯,这使他们在昂在赫的假日有一种无法觉察的轻松感。

在瑞士滑雪的日子,瑞秋总是起得很早。她喝着咖啡

77

(她像移民一样,从意大利带来了咖啡),享受着那里祥和的时光,她时不时会看一眼圆形剧场一样的山谷,四面的山峰很陡峭,落满积雪。天气好的时候,清早,积雪上会笼罩着一层玫瑰和灰珍珠色的光芒。孩子们也喜欢早起,但是他们早起的原因和母亲不一样:他们想最先到达(不知道为什么!)滑雪场。看到爸爸的轿车孤零零地停在缆车下面结冰的停车场上,会让他们有一种绝对的满足感。另一个原因是:早上起来,他们要进行滑雪比赛,最早到达,已经让他们有获胜的感觉。

莱奥不是很喜欢滑雪,实际上,他早上起来时,面对寒冷,还有他一年中累积的疲惫,他很想慢悠悠地起床,但是,他觉得不应该让菲利波和撒母耳失望。对于两个儿子来说,就好像父亲和他们一起共同运动,才是最有意义的一件事情。你们应该看看,那两个小伙子是怎么显摆自己的运动才能的。夏天刚刚开始时,在房子旁边的花园里,莱奥和他们一起踢球,几分钟而已:传球和射门,莱奥被烟锈住的肺部,还有脾脏生疼的感觉,都让他不得不认输。莱奥看着两个孩子表演,他们非常投入,就像一个少年球队的前卫,时刻准备扑球,想打动自己的第一个教练。他们眼巴巴地看着他,他的两个孩子非常活跃、健康、活力四射、浑身是劲儿,当他放弃时,他们会用很失望的眼神看着他!

在滑雪场上,气氛也是一样:狂热、肾上腺素迸发、竞技。菲利波总是取笑弟弟,因为他不敢跳跃。撒母耳也受不了菲利波,尽管菲利波滑雪时间要长一些,但他还是不能把滑雪板并起来。面对这些口角,这时候,父亲在缓慢前行。问题在于,菲利波和撒母耳还处于一个不知道"累"为何物的年纪,他们可以一口气滑上好几个小时。对于莱奥来说,最美好的时刻,就是坐索道上去的寂静时分。他取下手套,把头向后靠,用滑雪杖碰触那些可以够得着的雪堆。他点燃一根雪茄,吸一口,然后吐出浓烈、性感的烟雾,缓缓地舒一口气。在一阵阵忽然吹来的寒风中,他感觉自己的肌肉和腿都有些发麻,缆车上升到比较陡峭的地方,他差点儿掉下去,这时候他才回过神来。

对他来说,要跟上两个争强好胜的儿子,一年比一年难。之前,一直都是他在教他们、等他们、激励他们,这种角色转换,已经开始有一段时间了。表面上看起来,他的风格已经过时了。菲利波和撒母耳一直在不耐烦地催促他:快点啊,爸爸! ……加油,加油,这样下去,我们什么时候才能到啊!

还好,他的权威还没有被打倒,他可以提出暂停比赛,那一般是午饭时间,他们在一家常去的地方用餐。那是一间木屋,小木屋是用深色的木头修成,很巧妙地建在一个结冰的山脊上,距离索道十几米,在一个难度比较低的滑道旁边。小木屋的内部,要比从外面看起来宽敞一点,圣诞节期间和周末也会开着,里面挤满了练习滑雪的人,他们都穿着靴子,还有银色的滑雪服,看起来像是参加一个机器人聚会,或者穿着盔甲的中世纪骑士的聚会。就这样,在两个孩子吃三明治、喝可乐时,他要了一份培根蘑菇煎蛋,配菜是土豆饼,他喝了两杯酒。他还会交代两个孩子:"记住啊,不要对老妈讲。"因为他刚刚吃掉的午饭,并不是犹太教的合法食品。

身体里的酒精含量上升,让他能享受最后一段下坡。下午他不滑雪,孩子们根本不会要求他去。

这样,教授就能以自己喜欢的方式度过下午,在小木屋里等待他的好时光是:持续至少十分钟的热水澡,彻底的热身澡(瑞秋总是开他玩笑,说那完全是"耗冰澡",因为她总是惊异于丈夫那么擅长耗费地球上的资源），最后，他坐在躺椅上。

"为什么我们不来杯热咖啡呢？"这是莱奥从浴室出来时，通常对瑞秋说的话。他身上散发着花露水和爽身粉的味道，嘴上叼着雪茄。莱奥和瑞秋都知道，这句话用第一人称复数——"我们"是不合适的。这种普遍的语法选择，是一种很虚伪、有欺骗性的交流方式：他要的咖啡，是她去准备的咖啡。莱奥没有正面提出这个要求的原因，是因为他父母的那个时代已经结束了。在过去那个年代里，他父亲可以很简洁、理直气壮地让母亲去煮一杯咖啡。就好像相对于那个年代，在人类习俗的特殊日历里，已经过去了一个地质时代。莱奥的请求说得那么含糊，说明了现代女性的地位在向上攀升，在取得平等的过程中，已经到了一个中间阶段。现在，还是妻子负责煮咖啡，但至少丈夫会比较客气地提出请求，尤其是丈夫在提出这些请求时，语气中会流露出忐忑。这一步，菲利波和撒母耳——假如这两位迟迟不肯结婚的单身汉结婚了的话——他们也会强迫温柔的妻子去煮咖啡，可能连眼睛都不会眨一下。

喝了咖啡，在壁炉前的沙发上睡了午觉之后，莱奥会和妻子一起去镇上。瑞秋要去采购吃的，莱奥出于他的世界主义情怀，会买几份英国和美国报纸，只是他的英语水平有限，他坐在冷飕飕的长椅上，很吃力地阅读着英文报纸，梦想着能有一本词典。

在回家路上，当眼前的山脉消失在夜晚的幕帐之后，整个镇子都点亮了灯火。主街上，商店的橱窗熠熠生辉，那些珍贵的商品，被轻柔地放在红色的缎子、木盒子、金色的装饰球、松果、杉树小树枝中间，这些商品都非常诱人，呼之欲出，它们渴望被带到远方。幸运的是，在这里，他们可以找到合适的圣诞节礼物。

"不要告诉我,那就是最新款的尼康……""那个羊绒披肩真不赖!三文鱼的颜色,非常柔软细腻……""那是'布鲁斯兄弟'的眼镜吧?如果我没有记错的话,撒母耳费尽心机,想要一副眼镜?"

那时候,谁不想要一副锃新的太阳镜呢?谁不梦想着送给别人礼物呢?现在世界相对太平,提供了那么多机会,送礼物是向所爱的人示爱的一种最好方式。糟糕的日子过去了,假如你在乎他们,就送礼物给他们,莱奥从中感受到极大的乐趣。假如那些为节日而装点的橱窗让莱奥感觉到:妻子在他生活中是那么必不可少,他对孩子们是那么的满意,他对自己是那么满意,那有什么奇怪的呢?

就这样,他们又上演了通常的哑剧:他一直坚持要买,瑞秋一直在否决。他非常肯定,瑞秋非常犹豫。结局是可以预料的:最后,他会买走那条三文鱼色的披肩,还有尼康相机。事情本来就应该这样,他现在除了这些,什么也不需要,在这个关头,他除了想用新尼康照相,想让妻子披着那件三文鱼色的披肩,除此之外,他别无所求。他知道,要实现他的梦想,他应该面对妻子的反对意见,而妻子正是这些慷慨馈赠的受益人。实际上,妻子的意见和他想象的一样,瑞秋说:"莱奥,你不觉得太贵了吗?你不觉得太扎眼了吗?你确信这是我的风格?"

他们手里拿着提袋从商店里出来,他非常自豪,而她的肩膀有点低垂,目光触地,就好像害怕以色列的神,会把她挖掘出来——从这个天堂般的冰冷角落,惩罚她的虚荣和拜物。

他们回到小木屋,两个孩子在洗澡,瑞秋会打开那些刚刚买的食物袋子,把食物放在盘子里(做饭从来都不是她的强项)。莱奥在壁炉前看完报纸,他沉浸在托斯卡纳老牌雪茄乳白色的烟雾中。他给孩子们展示他刚买到的东西,或者摆弄他的新尼康,撒母耳用他一点五的好视力,在读说明书。所有这一切,都让他放在桌子下面的双腿更加骄傲。新鲜的面包、奶酪、红葡萄酒,还有那些可以追溯的奥匈帝国时期的甜点。吃晚饭,最后终于可以上床睡觉。

是的:很多年以来,每年都是这个情景,一成不变,让人惊异。

一切正是从那个地方开始的吗?在这样一个干净、无害的地方?正是在这个地方,形成了一个巨大的误会,七个月之后,他找不到力量和勇气,给家人解释?

莱奥在想这个艰难的问题,已经想了好几分钟了,他非常艰难地走向地下室的小洗手间。现在,他面对着镜子站着,像一名醉汉,或者一位青春期男孩,在洗脸池里撒尿,嘴里有一种樱桃腐烂的味道。

对于这些无用的、折磨着他的问题,他想做出一个合理的答复,但这已经不可能了,就像他不能抬起头来,看着镜子里的自己。可能从他的脸上,可以看出那种无法睡眠的憔悴。两天两夜没合眼,或者说四十八小时没睡觉,粉碎失眠的困扰真是艰难。

这就意味着,睡的那一小会儿,根本没让他得到休息,他自我流放到这间地下室里,已经过去了两天半时间了。这是他生命里最漫长的失眠:最有意思、最庸俗、最意味深长、最没用、最不容置疑和最神秘的失眠……总之,是任何意义上的"之最"。

无论如何,莱奥还是足够清醒,能够明白:他的失眠,并不是完全因为那些发生的和正在发生的事情,那也是一个技术问题,实际上,在危机爆发时,他根本没办法在一个没有瑞秋的地方放松下来。通常,为了放松下来,他会把手指放在妻子的腰上,一直向下滑去,他很享受那里柔软、熟悉的皮肤,那是莱奥在这些年婚姻里,惟一可以利用的镇静剂。但是,现在看来,这一次瑞秋(更别说她的腰和大腿了)不会理会他了。

在逃到地下室的几分钟后,莱奥等了等她。他非常尴尬、非常恐惧,他没办法相信他还能和妻子对视,但是他期待她下来:她要下来了,我们会吵架、尖叫、声嘶力竭地说出所有污言秽语,可能还会打起来,但最后,她会给他解释的机会,这样事情就能得到解决……时间一小时一小时地过去了,莱奥越来越不确定,瑞秋会下来,伴随着四周越来越暗,他内心也越来越焦虑沉重。

最后,他感到天旋地转、四肢麻木。这是因为疲惫的缘故吗?他想起和妻子之间的争吵,想起了那个肌肉发达的家具商,那次是关于地下室装修的争吵:瑞秋想买一张样式可怕的沙发床,莱奥非常想要一张没用的、极端昂贵的、血红色的"切斯特菲尔德"沙发。

"你听我说,你把楼上装修得像一艘宇宙飞船。至少要让我决定怎么装修地下室,要实际一点,你蔑视……"幸运的是,那次瑞秋赢了!否则的话,他现在连一个可以躺的地方都没有。

莱奥把沙发放下来,变成床,他躺在上面,确信自己可以马上睡着。但是,事情不太对劲儿,他开始遭罪了:寻找着那不可能到来的睡眠。

这一切都是因为他犯了一个错误,他把灯熄灭了。黑暗中,空间好像无边无际,向四面延伸,这让他很害怕:现在,这个房间看起来很宽阔,像独眼巨人波吕斐摩斯的山洞。那是他母亲经常给他讲的故事——当他还是小孩子,晚上睡不着觉的时候——那个能给人带来慰藉,奥德修斯和独眼巨人的故事。但现在,这个故事起到了相反的作用(莱奥从来都没有弄明白,母亲到底是太爱他还是太恨他)。为什么他要在这时候想起波吕斐摩斯和他的山洞,他好像已经有几千年都没有想起过这个故事了?那个巨人居住的山洞,被一块巨大的石头堵住了洞口,对于这个世界上所有的孩子来说,据你们所知,还有比这更可怕的事情吗?

总之,在莱奥熄灯一秒钟之后,他感到枕头在他的脑袋下,用一种让人不安的方式膨胀,他体会到了一条小鱼在汪洋大海里的感觉。恰恰在这时候,为了不让自己迷失于一个如此巨大的空旷里,他用手指重新感知了枕头的大小,而且让四周的空间恢复了原有的大小。他的呼吸忽然停顿了,就好像这个巨大的山洞忽然在变小,在几秒钟的时间里,都会把他压碎。

这时候,他越来越感到窒息,他站起身来,打开灯,在房间里走动。这就是秘密所在:走路,让自己疲惫,就像小孩一样,就像那些让人心疼的小孩一样开着灯。最后,他又重新躺在床上,等待睡眠的到来。

不要想了,你不要再想那件事情,你要暂时忘记自己是谁,你要忘记那个不可思议的故事,忘记自己是故事的主人公。在那两天焦虑受罪的时间里,一点一点,魔法会实现。莱奥是可以忘记一切的:为什么他现在在这里?发生了什么事情?他面临什么风险?还有瑞秋、孩子们、电视新闻、同事、病人、大学、那个该死的女孩,那个该死的女孩,那个该死的女孩……好像他的身体器官拒绝保持警惕,就好像他的大脑和身体,现在都在进行遗忘和无意识反应,让他不至于发疯。

但是,只有上帝知道,莱奥为了那个停顿的瞬间,付出了多少代价!后来,当这个情景又回到他的脑海里时,真是有些后怕。通常是一个具体的细节,忽然出现在他脑子里,一个抽象的场景之中,就启动了酷刑的装置:可能是菲利波的油炸薯条、撒母耳沉重的呼吸、瑞秋的沉默不语……然后,就像一个被诊断得了绝症的人,他从安静的睡眠中醒来,忽然想起来那个死亡判决,这个判决一直萦绕在脑海里。莱奥感觉恐慌像潮汐一样涌来,让他想起了发生的所有事情,那并非是正常的潮汐,因为它不是从很远的地方开始,而是在他内心涌起,噩梦在他胸骨的地方,浓缩到那几平方厘米里。他的腿摇摇晃晃、耳鸣、血液在沸腾。莱奥真想用脑袋去撞墙,让脑子清静下来,但这已经是不可能的事情了,已经回不去了,现在莱奥·蓬泰科尔维已经不是人了。莱奥·蓬泰科尔维现在只剩下尴尬、羞愧和恐怖。

这时候,他开始喃喃自语,或许是祈祷:"他们要把我撕碎……他们要把我撕碎……他们要把我撕碎……"这些话要比它们的含义轻松一百倍,像驱魔术一样,出人意料的是,这些话正在产生效果。

经过两天的战斗,他已经觉得自己永远都做不到,他永远都会睡不着觉,失眠是对他的处罚,对他的死刑判决——这时候,莱奥却睡着了。

现在,他已经醒过来几分钟了,外面是即将到来的黎明。

在梦中,他应该流了很多眼泪,在梦里,他一直都在啜泣。因为这个缘故,他刚醒来,就用手摸了摸他的脸颊,看看脸是不是湿的。然后,他用左手在两个膝盖之间,寻求一点温暖;这时候,另外一只手在向上摸索,找到了他的头骨。莱奥的手指在他的卷发上停留了很久,像一个思考者那样,停留了两天两夜。

现在,同样那只手,在操纵着那个缩到历史最小尺寸的阴茎,对准了洗手池的下水孔。

通常会发生这样的事情:膀胱空了之后,莱奥(就像在电影里,用一个闪光就回到某个情景,在电影里很多,生活中很少)想起了昂在赫的时光,昂在赫的日光和雪地。可能是因为他的思想,在那些天绝望的自省里,很容易走极端:大和小,安宁和恐怖,睡眠和清醒……山中那些闪耀的日光,相对于他醒来看到的浓密黑暗,还有什么比这个反差更强烈?有没有这种可能?那些明媚的、充满阳光的、大家在一起的日子,是与眼前的黑暗、寂静是紧密相关的。是的,事情总是这样,他现在待在这里——被流放,心怀恐惧,在洗脸池里撒尿,决定永远不看镜中的自己。要解释发生的事情,就要从一段丝毫没有悲伤,一段安详、放松的回忆中去寻找,在瑞士雪山上度过的最后一个假期中去寻找,那个轻盈、安静的假期。是不是事情就是这样?

说得具体一点,那一系列发生在山上的、暧昧不清的事情是有预谋的,可以说是有人施加了压力。也没什么大不了的事情,出发去昂在赫的两个星期前,夫妻俩吵了小小一架。

一切都源于撒母耳给妈妈提出的难题:那个被宠坏的男孩,想把卡米拉带到瑞士去。瑞秋对他说,那是根本不可能的事情。

"为什么不呢?"

"什么'为什么不呢?',难道这需要解释吗?因为你和卡米拉都太小了,你们不能一起出去旅行。因为和她一起度假,会让菲利波和爸爸感到不方便,她不能来。"

卡米拉的父母会同意这件事情,他们那么轻易答应女儿圣诞节不在自己身边,这让瑞秋很惊异。

"她父亲说她可以的。"

"我跟你说不行!根本就没有商量的余地。"

"那我去求爸爸。"

撒母耳去恳求爸爸了。对于莱奥来说,这件事情并没有那么不得体:他觉得撒母耳带上某个人和他们一起度假,并无不妥。他喜欢热闹,在六月的周六,他喜欢两个儿子的朋友来家里玩,晚上在他家吃晚饭。家里全是人——这是莱奥最喜欢对别人说的话,特别是这些人是他两个儿子的朋友。并非他喜欢出席这样的聚会,他只是聚会开始的时候,和他们说两句客套话而已。但是,在这个宽敞的居所里,有很多孩子在玩耍,这让他感到有一种无法言说的感动。因为这些孩子散发出一种能量,是莱奥感觉自己已经失去的、青春期的能量,有一种非常耀眼、难以捕捉,但又臭烘烘的气息,甚至他最年轻的学生也已经失去了的东西。这种不容抗拒的气息,在他工作场合的走廊里,挤满了那些生病的小孩,他们身上也散发着同样的东西。

总之,卡米拉出现在他们度假的山村,这会带来一种新能量,能填补某些空白。除此之外,他觉得,卡米拉的到来可能会分散两个儿子的注意力,也许他们就不会缠着他了。也许,卡米拉来了,他们就不会让他一起去滑雪。

莱奥答应了这个请求。尽管他知道,这会给他的婚姻生活带来争执、争吵——他们那些充满火药味、让人疲惫的争吵。

莱奥和瑞秋之间频繁出现的矛盾,我之前也提到过几次。那些争吵,好像是在一个小范围内,用一种很滑稽的方式,体现了那些年罗马犹太人社团内部的矛盾。罗马的犹太人很少,但是他们立场坚定,在他们内部,关于犹太人身份的理解,产生了矛盾。

从第一次争吵说起,最开始的那场争吵,在他们刚刚结婚时,是莱奥对瑞秋发起的。就是瑞秋发现自己怀孕的那天:他们要给肚子里的孩子取名字,第一个孩子的名字,还有后面出生的小弟弟、小妹妹的名字。莱奥觉得,世界各地犹太人通常会给孩子取《圣经》里的名字,那些名字都很沉重,他更喜欢一些普通、纯粹的名字,比如说,法布里奇奥、恩里科、劳伦佐,这些名字都很顺耳、理性,没有宗教色彩,是一些让人一眼看不出来他们是犹太人的名字(从根本上来说,从他们的姓氏上,还是可以看出来)。取一个那样的名字,他们就可以成为骄傲的二十一世纪公民。瑞秋呢,她的反应可想而知,她想给孩子们取那些典型的犹太人名字:大卫、丹尼尔、索尔……在有些事情上,这个女人一点幽默感也没有。就像你们很容易猜到的那样,这个矛盾是通过所罗门一样的智慧解决的:第一个孩子取了一个希腊名字,第二个孩子取了一个《圣经》里的名字。尽管如此,这也不能解决他们之间的深层矛盾,这种观念上的摩擦一直存在,让莱奥和瑞秋站在两个不同的堡垒里。

当年,关于犹太人流放和灭绝消息传出来之后,面对那些铺天盖地的宣传,那些居住在罗马的犹太人冲昏了头脑,他们把自己定义为"罗马犹太人"——有别于其他犹太人。他们一方面很绝望,一方面又很洋洋得意。这时候罗马犹太人发现,在那些遥远的国度,存在一些比他们更像犹太人的人:他们非常严苛、奇异、悲剧、精彩。那些阿什肯纳兹犹太人——

他们那种松散、神奇、神秘的生活方式,让他们总是处于悲剧的边缘,他们表现出的犹太人特性:自我牺牲,面对动荡时的英勇,对历史和传统的传承,要比罗马犹太人虔诚一千倍。

罗马犹太人面对同类产生的自卑感,让那些最虔诚的犹太家庭内部,产生了一种模仿精神,他们复兴了一系列习俗,那是在他们的传统中,已经消失了一个世纪的习俗和禁忌。那些饮食方面的限制、安息日熄灭的灯火、赎罪日的宵禁、葬礼上撕裂的外套,都是对犹太人原始部落习俗的一种后现代引用(文学方面和电影方面)。在遥远的罗马帝国时代,他们就已经定居在罗马,这些古老的习俗,和提托皇帝带过来的犹太人之间,已经没有太大联系,但是,在两千前之后,在这个衰落的基督教文明中心,现在他们要回归传统,强迫这些罗马犹太人,忍受这些繁文缛节。

事实上,罗马犹太教回归保守的现象,在这个社团中那些比较开明、世俗的人心中,造成了一种矛盾,这让他们很不屑,而且难以忍受这种回归。莱奥是一个性格反叛的人,但瑞秋是一个典型的传统罗马犹太人。

这就是蓬泰科尔维夫妇的最大分歧。她总是没完没了,总能找到一种新的方式,重提那些古老的传统,让家人的生活,变得没那么舒适、自在。从根本上来说,这些传统是在奥古斯都年代,那些穿着白袍子和皮靴的罗马贵妇遵循的戒律。当他统计周围那些世俗化的犹太人,他们在世界各地,在电影、文学、医学、物理等领域取得了成功,他忘记了:罗马犹太人中,这么与时俱进的成功人士,根本没有什么人;同时,他总是高估自己在事业方面的成就,总觉得自己是世界成功犹太人的一部分。

关于宗教的问题,是莱奥和瑞秋争执的核心所在。尽管他们争论的主题,都是关于犹太人的生活方式,实际上,这只是掩盖了他们冲突的真正原因:他们属于两个不同的社会阶层,而且是两个比较对立的阶层。总之,宗教方面的争执只是一个幌子,掩盖了本质上呼之欲出的阶级分歧。关于他们的关系,从根本上,没有什么可说的了,通常,阶级上的差别,可能比其他任何因素更能说明问题。比如说,可以说明为什么瑞秋的父亲,给他二十四岁的女儿,设了那么多清规戒律。那时候,她距离医学专业毕业一步之遥,父亲希望,瑞秋和那个花花公子老师彻底断绝来往。

莱奥·蓬泰科尔维那时候是一个志愿助教,他从一开始就征服了瑞秋,让她体会到另一个世界的富裕和日常享受。这个小姑娘的生活,一直遵守父亲严格节省的原则,她看了好多好莱坞戏剧,她无法想象自己也能过上那种奢华的生活。他们属于两个不同的世界,这也能说明,为什么在阶级堡垒的另一边,抵抗也同样强烈:莱奥的母亲,利用一个好朋友丈夫去世,在会堂里举办葬礼的机会,她穿着丧服,在众人面前公开宣布,她强烈反对儿子和那个"路边补胎师傅的女儿"之间的婚姻。

因为她父亲从事的职业的缘故,瑞秋确实是名符其实的"路边补胎师傅的女儿"——是典型的"路边犹太人"阶层,是富裕犹太人所鄙视的阶层。在第二次世界大战之后,瑞秋的父亲开始富裕起来,他和一个同样工作努力的弟弟一起,买了生产拖车轮胎的设备。

正好在那个时代,大家都开始购买汽车,切萨雷·斯皮齐基尼在"提布尔提那"地区租了一小块土地,距离"倍耐力"工厂不是很远,他建立了自己的小公司,后来逐渐变成了那个地区最昌盛的公司之一。最后,切萨雷·斯皮齐基尼先生的钱包越来越鼓,越来越有钱,他就想把自己从下层的生活方式中解放出来,他把这个任务交给了两个女儿,她们应该通过教育和文化来取得一定的社会地位,世界上所有的暴发户都会看重这一点。斯特拉和瑞秋是整个家族中最先取得大学毕业证的两个人:活着的学的是医学专业,死了的是医药专业。两个女儿都上了大学,这让切萨雷·斯皮齐基尼先生那壮实的身体充满了自豪,他每次一想起来这件事,都会感动得热泪盈眶。

对于蓬泰科尔维家人来说,事情完全不同,他们从事医生行业,已经有四代人了,这种家世让他们家人养成了一种温柔敦厚的性情,有人可能说这是随波逐流,或者不拘小节。

他们来自两个全然不同,几乎是对立的世界——现在,他们因为一场婚姻结合在一起,这场婚姻,是由一种非常强烈的感情维系着。他们抓住每个不可思议的借口来争吵,这不难解释,也不难理解。不管那些开明的脑袋怎么想,没有什么比阶级差异更难抹平的了,没有什么比和自己不理解的事情做斗争更容易的事情。相爱但不能相互理解,这就是莱奥和瑞秋之间的命运和秘密,也是其他很多幸福夫妻的命运和秘密,在他们那个年代,这是很难消除的屏障。

正好,那年秋季——去瑞士过圣诞节之前的秋天,蓬泰科尔维夫妇的幸福生活陷入了危机,那是因为一场外交事件,后来历史上把这件事情称为"西哥奈拉危机"。

十月十号夜里到十一号凌晨,贝蒂诺·克拉克西派遣意大利宪兵,去搜捕六七个巴勒斯坦恐怖分子,这些意大利宪兵和美国三角洲部队都想立功。美国方面,是由争强好胜的铁腕人物——罗纳德·里根在几千公里外指挥。这场国际心理剧的上演地,是在西西里"西哥奈拉"军事机场一个小小的停机坪。在停机坪边上,晚风带来清凉的气息,美国军队和意大利士兵差一点就相互射击,当然,他们是为了争取一个相当丰厚的战利品。那些涉及的恐怖分子是劫持了意大利游轮"阿基莱·劳伦"号的罪犯,那次事件最后的结局是:那些绑匪杀害了里昂-柯林霍夫——一位下身瘫痪的美国犹太公民。从现实和象征意义的角度,美国人都想亲手逮住那些杀害他们同胞的罪犯。

很明显,意大利人想让大家看看:那是他们的地盘。最后意大利士兵没有动用军火,他们深受民族自豪感,还有国际权利所驱动,在对手面前占了上风,就像大卫战胜了歌利亚。这件事情让瑞秋实在很恼火,血管里沸腾着爱国主义热血的莱奥也义愤填膺。

意大利和美国这次外交纷争非常激烈,但是那几天,因为同样的事情,包括在两国矛盾最激烈的时刻,也没有蓬泰科尔维家里的矛盾那么尖锐,就好像西哥奈拉事件,挑起了这对夫妇日积月累的矛盾。关于贝蒂诺·克拉克西的为人和政治观点,关于犹太主义和反犹太主义的尖锐话题,莱奥和瑞秋根本说不到一块儿。

莱奥崇拜的政客克拉克西,他负罪累累,他最大、最可耻的罪行就是他是一个反犹太主义者,瑞秋觉得这件事情充满象征意义。另一个方面,对于一位像莱奥·蓬泰科尔维这样的男人来说,从他成人开始,钱包里就带着社会主义党的党证,尽管他从来都没有投身政治,但是他一直以一种球迷一样浮夸的激情,来拥护社会主义党的举措,他看到克拉克西就"西哥奈拉事件"表态了,而且像爷们一样强硬,这对他来说就像过节一样开心。

一位当政的社会主义者,一个让别人跟随自己社会理想的社会主义者,一个当代的社会主义者,一个试图改革左派的社会主义者,一个仇恨共产党、并被共产党仇恨的社会主义者,一个让所有人尊敬、让所有人害怕的社会主义者,正是因为那些仇恨和尊敬,他有足够的胸怀,来承受那些随波逐流者的任何攻击。现在,终于有一个社会主义者,敢于叫板那些傲慢的美国人,不让这些牛仔踩在意大利人头上,不让那个蹩脚的、给别人热场的小演员罗纳德·里根飞扬跋扈,这件事真是激动人心。

就像你们知道的,莱奥热爱的克拉克西后来占了上风,那些崇洋媚外的人遭到鄙视,这唤醒了他内心的沙文主义情感。莱奥对贝蒂诺·克拉克西的喜爱,有时候会和瑞秋对犹太人的温情主义会产生摩擦,这就说明了为什么关于"西哥奈拉事件",俩人的争吵会达到白热化地步。

他们发生争执的地方,是两个人都喜欢的地方,洗完澡后,莱奥在洗手间刮胡子(他总是晚上刮胡子),面对着被水蒸气笼罩的镜子,这时候瑞秋在和浴室相连的小更衣室里,她正在挑选(还是像往常一样艰难)第二天要穿的衣服。我要讲述的是他们对话结束时的情景,在卧室里,他们俩面对面站着:他伸着脖子,她身上穿着睡衣,手里拿着一堆衣服,无比愤怒。

"这和反犹太主义有什么关系呢?对于你们来说,这世界上只有两种人,一种是犹太人,另一种是反犹太主义者。"莱奥说。

"为什么你说这件事情时,好像和你没有什么关系,好像你不是犹太人。你想想,假如被杀死的不是一个下半身瘫痪的犹太人,而是一个漂亮的天主教女孩,比如说……是卡塔尼亚地区的一个女孩,那你的英雄——你的军队司令,对那些杀人犯也会表现出同样的宽容吗?"

"什么宽容?操!你到底说的是什么宽容?我没有看到宽容,我只看到一种非常严肃的态度,不愿意给美国人鞍前马后服务,一个国家元首的坚决态度。"

"也就是那些阻止了纳粹完成他们使命的美国人吗?你说的是不是那些美国人?对于那段历史,你能了解多少呢?你们又有多少体会呢?你们躲在那个养着母牛的山村,你们当时在玩桥牌呢。"

"我的父母有远见,他们在正确的时候脱身而出,我应该对此感到羞愧吗?你觉得我应该为此对美国人感恩戴德?"

"我说的是,我们正在谈论的美国人,就是那些把我们解救出来的美国人。他们救了我们!"(这是第一次,瑞秋的声音在颤抖)

"这个人情,我们还要偿还多久?'阿基莱·劳伦'号是意大利游船,那些混蛋想为所欲为的机场,也是意大利领土。这一次,他们遇到了一个负责任的国家领导人,一个有胆有识、让别人敬畏的人,一个仰着头面对法西斯的人,为什么我不能高兴?"

"这些法西斯又是谁呢?那些美国人是法西斯吗?好吧,亲爱的,我认为你的概念有点混乱。你有时候说话就像丽塔和弗拉维奥。现在,真正的法西斯是那些海盗,他们劫持了那艘游船,船上坐着普通人。你看事情有多巧,所有在场的人当中,他们恰恰选了一个犹太人来枪杀。我知道的惟一事实就是:你的救世主卡拉克西,根本无视一个无辜犹太人被杀的事实。"

"没有人无视这件事情。没有人。现在,那些混蛋在我们手上!"

"艾布·阿巴斯呢,你们能把他怎么样?"

"艾布·阿巴斯怎么了?"

"艾布·阿巴斯,他们没让他跑掉吗?你知道艾布·阿巴斯现在在哪里吗?"

"我不知道,但你不是要告诉我吗?"

"他正在坦然地吃着羊羔肉,蘸着桂皮酱,一边喝着薄荷茶,一边向我们致敬呢!这就是他待的地方!他和他的贝督因伙伴,在一起逍遥自在,正在感谢那些慈悲的、反犹太的意大利人民!在他的饭桌上,正坐着这些屠杀了犹太人的刽子手。"

"我提醒你,没有发生什么大屠杀。只有一个受害者……"

"你怎么能这么说?你说话就像他们一样!一个犹太人难道不够吗?非得要他们杀死一卡车的犹太人才算数吗?"

"我说的不是这个。我想提醒一下,每次我们在谈论某些问题时,你总是喜欢夸大其词。你从来都不这样的,夸大其词通常是我的特征,但谈到犹太人和以色列时,你就会超过我。就像那次,你要我撇下医院的那些病人,马上回来,去学校里接孩子,因为你担心,反对占领黎巴嫩的游行会牵扯到他们,不知道你是怎么想的。"

"我当时有充分的理由担心,菲利波的一个同学对他说,我们是凶手。"

"一派胡言!"

"你认为那个小孩的死,也不是什么大事儿?"

"哪个小孩?"

"斯特凡诺·达凯。那些恶棍……我只要想到出事儿那天,我本来要和撒母耳一起去会堂……"瑞秋的声音又一次开始颤抖,她非常激动,但愤怒还是占了上风。"那个恶棍,现在很舒服地待在自己家,受到爱国英雄一样的接待,因为他从这个世界上清除了一个犹太人。难道这不会让你忍无可忍吗?里昂-柯林霍夫的父母呢?他们就应该忍声吞气?可怜的人,他惟一的问题就在于他是犹太人,而且是无辜的。你是因为这个事情高兴吧?为什么你的社会主义政府,会让这些杀害犹太人的罪魁祸首逍遥法外?对你来说,这就是我们需要的吗?另一个反犹太政府?"

瑞秋说到这些话时,她实在无法忍受,抽泣起来。这时候,莱奥受不了瑞秋的眼泪,也无法忍受是他把瑞秋惹哭了,他结束了争执,过来拥抱着瑞秋说:"别这样,宝贝,一切问题都会解决的……"

这件事情过了两个月,也就是莱奥和瑞秋因为西哥奈拉事件激烈争吵两个月后。圣诞节假期前夕,他们又发生了争吵,是关于要不要带上撒母耳的小女朋友去度假。这场争吵没有那么激烈,但也许争吵的结果,要比可怜的里昂-柯林霍夫之死,对他们的生活更有破坏力。通常来说,他们说话的语气充满讥讽和戏剧性。这次争吵的地点是在一辆捷豹车里:车子正以每小时一百三十公里的速度,行驶在新卡西亚路上。

"我拒绝带我儿子十二岁的女朋友去度假。"瑞秋说。

"不要那么可笑,他们能做什么呢?他们知道:那匹母狼正虎视眈眈,看护着她的小狼崽!亲爱的,你不会相信的,但放任自流会带来意想不到的好处,可以断绝那些过火的欲望。总之,放任自流是一个非常管用的办法。"

"这不是放任自流不放任自流的问题。这一切都是错误的、可笑的,这是撒母耳发出了一个让人警惕的信号。"

"好烦,你总是死死盯着那些发出来的信号。你记不记得我们斗争了多久,才获得了一起旅行的权利?"

"因此你要通过撒母耳补偿你的遗憾?"

"我不想补偿什么,不是这事儿。我想让他明白,有些事情是需要争取的,让他了解征服的价值。"

"征服?你想让他成为哥伦布吗?"

"跟你根本没法说正经的。我再说一遍:我们当时可是费了很大的劲儿。

"好吧,那是因为你父亲不松口!假如一切都由他决定,那你的下场会和法老的坐骑一样:埋葬在他身边……我救了你一命!梅耶教授不想上课,让我替他上课,这又不是我的错。就这样:我二十八岁时,已经在大学教书了。我开着我的小跑车来上课,就像阔佬达斯汀·霍夫曼一样。你是那个清纯的小女生,我这个腐败、堕落的老师,对你伸出了魔爪。天哪!你真让我费了很大的心思,亲爱的!获得你的芳心,我的意思是,你的爱……"

"你怎么说得那么难听啊!"

"你有没有意识到,我们第一次合法的旅行,是我们的蜜月旅行?"

"是啊。那次旅行那么美妙,那么自由自在……

"你说得对,可能撒母耳和卡米拉会结婚……"

"求求你了,别这样。你知道,我说什么你都不当真时,这真让人抓狂。我是这样想的:那些通过努力获得的东西,更加激动人心。

"我就知道你是这么想的,全是那些墨守成规的思想。你愿意的话,我们可以把撒母耳在小房间里关上一年。当他出来时,他一定会充满活力……"

"你有完没完啊!"

"好吧,对不起。但对我来说,要用严肃的语气,谈论一些我认为不严肃的事情,我觉得很难。"

"因为在你天真的热情里,你根本没办法考虑到有些实际问题。"

"什么实际问题?"

"木屋根本就不够大,只有一个小洗手间。卡米拉是个姑娘家,而且处于一个比较复杂的年纪:她需要私人空间,她和我们共用一个洗手间,这会非常不方便,她会很尴尬,我们也会很尴尬。还有,我们让她睡哪儿呢?"

"好吧,这就意味着菲利波和撒母耳要牺牲一下,他们要睡在客厅的沙发上,卡米拉睡他们的房间。"

"算了吧!你不管不顾、放任自流,其实你也知道这样行不通。"

他当然知道这样行不通,从理论上来说,他也能承认妻子是对的。尽管如此,他不愿意认输,出于通常的原因,丈夫和妻子都不愿意服输,这很正常:面子、顽固的思想总想占上风。争吵的最后,他占了上风,那时候,可以说他的提案得到认可。他们俩俏皮、调侃的争执,已经清扫了瑞秋作为一个爱操心、守旧妈妈的所有忧虑。

他怎么能知道?可怜的男人,他赢了夫妻间这场小小的纷争,从长远看来,他已经为他人生中最大的失败埋下了伏笔。

所有这一切,都是因为卡米拉选择以一种非常诡异,具有破坏性的方式来感谢他。我的意思是:感谢他的支持。

为什么要惊异呢?那个小姑娘从开始,就是一个非常古怪的人。她和其他同龄人除了年龄相同之后，没有什么共同点，她和莱奥遇到的其他小姑娘——儿子的女同学，还有那些在他的医院治疗的小姑娘相比，卡米拉显得很特别。她就像一颗形状特殊的西红柿，放在一堆非常标准、像塑料一样熠熠生辉的西红柿里；遗憾的是，那些标准西红柿像工业生产那样精美，但没什么味道。卡米拉属于那种能激起人们不同评价的小姑娘："她看起来要比实际年龄大"或者"她看起来要比实际年龄小"。在她面前，其他小姑娘都相形见绌，那些姑娘都留着浓密的金发，非常像在五十年代初期，莱奥在学校里遇到的那些外形无可挑剔的女同学，但她们一点儿也不能勾起莱奥的怀念。

这个世界没有进步，反而倒退了吗？在最近二十年，大家都乱搞得太厉害了，才造成了青少年世界的神奇复辟——这就是那天下午莱奥的感觉。因为要参加撒母耳的生日聚会，他提前回家，那个聚会非常复古、刻板：气球、纸杯子、塑料刀叉、芬达和可口可乐的大瓶子，还有那些羞怯的青少年，因为有男有女，他们都很拘谨：男生待在一边，女生待在另一边，就像在犹太教会堂里一样。天啊！性解放到底到解放了什么？酒精呢？大麻呢？当然，莱奥并不指望他家里能有这种狂欢的气氛，他也不希望有，但他同样不希望是这种纯洁和拘谨的气氛。

最不能让人容忍的事情是：那一堆头上戴着粉红色发卡的小姑娘，她们身上穿着紧身牛仔，裤脚上包着有花纹的边儿，上身穿着松松垮垮、不显身材的大毛衣——就像是从她们的大肚子父亲那儿偷来的。她们都不像是小姑娘，而像一些小熊玩具，是的，她们就是一些梳妆打扮好的小玩偶。在他内心深处，他已经把这类女生定义为玩偶。

这种类型的女孩,不仅在他的社会阶层非常普遍,而且到处都有。星期六下午,你只要在城里转一圈,你就能遇到一堆堆这种姑娘,真是俗不可耐。这个世界越来越统一了,至少在外表上,阶级差别已经消失了。时尚尽管遵守等级,追求高端,但是它展示了普世主义的好处。

我们就拿一个服装店老板来说吧,他买了一批白色或者粉色的套头衫,胸前写着一排字,假如他能说服小区里最时尚的姑娘穿上这件衣服,让她们觉得穿上那件套头衫很酷。好吧,你可以确信,在短短几个月时间里,那件套头衫会像一种致命的传染病,布满整个罗马的街道,在一个星期以内,会传染给整个国家上百万女孩子。这种玩偶姑娘,那天下午挤满了莱奥的花园和客厅,鉴于她们的社会阶层,她们可以被认为是公众品味的真正传播者。

另外,这些姑娘都很有教养,而且很有礼貌。惟一的错在于(假如可以称得上是错误的话),应该是,她们已经摆脱了进行了二十年的反叛运动,她们躲避到一种"统一"和"一致"里,她们和之前的姑娘不同,至少她们认为那样的穿着很好。很奇怪,那些通常最正统的时代,就是那些最不虚伪的时代。

然而,莱奥(在某种意义上,瑞秋也一样)很高兴,撒母耳带回家的第一个姑娘不是那种"玩偶姑娘"。蓬泰科尔维夫妇足够开明,他们认为,个性本身就是一件很好、很有意义的事情。

假如那个小姑娘在有个方面很擅长,那就是她消失的能力——让人注意不到她的存在。在她身上,各个方面都体现出了一种消失的渴望:衣服的颜色(非常朴素端庄)总是介于灰色和斑鸠色。她的身体像甘草一样柔韧灵活:她非常消瘦,让人想起了世纪初的某些苍白女诗人,或者营养不良的巴基斯坦女孩。她的头发柔软茂盛，颜色过于艳红，这个小革命者不得不像个村姑一样，扎一个辫子；她皮肤的颜色是奶粉色，看起来很舒服，不是很扎眼。更别说那种迟钝、顽固的沉默，她沉浸在自己的沉默里，就像一只乌龟躲在龟壳里。

也许这就是为什么，在撒母耳过生日前两个月，撒母耳第一次带她回家吃饭，莱奥和瑞秋都没有太注意到她。他们四个人一起吃饭，为了不让两只彬彬有礼的"小鸽子"尴尬，他们表现得很郑重，整个晚饭他们都强忍着，没有兴高采烈地说话。他们把那些话推到了他们上床后，终于可以单独在一起的时候。他们刚刚脱下身上的正装——不知道为什么，吃那顿超现实晚餐时，撒母耳希望大家都穿正装。现在他们躺在麻布床单上面，一直在嬉笑、说长道短：

"你有没有看到他多紧张，呼吸多困难，小可怜？你有没有听到他的声音在颤抖？他给那个姑娘倒水的时候，还把餐巾放在腿上……

"我问你，是你给他买的那件白色外套吧？好像电视剧里那个小个子传令兵，真让人看着难受……我讨厌那个小个子！还有他的娘娘腔举止……

"我不敢相信，我们的撒母……"

"我们的撒母耳怎么了？我们蓬泰科尔维家的男人就是这样：早熟、果断、勇敢，穿上白西装，直奔目标……但是，也非常有教养。

"我就差扑上去，亲亲那张激动的小脸了……"

你们看到了吧？他们根本就没提到那个小姑娘，当你可以惊叹自己那个出彩的儿子，为什么要注意到那个黯淡的小人儿呢？他穿得像南美牛仔，金色的刘海卷，鼻子侧面的线条有点弯曲，这展示了他的民族特点，有点儿破坏他的完美，但让他看起来更风趣,有一丝浪漫的气息。

他真的很棒。莱奥和瑞秋津津有味地谈论着他们的儿子。很自然,滔滔不绝地评价撒母耳的举止,让他们忽视了卡米拉的表现。他们一直喋喋不休,谈论着撒母耳,列举他的种种特点,他比卡米拉的节制和朴素要有意思得多,那个女孩用一种拒人于千里之外的目光,阻挡住了他们说一些恭维话。

因此,那天晚上在床上,他们闻着床单散发的清香——天气热的时候,莱奥希望床单每天都换。他们躺在床上,聊着撒母耳的窘迫,他们认为,窘迫是高贵灵魂的一种体现。他们没有看到(他们怎么能看到呢?),有一个小姑娘,注定会把这一切都毁掉(包括那张麻布床单)。

第一次,莱奥意识到卡米拉的存在,是她父母来接她的时候。莱奥是在撒母耳的生日聚会上遇到他们的,他们正好来接她回去。

他们到家门口时,莱奥脖子上还挂着照相机。瑞秋希望至少有那么一次,丈夫能用自己的摄影爱好(而且设备相当奢华)给家人服务一次,在满是玩偶女生的花园聚会上,她强迫莱奥做首席摄影师。在这二十年的婚姻生活中,瑞秋不仅要和莱奥拍的那些照片算总账,而且要和这二十年来他拒绝拍摄的照片算总账。她受不了莱奥用那些黑白风景照片贴满整个房子:夕阳中的摩天大楼,毫无意义的细节——揉成一团的香烟盒、有缺口的咖啡杯、被遗弃在沙滩上的拖鞋。他总是拍摄静物,静物——这是一个比较准确的词。丈夫喜欢拍摄那些静止的东西,而且在拍摄这些东西时会不惜一切代价。但是你要让他拍一张"正常"的照片,那可不行,比如说拍一下孩子们学骑自行车,妻子穿着晚礼服,或者在埃菲尔铁塔、卢浮宫,或者随便什么地方摆姿势留影。哎呀!真是没办法,你让他拍摄这些照片时,这位艺术家会觉得自己被冒犯了。

"这有什么必要嘛。"每次瑞秋把旅行照片洗出来,看到那些奇怪的图像,有点气恼地问莱奥,"拍这些像明信片一样的照片,如果照片里没有人,那算什么旅行纪念啊?"这样的评论,总是能让我们的艺术家露出不耐烦的表情,就好像在说:"你好庸俗啊!"

那天下午,瑞秋事先明确表态:"我不要你拍那些揉成一团的餐巾,不要拍鲜花的细节,也不要拍那些屋顶的全景,我要你拍我儿子和他们的朋友,明白吗?""明白了。"莱奥满怀怨气,但只能满足妻子的愿望,认真执行那些庸俗的指示,他用整个下午的时间,给两个儿子,还有他们的朋友照相,特别是那个过生日的儿子,还有他的小女朋友。

最后,他看到那对奇装异服的夫妇,他们带着局促、好奇的表情出现了,踏进了莱奥家的栅栏门。莱奥很满意地想:终于出现了一个有意思的拍摄目标!这让他一声令下,说:"站着别动!"他带着一种画家的权威,好像经过几个小时寻觅,终于看到模特做出了理想的表情。那两个陌生人完全惊呆了,他们像军人一样听从了他的口令。莱奥用那种专业摄影记者才有的热情,拍了很多张照片。值得一提的是,在一个完美的角度里,那两个人看起来还是很体面的。

那是一对年轻、强壮的夫妇。你会觉得他是足球运动员;而她每天只吃素食,就吃一些本地产的草莓、白哈密瓜和猕猴桃做成的沙拉。那位太太传递过来一个媚眼,这说明举止得体并不是她的强项,但是在眉来眼去方面,她不在任何人之下。

他们俩都穿着蜂蜜色的麂皮外套,里面是皮草。在这种暖和的春天里,穿这样的衣服出来,真是有些莫名其妙。莱奥

103

的目光在那个男人的头发上停留了很长时间,他长发披肩:这种发型,是任何一位六岁以上的男性就不应该再留的发型(正好,他现在明白了那个姑娘的红头发是从哪儿来的)。这两对四十多岁的夫妇,他们皮肤颜色和他们苍白的女儿差别很大。

他们脸上的防晒霜,颜色有一点泛橙色。赋予卡米拉生命的这两个人,他们的肤色和卡米拉的肤色不一致,这只是各种不协调中的一种,她为自己的父母而羞耻,而他们没办法了解她的怪异。这就说明了为什么那天晚上,他们盛情挽留,而她要那么快离开。她不愿意在她喜欢的蓬泰科尔维家人面前,暴露父母的可笑和愚蠢。而她的父母都很好奇,想了解蓬泰科尔维一家到底都是什么人,能让惟一的女儿乐意跟他们待在一起。

现在,她父母曝光了,他们给人的感觉很突兀。对于莱奥来说,这让他很容易理解卡米拉的个性,尽管她和同龄人一样漂亮,但她渴望消失,或者隐藏起来。假如阿拉丁灯神可以满足她的一个愿望,可能她只是会简单地说一句:"让我从这里消失。"灯神会问:"小姑娘,你想去哪里啊?""我已经告诉你了:除了这里,什么地方都行。"她就是一个"除了这里,哪里都可以的"人,这就是她那双漂亮的眼睛所表达的,还有她那纤细得几乎要消失的身体所表达的。

要了解这一点,只要看看她这时候的表现就够了:她很不耐烦地插到父母和蓬泰科尔维中间,就好像她要用一个神奇的斗篷,来掩盖在这个世界上她最亲近,但最让她觉得羞耻的人。很明显,假如她能做主的话,她会放把火,把父亲、母亲,还有和他们相关的一切都烧掉:包括他们身上不合时宜的皮衣,不完美的谈吐,还有停在蓬泰科尔维家门口栅栏前那辆巨大的、配件齐全的路虎。更别说父亲的举止了,他表现得很郑重,但是一种粗人的郑重,他想给这位知名教授留下好印象。

他们马上就输掉了,莱奥带着一种万分的同情看着他们,他们的命运和自己不一样。有时候会发生这种事情,是的,他们已经失去了孩子对他们敬重,那是到目前为止,他和瑞秋还能死死把握的东西:两个儿子的崇拜和爱。这是你在医院也能看到的:有些父母还可以掌控局面,有些父母已经任由那些小魔头摆布了。有时候,莱奥觉得自己还是孩子们眼里的英雄。但是,命运在和眼前这对男女作对,从女儿看他们的眼神能看出来,没有一丝一毫的欣赏,只有鄙夷。

啊,是的,这个可笑的男人,他那帆船运动员一样黝黑的肤色、维京人一样的头发、爱斯基摩人一样的穿着,至少在五年前,他就不再是女儿的英雄。从他把外套披在女儿肩上的神情,还有女儿鄙夷的表情,都能看出来这是他生命中的痛点。这种痛苦很强烈,因为他认为,女儿没有理由那么对待自己,他也猜测不出这种鄙视的原由。真他妈的窝火,可能他已经为卡米拉付出了一切,要比父母当时对他好一百倍,她到底有没有良心?她的目光里溢满了羞耻,或者说正是那种羞耻,让卡米拉那么早就形成了她的性格。我发誓,假如有一天,我的孩子们要这样看我……是的,我发誓,我会……

这就是莱奥当时的想法,他带着一种友善的同情,把相机放下来,很友好地和那两位拘谨的先生、太太打了招呼。他让瑞秋去叫卡米拉,当卡米拉看到莱奥和她父母交谈时,莱奥注意到了她眼神。是的,这就是莱奥的想法,他很高兴地证实:卡米拉那么如坐针毡,她尽一切努力,不想让他和瑞秋发现,她父母是那么普通的人,这就是意味着,她认为蓬泰科尔维家的人高高在上。当莱奥考虑这些问题时,他用同情的目光,看

105

了一眼卡米拉的父亲,又自豪地看了一眼自己。卡米拉第一次表现出了她的怪异——她对父母亲说法语。其实,这一点问题也没有,比如说,这是他们私底下经常玩的一种游戏(就像那些俄罗斯小说中的人物)。或者有另一种可能:她父母中有一个是法国人,他们家庭内部使用双语,这让他们家成为某种让人恼火的巴别塔。假如她父母亲都不是法国人,而且他们中没人能说一句像样的法语,也许他们只会用法语说"谢谢"——这在当时是很通用的一个词,或者说另外一句让人讨厌的话:"是的,我是凯瑟琳·德纳芙。"

卡米拉的法语说得非常流利,而且发音非常优美。原因是她小时候在"鲍格才别墅"的法语学校——"夏多布里昂"学习过。父母把她送到那所学校,这没有什么好奇怪的:那是一所非常受欢迎的学校,对于那些穷得只剩钱、没文化的暴发户,把女儿送到"夏多布里昂"学习,让她法语说得和法国人一样好,而且和大使的儿子来往,这让他们感动得几乎热泪盈眶。这就是为什么女儿在六岁时,他们让女儿开始说法语,他们只是觉得,法语听起来很好听。

从那时候开始,连续有几年,在他们位于"阿尔真塔里奥"的小别墅里——那是他们夏天度假的地方,是卡米拉的父亲买的,因为他在市中心有一家五彩缤纷的皮具店,让他赚了大钱。在那栋小别墅里,他们接待了那些小语伴:莎宾娜、莫妮卡和卡洛塔,她们惟一的任务就是陪卡米拉说法语。问题在于,卡米拉总是利用语伴到来的那段时间,利用这种听起来像音乐的语言,把父母从她的生活中排挤出去了。有一次,在沙滩上,卡米拉和她的语伴莫妮卡在亲密地聊天,她父亲恼羞成怒,最后喊了一句:"够了,他妈的!"

从那时候起,卡米拉就养成了想说法语就说法语的习惯,她父亲不会为任何事情揍她,但是却感觉很屈辱。

很明显,在蓬泰科尔维家人面前,这是一个说法语的好机会。语境是最不合适的,但是(这是最让人不安的因素)她说的那些话,却非常符合当时的情况,比如她用法语说:"是的,爸爸,这个聚会简直太棒了!""妈妈,你怎么样?我太累了。"

莱奥一点儿也不知道关于法语的那些事情,他在想,这姑娘到底怎么了。为什么要跟父母说法语?是想从这个尴尬的局面中摆脱出来了?为了把注意力吸引到她自己身上,永远删除让她耻辱的东西?或者简单地说,她只是想让父母尴尬,这样他们就会马上带她离开,让这场噩梦结束?莱奥并不知道原因。但假如最后这一条正是她的目的,那么卡米拉的计谋正在得到完美实施。因为父母的出现,忽然间,她像灰姑娘离开王子一样匆忙,他们和蓬泰科尔维夫妇告别后,就匆匆走了,那个小疯子还在继续跟父母说那种动听的、"古老帝国"的语言。这件事情的结局很让人遗憾,莱奥也没有勇气问撒母耳,他女朋友到底是怎么回事儿。

这时候,撒母耳对那位小姑娘的奇怪行为,表现得非常无动于衷,让人觉得这是一种常态。从那之后,莱奥再也没有想起过卡米拉,还有她的古怪行为,直到瑞秋告诉他,二儿子要带着他女朋友去瑞士,否则,他就不去。就这样,莱奥开始怀疑:那个姑娘除了行为怪异,而且还是一位早熟的操纵者,但是他没往坏处想,而是觉得这很有意思。假如有一件事情值得骄傲,那就是他对别人的包容。

撒母耳作为一个男孩子,他和其他十二岁的男孩子没什么两样。他提条件,强迫父母做选择?这是一种要挟?但他既没有权威,也没有执行的勇气。真是难以置信!真是愚蠢得可爱!

面对这种态度,莱奥能怎么做呢?一方面,他觉得很好笑,另一方面他又很心软。他感受不到瑞秋的担忧,瑞秋的种种表现,只能让他觉得,那是一种母性嫉妒的发作。他能怎么办呢?

实际上,是卡米拉教唆撒母耳带她去瑞士的,这一点毋庸置疑,撒母耳肯定没有魄力提出这样的想法。对于瑞秋来说,这种教唆代表着一种让人忧虑的事情,但对于莱奥来说是一件可爱、有趣的事情:看到撒母耳受那位怪异小姑娘的指使,这真是太有意思了……按照撒母耳在父母面前的表现来看,是卡米拉不愿意像往年那样过圣诞节:由她痛恨的父母陪伴着,忙着拆开那些极端昂贵的礼物,然后大吃大喝。是的,能避免这样一场噩梦,对她来说实在太诱人了。蓬泰科尔维家人呢,除了莱奥可以得到的额外假日(在这个无边的基督教世界里,他们也会准备一些礼物,让两个孩子不要太过于孤单),他们并不过圣诞节,因为他们是犹太人。对卡米拉来说,这是一件非常神奇的事情,这是一次她不能放弃的机会,就这样,她开始构想她的"昂在赫行动"。

最后,行动取得了成功。

在瑞士,这种怪异的混居对于她来说,是前所未有的事情,但又非常符合她的性格,卡米拉觉得,她有必要感谢那个帮助她实现梦想的人。

那种感谢是通过一封信表达出来,那是一系列通信的开始。

现在,我们这位流放在地下室的人在回想发生的事情。他洗了脸,尽量回避过镜中自己那双绿色的眼睛,他在房间里来回走动,非常渴望喝一杯咖啡,就像那些在沙漠里的人非常渴望一股清泉。

当然,在收到那封信之前,莱奥已经意识到了,妻子说的话多么有道理。卡米拉的出现,毫无置疑地打破了他们在瑞士既定的度假方式。菲利波提出了抗议,因为他不得不和弟弟睡在客厅的沙发上。撒母耳这次不能抱怨(这一切不便是他造成的),他们到达瑞士之后,他给哥哥造成了这么多不便,让他一直都内疚得睡不着觉,哥哥需要更大的空间来举行他的睡前仪式(按照音乐的节奏,用头撞击枕头),经过那个仪式,他才能产生睡意。

另外,卡米拉不会滑雪,而且一点儿也不想学。这就意味着,瑞秋整个早上都得照顾她,更别说可能会出现一些危险的情况。她父母再三叮咛,卡米拉有哮喘(这是他们答应让卡米拉来以后,才得到的消息)。瑞秋要在每天早上洗漱的时候,对她进行一些特殊照料,手边应该一直放着那种含有肾上腺素的喷剂。还有,每次犯病比较厉害时,还需要注射氢化可的松。更不用说,在最近这段时间,泰尔玛——家里的保姆请假了,没和他们一起来瑞士,她每年这个时候都会请假,因此瑞秋现在不得不承担起家务,这些活儿,本来都是由那位娇小的菲律宾女佣来做的。

对莱奥来说,他牺牲了假期中最让他享受的、可以一个人待着的时光。从他们来到昂在赫的第一天开始,他都没有享受到坐在洗手间"皇位"上的振奋时刻,还有长时间的热水澡。他怎么能享受到这些呢?洗手间门外,那个温暖、潮湿的客厅里,噼噼啪啪燃烧着的火前,中间夹杂着几声叹息和嘟囔,坐着那个姑娘。他觉得,那姑娘在等他,穿着浴衣出现在她面前,这并不可怕(莱奥来自于一个开放的家庭,穿着睡衣是不会遭到批评的),他担心的是要和她相处,这非常难,找到一些闲话来聊很难。无论任何一种对话,都会让其他计划泡汤（和瑞秋散步，买报纸，购买那些小礼物等等）。

从第一天开始，瑞秋就让莱奥品尝到了，他未来两个星期的下午会是什么样子。

实际上，丈夫刚从滑雪场回来，瑞秋就出去了，出去之前，她交代了莱奥照顾卡米拉哮喘的事情。莱奥非常了解自己的妻子，知道在摔门出去前，她的叮嘱言外之意是："好吧，是你要带她来的，现在轮到你来照顾她了。"

你怎么能责怪她呢？瑞秋的建议一直是对的，却从来得不到赞同，这种处境应该很难受吧。

看来，整个下午，莱奥不得不照顾儿子的女朋友，这个满脸雀斑、烦人的卡米拉。这真是一场灾难，方方面面都很麻烦，这是莱奥当时根本没想到的事情。尽管两个儿子和卡米拉年龄相仿，尽管他的医院里全是小孩了，尽管他已经习惯于和大学课堂上那些二十多岁的年轻人打交道，但是，莱奥不知道怎样面对一个青春期女孩。

归根结底，他和医院那些儿童以及青少年的关系，都是由一种让人放心的社会关系来调节的，他只要扮演自己既定的角色就好了。秘密在于：他扮演的角色很稳定，很清楚。

至于和两个儿子的关系，除了沿袭了他和父亲之间的那种正式、沉默（像天神一样的蓬泰科尔维老教授）的关系，这种亲密关系，可以名正言顺地被称为一种"旧式"关系。当菲利波和撒母耳很小的时候，莱奥扮演的角色是：不喜欢让小孩子来烦他。瑞秋给他起了个外号，叫"黑落德"；这个外号，莱奥并不反感，而且他会说些风趣话，默认了那个外号："我做这份工作，放假对我来说，意味着没有吵吵嚷嚷的孩子在我周围，烦得我蛋疼。"

顺便提一下那些小病人……好吧，面对他们，莱奥可以表现出主治医生父亲般的慈爱,面对学生,他可以用一种大家都能接受的方式调侃。

面对这样一个极端寡言、非常神秘复杂的女孩,他应该说些什么?莱奥有时候非常羞怯,就像有些英俊、高大,但心不在焉的男人,让他面对一位十二岁的女孩子,说上一些轻松的、不着边际的话,这可能会让他变成一个羞怯的少年,让那个小姑娘变成一个老练、高傲的女人。他已经感觉到,自己陷入了一种古怪的自言自语之中。是的,让人最不爽的事情是:她在那间温馨的小客厅里等他,之前他在这个客厅里享受到的独处乐趣,现在也没有了,他只能重温青少年时期,那些让人不快的经历。

角色混乱,这是最大的麻烦。

开始的两天,他找的话题都是围绕撒母耳的,问她怎么看待撒母耳,问撒母耳在别人面前是怎么表现的。然后,他试着把那种乏味的对话,转移到询问他们那个年纪的孩子都在做什么,他们对未来有什么打算。(这对于一个十二岁的女孩子来说,真是一个好问题啊!)

卡米拉的简洁和寡言,是这种尴尬处境的原因,再加上她的大眼睛里,反射出琥珀的色泽,那么纯洁无辜,注视着这个成年对话者,让莱奥莫名地感到不安。

第三天,很明显他们之间已经没有什么话题可以谈论了,他已经使出了所有招数。至于卡米拉呢,莱奥怀疑她还留着一手。这就是为什么,他在洗手间里待了很长时间,希望那天下午的大雪,能让儿子们提前回家。但是,他还没有迈进客厅,因为那首该死的圣诞歌曲,卡米拉已经让他生了三次气了。自从他们到了这里之后,她就一直在听那首歌。莱奥也带了碟片,但房东的那台碟片机被卡米拉据为己有,她一直都在听那首歌,已经有三天了。只有她一个人在听,中间停顿时间很短,她坚持不懈、非常固执。莱奥对这种童年时期的迷恋非常熟悉:菲利波也有这种毛病,假如他喜欢一首歌的话,他会一直听到吐为止,尽管如此,在这方面,菲利波也不是卡米拉的对手。她听的都是那种很让人讨厌的歌曲(现在已经过时了),小白脸乔治·迈克尔——那时候,他的发型,简直像出自罗迪欧大街上的理发师,他一直在吟唱不知道是多少年前的圣诞节歌曲。

莱奥在洗手间度过他的美好时光时,这就是背景音乐,真像那些娘娘腔喜欢的旋律!假如有一件事情让莱奥受不了,那就是在音乐方面的坏品位。这就是说,卡米拉正在竭尽全力,让莱奥生气,让自己变得讨厌。

第三天,莱奥带着不耐烦的心情,走进大厅里。他已经穿好了衣服,头发湿漉漉的。他看到那位长得像十九世纪爱尔兰人的小姑娘坐在碟机旁,在壁炉跟前,他不知道自己该说些什么。最后,他说了一句话,让自己听了都想死,那句话听起来非常文雅,但不合时宜。

"在这种暴风雪的天气里,龚古尔兄弟还是毫不泄气啊。"

用"暴风雪"来形容那个平静的雪天,听起来非常浮夸,比把两个儿子称为"龚古尔兄弟"更让人觉得离奇。然而,这是第一次卡米拉微笑了,几乎是满怀喜悦地笑了。

"你为什么叫他们'龚古尔兄弟'?"她问莱奥。一个问题。她终于问了一个问题。遗憾的是,莱奥不知道怎么回答这个问题。

莱奥给他们取这个外号已经有一段时间了,他的两个儿子是"龚古尔兄弟"。他对瑞秋说,菲利波和撒母耳之间密不可分的关系,有时候让他很不舒服,他们简直是如胶似漆。

"哥哥不在身边,撒母耳就睡不着觉,对此你一点儿也不担心吗?也许,这些年里,让他们生活在一个房间里,睡架子床,这一点也不好。"

"我怎么会担心呢,撒母耳只是有点害怕黑暗和寂静,尽管他有时候不承认。"

"可能确实如此。但是菲利波对我说,每天晚上,撒母耳都要求哥哥,在他睡着之前不要入睡,否则的话,他就睡不着。还有,菲利波在睡觉之前,都会像一个自闭症儿童,或者像'哈西德'派教徒在哭墙前一样撞头……他们简直就是天生一对了!你不觉得吗?也许他们生来就应该被分开。"

"我已经告诉你了,所有孩子——撒母耳还是一孩子,都痛恨黑暗和寂静。"

"好吧,但现在是时候了,我们应该把他们俩分开来了,不同的学校,不一样的假期……"

"你为什么要做这么残忍的事情?这样的事情,不是很快就会自然而然发生吗?"

瑞秋非常心酸,她说出了这样的话,是因为她想起了早年失去的姐姐吗?这让莱奥不得不胡扯一句,来缓和气氛。

"因为我不想成为龚古尔兄弟的父亲。"

我们这么说吧,莱奥并不是很了解龚古尔兄弟。他属于传统教育的优良产物,在他那个年代,这种教育已经被称之为"传统教育",那种教育要求你死死记住龚古尔兄弟的存在,但不用阅读他们写的书。他们只要求你知道,这两位作家是十九世纪的人,他们俩写同一本日记,睡同一个姑娘。

但很明显,莱奥提到那两位法国作家(她并不了解这两个人),让卡米拉很愉快,她一直在很愉快地微笑,就好像经过漫长地寻找,她终于找到了知音。她那么高兴,以至于她鼓起勇气,问了第一个问题:

"为什么是龚古尔兄弟?"

"你不知道龚古尔兄弟是谁吧?"

"我不知道,但听名字,他们应该是法国人。"

"事实上,他们就是法国人。"

看到这位姑娘充满疑惑的眼神,莱奥觉得自己应该解释一下:"他们已经死去很久了。"

对于卡米拉来说:龚古尔兄弟有没有死,她并不感兴趣,她对于他们活着的时候做了什么,也不感兴趣。吸引了她注意力的是别的事情,就像她下面会问的问题一样(她正在进步)。

"撒母耳告诉我,您在巴黎生活了很多年。"

莱奥很喜欢卡米拉对他用尊称"您"。他在医院里和小孩子打交道,尤其是那些社会下层的孩子,有时候会用"你"来称呼他,这种事情先是让他很生气,然后让他感到悲伤。眼前这位姑娘是一位很有教养的姑娘。尽管她的父母很粗俗,但他们教会了她:在面对一位年长的先生时,应该用"您"来称呼。另一个方面,在那所高雅的法国学校里,卡米拉也学到了:阿尔卑斯山那边的人,是通过郑重其事来弥补他们的品位。在学校里,假如你不用"先生"来称呼男老师,用"女士"来称呼女老师,那你就会受到惩罚;假如你对一位穿西装的人不用尊称"您",那你也得遭殃。

"很多年吗?撒母耳真是这么对你说的?我在巴黎生活了很多年?他真是个喜欢夸大其词的家伙!只有一年,我在巴黎只生活了一年。"

"这是多少年之前的事儿了?"

"差不多一百万年之前,你知道布匿战争吧?你知道汉尼拔吧?好吧,就是那个时候。"

听到这些风趣话,她又笑了。这一次,在莱奥看来,她已经有点放开了。这时候他想:让一个女人笑,真是一件很棒的事情!看到一个女人放得开,也是一件美好的事情!但是,正当他要接着说话时,他想象有一只手抓住了他的后脖子,有一个声音在对他喊道:你看看,这个客厅有女人吗?没有?那你在对着哪个女人胡说八道呢?

但是为什么,假如卡米拉只是一个小姑娘,那是他在扮演一个饱经世事的男人角色吗?

就像他所说的,"你知道布匿战争吧?你知道汉尼拔吧?"这些话让她笑了。她笑了,是因为布匿战争和龚古尔兄弟相反,这场战争是她熟悉的,可能是她刚刚学习过的。很明显,她的幸福感来自于她听懂了这个精致男人的俏皮话,一个在汉尼拔时代的巴黎,生活了整整一年的男人。

"巴黎的生活怎么样?"她问。

"你从来没有去过吗?"

"从来没有。可能明年学校会组织大家去巴黎……那时候,也许……还有,我爸爸已经对我许诺……"

"我很嫉妒你,那些不了解巴黎的人是有福的。"

他们都笑了。他又坠入了那个陷阱,他又开始扮演那个饱经世事的角色。这时候,他听自己说的话:他觉得自己在扮演四十年代喜剧片里的主人翁。瑞秋和撒母耳很喜欢看那些片子,在那些电视剧里,身体孱弱的弗雷德·阿斯泰尔,或者佝偻的亨弗莱·鲍嘉,他们通常都是处于危机中的百万富翁,身上都散发着成熟男人的魅力,骨子里都是怀疑主义者,他们对一个笑容可爱,处于豆蔻年华、青涩美丽的小姑娘说话,这些小姑娘,虽然刚从孤儿院里出来,但是她们举止高雅、用词考究。我们的蓬泰科尔维教授,调整了自己的思绪之后,他心想,可能亨弗莱,或者亨弗莱也说不出这样浮华的俏皮话:"那些不了解巴黎的人是有福的。"

"您经常去巴黎吗?"

"有时候去,在不得不去的时候。因为我的工作,有时候必须去,但是,假如可能的话,我尽量避免去。"

"为什么避免去?"

是呀,为什么?莱奥意识到,自己正在说实话。也许他正在一个错误的时候,对一个错误的人说了这句话,但他正在说实话。说真的,不知道为什么,他不情愿回巴黎。还是因为那件事吗?还是因为懊悔吗?不会吧!总之,在他人生的五十年里头,算一笔总账,他是非常划算的。他身上的一切,都代表着快乐和富裕。他过的生活,连一个逗号都不愿意更改。

他没什么可懊悔的,但是,为什么画外音里有一丝悲伤?这和悲伤有什么关系?这是什么意思?他真希望,那不是一种非常廉价的东西:一种自我放任的忧郁,一种很多人都会有的、矫揉造作、不合时宜的懊悔,或者"你没走过的那条路",以及所有其他浪漫的想法。

无论他怎么说,但有一件事情是真的:莱奥不情愿去巴黎,他很乐意去米兰、伦敦,更别说纽约和温哥华,但他不愿意去巴黎。

"是因为一个姑娘的缘故吗?"

这就是卡米拉说的话,卡米拉的话让他再一次回到了现实,把他从胡思乱想中拉回到现实。奇怪的是:她现在问的问题,和现实一点关系也没有,这是一个非常不合时宜的问题。

"什么姑娘？你在说哪个姑娘？"

话一出口，莱奥就为他声音里的恼怒而感到懊悔，他希望卡米拉没有注意到自己忽然表现出来的不安。

"是撒母耳告诉我的，他说您以前在巴黎有个女朋友。"

"啊！撒母耳是这样说的吗？他还说了什么？"

"他说，假如您选择了那位姑娘，那他就不会出生，所以他很高兴您没有选择她，因此，这让我也很高兴。"

吉塞勒吗？她正在谈论的姑娘是吉塞勒吗？撒母耳和他的小女朋友谈论的是吉塞勒吗？莱奥脑子有点儿乱。他怎么可能和一位十二岁的小姑娘谈论吉塞勒呢？莱奥向四周看了看，这时候，周围的一切都很熟悉、很温馨。他还是在往常那栋小木屋里，那是十年来他和瑞秋都会租住的地方。在这里，菲利波上了第一堂滑雪课，他在滑雪学校的场地，爬到高处，他学会了下坡减速。这时候空气中充满了烟雾，壁炉里的火快要灭了。窗外的雪一直在下，像某些交响曲里那些让人心醉神迷的优美旋律。吉塞勒是从哪儿冒出来的？他希望，没有任何人知道吉塞勒的存在，他从来都没有对瑞秋提起过她。

或许他说过？可能他们刚认识不久，他对瑞秋提过她，谁知道呢？可能就是这样的，在跟她讲巴黎的经历，他自然而然就说出了吉塞勒的名字，然后瑞秋想象了其余的事情：她猜测吉塞勒对莱奥来说，意味着什么。"你没有走过的那条路"，还有那些浪漫主义的胡说八道。是的，但是吉塞勒对他来说，到底意味着什么呢？她绝对算不上什么，他们只是炮友。一个很棒，但是持续时间比较短的炮友。那时候，他的身体被她吸引，他屈在乎她，这就是吉塞勒对他的意义。然而，为什么莱奥在回忆起她的时候，还是会产生一种天真的迷失？真的，缺乏一点男子气概，就会让一个中年男人那么矫揉造

117

作吗？

然后，莱奥想：是不是瑞秋经常对孩子们讲他和吉塞勒的事情，是不是这些故事让菲利波心醉神迷，就像她经常讲的事情，那次在蒙特卡罗的宾馆里，他在吃饭，而她没有吃。忽然间，莱奥很生瑞秋的气，她缺乏考虑，具有解构任何事情的能力，她回收和利用莱奥生活细节的天分，她用他的故事，来作为和儿子们的谈资。想想看，她还一直在谴责莱奥言不择词！现在发生这样的事情，瑞秋对儿子们讲他的事情，就好像他不存在一样。有时候，莱奥觉得，瑞秋的有些做法越来越像她婆婆，在他小时候，一直非常痛恨这一点。

或许，这和吉塞勒一点儿关系也没有。也许，卡米拉——这个奇怪的姑娘，她正在凭空编造，这就是问题所在。莱奥并不了解她，但非常有可能是她在捏造，因为卡米拉并没有提到任何名字。她只是说"姑娘"，她没有说"吉塞勒"。假如那个时期他有一个姑娘，有一位女朋友的话，那也很正常。像他这样的个性，很容易受巴黎浪漫情调吸引，会发生恋情，这不难想象。假如她想象到了，这就对了，不用惊慌，

"我们来杯茶怎么样？"莱奥想从尴尬情绪中走出来，他改变话题。

"真是个好主意……来一杯茶……是的，我想喝一杯茶。"她非常热情地回答说。

这次，卡米拉的反应也很惊人。莱奥觉得，每一次无论莱奥说什么，那个小姑娘都会做出错误的阐释。她为什么会对一杯茶充满热情？根本上来说，当时是午后，天在下雪，天气冷得要死，喝杯茶太合适了，但是，为什么她会表现得欢呼雀跃呢？

在厨房里，莱奥终于平静下来了，他把水烧上。他从"唐

宁"伯爵红茶的盒子里拿出了两小袋茶。他把柠檬切成片,然后在小茶壶里倒入一指深的牛奶。他惟一担心的事情就是卡米拉会忽然出现,过来帮忙。但是感谢上帝,她没有来。她只是打开了音响,开始播放《上个圣诞节》。

他回到客厅里,看到卡米拉站在火旁,壁炉里的火已经奄奄一息了。她正在想办法让火重新燃烧起来,但是她手忙脚乱,一看就是从来都没有照料过壁炉。

"别管了,让我来……"他对卡米拉说。他把茶盘放在一张矮桌子上,桌子上堆满了菲利波的漫画书。他走到壁炉跟前,他很小心、又非常得体地从她手中拿过了那把铸铁工具。他觉得,卡米拉在松手之前,犹豫的时间有点儿长。

为什么卡米拉还站在他旁边?为什么她不坐到沙发上去?现在,她贴得很近,手里拿着一张报纸,低头对着火。

"别,别用纸!纸一下就烧完了,一点儿用也没有。"莱奥感觉到一只小手掠过他的腰部,就好像她在站起来时,需要他的支撑。当他手忙脚乱,完成这项工作之后,莱奥觉得有一种青涩、刺鼻的气息迎面而来,那是一个任性小姑娘的味道:那是一种稀释的、女性的味道,青春期少女房间里散发的气息。他又一次感觉到,空气中弥漫着色情诱惑的气息,那只是一种感觉。现在火又燃烧起来了,莱奥坐了回去,但那种感觉还没有消失。现在的问题是:谁在勾引谁?当然不是他在勾引她。但是,从另一个方面来说,那个小姑娘也没有流露出任何明显的,或者不明显的勾引他的意思。但是,假如她没有勾引莱奥,那他为什么会产生一些从来都没有产生过的想法呢?

就好像只有那时候,莱奥才意识到:她是一个小女孩,而且是撒母耳的女朋友。现在,她就在那里,在客厅里待着。已经有很多年,蓬泰科尔维家人都在这个世外桃源度过美好的假日时光。出现这个局面,都是因为他的缘故,绝对是因为他的缘故。就是他——一个很不负责的父亲,让他的小毛孩儿子带着女朋友来度假,就好像他已经成人了一样。只有现在,莱奥才明白,几星期前瑞秋多么想跟他解释清楚:卡米拉出现在这里是多么不合适。如果她来了的话,不会是一件好事儿。这不是道德问题,不是清规戒律的问题,也不是谨慎小心的问题,不是那些莱奥提出来反对妻子的话语,这只是一个情理的问题。

那就是撒母耳的女朋友,是他的儿子的女朋友,是两个儿子中,最幸福、最简单的那个孩子,那个能轻而易举学会所有事情的孩子。因为这个缘故,撒母耳在十二岁时,就已经有了女朋友,这并不是一件奇怪的事情。早熟一直是他的特点(另外一个特点是多才多艺),这让他的父母为他感到骄傲。惟一一个让人感到意外的事情是:这个小男人居然有这样一位轻率的父亲。是的,这就是撒母耳的女朋友,这就意味着,尽管还处于胚胎阶段,他们俩应该已经有了身体上的接触。这个普通的事实,让我们的教授忽然很震动。好吧,他是一个医生,而且还是一个儿科医生。有些事情他是知道的,是很了解的。他记得有一次,圣克里斯蒂娜医院的一个护士忽然闯入了他的小办公室里,她气喘吁吁,告诉他,刚才她在洗手间里逮到两个小孩,他们在干比较隐秘的事情……为什么要用隐语呢?他们搞在一起,那两个得了白血病的小孩,在洗手间里做爱。"像成人一样。"那个护士解释说。他问护士还有没有别的事情。

莱奥记得,他很坚决地捍卫了那两个孩子——先是在那个护士面前,然后在萝蕾丹娜面前。萝蕾丹娜研究心理学,是莱奥的朋友,那两个可怜孩子有权玩乐一下,因为生活对他们实在很不公平。他记得,他带着极大的激情,滔滔不绝地捍卫了这种自然的需求。遗憾的是,他现在面对的不是随便两个小孩。

遗憾的是,现在他想到了他的撒母耳和卡米拉,我们这位医学界的名人觉得:事情有点不对劲儿。

忽然间,他觉得非常不自在,他之前的思想让他觉得很尴尬。他不得不把目光从她身上移开,他很害怕自己的目光会触及这位娇小的、长满雀斑的女孩身体上的一些细节,那些部位已经接受了撒母耳的抚摸,或者其他接触。

假如没有禁忌,就没有淫欲,这就是残酷的自然规律。假如有攻击性、霸占和粗暴的感觉,那就不是淫欲,这也许能说明为什么莱奥的头脑那么混乱。他处于一种他不了解,或者他拒绝了解的事情边缘。

那种息息相通、隐秘的感觉,夹杂着那两个法国作家暗含的意思(卡米拉的法国,或者说那个自由的世界,她用一个想象的世界,来对抗那个她生活其中的世界,一个非凡的世界,她可以藏身其中,可以让她躲过父母那个俗不可耐的世界),是不是这些因素促使了卡米拉在第四天的时候,给他写了一封信。或者说,在那个房间里,并不是莱奥一个人能感觉到:那种男女相处、打破禁忌的感觉。

这是现在莱奥正思考的,但是没办法回答的问题。

他带着一丝戏谑想:就像在山里的第三天,一切都不赖。但事情真的是这样吗?这是不是一种典型的、带有欺骗性的回忆呢?这种情况叫什么呢?事后诸葛?也许莱奥需要这样回忆第三天发生的事情:他需要加强事情的悲剧性,通过一种哀婉的感情,才能增添事情的沉重感。假如他想不起来那天发生的事情,那所有这一切都没有意义。只有通过过度阐释,莱奥才能说服自己，认为事情只能向那个方向发展，他没有办法改变事情的结局。这就是他的故事，句号。别无选择。这样，他才能心安理得。

可能，假如第三天事情不是那样发展的，那么，当时的情景也不会那么顽强地留在他的记忆里，也不会成为他现在苦思冥想的对象。也许，他现在也不会带着穿越里程碑的心情，来回忆这一切，或者他根本回忆不起来。总之，假如第一封信从来就没有发出来，假如不知道出于什么原因，卡米拉并没有写那封信，那现在，在七个月之后，莱奥就不会在这里，那么深入地思考和分析第三天发生的事情。

从另一个方面来说，让人难忘的第三天可能发生了其他事情，促使她做出了那么大胆、不理性、不恰当的事情，我说的是写那封信。

最后，因为雪越下越大，菲利波和撒母耳比平常回家早，具体来说，他们比事先回来的瑞秋晚到五分钟。看到蓬泰科尔维兄弟进家门，像两个移动的雪人，莱奥忽然松了一口气。

莱奥和妻子，以及那个小姑娘一起度过的五分钟，对他来说，并不怎么样。

瑞秋进家门时，手里拎着大包小包，但是卡米拉没有起身迎接她，而是继续看书，这让瑞秋有一丝不快。莱奥知道，瑞秋很不高兴，因为自从他们到了瑞士之后，卡米拉从来都没有帮她做过家务，连餐具也没摆过。假如卡米拉提出来要帮忙，那瑞秋会让她分担一些家务；但是，卡米拉从来都没有任何要帮她的意思，这让瑞秋觉得无法忍受。

这是瑞秋在她那个并不富裕的家庭环境中，学到的行为规范，一些不能违背的原则。她出身的家庭，工作是惟一的价值，只有干活儿才能给一个人带来尊严。因为这个缘故，有时候,在蓬泰科尔维家里,比如说下午,有一位木匠来装书架,会带来自己的儿子或者学徒,瑞秋会马上跑到孩子们的房间里,他们吃完午饭后,都懒洋洋地躺在床上,看漫画书,或者看电视。她就会过来叫他们:"起来吧,别躺着了,木匠和他的学徒来了。"

就好像他们应该起来帮一把。如果那个木匠,尤其是他的小学徒,看到她的儿子软塌塌地躺在床上,那就糟糕了!真让人觉得羞愧!虽然也没什么事儿可以干,但是,她还是希望他们动起来,而不是懒洋洋地躺着,至少要站着,不因为别的,只是因为有一个和他们同龄的人在工作。举一个例子,当做沙发的工人来家里,要把那两张沉重的大沙发拉走,重新做垫子,同样的缘故,当工人把沙发从客厅搬到停在路边的小卡车上时,瑞秋总会过来帮一把(实际上,她只会添乱),那个大腹便便、强壮彪悍的装修工人也会让她帮一把。

对于瑞秋·蓬泰科尔维来说,她要让人家看到,自己是一个勤劳的小主妇,而不是一个住在大别墅里,什么事儿也不干,只是看着别人工作,而且对别人指手画脚的懒婆娘。这是那个工作狂父亲灌输给她的,是工作方面的道德,是瑞秋无论如何都没办法摆脱的观念。因此,卡米拉傲慢无礼、一动不动,这无疑会影响瑞秋的心情,但是她又能怎样呢?

(总之,瑞秋,说吧!说说你不喜欢卡米拉的地方。别那么虚伪,别老想着那些现实的、原则性的东西,说一下你受不了的事情。你要说清楚:假如开始时,你觉得这很好,很激动人心,甚至让你感动,因为你看到你的小撒母耳,像一只恋爱的小鸽子一样咕咕叫,随着时间的流逝,你开始有些担忧。现在,除了这对小恋人年龄很小之外,整个事情陷入到了一种让人无法接受、有害的境地。你对所有人讲讲你内心响起的警钟,这是几个星期以来,无数次疯狂响起的警钟。承认吧!假如你有勇气,说说那个女孩有什么地方不对劲,说一说有一样东西永远都行不通。你承认吧!除了你丈夫不负责任的态度——卡米拉不是犹太人,这也是一个问题,一个无法跨越的问题。总之,天哪!你把心里的不痛快都说出来吧:你生了两个漂亮的犹太男孩,你不能让第一个走上前的非犹太姑娘,把他们带走!)

菲利波和撒母耳从滑雪场提前回来了,这有助于缓解莱奥所处的紧张氛围,他被那两个女人压制(其中一个是微型女人,但也一样让人压抑),两个女人都满腹心事。

菲利波和撒母耳还是像往常一样,进了家门,他们给了母亲一个机会,让她可以发泄之前五分钟积累的怒气,所有那些没有勇气对卡米拉下达的命令,现在都落在了菲利波和撒母耳身上。她一直在说:你做这个,做那个。他们干活时,她又会说:你们别把这搞坏,别把那搞坏。

几个小时之后,在饭桌上,两个男孩的表现最终让母亲抓狂,这又给了父亲一个出面的机会,让卡米拉看到了他英雄的一面。

菲利波和撒母耳处于一种比较亢奋的状态,他们有点张狂,而且两人在同一个战壕里,把其他人排除在外,让其他人觉得自己不够聪明。(或者是不够愚蠢?)无论如何,他们满嘴暗语,其他人都没办法加入他们的对话,也没有兄弟俩的默契。正是因为这个缘故,他们很容易招人烦。

实际上,他们所使用的语言都是代码,这已经体现出了菲利波和撒母耳的共生关系,那种明显的、让人不舒服的一面。他们的语言来自于各种材料:涉及的主要是电影;也有莱奥和瑞秋平时说的那些话,是菲利波和撒母耳在不同场合,已经重复了无数次的话；还有些话是在漫画中，或者是电视上的动画片中，那些超级英雄的典型表达方式，中间会夹杂着夸张的语法错误，供课堂之外消遣，非常粗俗，特别像朋友和同学之间，或者跆拳道老师营造的粗俗。假如有人感兴趣，要收集这些话的出处，那会让人费尽心思。

这就是他们的游戏世界，一个和现实世界平行的世界，由很多无法控制的喋喋不休组成，一点儿也吸引不了别人。他们很容易沉迷在那个世界里，其他人却很难进入。他们做这个游戏，有一个他们最喜欢的牺牲品，那就是瑞秋——现在她处于困境，她问丈夫："你能听懂他们在说什么吗？我一点儿也听不懂！"

"不要管他们，他们是两个笨蛋，说的全是蠢话！"母亲不理解他们说的话，这只能让两个儿子更加高兴。这时候，菲利波说："像你这么笨的女人，怎么能生出像我们这么酷的孩子呢？"面对哥哥的大胆妄为，撒母耳也表现出自豪和兴致勃勃。

那天晚上，菲利波和撒母耳心情特别好，但他们却表现得让人讨厌，别人一说什么东西，都会为马上成为他们嘲弄的对象。他们针对的是瑞秋和卡米拉（他们不敢跟父亲造次）。

莱奥已经注意到：哥哥在不在场，会影响撒母耳在那个女孩面前的表现。菲利波不在场的时候，撒母耳在卡米拉面前会表现出一副笨拙、迟钝的样子，也就是之前在春天的时候，当他把卡米拉介绍给父母时的情景，在那顿荒谬的晚餐过程中，莱奥和瑞秋不得不忍受烛光，还有其他讨厌的事情……但是现在，在菲利波面前，撒母耳对卡米拉的态度会发生根本改变。他变得非常让人讨厌，有时候，他表现得实在有些无耻，对于卡米拉提出来的问题，他理都不理，或者说，当她靠近时，撒母耳会躲到一边去。就好像撒母耳想在菲利波面前,表现出这样一种态度:尽管那个小姑娘出现在他的生活里,但是他和菲利波之间的关系不会发生改变,他还是站在哥哥这一边。他们的兄弟关系,绝对不会受到让人讨厌的爱情关系的威胁。

撒母耳采取的另外一个策略是:为了表现出对哥哥的忠诚,他总是在排挤卡米拉。就像那天晚上,他吃饭时,拒绝坐在卡米拉旁边,他用一种嘲弄的目光看她。这种态度,对那个小姑娘来说,好像是一种挑衅,通常她都表现得很神秘、很冷淡。现在,撒母耳的表现好像激起了她的沮丧情绪,她那孩童般的眼睛,不停地问:"我对你做了什么事情?为什么你要这样对待我?为什么你哥哥一出现,你就变成了另一个人?有什么我不知道的事情吗?"

那种被排挤的感觉,后来就转变成一种有点悲怆的举动,她不合时宜地加入了他们的对话。莱奥注意到:卡米拉时不时会做出一些普通的评论,试图引起撒母耳的注意。这种自杀式策略,在撒母耳看来,更让人蔑视。忽然间,卡米拉可能是非常想让撒母耳注意到她,或者,她在故意嘲笑他,她对撒母耳说:"你的脸全红了,可能今天你晒太多太阳了!"莱奥自然而言地想到了卡米拉父母,他们那让人毛骨悚然的黝黑皮肤。他推论出,这样一句话里可能隐藏着某种谴责。

撒母耳并没有在乎这样的指责,这给了他一个机会,他回应了她一句,那很显然是为了取悦哥哥。

"太多太阳,太少太阳。太多水,太少水……"撒母耳兴高采烈地叫喊着。

莱奥听出来了,那句话是南尼·莫莱蒂的电影里,比安卡的台词,两个儿子都非常喜欢那部电影,电影里有十几句台词,都是他们经常爱说的。

卡米拉又一次被嘲弄了,菲利波笑得前仰后合。瑞秋看到卡米拉有点悲伤的面孔,还有两个儿子不适时宜的粗鲁表现,他们不停地说着那些别人听不懂的废话,为了请求丈夫的有力干预,她轻轻抚摸了一下丈夫的手。瑞秋知道,儿子们尊敬(接近于害怕)他们的父亲,就好像丈夫那高大的形象,对于菲利波,尤其是对撒母耳有威慑力一样。这时候,莱奥和妻子一样,他也有点受不了了,他毫不犹豫地说:

"够了!你们有完没完!"

然后,他等两个儿子闭嘴收声,又继续训斥:

"你们觉得,这样表现礼貌吗?你们不觉得,这一点儿也不好笑吗?你们说的风趣话,只能让你们自己发笑,你们不觉得没意思吗?你们这样自娱自乐,有完没完啊?我向你们保证,请求你们相信我,你们说的话一点儿也不好笑,你们一点儿也不礼貌,你们只是让人很烦。对于那些听你们说话、看你们表演的人来说,你们真的很讨厌,你们只能让别人觉得你们很愚蠢。更不用说,到最后,你们变得很啰唆。梅尔·布鲁克斯、伍迪·艾伦或者南尼·莫莱蒂的台词——所有过去我介绍给你们,你们喜欢的东西,如果重复三百遍,都会让人受不了。你们该打住了,明白吗?"

紧接着,他的语气不再是谴责,而是一种劝解:

"特别是,我禁止你们拿你们的母亲开玩笑,她是一位非常聪明、通情达理的女人,她根本就不想理会你们。同时,我命令你们,不要把我们的客人排除在谈话之外。"

了不起的拯救者,女人们的英雄!这就是他在卡米拉面前的表现,他就是那个及时赶到、重新恢复了秩序、发扬了骑士精神的人。他的话产生了非常神奇的效果,菲利波和撒母耳神经质地笑了一下。莱奥的教导,终于让他们闭嘴了,让他们变得不那么嚣张。他们态度的忽然改变,卡米拉也看到了,吃完晚饭之后,菲利波和母亲去外面的镇子上散步,吃带冰淇淋的甜点,撒母耳又对她很贴心,像往常一样关注她。

现在,轮到莱奥回忆起那天晚上的平静心情了,吃完晚饭之后,撒母耳和卡米拉半躺在壁炉前的地板上,他离开之前说了一句:"你们不要离火太近!"他同样想起了撒母耳的叫喊声:"爸爸,快来,卡米拉喘不过气来了!求求你,爸爸,快来……"他进到房间,躺在床上看书,不一会儿,就听到了撒母耳的求救声。他想起了自己跑到客厅时的匆忙,他看到撒母耳吓坏了,卡米拉的身体扭作一团,很努力地咳嗽着,喘不过气来,想寻求一点点氧气,她身体每一平方厘米,都在渴望那点氧气。她的脸发紫,她放在脖子上的手也是青紫的。

这时候,面对这个女孩子,莱奥的羞怯,还有那种莫名其妙的尴尬,忽然间都消失了。莱奥·蓬泰科尔维——一个伟大的儿科肿瘤医生,他已经习惯于处理那些复杂的突发事件,在哮喘病忽然发作的那一刻(可能是因为壁炉的烟,或者是情绪紧张引起的),他表现出的沉着冷静堪称典范。

他打开了小柜子,瑞秋在柜子里放了一个小急救箱。他拿起吸入器、针管和药水瓶,然后走向卡米拉。他用手臂示意,让撒母耳让开,然后做了该做的事情。他让卡米拉肩膀靠着墙壁,然后把吸入器放入她口中,很粗暴地喷了很多肾上腺素,他看到,第一步的操作只解决了部分问题,最后,他拿起了针管和药水——带着男性的坚决!在卡米拉的血管里,注射了一些透明液体。

两分钟后,一切都结束了,卡米拉仰卧在沙发上喘息。撒母耳陪在她身边,他一直在小声地啜泣,莱奥非常平静,像刚才几分钟的表现一样冷静。他用非常果断的语气说:"我去给你们弄一杯菊花安神茶。我想,你们需要喝一杯安神茶。"

当时状况紧急,是莱奥的沉着冷静打动了卡米拉吗?是那种装模作样的男子汉气概吗?是不是她把一位专业人士的效率和英雄表现搞混了?是不是因为这个误解,那个小神经病才那么大胆?

可能就是这个原因。她不知道看到过多少次,她的父母、父母的朋友,还有学校的老师被她犯病时的样子吓得手忙脚乱,尽管这种疾病一直折磨着她,但她还是觉得很害怕。

在那个非常紧张的时刻,她的头脑异常清晰,她非常清醒,看到了撒母耳的父亲展示出沉着、富有诗意的效率。莱奥用她渴望的方式对待她,用她渴望的方式治疗她,用精确的方式触碰了她:用一种准确、果断的动作,不含任何暴力因素,也没有任何冲动。是不是这一点,让卡米拉产生了那么多联想?她没有意识到那是莱奥的本行,他就像是在自己的地盘、在自己熟悉的那片海域里游泳。那是他的职业,一切都是自然而然的事情。但她那时候怎么能知道呢?

也可能她也知道?

莱奥目前所处的这种非正常状态下(他蜷缩在地下室,他的藏身之处,两只手放在脖子上),他回忆起了那些发生的事情,他开始怀疑:她当时在假装。她利用自己作为操纵者的专长,再加上过去的经验,她假装了那次犯病。她知道,只有通过这种方式,他才能出窝。这就是发生的事情吗?她一开始,就让他上钩了?莱奥不知道,这件事他不能说,他现在那么孤单,脑子那么混乱,他站在悬崖的边缘。

总之,在他们到达昂在赫的第四天,他收到了第一封信。

第一个奇怪的迹象,是她放置那封信的地点。莱奥穿着

129

浴衣，肩膀上搭着毛巾，光着脚，走进房间，关上了门。他脱了浴衣，一边冷得发抖，一边把睡衣扔在床上，他顺手打开了床头柜抽屉，那是他们到达那天，瑞秋放内裤、袜子和汗衫的地方。他把手伸进抽屉里拿内裤，就在那时候，他的手指触摸到了一张粗面纸，可能是一个信封。他拿起了信封，他以为那是瑞秋的一个失误，或者一个玩笑。但是，信封上写着蓬泰科尔维教授收，字体是圆形的，比较工整。这时候，又出现了另外一个明确的迹象（或者是他现在回想时，才发现了这一点）。

这件事情，并没有让他不安，假如不是一个小时前，他走进到洗手间，像通常一样洗澡，他看到了一个更让人不舒服的场景，在窗子下面的抽屉柜上，放着一片卫生巾，很明显，那是刚取下来的，上面有一些羞答答的血迹。莱奥觉得非常恼怒，他想那可能是瑞秋一时疏忽大意。他后来又想，在他们这么多年的婚姻生活中，从来都没有出现过类似的事情，那片沾着血迹的卫生巾应该是卡米拉的。她像任何一位漫不经心的少女，顺手把它丢在了那里。

但是现在呢？好吧，出现了这个信封，信里面的内容，肯定也不是什么好事儿，那片用过的卫生巾已经表现得很明显了。是故意放在那里的吗？为什么呢？为这封信做铺垫吗？是寻宝游戏中留下的提示吗？如果是的话，那最后的奖品是什么？或者，那只是一种变态的求爱信号，或者是一种威胁？但是，从这个从来不说话，却能用另外一种语言滔滔不绝的女孩身上，你还指望能什么呢？所有一切都非常折磨人心。其实事情更严重：所有一切都不得体，让人无法接受。

当时，他应该怎么做呢？走过去，把那封没打开的信直接还给她，很刻薄地批评她，告诉她，不要在洗手间里放某些纪念品，不要在成人放内裤的抽屉里捣鬼……他要像对待自己的儿子一样严厉,告诉她,一个十二岁的小姑娘,不应该给五十岁的先生写信。

这就是他应该做的。

我们假定一下,假如他这么做了的话,会发生什么事情?她当然会失声痛哭起来,卡米拉的神经很脆弱。她的种种奇怪表现,是他害怕的东西。可能出现的事情就是:瑞秋和两个儿子,会看到她流着眼泪,非常屈辱。他怎么向家人解释这件让人不愉快的事情:从卡米拉所做的事情开始讲述,那样的话,假期肯定会被毁掉。最后,他当然要面对小儿子的愤怒和瑞秋的脾气,事情还没结束。他还应该和卡米拉的父母谈谈,向那两个粗人(那个维京人和他的女人)解释问题所在。他们袒护她,有求必应。还有,自从她来这里以后,她父母打了那么多电话,就好像尽管他们非常反对,但是还是让她来到山里;根据他们对待女儿的方式,所以对于卡米拉来说,她不难说服父母,说是莱奥促使她做出了这样的事情。他尽量回忆之前的那个下午,当他们谈论巴黎时的情景,他在想,自己有没有说一些让人误解,或者暧昧的话。

那些推测:赤裸裸、血淋淋、冷冰冰的,他手里拿着的信封已经湿了——这一切都让他觉得恶心。

也许,他最好等瑞秋回来处理,也许最好把所有事情,交到这个世界上最能干的女人手里。是的,瑞秋当然会和卡米拉谈,会和她父母谈,他根本就无需介入此事。忽然间,他想到他的瑞秋会负责所有事情,他放下心来。

需要解释的是,在莱奥·蓬泰科尔维的职业生涯中,他有魄力、义无反顾,通常那些杀出一条血路的成功者,都会具备这些特征;但是在面对一些比较现实的问题时,他就会表现得颤颤巍巍、无法掌控。

从儿童时代开始,他就已经习惯于把那些复杂的现实问题交给母亲来办。他先是集中精力完成了学业,然后马上投入到了事业中去。"赛马场上的马,从来都不会自己组织比赛,那些马,只要想着赛跑就行了……"这就是他那位非常乐于效劳的母亲经常说的话。

他忘我学习,但是对现实问题很生疏,这是一种矛盾:现如今他已经快五十岁了,这位伟大的学者、勇猛无畏的医学界名人、迷人的演讲者、深受敬爱的父亲和忠诚的丈夫,如果他去邮局寄一封挂号信,他甚至都不知道在哪里排队,去交水电费对他来说都困难重重。每次他要给一张支票签字,都会陷于危机。他母亲死了之后,那些任务和责任都落在了他的肩膀上,还好这时候瑞秋在他身边。

总之,他完全缺乏解决生活现实问题的能力,事业上很成功,让他成为一个有双重人格的男人。他在做自己感兴趣的事情时,会非常高效,在处理其他事务时,会表现出绝对的幼稚,随着时间的流逝,面对有些问题,他开始觉得有种莫名的畏惧。他和国家机关打交道,比如说比较有威慑力的机关——普通的司法机关,都会让他万分焦虑。一个交警巡逻队让他停车检查,都会让他不知所措。他在汽车储物箱里翻找文件,都会手忙脚乱、神色紧张,就像一个很不专业的毒贩子,在国际机场的海关被拦截了,假装无法打开里面有夹层的两个行李箱,而夹层里塞满了可卡因。

所有这一切都说明:为什么莱奥把那封信和那片卫生巾联系起来之后——那两样东西都是卡米拉的,他开始浑身颤抖。因为脑子过于紧张,他就像患有强迫症的人一样,脑子里充满了世界末日的预感,这些事情让他觉得自己坠入了陷阱,让他觉得自己已经被送上了法院被告人的席位。这就解释了为什么,只要一想到瑞秋,他就放心了,他那些担忧和焦虑,都会像发神经时的可笑表现一样云消雾散。但是,这就是为什么,经过了漫长的迟疑,他忽然间打开了信封,他忘记了,要保持自己清白,首要条件是那封信应该在没有开封、完好无损的情况下交给瑞秋。

事实上,在他放下心来之后,他又充满了好奇,想知道那封信里写着什么。

或许,信里并没有什么恶意。但是,为什么要把信放在那个地方呢?为什么不亲手交给他呢?可能她觉得那是一个保险的地方,他可以在别人看不到的情况下,发现这封信。这不就是人们常说的"恶意"吗?她对一个本应该正经面对的人,营造了一种暧昧的气氛。但无论如何:用一个纸条来回复她,这有什么意义?他的回复无论有多正式、多冰冷,都是一个对他有害的证据,都会是一位一家之长,写给一个十二岁小姑娘的纸条。他回复了(也就是重视了)那个小姑娘发起的对话,这就是是证据,不用费什么力气,就能证明他是一个坏人。(你们看到了吧?每一次,莱奥·蓬泰科尔维处于麻烦之中,他就会用局外人的角度来考虑问题。整个世界变成一个笼统的"他们",他们都非常希望加害于他,让他陷于困境,让他落入陷阱。)

这些新的焦虑,又阻碍他从一个打开的信封中,拿出那封信来。

问题荒谬之处就在于,那种不安本应该让他更加小心,更加精确,现在却让他走向了错误、疏忽和矛盾。这就是通常让他陷入困境的心理过程。这是一个恶性循环:巨大的恐惧会产生疏忽,疏忽会导致一些不负责任的做法,所有这一切都会让他陷入僵局。

不久之前,在他和助理瓦尔特打交道时,这一点也得到了验证。那次事情也搞得一团糟。瓦尔特,是的,那个在大学上课时总是迟到的毛头小伙,总是眼圈乌黑、神情疲惫,给人的感觉是晚上玩到很晚。他的确是一位非常有天分的男生,就是那种莱奥非常喜欢,但是让瑞秋浑身不舒服的人。(为什么你要经常带他回家?为什么他晚上要来家里吃饭?他总是拍我们的马屁,你不觉得难受吗?他说的那些恭维、溜须拍马的话,不会让你觉得不自在吗?他就是嘴甜……我们笑笑就过了。别这样,他是个不错的小伙子,连一只苍蝇都不会伤害。他能来,我挺开心的,他知道很多事情。他那么精力充沛、开朗。还有,我所有学生中,我觉得他最有前途。他家里有一点麻烦,我乐意帮助他。)

好吧,就是这样一个人,关于他到底是可爱还是可憎的,莱奥和瑞秋经常会进行争辩。有一天上完课之后,他在莱奥的办公室里逗留了较长时间,最后他开口向莱奥借钱。

"你需要多少?"

"挺大一笔,莱奥。"

"是的,但你到底需要多少?"

"大概需要一千万里拉。你看,如果不行的话……"

"不要着急,我没说不行……你也知道,这是一笔庞大的数目……我要和瑞秋商量一下。你知道,都是她在管钱……你了解我,有些方面,我是一团糟。"

"那就算了,谢谢,最好别了。我感觉,我在你们家不是那么受欢迎。"

"别说傻话了,瑞秋很欣赏你。"

"不,莱奥,最好别这样。我不想造成你和瑞秋之间的矛盾……"

"别着急。最根本上来说，那些钱是我的，是我每天辛苦工作赚的。我只是告诉你，我要和瑞秋谈谈，因为她负责管钱……我能问一下，你是做什么用吗？"

"好吧，这是一件让人非常苦恼的事情，一件让人沮丧的事情……"

"如果你不想说，或者不能说，没关系的……只是……"

"不，不，我想告诉你。我觉得，我应该告诉你，我无须隐藏什么……是因为我母亲的缘故。"

"你母亲？"

"是的，我母亲。自从父亲离开我们之后，自从他过世之后，总之……她就和以前不一样了。你知道，我母亲是完全依赖一个男人的女人，那种和丈夫共生的女人，失去了丈夫，她的生活也就失去了意义。我母亲失去了我父亲，她的生活就失去了意义。对于我来说，经历这样一件折磨人心的事情非常痛苦；不能介入此事，也非常可怕。我自己也有很多问题需要解决。"

"我知道了。"

"我充满了愧疚感，因为在最近两年，我没能陪在她身边，没有看到发生了什么事情。或者无论如何，在我察觉时，已经太晚了……"

"是的，你说的是什么事情呢？"

"莱奥，我母亲在酗酒，我到现在都很难相信这一点。我无法想象她的这种情况，只有一种解释，那就是：酒精依赖。就像人们常说的那样，开始很缓慢，是一个慢慢坠落的过程，最后，你就再也出不来了，那时候已经太晚了……可怜的母亲，所有一切都开始于那些可恶的开胃酒。你知道，我现在都

135

不能听到'开胃酒'这个词？这个词汇让我反胃。当她对我说：'为什么我们不来一杯开胃酒呢？'我都得强忍着，不对她拳打脚踢。她在说开胃酒这个词时，显得非常堕落，让我很心痛！"

"现在，情况怎么样了？"

"你应该看看她，莱奥，她现在人不人鬼不鬼。我用了很长时间，才搞清楚发生在她身上的事情。有一天，她告诉我，晚餐之前的小杯烈性酒对她很有用，可以让她打起精神，因为晚上是最艰难的时刻。她需要熬过夜晚，需要放松。好吧，来一杯葡萄酒、来一杯阿贝罗、一杯马爹利，然后开始吃晚饭……最后呢，你知道是怎么回事了，一杯接着一杯……现在，她的生活已经成了一个漫长的、无休无止的开胃酒时光，从睁开眼睛开始，一直到彻底喝醉为止。每天早上，她都在不同的地方醒来，她的床永远是凌乱的，她喜欢趴在桌子上入睡，喜欢睡在沙发上，睡在厨房里的高脚凳子上，但是不喜欢睡在床上。我要把她叫醒，要费很长时间。操！她呼噜声很大。她一睁开眼睛，就又开始喝那该死的开胃酒。她每天很早就开始喝酒，一天之中，她没有任何时候不是酒气熏天，她从来都不是清醒的。她胡言乱语、又哭又笑，非常偏执。她说谎，莱奥，她一直在说谎。已经有六个月了，我每天都要面对这些事情，我觉得她快要完蛋了，事情越来越糟糕。我实在受不了，莱奥，我受不了。"

"你和别人谈过了吗？我的意思是，在今天之前。"

"我和萝蕾丹娜谈过，我问她有什么建议，一个专业的建议。从根本上来说，酒精依赖是一种心理疾病。她给了我两个她同事的地址，他们是两个康复中心的负责人，专门治疗各种依赖症。你知道，类似于'匿名戒酒中心'这样的地方。我去了那些地方,我看到了他们怎么工作,见到了去那里治疗的人。那真是一个非常可怕的地方,莱奥,他们一个个都像僵尸。我没办法想象,我母亲待在这些人中间会是什么样子,她是一个脆弱的女人,她不习惯受苦,也不乐意受苦。我不能让她去那个地方,她一定会被毁掉的。我父亲死后,她缓不过来,有很多原因,其中一个原因就是:没有父亲的那份收入,她不得不改变生活方式。我觉得,喝酒可能会让她逃避悲惨的生活。这就是为什么,我不能把她放在那种地方,和那些人在一起,她不会活着出来的。或者说,她出来之后,可能情况会比之前更糟糕。"

"那么,你决定怎么办?"

"我已经绝望了。前一阵子,有一个了解我情况的朋友,给了我一个宣传册。那是一家诊所的介绍,一个非常棒的地方,莱奥。在海岸上,阿玛菲附近,是海边的一栋粉色别墅,花园对着一个非常漂亮的海湾。我把那个宣传册看了至少十遍,我发现,上面根本都没有提酒精依赖或者毒品依赖的事情,只使用了一些委婉的说法,只有一些温和的、让人放心的话。我问我朋友,那是什么地方,他说是一家私人诊所,是一些重要人物戒毒的地方。那些名人看重的是那地方的效果,还有他们的专业性和保密性。上个周末,我亲自去看了一下,和经理聊了聊。我马上感觉到,那是一个合适的地方。在那里,我母亲可能会恢复,回到以前的样子。我不知道你是否理解,问题在于,那里的治疗费用非常昂贵,我们没有那么多钱,至少现在没有。我正在出售我父亲留下来的一处小房产。你知道,我不想贱卖,我不想匆匆忙忙。我肯定要等待时机,才能卖上一个好价钱。总之,现在你了解我的悲伤故事了,假如你现在能预付我三个月的工资,我会努力,每月还你同样的数目,直到我把房子卖掉,这样,我就可以一次性还清所有债务。还有你借给我的钱,会很保险:没有人比你更了解我挣多少钱,在未来几年,我的工资会增长多少,你也很了解。除此之外,欺骗自己的顶头上司,那肯定是疯了。莱奥,现在我告诉了你原因,我也对你做出了保证。这是一件很干净的事儿,不是吗?"

对于莱奥来说,这是一件非常干净的事情,但对于瑞秋来说,却是一件非常肮脏的事情,她听到丈夫讲完了整个事情的前后,她没有掩饰自己的态度,毫不犹豫地挖苦说:

"你当然连眼睛都不会眨一下,就把钱借给了他吧?"

"那我应该怎么做?"

"比如说,不借给他。"

"你放心好了,他已经向我保证了。这是一件很保险的事情,瓦尔特正在卖他的一套房子,他会比你想象的时间更早还钱给我。"

"你亲眼看到那套房子了?"

"我又不是房地产经纪人。"

"他有没有给你看一些文件?"

"我又不是银行经理。"

"这处房产在哪里,莱奥?"

"我一点儿概念也没有,你觉得它的位置那么重要吗?"

"我觉得,知道这处房产是不是存在,这非常重要。我觉得,确认他真有这样一套房产,这个房产有没有做抵押,这非常重要。要知道,你给他的那些钱,是不是真的像他对你讲的那个悲伤故事一样,是用来给他妈妈治病,还是去偿还某个赌局欠的债,或者还高利贷,我觉得这很重要。你知道,认识到他的为人……"

"我搞不清楚,为什么我的助理——一个能干的小伙子,他的前途都在我手上,要利用这些手段,从我手里骗点钱。"

"一个能干的小伙子?更准确地说,他是一个说大话的人、一个说谎的人、一个神乎其神的人。假如他说的都是真的,他不能把他母亲送到那种普通的康复中心吗?他非得把她送到一个五星级宾馆里吗?更何况是用我们的钱?"

"瑞秋,我很震惊,你的麻木让我感到震惊,你的冷嘲热讽让我感到震惊……让我怎么说你呢,宝贝,有时候,你的冷漠让我很不安。你太关注于细节,而不注重大体。"

"亲爱的大体先生,那些钱,你是怎么给他的?"

"当然不是现金,我给他开了一张支票,这是一件很正式的事情。总之,你总不能让别人觉得,我是一个放高利贷的吧?"

"他什么时候给你还第一笔钱?"

"整整一个月之后。为了表示诚意,他告诉我,第一个月,他会多还我一些钱。你放心好了,宝贝,一切都在我掌控之中。我跟你说过,这是一件干净的事情。"

一件非常干净的事情,真的。事实上,瓦尔特在工作上反复出错,莱奥不得不把这个"可爱"的助理赶走,而他也只还了第一笔钱。

这是一件非常干净的事情,遗憾的是,莱奥不知道,没过多久,瓦尔特会公开起诉他,说他放高利贷。他在法官面前,说那个可恶的、放高利贷的人,先是威胁他,然后又把他开除了。为了证明他的控诉,他拿出了莱奥签过字的收据给调查员看,上面显示,那个恶心的吸血鬼,利用当时他极需钱的状况,让他偿还协定月偿还数额的一点五倍,这个利息实在让人无法承受。

这就是莱奥干的蠢事中,最能说明问题、最典范的一件,也是最精彩的。

莱奥的问题在于——在他的工作中也一样,在大学或者在医院,面对官方的手续问题,他总是会变得很迟钝,最后,为了避免这些问题,他总是交给别人去办。每一次,别人给他一份文件,他都会很快签字,一边签字一边说:"你来负责吧。"好像把那个手续从他眼皮底下迅速拿开,就会减少他的责任。就像那些食欲很旺盛的人,他们吃东西很快,以为这样器官就不会记住他们狼吞虎咽的所有食物,总之,莱奥对那些文件投入的时间非常少。

在他的职权范围内,在他没有意识到的情况下,可能会出现各种丑闻。他在医院的态度,很像另一个时代那些大地主的做法:为了避免麻烦,为了不做那些降低自己身份的事情,他们会把所有事情委托给那些狡猾、奸诈的农场经理,经过几代的挥霍、欺骗和小偷小摸,最后他们会发现,自己的财产已经全部被抵押了。丈夫的草率让瑞秋发抖,他的粗枝大叶和她谨小慎微的父亲教给她的完全相反。但是,莱奥在治疗方面非常有天分,绝对是一位成功人士,还有那些大量涌入的金钱,让她没有办法谴责丈夫。有时候,他们会问他一些很专业的、会计方面的问题,会让他忍不住爆发。

"为什么诊所还没有把十一月的发票寄出来?"

"我怎么知道?假如我能安心工作,不用管这些乱七八糟的事情就好了!"

"你是想说,那些发票,你给弄丢了?"而他呢,为了长话短说,带着典型的、傻子似的高傲,不想打开那一直坐在他屁股下面的潘多拉盒子,他是这样回答的:"我身边的那些助理和同事,他们会负责这些事情。你觉得,我应该考虑这些问题吗？放心吧,那些发票会找到的。"

我觉得这种情况,可以折射出莱奥焦虑不安的心情。现在他还是站在原地,手里拿着那个信封(信封已经打开了)。他处于恐惧之中,至少现在,这种恐惧非常不合理:好像再过几秒钟,那些瑞士警察就会来抓他,控告他恬不知耻,腐蚀未成年人,可能还会有其他罪名。

或者说……

或者,在他混乱的内心,最后,让人兴奋的好奇心占了上风。当然,兴奋总是和我们那些最糟糕的、最终总会得到证实的噩梦联系在一起。但现在,这种不健康的兴奋,却和另一种东西联系起来,那是一种很平常的东西,和他的虚荣有关。是的,就是虚荣。从根本上来说,尽管莱奥和卡米拉之间隔着很多东西,但这件事情可以简化为一个女人——尽管她很年轻,写信给一个男人——尽管他比较年长。假如我们不考虑涉及的男人和女人的年龄,我们忽略他们在世界上的位置,我们把那些家庭关系放在一个括号里,去掉表面的所有一切,实质上,他们是一位男性和一位女性,男人面对女人。男人和女人之间,存在一种持久的、相互吸引的关系,这是人类得以延续的缘故。

现在,说得夸张一点,有一位男性已经激起了一位女性的兴趣,尽管故事中的女性因为各种原因,是最不该对他产生兴趣的女人。应该说,莱奥在情色方面很虚荣(尽管他从来都不承认)。相反的,不得不说,虚荣是他内心一股非常强大的力量,使得他和瑞秋结婚之后,从来都没有背叛过她。

我向你们保证,莱奥生活的世界里,他成长的那个环境中,那种忠诚是一件不正常的、非常罕见的事情。基本上,他们家所有的朋友，还有大学和医院的那些同事，至少都有过一段婚外恋。他们会在出去开研讨会时，或者医院里有人对他们卖弄风骚时，忍不住出轨。但是在莱奥·蓬泰科尔维身上，却从来没有发生过这种事情。

背叛瑞秋，不知道他能不能做到！

但是，莱奥在大学和医院这两个地方，他身居要职，正好这两个地方男女混杂。他一直很绅士，他从来没有利用自己那些数不清的便利和优势来拈花惹草。然而，虽然他把注意力集中在工作上，堂而皇之地忽视其他事情，但这并不能阻止他察觉到：一些聪明的女学生、能干的护士，还有那些大胆的女医生，对他身体的渴望。甚至是小病人的母亲，尤其是她们的孩子脱离危险时，有时候也会对他投怀送抱。婉拒这些女人，对他来说并不是一件很难的事情。

他的社会地位，加上他强壮、略显年轻的身体，还有从胸口冒出来的灰白色胸毛，都能勾起很多女士的肉欲，这已经让他觉得很满足了。时不时拒绝别人投怀送抱，这个过程带来的欢愉，从来都没有得到人们的重视。

莱奥生长的环境（就是充满生活热情、纵情声色的五十年代），那是一个过于放荡的年代，由于物极必反的缘故，各种风骚、挑逗和勾引都让他觉得恶心。他很讨厌有些同事把自己仅有的一点点权力，都转化成享受色欲的权利。他们中不乏那些为了郊外的某个漂亮小姐，而把自己的家庭搞得乱七八糟的人。他谴责那些给女学生或者护士讲荤段子、玩暧昧的人。他和这些男人截然不同，他能坚守原则，让他觉得很享受。这就是他为什么无视那些和他调情的女人，这是他男子汉气概的一部分。把道德束缚放在一边，这首先是个美感的问题。拜托了！他只要想象一下：看到自己五十岁、皱巴巴的身体在一个年轻女人的身边,光这一点,就让他觉得可笑,难以忍受。

尽管如此,每次有人对他公然示爱时,在他拒绝之前和拒绝之后的那一刻,他都会感到一种深层的欢愉:他很高兴,自己还是一个讨人喜欢的男人,这种愉快里还夹杂着忠诚于妻子,还有坚持原则的自豪,而且他毫不费力就做到了。

(现在,就像那些很节制,但定期会自慰的中年人一样,他进行自慰活动时,他所想象的人体,都来自于那些被他拒绝了的芬芳女人。)

莱奥手中拿着那个湿漉漉的、拆开了的信封,信封在他手中翻来覆去,这就是他感觉到的微妙情感,他觉得很兴奋。他兴奋的原因,不是因为一个十二岁的小姑娘给他写信(那个十二岁姑娘和任何其他十二岁姑娘一样,本身并没有让他喜欢的东西),但也许是因为,这位十二岁的姑娘,扩大了他的魅力折射的年龄范围。让他激动的是,那种改变了很多成功男人性格的东西——他们觉得自己是全能的;就好像莱奥在自言自语:不仅仅是护士、不仅仅是助理,或者大学女生,在你生命的这个阶段,你可以拥有一切……

可能是因为这个缘故,他鼓起勇气,从信封里抽出了那封信,小心地打开,看到这样的一张纸条,让他顿时感到很失望:

蓬泰科尔维先生:

　　我感谢您邀请我来这里,让我和撒母耳在一起。您家的美好氛围让我很愉悦。

　　　　　　　　　　　　对您充满敬意的
　　　　　　　　　　　　　　卡米拉

根本不需要很懂法语,就能看出,卡米拉在信中的措辞非常正式、客气,这不是一封私人信件。卡米拉用法语——一种官方法语,这真是双重的不合时宜,加上整个信件里表现出一种无用、烦冗的正式。莱奥也没有期待一种真正的告白,但至少她应该感谢他教训了两个没礼貌的儿子,更别说他很有效、很专业地救了她一命。

但是,她为什么要写这样一个纸条,缺乏任何内容和情感,而且放在他的内裤和袜子中间?为什么要用一片沾着血迹的卫生巾来提示?这他妈的是什么意思?

最后,莱奥想到了,这一点儿意思也没有。那个小姑娘只是有些奇怪,她脑子非常混乱,是他自己非常愚蠢,陷入这些无用的思考。对于一个和自己父母说法语的女孩,除了用法语写那些无用的信件,你还能指望她怎么做?很明显,对她来说,这是一种惯用模式。每一次,她觉得难堪时,都会藏身于法语中。那天,她父母来接她时,她就是这么做的,现在她用同样的方式对他,因为莱奥见证了她脆弱、不堪一击和被蔑视的情景。

莱奥的心情混杂着失望和不安,他穿上了衣服,其实也松了一口气,他来到了客厅。卡米拉还是不动声色,好像什么事儿也没发生一样。她和通常一样,穿着一件灰不溜秋的衣服,躺在壁炉前的沙发上,壁炉里的火已经停止噼啪作响,她赤裸的双脚在摇晃,脚后跟在火光的照耀下,有点儿发红。她从书本上抬起头,用那双大眼睛凝视了一会儿莱奥,但很快又低头继续看她的书了。她带了很多流俗的读物:《小王子》《年轻的佛陀》《海鸥乔纳森》,就是当时败坏了成千上万青少年口味的那些书。她带的那些小破书,在沙发旁边的小桌子上,占有一个显赫的位子。

莱奥出现在她面前,没有让她觉得丝毫不安,更没有让她流露出要交谈的意思,这就意味着,她并不期待收到答复?或者说,她只是想让一个成年人的生活陷入二十分钟的心绪不宁?这是什么企图?玩笑吗?她想考验他,开他的玩笑?一切都有可能。

假如当时他没有决定参与这个游戏,那么,也不会出现现在这个情况。莱奥在想:他为什么要那么做,他为什么要选择参加那场游戏,他找不到合适的答案,只有一系列潜意识的、暧昧不清、充满矛盾的东西。他是因为厌倦才采取行动的,或者是因为卡米拉的信件在他内心产生的失望,他没有看到他希望看到的东西。他参与进来是因为挑衅,是因为她没有做她该做的事情,推动故事的发展,这激起了他接受挑战的兴趣。是不是那种小小的失望,激起了他放荡的本能,这几十年来,在那些围绕着他的年轻女人面前,他一直在克制这种本能。事实上,不知道为什么,这个小姑娘并没有很坚持,她就得到了之前那些女人从来没得到的东西。

但是莱奥非常清楚:要问自己,为什么她能做到,就像问一个人为什么会得癌症一样无用。在自然界中,一切都遵循一种病态、疯狂的逻辑。没有任何征兆,不仅仅是你的前列腺细胞、结肠会忽然发疯,你自己也会发疯。

在跳入火海之前,一向慎重的莱奥,又一次接受了命运的考验。在第五天早上,在他出去和孩子们滑雪之前,他把一封回信塞在了老地方,在同一个床头柜抽屉里,放在内裤和袜子中间,回复的内容要比卡米拉写的信更短、更空洞。

这是一场游戏,没别的,只是一场游戏,用戏弄来回复戏弄:我们来看看这位小姑娘,是不是还是那么大胆英勇,会第二次潜入我的房间,看看她是不是那么敏锐,能猜到我把信藏在哪里了。莱奥带着一种很好玩的心情,回想这些事情。但最后,实际上那天早上他非常焦虑不安,他很担心瑞秋会截获那封信。那样的话,那他真是活该倒霉!他怎么解释这件事情?他怎么向妻子解释,他在那堆内衣里藏了一封信,是写给儿子的女朋友的?

好吧,有些事情根本没办法解释。好吧,那封信里什么也没有。瑞秋只要打开那封信,就知道信里什么也没有。但实际上,问题在于写那封信本身,问题在于他写了那封信,然后把信藏了起来……好吧。仅仅这一点,就可以让人认为,你是一个病态的、不可理喻的男人。

就这样,莱奥把第五天的滑雪时光变成了一场噩梦。这真是遗憾,要知道,那天的雪非常新鲜,在滑雪板下呲呲作响,阳光灿烂,天空瓦蓝。

午饭时间,他没法享受鸡蛋饼和瑞士香肠,这不是他平日的作风。他惟一渴望的事情,就是马上回到家,看看那封信怎么样了。他要查看一下信是不是还在老地方。他发誓:假如看到那封信还在,那封恶心的信,我就会马上把它投入火中,包括被卷进来的荒唐事儿。

他从山谷上下来,像两个儿子一样,把身子缩成一团,快速滑了下来,差点摔断一条腿。他没有考虑到:像他这样身材的人,从坡上滑下来,会达到一个非常危险的速度。那种急切,是因为他想最早确认,瑞秋和卡米拉谁先发现了那封信,或者那封信还在老地方。

他在结冰的路上开车疾驰,脚上只穿着袜子,而且袜子很湿,因为他很匆忙,都没有来得及换上滑雪后穿的软底鞋。

最后,他把车子停在了小木屋前,有点装模作样,从后备厢拿出运动鞋穿上,然后胆战心惊地走进家里。

他看到家里乱七八糟的,而且很安静,这让他觉得非常害怕。她们俩去哪儿了?那是第一次她们这个时候不在家。她们俩去哪里了?为什么家里那么凌乱?莱奥跑到房间里,他打开抽屉,发现那封信已经不见了,已经被人拿走了。

最后,门开了,那两个女人的态度(一个女人和一个小姑娘,从她们纤细的身材和默契的神情来看,人们会以为她们是母女,或者至少是姑姑和侄女)结束了他一生中最可怕的两小时。她们兴高采烈,很高兴但又很疲惫,看一眼她们的样子,就能明白——无论她们俩谁拿了那封信,他都没什么可担心的。或者,他之前的焦虑不安,现在终于可以发泄出来了:

"我能知道,你们他妈的去哪儿了?"

"你疯了吗?……你是怎么说话的?原谅他吧,卡米拉,我丈夫气极了的时候,才会这么说话。要搞清楚他为什么生气就好了。"

"我没有生气,我只是很担心。我回到家里,没看到你们,家里乱七八糟的,加上昨天发生在卡米拉身上的事情,让我有一种不祥的预感。"

"你说得有道理,亲爱的。今天早上,卡米拉忽然想出去。她那么开心,让我和她一起去散步。你知道,她从来都没要求过什么。因此,我们一直走到公共汽车站,然后坐车去了克朗镇,我们逛了街,买了点东西,就像两位真正的女士,事情就是这样。顺便问一下,你喜欢这些衣服吗?"她从袋子里拿出两件高领毛衣,一件是天蓝色的,一件是铁锈红色,"这件是给菲利波买的,这件是给撒母耳的。"

就好像在短短半天时间里,卡米拉获得了瑞秋的信任,瑞秋以前一直觉得卡米拉很讨嫌。现在,看看她们俩,就像是世界上最要好的两个朋友,那种默契和友好持续了整个下午。这次,卡米拉还帮瑞秋准备晚餐。当莱奥在给壁炉添加木材时,他觉得,那两个女人像两位高中生一样在谈笑。但是,那封信到底去哪儿了?有那么一刻,他想是不是被瑞秋拿走了,因为瑞秋非常了解他,她也参与那场游戏,也在和莱奥开玩笑。一定不是的,瑞秋从来都不开那种玩笑。另一方面,莱奥很懊悔,他让卡米拉看到自己那么失控:根据他的年龄和社会地位,他不应该那么放任自流:真的非常不应该。他觉得自己很可笑,最近,这种情况出现的很频繁,他一点儿也不喜欢。

好吧,现在应该让这个龌龊的故事结束了。这个反社会型人格的小姑娘,给我写了一封很荒谬的信,我理解她的荒谬行为,而且还对她表示感谢。现在够了!事情就此打住。亲爱的莱奥,你找到了一种折磨自己的方式,就像你那些偏执想法,这次也是一样,但现在我们要重新把握自己的生活。这次,她一定不会回信吧。

亲爱的莱奥

看到你和你妻子在一起,你那么悲伤,你不知道,这多么让我愤怒。我一直以为,我父亲是这个世界上最悲哀的男人,但是我认识了你之后,我明白还有更糟糕的事情。因为这个缘故,我想拯救你,我要把你从那令人作呕的生活中解救出来。我很难说清楚我的感受,但是,这是我从小到大,感受到的最特殊的感情。我爱你。现在我更爱你了,因为我知道你也爱我。我一直都知道。在山里的小木屋,那天你回复了我,我简直无法相信。当我看到你的信时,我就想:他是爱你的。我明白,我要付出一切代价,帮助你。现在,在我十二岁的时候(快十三岁了),我明白自己应该做什么了,我必须帮助你从这场婚姻中走出来。

献上我所有的真心
卡米拉

我必须帮助你从这场婚姻中走出来?

她是怎么做到的,只有上天知道!是的,卡米拉真的实现了这项巨大的、无用的、具有破坏力的伟绩:她把莱奥·蓬泰科尔维从他甘愿沉迷于其中的婚姻中解救出来了;她采用了一种可笑、矛盾,但在她看来最合适的方式——通过那些充满甜言蜜语,又暗含着威胁、前言不搭后语的信件。莱奥从山里回来的几个星期,那些信件像泥石流一样,涌入了莱奥的生活。那些信越来越长、越来越充满激情、越来越饱含不满,每天都出现在更衣室里,藏在放内衣的抽屉里(这位小姐以为自己很有创意),这实在让他厌烦到恶心的地步。就像上面列举的那封信:总共算来,那是卡米拉写的第十五封信,也是他们从昂在赫回来之后的第八封信。

几个月的通信、几个月的夸大其词、几个月轻率的言辞,还有磕磕巴巴的句法。在这几个月里,卡米拉充分地证明了:她的头脑和整个世界已经失去了联系。那些传统意义上的"事实真相",在她手里,已经被彻底篡改了。

那时候,莱奥密切接触了书信里的垃圾言辞之后,他意识到:自己处于一种让人无法忍受的孤立状态,我们每个人都挣扎其中。他发现自己处于一种绝对的孤独当中,因为他不可能对任何人讲这件事情,发生在他身上的这出极端荒谬的戏剧,他就是那个不愿出演的配角。他处于一种难言的境地,他不能告诉别人,他已经失去控制,在他身上发生了一件让人难以置信的事情,他一点儿办法也没有。没有一个可以告白的人,没有一个心理医生、一个犹太法学博士,可以让他讲述这件事情。

这个世界上,那个他最爱的人、最能保护他的人——瑞秋,那个名正言顺、非常称职地取代了他母亲位子的人,也是最不能讲这件事情的人。假如他要和瑞秋讲这件事情,他不得不讲一些他没法说出口的事情。首先一个问题是,莱奥为什么在收到第一封信时,没有告诉她?然后,是什么心理,促使他回复了卡米拉的信,而且一而再,再而三地回复,让整个事件变得越来越荒谬?他应该向瑞秋解释:一个小女孩,怎么能让像他这样的男人落入陷阱。像他这样的男人,怎么会被一个小女孩玩弄,怎么能害怕到这个地步?他应该向瑞秋解释:为什么他对卡米拉的拒绝,仔细分析一下,在字面上表现得那么不坚决,那么情意绵绵。"你听我说,姑娘,你已经烦死我了。你以后别再继续把那些写满胡言乱语的信,放到我的内裤中间,请你从我的房子、我的生活,以及我家人面前消失。"这才是他应该说的话。他应该告诉妻子,他没有说出这番话的原因。他没有说出这些话,是因为他没有勇气,更深一层来看,是因为缺乏男性气概,或者道德力量。他没有魄力,对别人缺乏信任,不相信别人会帮他。正是因为缺乏魄力,缺乏像他这样年纪和门第的男人本应该有的东西,让他亦步亦趋,回复了卡米拉的信。在回复的信件中,他用一种温柔的语气,要求她(说得更准确一点,是恳求她)结束那段故事。

在那一点上,他应该向瑞秋解释,正是因为他温和、顺从的态度,才让卡米拉觉得他们之间有故事,但实际上,什么事儿也没发生。那些回复里有类似这样的表达:我们需要就此打住,过去的事情已经过去了,我们需要回到各自的生活。这些话听起来,像是公开承认了他们之间有些什么似的。

好吧,莱奥应该向瑞秋解释:他用了那种语气,还有表达方式,只是为了迎合卡米拉。因为莱奥很害怕卡米拉,他知道,每次他否认他们之间有故事时,她都会发怒。也许,他很不负责任地想——假如他低声下气一点,假如她明白:他也觉得很遗憾,那会比较容易甩掉这个麻烦。但是,很自然,这让她利用了这种说法,那就是他们之间有关系。这只能让后来读那些信的人确信,他和一个十二岁的小姑娘有一段火热的恋情,除此之外,这个女孩还是他二儿子的女朋友(像古代的娃娃亲一样)。

问题在于,当他意识到正在发生的事情时,已经太晚了。需要说明的是:"太晚了"的局面,出现的太早了,那个小姑娘手头上已经有十几封可以让他落网的信。在那些信里,他请求她中断那段关系。但是,在那些信里,他已经毫不犹豫地提醒他的通信者,那种"关系",只存在于她那病态的脑子里。先是在脑子里,后来还写在了纸上。

这件事就好像一种致命的疾病,在要你的命之前,好像有一点儿好转,像回光返照一样。那时候,莱奥觉得他还有希望,希望事情能自然而然得到解决。

那几个月真的很可怕,他的人生第一次出现这种情况,他的事业没有按照他希望的样子发展。税务机构——那些身穿灰色制服的复仇天使,正在"圣母灵魂"医院进行搜查,这是一家私人医院,莱奥的儿科诊所就开在那里面。这件事情让他非常焦虑不安,你若了解他的脾气,就很容易想象他的心情。

以前,家庭的祥和氛围可以让他远离职场的担忧,但现在这仿佛是一个遥远的记忆。没有一个晚上,那个迫害者不是在他家吃晚饭。那个小婊子,用一种非常卑鄙的方式,潜入了他的家庭。卡米拉总是跟在瑞秋身后,好像在获得了她的信任之后,卡米拉甚至征服了她。莱奥知道,瑞秋多想要一个女儿,现在好了,她有一个女儿了。

每天晚上,莱奥都希望,没有任何信在等他。每天晚上,他都会很失望。现在,那些信他连看都不看。他打开那些信,立刻会因为信里的疯狂和谎言而感到反胃,他会看几行,然后把信藏在书房的抽屉里,关起来了事。

他已经不再回复卡米拉的信了:他写的最后一封信很绝望,徒然地想摆脱当时的状况。可能长时间没有收到回复,卡米拉自己也会厌烦。考虑到他不回信的决定,还有他在最后几天收到的信的数量,可以说,他的惩罚措施已经产生一个效果,就是让她非常愤怒。那些密集的信本身就是一种威胁:这段时间,莱奥只读那些信的最前面三行,然后就把信塞到书房的抽屉里,这三行已经足够了,可以让他了解到后面的整体语气。那些数量惊人的信件,真是一种赤裸裸的威胁。

这时候,他收到了最后一封信,信封上也是这么写的:最后一封信!正是因为这个缘故,莱奥才把这封信读完了。开始的时候,他真有点害怕,"最后一封信",这是什么意思?她已经明白了他的意思,明白他已经受不了啦?这件疯狂的事情,应该就此打住?或者,这封信之后,她会做出一个非常极端的举措,会毁掉所有人的生活?莱奥把那封信拿在手里,犹豫了好几个小时。直到最后,在凌晨三点钟,在洗手间里,他浑身冒汗,打开了那封信。

这封信还是典型的、卡米拉式的风格,和之前的信一样狂热,一样没有意义,有一种异常怪异的浪漫。她向莱奥做出伤痛欲绝的道别之后,又提出了最后一个请求,一个在他看来比较合理的要求。

那个小姑娘要求收回她写的所有信,然后就会消失,带着她的痛苦消失。她会离开撒母耳,会从他们的生活中消失,她会让那个家庭摆脱她的存在。惟一的条件就是,她想要回象征着她的爱情和痛苦的证据——那些信。

他觉得,这是一件非常合理的事情。他把卡米拉的最后一封信连着看了五遍(最后一封信!你明白吗?感谢上帝)。在很长时间之后,他终于觉得自己是个自由人了。他又回到了自己的生活之中,想干什么就干什么,不用意识到那个小神经病的存在。对了,看到最后几个字(当然是用法语写成的)——再见,我爱的男神——他带着胜利者的宽恕,差点儿笑出来。

就这样——莱奥还是像往常一样,带着一种致命的天真,还有那种不负责任的纯洁,他把惟一能证明他受人威胁、受人迫害的证据,他作为受害者的证据,全交给了他的迫害者。他把那些信交给她的时候,居然没有想到:作为一个负责人的男人,在把信交给她之前,应该很慎重地复印一份。他没有料到(材料都在他手头上,就像给小孩子准备的初级谜语一样简单,他本应该料到结果),也就是说,他没有想到,他和卡米拉之间的这些信,有一天可能会重新撕裂他的生活,让别人相信和事实相反的东西。他更没有想到,她(或者她那擅长操纵的父母亲中的一位)有可能会把这些信交给国家机关或者报纸,他们会采用一个精心筛选的版本,制造出一个巨大的假象。实际上,他们可能会排除(为了保护一个被侵犯的未成年人的情感和身份,那个负责"蓬泰科尔维事件"的著名周报记者,当然会申明这一点)所有卡米拉写的那些信,还有莱奥写的试图摆脱她执意纠缠的信。

在精心篡改之后,原来那些信件,就只剩下中间插入的、让人作呕的称呼——我亲爱的小女孩,那是可怜的蓬泰科尔维教授,在试图安抚那个迫害者。

这样的一段话,从原文中抽出来,实在让人感觉很龌龊。

但这只是讲这个故事的人的一些推测(用追溯往事的方式),莱奥根本就不知道。

他已经在地垒里藏了三天了,就像黑手党一样,隐藏在城堡里的秘密房间里,也像一位被推翻的国王,他不知道,也无法知道外面正在发生什么事情,或者要发生什么事情(不说别的,他连楼上正在发生什么事情都不知道)。他不知道,为什么没人来找他,也没人来抓他。他只知道,电视上出现了一则非常含糊的报道,那个爆炸新闻,也是凭空大概那么一说。他什么也不知道,他不可能知道其他事情,也不想知道其他事情。

他猜测,这坟墓一样的地下室之外是地狱。现在对他来说,世界是一个充满恶意的地方。他猜测,一名被控偷税、滥用职权、挪用公款、放高利贷的人,在这基础上,又出现了一个新的起诉,让他变得更加丑恶。

现在,经过一个无眠之夜,当他的眼睛被夕阳血红色的光芒刺痛——他剩下的只有一间九十平方米的地下室。最终,他的疏忽、恐惧、神经质,还有不负责任,都受到了惩罚。莱奥应该非常愤怒,应该向世界高喊,他是无辜的。

但是他吓傻了。他所接收的教育不包含仇恨,他无法面对斗争,他没有攻击性。他就像那类中锋,在那些比较容易的比赛中,会一次次破门得分,但是让他参加一些比较复杂的比赛,那些更残酷的斗争,他会迷失在自己的羞怯之中,成为典型的屈服认输的人。

　　这推动着他,考虑更高深层次的事情。他觉得,他终于明白了一件人们常说的,他一直都没有明白的事情:几十年前,那些和他有共同信仰的人,那么多人都顺从地被装上大铁皮车厢,他们眼睛都没有眨一下。他们被拉到那些遥远、寒冷的地方,最后像耗子一样被杀死。是的,现在,他也差不多要被杀死了。他不能忘记那三个和他最亲近的人,让他一直有安全感的人,他用自己的方式爱他们,胜过爱任何东西,他一直都很在意他们,他给他们提供了舒适、充满乐趣的生活。现在这三个人,正是他最可怕的敌人。

第 三 章

"亲爱的,我相信,佩鲁贾犹太法学博士已经告诉过你了:一个十二岁小女孩的屁,不是犹太教的合法食品。"

这样一个不合时宜的玩笑话,对于一个受焦虑和失眠折磨、血管里充满了镇静剂的男人来说——那些精神药品都是莱奥给自己开的,莱奥应该表达自己的愤怒,然后转身离开。假如他没有那么做,是因为他不能走:是他要求和这位朋友见面的,是他有求于人。

他没有离开,也因为(尽管他不想承认)那句话里有旧时光的气息,有一种很刺激的效果。莱奥思量了一下,他只能忍声吞气。他感觉有一种炽热的烈火在他心底升起,让那些天以来,心里的冰块都融化了,他胃里有一种放松的感觉,这让他感到非常安宁。但是,他马上意识到,他已经好几天没吃东西了,没有闭眼,也没有上厕所。在这一刻,莱奥意识到:对于一个人来说,可以正常地吃饭、睡觉和拉屎,是多么棒的一件事情。

一个十二岁小女孩的屁,不是犹太教的合法食品吗?

这就是那种很有创意的风趣话(从根本上来说,非常温情,而且非常有力),是埃雷拉·德尔蒙特和他开始交往的秘密。在五十年代初期,他们成了好朋友。当时,有一群犹太小孩,在佩鲁贾犹太法学博士那里上课,他们一起准备成年礼,在那群小伙伴里,他们俩是看起来最不搭调的两个朋友。

埃雷拉·德尔蒙特说出这么下流的话,也并非偶然。莱奥去事务所找他,他的事务所位于威尼托大街最繁华的地段,那里有一条费里尼式的人行横道,把"巴黎咖啡"和"哈里咖啡"隔开,那是一栋粉色楼房的顶层,他的事务所占了两套相邻的房子。

莱奥在客厅里等了一会儿,然后被带到一间黑漆漆的房间里,那是埃雷拉——莱奥儿时的伙伴工作的地方,一天中大部分时间,从早上八点到晚上十点,他都在那间房子里,他惟一的工作就是把那些陷于麻烦的"要人"解救出来,那些有钱有势的人,他们在卑鄙无耻方面,不相上下。

现在,埃雷拉能出现在这个房间里,在一张巨大的水晶桌子后面,那张桌子非常干净整洁、熠熠生辉,让人敬畏。三十五年过去了,他还是那个矮胖男孩的样子,他的身材基本上接近于侏儒,他的矮小是一个非常鲜明的身体特征,是那些十二岁少年恶意诋毁的对象;而当时,莱奥是一个成功男孩的形象,在那个时代,一位像莱奥一样修长而且机敏的男孩,才会受人们青睐。

在青春期之前的遥远年代,在那个阶段,身体外观就是一切。在那个年纪,整个世界好像还处于原始阶段,是一个神和贱民分开的时代。在那个世界里,没人看你聪不聪明,或者道德高不高尚,社会阶层的划分,只是看你有没有一双含情的眼睛,有没有一对柔美的颧骨。在那个年代,外表就是别人想了解的一切。莱奥和埃雷拉之间的关系,就是建立在外观的强烈对比上:一个漂亮,一个丑陋。对比之下,美的更美,丑的更丑。

埃雷拉的那种丑陋会让小姑娘觉得讨厌,因为除了丑陋,他还不注意个人卫生,造化弄人(不知道为什么),那些长相不好的人通常邋遢(就像上天要把自己的厌倦表达到极致)。埃雷拉呢,无论如何,他有莱奥做朋友。埃雷拉就像那些精神上非常狂热、虔诚的穷人,能激起莱奥的同情。埃雷拉从这位备受青睐的好朋友身上,得到了赋予普通人的那种亲切的、高高在上的关爱,至少在外人看来,情况是这样的,但事实并非如此,莱奥很欣赏这个小侏儒对所有事情的调侃,他总是能揭示出生活中最黑暗的一面。莱奥英俊潇洒,长相漂亮,但是他一样欣赏这位朋友,那是因为在他的生活中,他一直都努力逃避别人对他公然的厌恶,那种厌恶,是他的身体给别人造成的。

别人对他的嫌弃,被他的超常禀赋和敏感所化解。也可以这样说,在一个残酷、和他一样聪明的母亲的刺激下,他变得更加敏感尖锐。

假如你要从母亲那里寻求保护和虚伪的温柔,那你要小心,一个像玛利亚·德尔蒙特这样的女人,她对儿子毫不留情。相反地,她一直都在提醒儿子:对他来说,任何事情都会更加艰难,她不惜冒着毁掉埃雷拉生活的风险,对一切毫不隐瞒,因为埃雷拉长相不体面,她在儿子的内心,培养了一种悲剧的情感。对自己惟一的儿子,她假装一点儿也不自豪,她一直表现出一种失望,实际上,埃雷拉把这种失望当成了一种堡垒,让他可以面对所有的障碍。就好像,通过这种斯巴达式的严苛教育,德尔蒙特太太把儿子打造成了一位无坚不摧的男子汉。

莱奥非常喜欢听埃雷拉谈论自己的母亲,他总能够一针见血,同时也痛苦万分,莱奥希望自己也能像他那样谈论自己的母亲。

"我的情况,是单方面的俄狄浦斯情结。"埃雷拉说,"我非常爱那个女人,而她呢,算了吧,甭提了……"

"你想说什么?"莱奥问。

"你知道,她为什么给我起了埃雷拉这个名字吗?"

"为什么?"

"当然不是因为她喜欢足球,或者喜欢巴尔扎克。说白了吧,我老妈压根就不在乎足球和巴尔扎克。她起这个名字,是因为我发不好 L 这个音。她给我起了这个名字,是因为这个名字里有两个 L。很明显,这个婆娘想让儿子介绍自己时,也有一种尴尬的感觉。"

"不会吧! 她怎么知道你会发不好这个音?"

"那是能推测到的,也是基因遗传的缘故,就是利用达尔文,还有其他的理论。我父亲发不好这个音,我祖父也发不好。总之,我可能也发不好……你以为呢? 我的小巫婆能掐会算。"埃雷拉用一种异常的柔情语气说,"现在,我就叫埃雷拉·德尔蒙特,一个可以和佐罗匹敌的名字!"

最后,他用类似这样的话收场:"假如那女人爱我,有我爱她的四分之一……好吧,对我来说就够了!"

莱奥知道,德尔蒙特太太一点儿也不憎恨自己的儿子,她对儿子的折磨和惩罚,是源于一种病态的(犹太式的)观念,这种教育方式,可以用一句话来总结:放心吧,孩子,这个世界对你的迫害,永远也超不过妈妈对你的迫害。

不管事实如何,你们也看到了,埃雷拉关于莱奥和一位十二岁女孩的绯闻,他做出的评价,和那个遥远的年代是绝对契合的。在那个年代,埃雷拉教给他的是:假如有一件事情不体面,那好吧,那是你的个人悲剧。无论如何,这个评价一点儿也不专业,因为他根本就没有考虑到自己职业的敏感性,埃雷拉——一位非常有名的律师,在面对一个他将来要为之辩护的人,本不应该那么说话。

莱奥想,那种不合常规的表达,让他已经支离破碎的精神又裂开了一道伤痕,那些话,假如不是精心研究的策略,那也是深思熟虑的结果。也许,埃雷拉通过他那敏锐的直觉,他已经明白了:在这种情况下,他的老朋友当然不需要一种职业上的安慰,还有那种处境下的客套,更不需要那些不怀好意的同情,还有一味地斥责和谩骂,这是最近几天,人们每时每刻对莱奥表现出来的。

也许,埃雷拉正是考虑到这个公众人物的生活,在最近几个星期里,已经变得面目全非了。埃雷拉想让他沉浸在当年的情感里,把他拖到很远的地方,在那个世界里,莱奥·蓬泰科尔维曾是一道美丽的风景。在那个时代,莱奥如鱼得水,他喜欢做自己,做一个幸福的小男孩,这位不幸朋友的虚无主义风趣话,会让他感到愉快。很明显,埃雷拉并没有丧失他的天分,就是用一种丝毫不客气的方式,对莱奥表示同情。相反,莱奥觉得,他的天分更加犀利了,成为他职业中一个必不可少的工具,那就是洞悉别人内心的艺术。在你自己明白之前,他已经领会你了,然后赤裸裸地揭示出来。

忽然间,莱奥很高兴自己来找埃雷拉,做了那么多错事之后,现在终于有一件事情做对了。在来找他的老朋友之前,他犹豫了太长时间,他已经考虑了好几个星期了。在卡米拉旋风把他卷入之前,他就应该来。瑞秋刚开始给他说的事情,现在越来越有说服力了:让代表医院利益的律师事务所来帮他,那简直就是自杀性行为。现在,那个小姑娘无耻地污蔑了他,尽管他还没有提出反驳,莱奥非常确信,事情正在进展,诉讼很快就会开始了。这事情太严重了,不可能就这样过去。这一次他应该有所准备,他需要一位对这类脏事在行的人,一个专家:一个强悍、凶恶、永不屈服的人。他想到埃雷拉·德尔蒙特,因为他是整个城市最有名的辩护律师。一个法庭上真正的鲨鱼——他是莱奥那些最开明的、最清高的朋友,非常鄙视的一个人。就好像他是一个阴沟,非常擅长容纳整个城市的大便,他对那些大便进行消毒,重新回收利用。

他们的成人礼已经过去三十五年了,莱奥不止一次偶然了解到这位朋友的彪悍行为。有一次,在一家牙医诊所的等候大厅里,莱奥在翻阅一份流俗小报的时候,他忽然看到了朋友的照片,被放在一个显眼的地方,他赤身裸体,在一个海滩上。

埃雷拉好像很愤怒,像一只毛茸茸的白色树精,挺着他那壮观的肚子。他的头发还是老样子:乱糟糟的,有点过于乌黑(就像假发)。那次,摄像师抓拍到的是:他给一个电视上的小女星肩膀上涂防晒霜。那时候,有几个狗仔队在周围偷拍这位女明星,旁边的文字解说是:她正在勾引罗马最有名的律师。是的,埃雷拉看起来真的很可笑:他一只手很仔细地涂着防晒霜,另一只手指着那些可恶的狗仔队。看到这张照片,莱奥有点想笑,那个小矮人愤怒了,他的怒火,他真是太了解。他感觉好像听到了埃雷拉发火时的声音:刺耳、嘶哑、怒气冲天。莱奥带着他之前的善意想到,也许那种怒火,是因为他正在面对一件非常糟糕的事情:小矮人和跳舞女郎,美女和野兽。埃雷拉应该能感受到沙滩上的那一幕多么恶心,他应该有自知之明。实际上,尽管埃雷拉一直都非常侧重聪明才智,他一直在抗议上天的不公,所有一切都让他看起来很奇异,很不同寻常,但很明显,他还是没法抵御那些庸常的东西。比如说,他喜欢长腿金发美女,那些身高一米八五,长颈鹿一样的女人。这些女人补偿了他的身高,但却彰显他的低矮,让他显得无比怪异。

在牙医诊所的等待大厅里,莱奥回想起来:他和埃雷拉·德尔蒙特的关系,就是被这样一位魁梧的女人给毁掉了。他们俩关系破裂的原因,很多年之后莱奥依然记得非常清楚,那是因为他非常惊异,觉得非常屈辱。他们十几年的兄弟情谊,被一段非常短暂的关系给毁掉了,为了那个女人,连争吵都不值得,然而……

不,莱奥并没有忘记那个九月的星期天。他怎么能忘记呢?那应该是五十年代中期,他上大学没多久。每个星期天,拉齐奥球队在罗马比赛,莱奥骑着他的灰色踏板摩托车,来到"巴尔贝里尼"广场,在德尔蒙特家阔气的房子下面,等着埃雷拉下来。莱奥穿的和平时一样:牛仔裤、蓝色T恤,那是他的幸运装扮,他从一开始就这么穿,埃雷拉几年前就评批他说,说那是球迷的迷信行为。

埃雷拉从大门里出来,他没有平时那么活跃,那是冠军赛的第一个星期天,正好是九月中旬。他们从夏天开始就没见面了,莱奥以为,他的朋友见到他会表现得热情一点呢,但是埃雷拉却有点儿心不在焉。莱奥注意到:埃雷拉皮肤晒得黝黑,这让他比平时看起来更具童话色彩,他的红鼻头,特别像一个面团,让他像极了七个小矮人中那位爱生气的小矮人。那天,这位小矮人好像一点儿也不想说话,从他家去体育场的那段路上,他都一直心事重重。他一声不吭地搭上了莱奥的车子。

他们已经骑到马路上,埃雷拉的态度还是老样子,不知道怎么回事儿,他一直沉默着,很阴郁。说起来,那天的比赛安排——拉齐奥VS那不勒斯队,本应该让他热血沸腾、滔滔不绝才对。埃雷拉痛恨那不勒斯队,说真的,他也很痛恨佛罗伦萨队,更别说米兰和尤文图斯队了。想想看,埃雷拉痛恨一切,他想让莱奥和他一样。他解释说,人们成为球迷,都是出于痛恨。这就是为什么,他的沉默让莱奥感到出乎意料,因为他的朋友通常的态度是这样的:他会无缘无故地咒骂对手球员,也会咒骂自己支持的球队,他在这方面所向无敌,他骂得口若悬河、滔滔不绝、手舞足蹈。但那天他什么也没有说,他只是观看了那场让人伤心的平局,一句话也没有说。在他们骑小摩托车回家时,埃雷拉忍不住说了一句:

"我好像喜欢上一个姑娘了……"

埃雷拉·德尔蒙特恋爱了?不会吧,这是怎么回事儿?莱奥从来都没见他追过任何姑娘。有很长时间,莱奥都怀疑埃雷拉有恋物癖。埃雷拉送给他了几张女人的裸体照片,莱奥就更确信这一点,他说:

"我把她们交给你,我的朋友:这是生活给我的最好礼物。"

埃雷拉是个撸主,埃雷拉是一位善于自嘲的自慰者,埃雷拉有厌女症,这才是真的,这才是正常的埃雷拉,而不是一个恋爱中的埃雷拉,而不是一个沉默、脆弱的埃雷拉,说出这样的话:"我好像喜欢上一个姑娘了……"

这时候,莱奥不知道怎么评价这件事情,就好像埃雷拉刚才说他得了绝症。

"我母亲自然已经'祝福'过她了。"

"她怎么说?"

"她心情不好时,称那个姑娘为'小蹄子'。她心情好的时候,就叫她'信基督的女人'。她特别高兴的时候,就叫她

'你高大的德国女人'。她说,那姑娘跟我是因为我们的钱,她还说了很多难听话,我都不想提了……"

"你在哪里认识她的?"

"在山里。她在一家杂货店里工作,你知道,是那种外省的百货商店,里面什么都有:报纸、香烟、玩具、扫把……下星期,她要坐火车来找我。我母亲已经说过了,我不能把她带回家,我在家里也不能提她的名字。我怎么可能在母亲面前提她的名字呢!你想想,她已经让我父亲切断了我的生活费,她不走,他们就不再给我钱,我现在没钱了。上帝!那个女人会要我的命。按照她的想法,我应该打飞机打到退休的年龄。按她的想法……"

这就是埃雷拉,他已经明确宣布了,他找到了生命中的女人,但是,他还在继续唠叨,说他母亲和打飞机的事情。

"那你父亲呢?"

"我父亲?那个可怜的男人,他能干什么呢?他受我母亲摆布,我们家是母系社会,我母亲的决定是没有讨论余地的……就这样。问题在于……我想向你借点儿钱,我一有钱就会马上还给你。我答应你,等她来了,找一个合适的机会,我会介绍你认识。"

就这样,埃雷拉需要的并不是评价,而是莱奥借给他一点儿钱。

"我能知道她叫什么名字吗?"

"瓦莱里娅,她叫瓦莱里娅。"

两个好朋友关系破裂,正好发生在两个星期之后。

一切都来得很快,那时候,他们坐着小摩托车,看完球赛回去。即使是拉齐奥队刚才在他们眼皮子底下的惨败,也无法解释埃雷拉阴郁的心情。不知道发生了什么事情?之前的埃雷拉去哪儿了？埃雷拉到底遭受了什么事情？他身上好像一点力气也没有了,就好像整个人被耗干了。为什么会这样？是因为她母亲和瓦莱里娅之间的斗争吗？这对于他来说,真是太难以忍受了。这个莱奥所认识的最坚忍不拔的人,最后终于暴露了他脆弱的一面吗？这个小个子男人,惟一受不了的事情就是那种远古的矛盾:也就是母亲和爱神之间的冲突？为什么埃雷拉对他的态度也那么差？为什么在小摩托车上,他一言不发？为什么他没有说出一连串的脏话,针对拉齐奥队败北,或者蛮横干涉的母亲？为什么他不像往常一样,用他无敌的口才,口若悬河发表一通言论呢？他的口才,会使他成为一个比他父亲还要优秀的律师？

但是,正当莱奥想着这些事情的时候,他的朋友却用一句最轻率的话,让他愣住了。那时候,他们正好到了埃雷拉家大门口,埃雷拉从黄蜂牌小摩托车上下来,顺便把钱还给了莱奥,然后低声说了一句:"我不想再看到你。"他说这句话的语气,就好像在说:"我们明天见。"或者"我晚点儿打电话给你"。

莱奥也只能问了他一句:"为什么?"

"因为我就是这么决定的。"

"但是,我到底做了什么对不起你的事情?"

"你什么也没有做。你不是故意的,你在没有觉察的情况下,对我做了那些事情。也许是无意的,因为你只能那么做,但这是最严重的。所以,我不想再看到你。"

莱奥感到难以置信,他震惊得说不出话来。他很生气,假如不是因为非常困惑,他一定会火冒三丈。埃雷拉的火气并不比他小:他满脸通红、表情扭曲,就好像快要爆炸一样。就好像这样的对话让他很受煎熬,让他精疲力竭。事情就这样结束了。句号。结束。没有什么可解释的,他只想离开。

"别这样,你别犯浑。我明白,一定是发生了什么事情,为什么我要为你的坏心情买单?我觉得你应该给我一个合理的解释……你至少要告诉我,发生了什么事情!"

莱奥真的很震惊,而且很焦虑,在他的人生中,从来没有人甩过他。他不知道被人甩是什么滋味,因此他很不安,他的声音里包含着愤怒,太像一个被甩了的男人,现在要求女人给他做出解释。仔细想想他当时的心情,和一个刚刚被妻子抛弃的丈夫没有太大不同,没有任何征兆,没有任何解释,他就被甩了。

埃雷拉的表现,再次激化了莱奥焦虑不安和困惑。他接着说了一句很含糊,但是很果断的话:"你知道吗,那天晚上真的很可怕……"埃雷拉说这句话时,带着一种可怜巴巴的忧伤。

那天晚上?那天晚上发生了什么事情?这时候,莱奥忽然有一个模糊的记忆,他不是很清晰的记忆,有点像那些喝醉的人迈出的步子,摇摇晃晃的。实际上,埃雷拉把瓦莱里娅介绍给他的那天晚上,莱奥比平时多喝了几杯,那天晚上,他有点儿贪杯。也许,在酒精的作用下,他做了什么不得体的事情吗?尽管他努力回忆,他确信:自己那天晚上的行为,可以算得上比较得体。

当然,他看到那个很扎眼的高个子姑娘,听到她高昂的声音和特兰托口音,他非常震惊。他看到那个小矮人站在高个子维京女人的面前,这场面都可以上马戏团。他不得不控制自己,才没有失声笑出来。天呐!但是他很确信,他真的没有笑,他没有流露出任何冒犯的意思,他举止非常得体。他喝得有点儿多,话说得也有点儿多,是的,这一点他记得很清楚,就像他清楚地记着瓦莱里娅的眼睛,她全神贯注地听他说话,埃雷拉在一个角落里,沉默不语。

那种强烈的反差,让埃雷拉感觉到,自己根本没办法和那个帅气的朋友比,他那么健谈,那么自在地生活在这个世界上。这就是问题所在吗?这就是埃雷拉忽然间甩掉他的原因吗?就像赶走一位偷东西的女佣?当然是这个原因了。莱奥忽然感到了一种负罪感,那个夜晚结束时,在大家回家之前,他有点被酒精,还有自己的夸夸其谈搞得晕乎乎的了,他给瓦莱里娅讲了一件愚蠢的事情,那个故事,他本应该自己知道就好了。就是那一次,他去给埃雷拉买烟,那个烟店的售货员对他说:"您给儿子买烟,您不觉得不好意思吗?"天哪!瓦莱里娅笑死了。她的笑让人害怕,天哪!就像埃雷拉没有笑一样可怕,而且更让人害怕。为什么他会讲这样一件苍白无聊的事情呢?真的,单独和埃雷拉一起,他们聊这件事,会觉得很好玩。但是,把这件事情讲给埃雷拉的女朋友听,讲给埃雷拉的第一个女朋友听,那是一件让人无法原谅的事情。看看埃雷拉的脸色就知道了!满脸都是羞耻,满脸都是屈辱和难以置信。

现在,莱奥想起了埃雷拉当时的表情,埃雷拉说了这句话:"你知道吗,那天晚上真的很可怕……"他说这句话的时候,莱奥就已经明白了。因为埃雷拉单独和他在一起时,总是那么风趣,总是兴致勃勃,然而有其他人在场时(尤其是女性),他就把自己隐藏在笨拙的敌意里。这都是因为羞愧的缘故,他为自己感到羞愧,那种羞愧感无处不在,有没有可能,莱奥到现在才知道?他们已经认识了那么久,他们的父母一直都是朋友,他怎么能到现在才明白。他的朋友没有做解释,就把他甩掉了,他为什么要感到惊异呢?这不是什么奇怪的事情,尤其是,这没什么可解释的。问题就在那里,很多年来都一样,答案伸手可及,只要稍加留心就能发现:莱奥迷人的外表,只能让埃雷拉·德尔蒙特的羞耻感更加强烈。

为什么之前莱奥没有想到呢?生活在羞耻里,应该是一种非常艰难、非常可怕的事情。一个人永远都得不到安宁,这个世界上,所有人都用一种难以置信、充满讥讽的目光打量着你。

从那时候开始,从那个星期天开始,除了那些大家一起参加的庆典或者宗教聚会,他们再也没有见过面。就这样,那天在牙医诊所,莱奥在一本妇女杂志上看到了埃雷拉的照片,他看到,他的朋友变老了,但还是那么恼怒,莱奥会心地微笑了一下。埃雷拉还是老样子,莱奥首先想到:那是一种混合着羞愧和复仇的心理。看着埃雷拉驱赶摄影师时的愤怒,莱奥想:我的朋友啊,你一点儿也没有变。你得到了所有你想得到的东西,你富甲一方,你是整个意大利最出色、最受瞩目的律师,你可以随便干那些健壮的女人。但是那种羞耻感——作为埃雷拉·德尔蒙特的羞耻感,好吧,依然还在那里。

莱奥在他生命中最糟糕的时刻,想到了埃雷拉,这很正常。埃雷拉是他需要的那个人,埃雷拉不仅仅能把他从困境中解救出来,也是惟一能理解莱奥处境的人。他是羞愧方面的大师,一个世界级大师。

所有人都抛弃他了,但是埃雷拉一定会支持他。因为埃雷拉知道那种滋味,就是无法抬眼看人,因为害怕在一个陌生人的眼睛里,看到自己给别人带来的厌恶。

总之,莱奥琢磨着去找他,请求他的帮助,已经有很长时间了。假如他开始没这么做,是因为他惯有的懒散,他面临不幸，一直在自己挣扎。现在，他的妻子已经不再帮助他了，瑞秋抛弃了他，好像假装他不存在。现在，他住在这个类似于地堡的地方，里面充斥着碟片、书籍和回忆，蓬泰科尔维教授正在偏离航线。

假如不是发生了一件比较严重、让人痛苦的事情，莱奥是不会打电话给埃雷拉，不会约见他，也没有力气坐上汽车，开车去威尼托大街那个阴暗、让人不安的堡垒去找他。

正好是那天早上，卡米拉的父亲出现在了蓬泰科尔维家的大门口，他由妻子陪着，手里拿着一把贝瑞塔九号手枪，那是他买来保护商店的。他想把枪里的子弹全都打在那个混蛋身上，让他死得很难看。黎明的曙光，加强了他报复心。这算什么事情？策划好的谋杀？会判监禁？终身监禁？杀死一个没有防卫能力的人？一切还有待澄清，因为随便一个模糊的控诉就杀死他？或者把他交给权力机关？相反的，用连环杀手的方式——在得手之后自杀，大喊一声："你们抓不到我！"为什么不呢？这世界上存在更糟糕的事情。怎么能让那个色情狂逍遥法外呢，他们还没来抓他。真是一个龌龊的国家！有人告诉他，莱奥已经不出门了。真好呀！所有人都愿意关在那栋像宫殿一样的房子里！

已经好几天了，卡米拉的父亲都出离愤怒，他到处跟别人说，那个混蛋应该付出代价。他内心充满了浮夸的愤慨，加上他没有什么文化，但又非常强势，所以显得有些耀武扬威。正是这种精神推动着他，让他一直都在重复着那些轻浮的、戏剧化的台词，比如说："我要看着他死！""我要把他吊起来，像四分之一块牛肉一样，挂在钩子上。""对于有些罪行，应该用电椅。""一旦打破了你的信任，这事儿就不可原谅。""那是一种病。""一想到我的女儿……"等等。实际上，卡米拉的父亲已经迫不及待,想在自己心爱的女儿面前炫耀,因为女儿鄙视他,疏远他已经很长时间了。

就这样,他出现在这里,开始了他的表演。他先是按了门铃,然后破口大骂:

"出来,混蛋!出来!出来吧……我等着你,我要让你看看……"

而莱奥那些天也倾向于上演这种肥皂剧,他没有磨蹭,经过一个不眠之夜,他最期望的就是做一些轻率的事情,就这样,他穿着汗衫和短裤,出现在了这个准备杀死他的人面前。

在那些体面的邻居们吃早饭时,他们两人上演了最不体面的一幕:一个留着长发,晒得黝黑的男人,手里拿着一把手枪;还有一位穿着家居服,让人几乎认不出来的蓬泰科尔维教授。

莱奥瘦得厉害,而且胡子很长,让他显得更瘦更高了,非常像格列柯画笔下那些悔罪的人物。他脸上好像写着:"开枪吧,求求你了。开枪吧,你还在等什么呢?这是所有人都想看到的,也是我们俩都想要的结局。"为了更加明确自己的意思,莱奥跪了下来,他对着他的刽子手跪了下去。这并不是一种恳求原谅的姿态,这是一个被判死刑的人,非常规矩、温顺,而且迫不及待地恳求死刑执行得更快一点。这是一个准备牺牲的人最礼貌、最深思熟虑的做法。

最有讽刺意味的是,莱奥下跪的地方,正好是短短几个月前,撒母耳生日结束之后,他迎接卡米拉父母的地方:当时,他命令他们别动,站在原地让他拍照。莱奥现在跪着的地方,当时他觉得自己很有优越感,他看到那两位笨手笨脚的大老粗。但现在情况发生了逆转,一切都对他不利。现在,他感到羞愧,他需要得到他们的怜悯,他在受人摆布。之前,是他们很客气地摆出了姿势,站在他的镜头前,现在是他出现在他们的手枪前。但是,之前是他给人照相,现在是他要被射杀。这样一个简单的事实,就解释了为什么那个吹牛的人做不到,卡米拉的父亲没办法做到他来这里想做的事情,他没法向莱奥开枪。

莱奥的顺从让卡米拉的父亲很挫败,而且,那种日本式的勇气把他镇住了,或者他忽然间意识到:当着那么多人的面,做出这件事情的后果,他泪流满面,放下了武器,像小孩子一样抽泣,说不出话来。紧接着,他妻子也开始抽泣:"求求你了,宝贝,我们走吧,算了吧……求求你,亲爱的,这样做一点儿用也没有……你看到他有多下贱了吗……你看到了吗?宝贝……"

莱奥也哭了,他不是跪着,而是匍匐着哭。他也不知道为什么,在那之前,他一直忍着没哭(除了在梦里),对着家人,他也没有哭,在那几天的幽闭孤单中,他也没有哭。但是现在他哭了,所有人都看着他,他哭了。这是他做梦都想的事情:对着所有人啜泣。就像当他还是小孩的时候,在开始大哭之前,要先等着母亲出现,这样母亲就可以抚慰他。

这种传染性的哭泣,只有菲利波和撒母耳没有被传染到,他们从对着花园的窗口看着这一幕。他们非常紧张,一个紧紧贴着另一个,几乎是拥抱着,好像是要给对方勇气,可以说,他们已经做好准备要见证父亲的死刑了。

"你们知道吗?你们的父亲是一个淫棍。你们知道吗?如果你们不知道,我现在告诉你们!你——撒母耳,你知道你父亲是一个淫棍吗?你知道,他对我做了什么吗?你知道,他对我们做了什么吗?"这就是卡米拉的父亲对蓬泰科尔维兄弟说的话。

最后,他终于疲惫不堪,由妻子陪着上了汽车,他抽泣得越来越厉害了,最后他们消失在微微发红的晨曦里。

这件事情发生以后,莱奥才鼓起勇气,拿起了电话,拨通了他老朋友工作室的电话,和他约了一个时间。他听到的回答是:

"好呀,你电话打得正是时候,我还以为你不会给我打电话呢。"埃雷拉的语气里,有一种信任和默契,他像经常和你在一起的朋友,在最近的日子里,你能稍微感觉到:你有一点儿忽视他了。实际上,除了三年前埃雷拉的一个堂兄结婚时,他们见了一面,他们已经有很长时间没有联系了。莱奥能说的惟一一句话就是:"是因为……"但是,埃雷拉马上打断了他说:"来吧,我在这里等着你。你尽快过来,跟我当面解释。"

最近,发生在莱奥身上的事情,怎么能那么轻易解释清楚呢?他怎么能解释清楚这几天面临的恐惧呢?他的幽闭恐惧症,现在被广场恐惧症取代,他总是心怀恐惧,那个地下室就像一个在地下挖的小巢穴,或者像一个空旷的广场。那种可怕的感觉忽然间占据了他,他已经不属于人群了吗?他成了一个众矢之的了吗?

直到过了一段时间之后,几天前,他才鼓起勇气出去,离开他的家庭堡垒,出去散步。他马上意识到,他已经很多年没有一个人出去了,他不知道自己应该去哪儿。他当然不能去平时和瑞秋,还有其他几对朋友一起去的餐厅。他当然不能去电影院,电影院会让折磨着他的幽闭恐惧症更加强烈。这个世界已经没有他的容身之处了,对他来说,这个时间就像一个无边无际的荒原,充满了很多让他无法辨认的东西。

最后,他走到一个挤满年轻人的酒吧,酒吧在法国街上,他也不知道自己是怎么进去的。他只记得他开车出来时非常小心,没有让家里人看到。他神思恍惚地开着车,走了很远的路。

现在,他就在那家酒吧里,手里拿着一杯不怎么样的伏特加。酒吧非常嘈杂,音乐震耳欲聋,里面挤满了年轻人,他们的腿都晒得黝黑,都穿着一样的衣服:齐膝短裤、鳄鱼牌T恤,领子竖着,脚上穿着船鞋。他有一种挥之不去的感觉,那就是所有人都假装不看他:服务员和其他人都在假装。他们认出他了吗?有可能早认出来了?怎么会认不出来呢?据他所知,从噩梦开始的那一天,他的照片就不断地出现在那些报纸和小道消息上,他被人认出来,这一点儿也不稀奇。

忽然间,他意识到自己浑身被汗水浸透,他头痛欲裂,感觉到自己心律不齐,那是以前从来没有过的感觉。他本应该求救,但是他害怕他们会说:"去死吧,你这个变态!"最后,他走了出去,向车子走去,身后,他听到有人在喊他:"先生!先生!嘿,先生,我叫您呢!"好吧,如我所料,现在他们会群起而攻之。他转过身,看到那个服务员跑得气喘吁吁,而且很愤怒。

"先生。"

"请讲。"

"您刚才喝东西没付钱,我已经追了你很久了……"

"噢,天哪!对不起……给你钱。别找了,实在对不起……"

不,这个世界已经不属于他了,周围的一切都能引起他的恐惧,那种恐惧非常强烈,已经淹没了所有一切,包括怀念。

莱奥心怀恐惧,他感到保持警惕是对的。尽管他选择了闭目塞听,但那几天整个国家的报纸,都公然表现出对这个猥亵故事的偏爱,很详尽地报道了事情的始末,赋予这件事情夸张的寓意。假如那些知名作家和记者能够按捺住自己的冲动,没有撰写那些尖锐的文章,来报道这让人意想不到的落马,或者这个骗子被拆穿的故事,那事情应该不会闹得那么大。哎,那个八月,意大利沿海城市的海滩变成了一个广场,在广场上,一群发疯的哲学家,都在拼命地对人们讲述着什么叫贪婪、背叛、淫荡和违法乱纪。

为了说明这些东西,他们会引用一个医生的例子,他的职业是治疗那些得了癌症的小孩子,他最喜欢乘人之危,在闲暇时光,他会去勾引十二岁的小姑娘。(发生了性关系了吗?那些心怀嫉妒的变态狂,他们在早上盯着报纸,心里嘀咕着。)

很明显,他们会提到糟糕的医疗机构、被毁掉的童年、官场勾结、学术腐败,暗示普通人,他们要比这个国家所有的莱奥·蓬泰科尔维都要诚实、体面——那些有权、有钱、有女人的人,他们从生活中得到他们想要的东西,现在他们罪有应得、罪该万死,他们应该在声名狼藉中死去。

有一件事情,大家的观点非常一致:像这样一个男人,他不应该逍遥法外,这样一个男人应该被抓起来。

这就是正在发生的事情。他和世界已经断绝了联系,他已经很慎重地选择了不看电视,不买报纸,不接那响个不停的私人电话,所以他不知道正在发生什么事情。这就是莱奥想问埃雷拉的问题,他想知道埃雷拉的看法。

事实上,这件事情埃雷拉非常了解,比莱奥还要清楚。正是因为这个缘故,他在工作室接待老朋友时,说了这样一句充满暗示的、邪恶的话,而且埃雷拉对他用了这样一个称呼——

"宝贝",很多年前,这个称呼在他们的圈子里,是男人之间的一种戏谑的称呼。(那些经历过迫害的犹太人,那些安然无恙、幸存下来的资产阶级犹太人,他们在佩斯卡伊阿·卡斯蒂廖内村子里,在阴凉的松林下玩牌,他们躲避迫害,在外面形成的一个小圈子,度过那个漫长的夏季。)这种亲切的但是非常怪异的称呼,是莱奥的父亲和埃雷拉的父亲之间的称呼。

那句话,似乎是埃雷拉经过深思熟虑之后才说出来的。这表明他们之间再也不会出现这样的对话——每天早上九点,莱奥会准时出现在他儿时玩伴的事务所里,在接下来几个星期里,在整个对话过程中,埃雷拉不会再用这种语气。

现在,这个快要窒息的男人获得了一点儿氧气,觉得自在一点儿了(这个高大健壮,和埃雷拉共同宗教的人,之前本来和他一样幸运,但是这时候,命运忽然对他转过身去……)。现在,埃雷拉要像对待客户那样对待他,把他从麻烦中拉出来,但在做这件事情之前,有一些基本条件要说清楚:

"你应该预付七千万里拉,要现金,免税。后天五点钟,我的秘书会在西塞罗宾馆大堂等你。假如你要我帮你,你还要答应,让我成为你的法学博士、你的忏悔神父、你的心理医生,尤其是你的国王。无论我问你什么,你都要回答我,我说什么,你都要去做。首先,你要把你的通讯地址改成我的事务所地址,这就意味着,所有关于调查的文件都会发到我这里。第二,我禁止你看电视、读报纸,禁止你用那些垃圾污染你的生活。第三,我禁止你和别人聊这件事情(你知道周围有很多爱说闲话的烂人),和别人聊天,你要事先告诉我。第四……"

到现在,一切都很容易。莱奥已经几个星期没有看电视、没有读报纸了,还有,你想想,假如没人理他,他能和谁说话呢?开始,莱奥焦虑得快晕厥过去了,但是他马上就感觉到一阵狂喜:有人像对待小孩子那样对待他,这不正是他最需要的吗？他需要有人像对待小孩子那样对待他。他需要一个人,给他提出一系列严厉禁止的事情。

"你听我说,你能不能给我解释一件事情？"

"说吧,但别养成习惯。通常在开口之前,我要先看到钱,我的口才比保时捷还要昂贵。"

"有太多我不明白的事,就是关于那些信件的消息。在电视上,他们用那种方式播报出来,让人浮想联翩……总之,我等待收到法院的传票、通知,或者出席的通告。但是,为什么到现在什么事情也没发生？有时候,我真希望发生一些什么事情。就是这种什么事情也不发生,真要命。"

"我不知道应该怎么跟你解释,我得看到文件,看到那些起诉的文件。但是我可以推测,除了那些道德上的谴责,还没有实质性内容。的确,和一个小姑娘通信,这并不是一件非常体面的事情。但对于一个像你这样,已经背负了很多起诉的人来说,这是一件火上浇油的事情。从根本上说,那不是犯罪,一点儿也算不上。性骚扰、强暴,这些才是犯罪。你要相信,假如他们有证据,证明你做了那样的事情,他们已经来抓你了！现在风头那么紧,但看起来他们手头上什么也没有。至于其他控诉……好吧,很明显,假如他们担心你毁掉证据,或者逃亡国外,他们已经把你抓起来了。这一点上,他们非常放心,莱奥·蓬泰科尔维不是那种会溜走的人,我认识的莱奥·蓬泰科尔维也不是那种人。我认识的莱奥·蓬泰科尔维是一个充满公民意识,充满责任感的人,一个资产阶级表率,他不是一个低级的逃犯。"

在莱奥看来,最后几句评论充满了讽刺意味,他从埃雷拉的声音里,听出了一种昭然的谴责,这是埃雷拉正在打翻身仗吗?

莱奥选择了视而不见,听而不闻,因为他现在有别的事情需要考虑。总之,他挺高兴的,他觉得自己受到了保护,在可靠的人手里,这不是最关键的吗?埃雷拉天生的虚无主义倾向,在莱奥现在看来非常粗暴,但是如果引导得当,那可能对诉讼案非常有利。

忽然间,莱奥对这个朋友产生了很深的感情依赖。

"你知道吗?你看起来很棒!"他对埃雷拉说,这是谎言,也是实话。

"真的吗?好吧。总的来说,我没有像我母亲预测的那样一事无成。"

"我知道的,我在报纸上也看到了。"

"天哪!我母亲……她已经离开我一年了!"

莱奥也知道他母亲去世的事情,他在报纸上看到了讣告,但是他当时连一个电报也没有发,没有对他母亲的去世表示哀悼,所以他假装非常惊异和沉痛。

"没办法的事。"埃雷拉接着说,好像在自言自语,"我母亲已经非常老了,她有各种病,最后一段时间,她得了比较严重的老年痴呆症。我给她找了有一百个看护,一个比一个好,但都被她赶走了。她已经老糊涂了,脑袋里全是糨糊,她惟一清楚的事情就是:她不想在那些小姑娘的陪伴下死去,她想在我——她独生儿子的陪伴下死去。到最后我也觉得,那可能是最好的选择。我白天工作,晚上陪在她身边。你是医生,你知道这事情有多折腾人。你想知道,她死的那天晚上,我把她抱到床上时,她说了些什么吗?"

"她说了什么?"

"她说,'我的宝贝,我很爱你。'这就是我母亲一辈子说过最温情的话,他妈的!她的脑子已经糊涂了,在我的耳边说了这样的话。"

这时候,莱奥有一种亲近的感觉,一种铁哥们在身边的感觉,这就是我的朋友,我的朋友在这里,他又回到了我身边。

假如莱奥的前半生是在母亲的守护下度过的,后半生就是在妻子关注和爱慕的目光下度过,现在轮到了埃雷拉来照顾他了,因为他生命中的那两个女人,因为各自不同的原因,都指望不上了。现在,轮到这个勇猛的律师,这个邪恶,但很果断的小矮人,陪他度过这一段危险的旅程。这其中有一种很迷人、诗意的东西。现在,这个高大的男人要远离灾难,所以变得有些多愁善感:在埃雷拉身边,他要开始他作为成熟犹太人的生活,和埃雷拉一起,他的生活会有一个新的开始,或者一个悲剧收场。

他迈出了他的良师益友、律师的事务所门槛,还在那针强心剂的作用下——他感慨万千,很多往事涌上心头,他感觉到一丝希望的微光。他来到街上,还是怀着希望,街道上热浪袭人,八月的空气潮湿污浊,他还没有意识到刚才发生的事情的分量。

他跟跟跄跄地跑向汽车,车子停在威尼托大街旁边的胡同里。他告诉自己:平静下来,小伙子,这没什么,相反,情况比你想象得要好得多。所以你要打起精神,放松!想清楚下一步应该怎么做。

他决定遵照埃雷拉的要求。他有一种军人般的天真幻想:假如他听从命令,所有事情会慢慢得到解决。这时候,有一件事情忽然冒了出来,和其他的事情一样折磨人心,差点儿让他晕厥。

钱,他从哪里去弄那么多钱,那是一笔非常庞大的数目:当然,他口袋里应该有这些钱,但是他很难一下筹到。作为一个对金钱没有概念的人,莱奥不知道自己究竟有多少钱,他不用考虑这些事情,瑞秋在负责账务和他们的银行账户。他知道自己赚钱比较多,他完全相信瑞秋的理财能力,他的信任到了盲目的地步。她从来都没有跟他唠叨家庭财务的问题,她从来都没有把电话或者电费账单,放在他眼皮底下,也没有让他费心管理金融问题,这让他非常感激。

他喜欢这样生活:就像那些可以无限花钱的君王,因为拥有特权,从来都不用考虑那些普通人要考虑的问题(是的,金钱比爱情还重要)。他知道,这些年瑞秋投资了一些不动产,但这是他惟一知道的事情,他就像一个被宠坏的孩子,手头上有一些信用卡和支票本。通过这两样无与伦比的工具,他可以随便花钱,买自己需要的东西,保证自己的生活水准和身份。他对冲动消费没有免疫力,他从来都没有意识到自己可能会超支。

现在,他意识到:他不知道瑞秋买的那些房产,是不是买在他名下的。他记得,这些年他曾经去过几次公证人埃米利奥那里,那也是他小时候的一个玩伴,他签了一些文件。埃米利奥读那些文件时,就像是会堂里那些佶屈聱牙的短颂。他记得那些用打字机打出来的字,他尤其记得,他当时一下就犯困了。

很明显,莱奥对那些官方、正式的手续怀有恐惧,表现为一种奇怪的慵懒和不耐烦,结果他现在不知道自己当时签了什么东西,是把自己所有一切都给了妻子和两个儿子吗?(在几个星期前,这还是一件多么合情合理的事情。)或者是买一些新房产?谁知道呢?他能问谁呢?他可以给那个非常虔诚、有些可笑的埃米利奥打个电话,让他讲讲自己有什么财产?那多丢脸啊?这太离谱了,他是需要帮助,但他不需要通过埃米利奥那甜蜜的声音。但是,他怎么能弄到那些钱,怎么越过瑞秋,得到那七千万里拉现金?没办法,如果不通过瑞秋,他能向谁要那些钱呢?

忽然间,他很恼火。从根本上来说,那些钱是他赚的,是他累死累活赚的,他刻苦学习,努力工作了那么多年才得到的。那些钱属于他,假如不能在身体出了大毛病,或者是在一些法律纠纷中用这些钱,那赚那么多钱有什么用?

问题在于,在炎热七月的那个夜晚,莱奥从家人身边逃开,离开了他们,让他们生活在疑问里。他再也没有和瑞秋交谈过,她想尽一切办法回避他,他也认为这样很合适。但是,现在要面对一些比较实际的问题,那些实际的问题,之前都是委托瑞秋去办的,他现在面对这些问题时,表现出一种难以形容的无能。幸运的是,他想到了埃雷拉,但是没有钱的话,埃雷拉是不存在的。获得新机会的途径,是一大笔现金,名字叫作埃雷拉,没钱的话,再见了,名为埃雷拉的机会。莱奥向那个女人要钱,他想象那女人是所有人中最愤怒、最生气的(更严重:是最失望的),那就像指望卡米拉的父亲和莱奥建立纯粹的友谊。没有那些钱,他重新生活的希望也会成为泡影。

自从事情发生以后,他从来没有如此愤怒过,因为那一系列惊人的起诉,让他成为这个社会的贱民,但现在,好像所有积累起来的抵触情绪,这种不满情绪要爆发出来了。他彻头彻尾地痛恨瑞秋,痛恨她的不妥协,痛恨她根本就不听你的解释。她的确信就好像来自上帝,她确信自己能区分什么是好,什么是坏,她的道德感非常强烈,这使她成了一个不公正的人。假如她对别人没有任何理解和同情,那她的宗教信仰又有什么用呢?她怎么能对自己的丈夫没有一点儿怜悯呢?别人对他所做的一切,她怎么能看不到呢?她的丈夫每天都在遭受折磨,他失去了一切,包括一个活下去的理由,他成了一个小丑。他其实什么也没有干,就发生了这些事情。

瑞秋,包括他的瑞秋,也相信了卡米拉的起诉。那个该死的小婊子给他下了一个套。那个操他妈的小神经病,对她父母说法语,写那些疯狂的信,她通过迫害和虐待成人取乐。

这就是为什么需要一个像埃雷拉·德尔蒙特这样的猛士。因为只有他,通过他的勇猛和果断,通过他的雄辩和狡猾,才能有力摧毁所有这些荒谬的事情,摧毁这个谎言构建的故事。因此他幻想着,埃雷拉能抓着卡米拉的脑袋,还有她那个像维京人一样的父亲,那个欺骗了他的助理,还有其他人那些陷害他的人,用一把大剪刀,把他们都剪了。这就是这位可怜的基度山伯爵复仇的呼喊,这就是莱奥·蓬泰科尔维《旧约》般的复仇梦想。但假如他不能动用他的钱,他的这个梦想也没办法实现。

现在,他待在汽车里,这时候是下午两点钟,空调开着,车窗关着,外面非常炎热。他在车里没法动弹:他要在后视镜里看看后面有没有人,然后启动那辆漂亮的蓝色捷豹车子,挂挡出发,但这几个动作已经超出了他的能力,他感觉他做不到,他整个人都动不了了,他一会儿冷,一会儿热。他很害怕,他非常愤怒。他想拿到属于他的钱,但是他不知道钱在哪儿,怎么才能弄到那笔钱。

在一种忽然发作的悲怆情绪里,他告诉自己,从根本上来说,那些钱不是用在他身上的。不,不是给他的,是用在高于他的事情上。假如他能找到勇气面对瑞秋,他想到了要给那个坚持原则的妻子说什么了,他会叫住她,说:"这些钱不是

181

给我的,而是用于一件更高尚的事情,是为了正义和真理。我亲爱的,这些事情,你应该像爱我那样爱着……"这些抽象的概念,加上那个对妻子充满深情的称呼,让他忍不住哭了起来。

就这样,这位四十八岁的男人,坐在那辆舒适、体面、漂亮的汽车里,像一条鱼缸里的鱼一样,把世界隔离在外——在车子里,空调吹着冷风——这个漫长的一天,他终于第二次找到了勇气,也感觉到了怯懦,他开始哭泣。当他哭得无法自拔时,他忽然间看到玻璃窗外面,有一个小孩正在欣赏这个场景。他抑制住自己的哽咽,尽量镇静下来,向那个小孩打了一个招呼,很温柔地微笑了一下。但是一秒钟之后,他又非常懊悔。他明白,他现在不应该对任何人表示出这种温柔,包括对一个天真的小孩。

他不由自主,强迫症似的看看四周,看看有没有人发现他对一个小孩微笑。那些豺狼到处都是,他们埋伏着,至少他已经吸取了这个教训。尽管你清清白白,心里像明镜一样,但你现在什么事儿也不能做。可能过一会儿,那些处心积虑的人都会利用这些来毁掉你,让你承担那些你不该承担的责任。这就是莱奥·蓬泰科尔维在人类社会中学到的东西,其他人的存在就是为了毁掉你,我们生来就是为了被毁掉。

他越想那些需要的钱,他就越焦虑越愤怒:好吧,我现在回到家里,我会毫不犹豫地跟瑞秋说:"我要付钱给律师,我需要我的钱。"这时候瑞秋不会无视我,她应该给我一个答复。假如她说可以,那就好。假如她拒绝给我,我要让她知道我的厉害,那些极端思想让他无法平息。

他从卡西亚街道开进去,回家的路他已经走了三分之二的路程。莱奥意识到,假如她真的拒绝给钱,那会发生什么事情。

从另一个方面来说,假如她拒绝了,那也符合情理。瑞秋已经不再是以前那个瑞秋,她不再是以前那个女人,就像世界不再是世界一样。或者,至少他是这么认为的,瑞秋现在已经成了他生活中的幽灵,或者他已经成为瑞秋生活中的幽灵,这是一样的。好吧,瑞秋不给他钱,拒绝帮助他,这对于她来说是最好的报复方式。但这也表明在她的新生活中,他是一个微不足道的人。

假如她只是简单地说:"我一毛钱也不会给你,我不准你动用我们的钱。"或者更糟糕的事情是,她继续沉默,那他应该怎么做呢?他什么也做不了。假如他有一点儿心力来采取行动,那他已经上场很长时间了。愤怒在他身上的反应很奇怪,让他变得无动于衷。他现在躲在地下室里,他在那里已经睡了几个星期了。他躺在沙发床上,想睡一会儿,但是睡不着,他忍受着炎热的折磨。如果他不能带着钱去见他的"西塞罗",那他会失去最后一次摆脱这个麻烦的机会。

这就是瑞秋报复的方式?她就是用这种方式,不让他得到更好的保护?她就是这样的人,莱奥很了解她。她的投入是全身心的,但是你一旦让她失望了,她就会永远惩罚你,你再也不能获得她的信任。莱奥了解她的坚持原则和毫不妥协。莱奥欣赏她,也爱她的坚持原则。也许这是因为,到目前为止他还没有成为那种性格的牺牲品。

他记得,瑞秋那种接近疯狂的坚持原则的方式。那时候,菲利波才三岁,他很喜欢吃巧克力米饼,他吃完一块,还要赖,想要再吃一块。瑞秋对他说:"好吧,菲利,现在我再给你一块,但是你要答应妈妈,这是最后一块,不能再耍赖……"这时候,菲利波也点头表示同意。很明显,在一个已经确认的协议中,小孩子打破协定,这是比较正常的事情。是的,她给了菲利波一块巧克力米饼,菲利波许诺再也不哼哼唧唧。但是,菲利波一下子就吃掉了他的小点心,又开始哭哭啼啼,想再要一块。

妻子当时的反应让莱奥非常震惊,因为她不停地说:"我一点都不喜欢你这样,你刚才已经答应过了!你答应过你不要赖了。我们刚才说好的,我们有一个协定,但是现在你不遵守诺言。我再给你一块巧克力米饼,我把剩下的都给你,你把这些全都拿去吧,你可以全吃掉,吃到恶心为止,但你要知道,你是一个不守信用的人。"

"你是一个不守信用的人"?对一个想吃巧克力米饼的三岁孩子,她说出这样的话?莱奥觉得这件事情非常荒谬,他觉得自己应该介入:"宝贝,你不觉得自己有点过火了吗?"

"别这样,莱奥,你别搅和进来。我们刚才说好的,但他不守信用。"

"是的,我知道,但你不要着急。他是你儿子,而且只有三岁,他根本不知道什么叫作协定。他这么大年纪的小孩,信用没有任何意义,他做任何事情都是出于本能。他根本就不明白,他许诺过什么东西,即使他明白,他也不会认为他的许诺能阻止他的本能。假如你认为那块点心会影响他吃饭,那你就别给他了。拜托了,不要把经书里的诅咒用到他身上。"

这就是莱奥要开口要钱的对象吗?这就是应该原谅他的那个女人吗?这个女人无法理解一个不能遵守自己诺言的三岁儿童。好吧,他完蛋了。瑞秋很温柔,是世界上最关心他、最乐于给他效劳的人,一个非常忘我的人,但是假如你犯了错误,那你就完蛋了。假如你违背了她的道德原则(她的那些原则和当时他们所处的那个环境中,一般的太太遵守的清规戒律不同,是建立在更高层次的人类美德上:忠诚、遵守诺言,等等……)好吧,如果你违背了她的道德原则,那你就没救了,她不会给你任何怜悯。

他把开车进栅栏门,把车子停在了别墅里的小路上,莱奥在车里享受了一会儿空调,想着他要面对的事情,他觉得备受折磨。最后他走进家门,他听到收拾盘子的声音,他来到厨房里,在厨房里,他看到了瑞秋,她正在帮泰尔玛收拾厨房。泰尔玛看见了他,嘀咕了一句:"早上好,教授。"但瑞秋没有说话,她没有转身,也没有惊讶得跳起来。这时候莱奥尽量在声音里注入一点权威,还有一丝高高在上的冷淡,他说:"我需要七千万里拉现金,明天就要,那是给律师的钱……"但是,她没有任何反应。"你听到我说的话了吗?"当然,她听到了。正是因为她听到了,所以她才没有回答。

就这样,他度过了一个非常糟糕的夜晚,他躺在地下室门口睡了一晚上。地下室的门对着一个台阶,台阶的尽头就是他们夫妇的房间,旁边是两个孩子的房间。整个晚上他都在胡思乱想:自杀、凶杀、逃走,还有其他事情。那天晚上,他一直在想,这栋房子从根本上来说是属于他的,他要找到一种最好的方式,把属于自己的空间要回来。但实际上,他根本就没有勇气拉开门把手,打开那扇门,走到他的房子里最高贵的部分。经过这样一夜,中午十二点的时候,他在小沙发上醒来,身上还穿着衣服。他看到身边放着一个小行李箱,里面全是钱,他好好数了数,发现差不多就是他需要的那个数目。

事情还有挽回的余地。

渐渐地,蓬泰科尔维家里那些管理得当的积蓄,开始慢慢减少、挥发,因为现在莱奥没有收入,却要承担昂贵的律师费用。每隔七天,莱奥都会在厨房桌子上留下一张纸条,上面写着自己所需的钱数,第二天在那张桌子上,他会准时看到一个装着钱的包。

那些该付的酬金,还有作为他的律师—良师益友—父母的埃雷拉的其他告诫,莱奥一直都严格遵守,但是禁止读报纸这件事,他却做得不好。这件事情非常奇怪,因为在那之前,莱奥一直都没看报纸,不看报纸对他来说是一件很自然的事情。他意识到,报纸上的一切都扭曲变形了,他惟一的希望就是保持头脑健康,但是,一旦那种自我保护的本能被权力机关规定和体制化——被埃雷拉公然制止之后,莱奥像一个新时代的亚当,没能抵挡住那个毒苹果的邪恶诱惑,他开始读那些报纸。

经过一个不眠之夜,每天早上,凌晨的第一道曙光出现之后,他就从巢穴里溜出来。他经过车库,这样他就不用出现在家人居住的那个王国——一个禁止他入内的王国。他来到报刊亭(一个比较远的报刊亭,不是他以前常去的那家,这家报刊亭在小区外,向东几公里的地方),买到各种各样的报纸,回到家,他带着一种混杂着痛苦的激情,翻阅那些藏污纳垢的印刷品。尽管,报纸里涉及他的篇章越来越少,他的事情已不再是各大报纸的头版头条——从全国性的报纸到那些地方报纸,但是,每份报纸还是有一篇关于他的小文章。

莱奥已经养成了习惯,他会把那些文章仔仔细细地看一遍,一个字也不漏掉。他非常专注、仔细,就像以前看病人的化验表和病历一样,或者就像那些学术文章的注释,现在,他用笔把报纸上说得不准确的地方,全画了出来:有的记者把他描述成一位四十五岁的肿瘤学家,有的说他是一名著名的心脏病学家,有的说他是米兰一位鲁莽的肿瘤学家。在不同的文章中,卡米拉的年龄也各不相同,从一份报纸到另一份报纸,那个小混蛋的年龄从九岁迅速变成十四岁。

那些报纸包含着很多错误,刚开始的时候,莱奥为记者们的不公正和诋毁而感到愤慨,但后来他习惯了,这几乎成了他的一种秘密消遣。他把那些错误的地方划出来,剪下来,把那些剪报放在一个盒子里,心满意足地带给埃雷拉看,就好像他坚持剪切和整理那些恶意失实报道,对律师的工作会有所帮助,换句话说,他在做建设性的工作。

每一次,埃雷拉都会斥责他。为什么要把时间浪费在那些变态狂写出来的文章上呢?为什么不听从他的指示呢?他现在走的路子,是要进疯人院的节奏,肯定不是赢得官司的路子,过不了多久,他们就要一起面对那场诉讼。

"你休息一下吧,读读书,锻炼锻炼身体,想想别的事情……你妻子不想再见到你了吗?你可以找个二十多岁的姑娘,睡一睡。你如果愿意,我帮你找一个。但是,你一定要散散心,天哪!我希望你精神饱满、头脑清晰、做好准备面对这场战斗。我希望你无比强悍,无论是身体还是心理,都能发挥最大的潜力。你听懂我在说什么了吗?"

"我当然明白。但是你有没有意识到?那个混蛋说,我因为私人关系,照顾了一个牛奶公司,没有选另外一家,因为拉关系、走后门。还有这个记者说,我有很多恶习,说我是萝莉控。"

"莱奥,那些严肃的人不会控诉你什么,只有那些卑鄙下流的新闻记者会这样做。感谢上帝,这个案件不是新闻记者审理的。"

"你知不知道,有多少人读了这篇文章?你知不知道,有多少认识我的和不认识我的人,他们现在都相信:我就是那个恶魔,我做了这些龌龊的事情?"

"我认为,你把看报纸的普通读者想得过于理想化,他们中大部分人,连标题都读不到,有一小部分人会看这篇文章,他们可能一下子就会跳到第四行,极少数英雄会读到底。好吧,那些读完全文的人,看到后面的文章时,就会忘记前面看过的内容。遗忘——这就是你应该做的事情,忘记这件事情。你现在没有意识到这一点,因为这和你的生活相关,因为这件事触犯了你,这很正常。你没有我那么客观,但是实际上,你的那件事情正在过去,你正在过时。我可以向你保证,这件事情只能成为一个笑话。尽管我不应该告诉你,但是我满怀希望。我越研究这个案子,越深入到这件事情的内部,我就越明白,这里面有一系列惊人的误解、牵强附会和演绎。最终,我们做得到的,我向你保证。你要想想,这件事情结束以后你将来的生活。你要想想你自己、你的健康、你的家人,以及怎样步入正轨。你真的一点儿也不想睡一个二十多岁的姑娘?你至少要找到一个途径,和瑞秋还有孩子们谈谈,你要和他们建立起联系,重新获得他们的信任。假如你愿意,我可以帮助你。我去和瑞秋说,我会证明你的清白和你的诚实,我有不容反驳的证据。我会把事实摆在桌面上:这个小姑娘的事情,根本牵扯不到犯罪,我要证明,那个小姑娘给你挖了个陷阱,要挟了你,把你引向了绝望的边缘……"

"我恳求你,埃雷拉,做你自己的事情吧,但是不要告诉瑞秋任何事情,也别管孩子们。"

"为什么呢?你认为,他们要是知道自己的父亲,或者丈夫并不是别人描述的那个魔鬼,他们会不乐意吗?"

"不,不,求求你。别这样。你答应我,你不会去找他们。"

"好吧,好吧,我答应你,你不要激动。我什么都不说,但是,你不能继续这样躲着他们,你不能在他们面前觉得羞愧。莱奥,你没有什么可羞愧的,绝对没有。我告诉你,我的职业,就是替那些犯了事的鲨鱼辩护,他们做了一百万件让他们羞愧的事情,但是不知道为什么,他们不知道什么叫作脸红。"

埃雷拉在布道,就像人们通常说的那样——在沙漠中布道,问题在于,莱奥就是那片沙漠。最滑稽的事情是,推动莱奥来找埃雷拉的原因之一,就是他确信埃雷拉是最了解他的人,埃雷拉最能体会到那种无法消除的耻辱感。很明显,莱奥算计错了。不仅仅对莱奥来说,事情和当年不一样了。对埃雷拉来说也一样,他不再是那个被人蔑视的小矮人。现在他是一名成功人士,通过他的刚阳气质、他的邪恶狡猾,还有他的能言善辩,他已经让整个世界忘记了他的身高还有外貌。或者说,一位这么有名望的律师,以他的同情心,怎么能想象莱奥最近一段时间的生活呢?想象那个他正要坠入的深渊?他人生的最后一段体验(惟一他能体验的),都奉献给了羞愧。

埃雷拉怎么能理解那种感觉呢,就是你意识到:你在一个正要向你开枪的男人面前下跪,那时候,你的两个儿子在泰然自若地看着你。想象一下,因为你的缘故,你的孩子遭受的一切。尽管如此,莱奥还是没办法向一个理性的男人解释:当你深陷于羞愧之中时,你惟一想要的是更多的羞愧,你把自己埋葬在羞愧之中,就像那些刚刚挨了枪子儿的人,他们用手摁着伤口,想知道疼痛有多厉害。这就是那些文件的作用,那些仔细存档的剪报:就是让他更加切肤地感觉到羞愧,让他不要忘记,一刻钟也不能忽略羞愧。

埃雷拉说得有道理，可能也是事实。莱奥正在发疯？在他们的环境中，在那种紧要关口，还有谁比他更有发疯的理由？

莱奥想到了那张照片，就是我之前提到过的那张，这让他的精神几乎陷入崩溃状态。

忽然间，在几份报纸上都出现了那张照片，在那些报道莱奥·蓬泰科尔维事件的文章旁边，配了这张照片。莱奥异常兴奋地想：他们终于找到了他们寻找的东西，他们胜券在握，不需要捏造其他证据，也不需要其他的栽赃，那张照片里已经有了所有他们想表达的东西。那张照片都可以用来做广告牌，加深人们对这件事情的认识，宣传的最终目的非常明确，就是把莱奥·蓬泰科尔维这个病毒，从社会机构中清除出去。

莱奥不知道他们是从哪儿弄来的那张照片。他已经听到了，那种天真的好人（这世界全是这种人）会告诉他：这照片没什么，不是裸照，也没有让他穿上女人的衣服，也没有做出暧昧的姿势，手里也没有拿着一把手枪，更没有醉醺醺的，他们没有捉住他面对卡米拉时的暧昧姿态，也不是强加到他身上的其他罪状的证据，这些都不是。为什么你会那么激动呢？那些天真的好人肯定要这样问他。从根本上说，这张照片只是展示了一个骑马的男人，就像其他成千上万，学习马术的老派先生一样。正是这样！这就是原因所在，这就是秘密，这就是致命一击。这是一张精心选择、充满暗示，具有双重含义和背景的照片。莱奥内心反驳道，他反驳那位臆想中的天真的好人，他异常激动。

他现在已经从内部（一种崇高的、阴险的焚化炉）知道了这种媒体的运作方式，他能感受到这张照片的象征力量，那种力量——这次埃雷拉也不能弱化,以他敏锐的洞察力,他一定能明白这张照片的内涵。

"这玩意能说明什么问题呢?你不是已经答应我了吗……"

"是的,我知道。我向你发誓,我已经那样做了……不是的,是我已经尝试着那么做了。但这有点儿难,无视这些东西可能也不是一个聪明的做法,我有权进行控制、采取措施。你没时间看这些东西,你的助理也不会去看。我知道,我知道你们每天都在为我工作,这些东西,你的助理无法理解,所以最好由你和我来面对,因为这需要我们的智慧、受到的教育和成熟的思想……"

"别激动,莱奥,别激动。什么事情都没发生。照你说的,现在我会看一眼那些报纸,只要你安静一下……"

"为什么你要让我安静?我不想安静,我不能安静。他们不停公布这些丑化我的东西,我怎么能保持安静呢?"

"什么丑化你的东西?"

这时候,莱奥把那张照片放在了他眼前,埃雷拉很镇静地把照片拿过来,说:

"这张照片我看到了,这只是一张照片而已。这张照片也许不能完全展示你的风貌,也许,你并不是这个世界上最上相的男人。但是,天哪!这只是一张照片。一个骑马的男人,穿着一身混蛋的衣服,我已经看到过几百万张这样的照片。你只要打开那些杂志:《马》《障碍跳》,更别说《盛装舞步》了,在这些杂志里,你能看到几千张这样的照片。"

这一次,他不恭的语气并没有让莱奥觉得有趣,埃雷拉流露出来的讽刺,既没让他觉得自在,也没让他感到客气,只能让他很气愤,让他垂头丧气。现在,莱奥一点儿也不想开玩笑,他想被认真对待,他期望一个严肃的回答。他正在倾家破产,冒着让他家人露宿街头的风险,请了这位律师,他想得到一个严肃的答案,也就是一个认真的答案。

"好吧,对不起,不说玩笑话了。我的朋友,我发誓,我没办法理解你说的事情,我无法理解,他们之前公布了那么多照片,为什么这张照片要比其他照片更危险,或者更让人丢脸。"

有没有可能他真的没有明白?一个那么敏锐的男人,一个那么敏感、有洞察力的男人居然没有明白。有可能,要了解有些事情需要身处其中,必须深陷其中才行。生活中的一切都有含义,整个悲剧也是有含义的。有没有可能,正是你——埃雷拉,没有了解到这一点?

莱奥真的难以置信。关于这件正在发生的事情,还有它的含义,他不知道怎么样才能说服他的律师,让他认为:那张附在文章旁边的照片,是恶意毁坏他的名声的一种做法。因此,他尽量平静下来,或者他尽量扮演一个正在平静的人。

"你确信,没办法让他们撤回这张照片?把它销毁。我不知道,能不能控告他们败坏我的名誉?"

"你看看?我不知道你在胡说些什么。发生了什么事情?你已经失控了,我再重复一遍,这只是一张普通照片而已,你只要不看它就好了。你只要不买报纸,不打开电视,这是对抗强迫症的惟一方法。"

"你居然说我有强迫症?这和强迫症有什么关系?可能我是有强迫症,这是因为我意识到正在发生的事情,并且在仔细记录吗?发生在我身上的事情,你认为是因为我有强迫症吗?你了解我现在过的日子吗?你知不知道我现在有多孤单?在一夜之间,我就变成了一只蛆虫,一个被社会抛弃的人,大家都不想和我有任何瓜葛。你记得要在瑞士巴塞利亚召开的研讨会吗?他们邀请我参加那场研讨会。现在情况是这样的:昨天晚上,一个女的,一个声音非常正经的婆娘给我电话留言了,你知道她说了什么吗?"

"我怎么知道!他们把中场喝咖啡的时间做了调整?"

"在马上要开研讨会之前,他们不得不临时取消这次会议。他们也很惶恐,他们不知道怎么会发生这样的事情,因为一系列的情况变动,让人很遗憾……全是瑞士风格的胡扯……"

"然后呢?"

"然后什么?"

"事情的核心是什么?"

"埃雷拉,核心在于,他们把我踢出局了,核心在于,已经有一段时间了,所有人都想把我踢出局,包括那些瑞士人。他们为什么现在才决定让我出局,你知道吗?"

"为什么?"

"事情非常明显,天哪!因为他们看到了那张照片。你想想看,埃雷拉。我想了想这件事情,从昨天开始,我就一直在想这件事情,所有一切都可以解释得非常清楚。瑞士巴塞利亚也有那份操蛋的报纸,不是吗?当然有,我已经打听过了。很明显,某个专横的官员看到这份报纸,他把报纸展示给组织委员会,最后委员会就做出了这个决定,是这张照片说服了他们。我都能想象,所有人都围在那里,看这张照片,说三道四……我都能看到。"

"你不觉得,他们把你从研讨会中排挤出去,是因为最近几个月发生的事情吗?你当时跟我说,他们还没有取消这次研讨会,你觉得很惊讶。因为他们当时没找到借口,取消对你的邀请,好吧,现在呢,他们终于决定这么做了。"

"我是这么说过,但为什么偏偏是现在呢?"

"因为他们收假了,因为研讨会马上就要开始了,或者因为他们这时候才忽然想起你来。我怎么知道呢?尤其是,这有什么重要的呢?你真的相信,是某个组织者忽然看到这张照片,然后做出的决定,决定撤销对你的邀请,这就是你要表达的吗?这就是你对这件事情的重建?"

"你说的对。"

"好吧,我亲爱的朋友,我感觉你已经有些失控了……我已经告诉过你,不要读这些狗屁一样的东西,这些东西会毁掉你的脑子,你并不是第一个沦落到这种地步的人,我也见过其他人这样。你的脑子已经被干扰了,我再说一遍:你不是第一个这样表现的人,我就知道会发生这样的事情。好吧,你最好让一个脚踏实地的人帮助你。尽管你难以相信,但是,这张照片,和你看到的其他照片没有什么差别。是的,的确是这样的,那是一张你运动时候的照片。也许,你从事的运动已经不那么流行了,相反,可以说这项运动有点儿造作,也许是这一点,会让有的人很生气——让那些生活在郊外的人,或者某些民粹主义者很恼怒。可能,某个门房会对卖肉的小伙子说:'你看这个该死的恋童癖、这个放高利贷的、贪污受贿、狗屁不如的犹太人,还有他的千万家产。我可以打赌,他骑马时会穿得像去打猎,像去捕狐狸一样。'是的,我不否认可能会出现这种情况。但是,我们现在来看,发生在你身上的那些事情,这张照片是要把你毁掉的巨大阴谋中的一部分,好吧,这也说得过去。"

埃雷拉,聪明的埃雷拉,他真不明白吗?莱奥认为,这件事情太明显了,也许埃雷拉也一样能明白,也许他明白了,他只是想让莱奥觉得自己是个疯子。是的,肯定是这样:他不是我的朋友,他不是我的盟友,以前是他和我断绝了关系,是他在某个特定的时刻,决定不再见我。我的身高、外貌、气质和潇洒让他受不了,是这些东西得罪了他,凌辱了他。当我们还是小孩的时候,他就已经那么痛恨我了,我怎么能相信他呢?我怎么能把我余下的生命交到他的手上呢?假如当时我感受到的是友谊,对于他却是难堪。我认为是情谊,对于他却是嫉妒。他通过欺骗的手段,让我落入了他的陷阱,他正在让我倾家荡产。现在,他坐在第一排,津津有味地欣赏着我被毁灭,他迫不及待地想看着我变成现在这个模样,然后享受着自己的胜利。

这一切都是为什么呢?是因为我喝得醉醺醺,当着他的女朋友瓦莱里娅的面,说了一句让人不高兴的风趣话吗?哦,她是叫这个名字吧。假如他当时跟我说明了他的感受,假如他说出内心的想法,那就不会出现这样的情况。但是,他什么也没有说,他总是那么高傲,他从来都不愿意暴露自己,只有在最后的时刻,事情已经变得让人无法忍受,那时候他才把我踢出他的生活,没有一点预兆,那种图谋已久的果断和粗暴,简直让我目瞪口呆。从那时候起,他就伺机报复吗?永远都不要低估那些小矮人的怒火,为什么我要感到不可思议呢?他一直都是这样:甜甜蜜蜜、暧暧昧昧。现在,到了清算的时候了,这位让人厌恶的律师,他的冷酷无情到了无以复加的地步,他假装帮助我,站在我的一边,但实际上是要把我往坑里推。

这时候,莱奥忽然想起了一件事情,他豁然明朗了。

"你记不记得,那时候,你问了佩鲁贾犹太法学博士一个问题,是关于犹太教的圣像问题?你记不记得他的回答?"

这句话从他嘴里说了出来,他也不知道自己为什么要说这些。

"这和犹太圣像有什么关系?"

"别这样,别用那种眼神看我,好像我是一个疯子,我现在很清醒。你记不记得那件事情?你当然记得,但是你不想提起,你不想满足我的愿望。说实在的,每次你和犹太法学博士辩论时,我都是用非常崇拜的眼神看着你,也许我没有表现出来,但是我当时很入迷。你能言善辩,你对真理的热爱,你对那些不合时宜的迷信的反抗……"

"好吧,好吧。我对你表示感谢。我表示同意,上犹太法学博士的课时,开那个笨蛋的玩笑,真是一件有意思的事情,我想摧毁他那坚韧不拔的信念。但是我没办法明白——这件事情和那张照片,还有现在发生的事情有什么干系……我不记得我问的问题,我也不记得法学博士的回答。"

但是,这时候莱奥已经不想解释什么了,也不想提醒埃雷拉,他幼年时,对佩鲁贾犹太法学博士说了什么,尤其是法学博士是怎么回答的。那时候,佩鲁贾那位有点结巴的年轻法学博士和一个十三岁小人精之间的对话,现在在莱奥看来,是非常深刻的——简直就是一个预言!说出来,都让他觉得有些泄露天机。

莱奥现在有些恍惚,但他清清楚楚地记得当时的情景:佩鲁贾法学博士那些漫长、乏味的课程,那是他,还有其他几个小男孩,在星期天早上要上的课,他们在会堂的地下室里上课。他记得清清楚楚:在沉闷的宗教教义课之前,他们会一起踢球,埃雷拉那时已经表现出了他的争强好胜。在足球比赛里,他们呼吸的是新现实主义电影中的尘埃。那些交锋!在那些交锋里,下层犹太人的小孩,利用他们获得的惟一机会,痛扁那些富裕犹太人的孩子。但是,上完课之后的舞会,大部分时候都是在蓬泰科尔维家举行,埃雷拉一般都不会出席那些愉悦的舞会,因为羞怯,或者因为骄傲,或者因为不想破坏舞会的气氛。

现在,埃雷拉不记得那天早上的事情,这怎么可能呢?那是三十五年之前,他们成年礼之前的几个星期,正是他——埃雷拉,问了佩鲁贾法学博士一个问题:为什么上帝要禁止犹太人供奉他的画像。上帝——那个留着胡子、性格反复无常的神祇,埃雷拉好像要和他清算一下,他为什么禁止他的人民给他画像?基督教教徒一直都在画他们的耶稣,那么辉煌、那么感人,为什么我们连一个神像也没有,为什么?为什么?

这是一个典型的问题,是埃雷拉小时候最爱问的那类问题,这也是那些年,让他好奇的问题。他吹毛求疵、卖弄聪明,是想弥补自己身体上的缺陷;同时,他想破坏围绕在他周围的一切,他在那些男孩子(尤其是女孩子)的内心,激起一种无法理解和不信任的感觉,这和他的身体在所有人心中激起的感觉类似。

为什么那个可怕的小矮人会对这些事情感兴趣?上帝不愿意被描绘,了解其中的原因,这有什么重要的?过一会儿,他们就可以在蓬泰科尔维家里聚会、跳舞,听从美国寄过来的新碟片,讨论这个有什么意义呢?为什么一个十三岁的小男孩,会喜欢这些浮夸的问题,超过对当时的流行歌手——格伦·米勒、科尔·波特和平克劳斯贝的兴趣?星期天早上,这些小孩被从被窝里拽出来,来上这门专门给犹太小孩开设的课程,这是学校功课之外,无论从哪个方面来看,都显得无关要紧的课程——这位犹太法学博士所说的关于上帝的事情,

197

他们压根不感兴趣。为什么单单埃雷拉那么有兴趣呢？因为那个丑陋、羞怯的孩子，不仅仅要在球场上表现得骁勇善战，而且在佩鲁贾法学博士面前，也要提出挑衅，唇枪舌剑一番吗？

让人好奇的是，埃雷拉卖弄学问和口才的那些话，其他小孩根本就听不懂，但是犹太法学博士对他的问题却充满兴趣。实际上，他说："你的头脑，可以让你成为一名犹太法学博士！"然后，他听到了这位早熟的十三岁少年的回答："但是，拉夫，您呢，恐怕您对于摩西的律法给予了太多希望，所以无法成为律师。"

给予了太多希望？啊，一个十三岁的孩子是不会这样说话的，埃雷拉平时也不这么说话，这太像小说里的对话了。

好吧，那次埃雷拉表现出来的强词夺理的天分，在日后，使他服务于他的客户，让他的银行账户存款日益增长。他已经不在意和犹太法学博士的辩论：关于永恒天父的要求是否合乎逻辑，还有图像的问题。为什么上帝不愿意让人们为他画像？埃雷拉不明白。谁知道为什么，莱奥——一个上课时昏昏欲睡的懒学生，这类学生会不停地看表，希望酷刑能够尽快结束，他发现自己不但记住了犹太法学博士的第一个回答，那是一个非常调侃的回答："也许，这位可怜的老头儿，并不是一个虚荣的人。"他也记住了第二个回答，一个更加严肃的回答："也许上帝想告诉我们，真理是图像所不能表达的东西。"

现在，莱奥想起了第二个回答，他觉得不寒而栗，他还有一种异常欣喜的感觉，就好像那句话说明了事情的真相，说明了所有一切的理由。他很高兴，那时候犹太法学博士很认真地对待了他最好的学生，现在，这是这位学生已经成了一名著名的律师，又可以用同样的句子来应对。是的，亲爱的法学博士,你告诉这个不可一世的人,这是怎么回事儿,告诉他我现在的情况,用一句话就可以解释:真理是图像所不能表达的东西。

就这样,三十五年之后,莱奥决定重复那句因埃雷拉而起的话:"你记得吗?埃雷拉?真理是图像所不能表达的东西。你记得吗,埃雷拉?求求你,告诉我你记得。"

"莱奥,不要激动。我不知道你在说什么,我怀疑你在说胡话。"

"是呀,继续说吧,真是一个精彩的回答!现在我才明白了!面对这些照片,我才明白,我明白照片是怎样说谎的。这是照片的问题,你明白吗?这些混蛋就是用照片来毁掉你的生活,包括那天晚上,电视上播放的那则消息,在播音员后面有一张我的照片。当我听见他在说我的名字时,我有些难以置信,我转过身,目光转向电视,我看见自己在那里,在那个播音员的旁边。那个人是我,又不像我,那是我的照片,但不能说明我的任何特征。照片就是问题所在,是这些照片让一切都化为乌有。因为一些照片的缘故,你的妻子再也不理你,你的孩子再也不想看见你,你像一个疯子一样钻到地下室,像小偷一样。因为那些照片的缘故,就像这张照片,让我羞愧万分。告诉我!你理解我的感受。告诉我!你也看到了他们是怎么对付我的,看到了他们正在做的事情。"

"是的,我看到了,莱奥,我看得很清楚。现在你要平静下来,你坐在这里,安静一会儿。你看着吧,我们要让这些人付出代价,所有的一切都要得到清算。"

"不!你看,你没有明白。我只要你告诉我,这张照片,也让你感受到了同样的恐惧,就像我感受到的那样:欺骗、捏造和愚弄,这就是他们的武器。"

尽管莱奥的语气非常激动,尽管他对现实的认知已经受到了损害,但是不能否认,那张照片的确非常夸张,可以说是非常虚假。还有什么照片比这张更具有欺骗性,出于好玩,瑞秋把它放在进门的小桌子上。(是谁把这张照片取下来,交给了那些豺狼的?)这张照片本应该远离那些不怀好意的目光,放在那里就是为了提醒他,不要再做照片中所做的事情。在那张照片里,他穿着一身非常得体的骑马服,骑在一匹栗色马的马背上,那匹马的马鬃和尾巴是黑色的,他手里紧紧地攥着缰绳。

在他近半个世纪的生活中,照了成千上万张照片,这张照片最不能代表这位品位高雅、充满自嘲、掌握了生存准则的男人。他们漫不经心地采用了这张照片:这位骑士真的很无辜,这张该死的照片告诉人们的东西,不是真的,事情根本就不是那样。但是,谁又会给那些报纸和电视台的记者解释呢?

这张照片是他们在奥杰塔的一个驯马场里拍的,那是去年春天,瑞秋给他拍的。他很多年没有做运动了,根据一位营养师同事的建议,他决定开始上马术课。他带着初学者的虚荣,以为专业的装备能够掩盖他糟糕的技术,他买了一条奶油色的紧身裤子,光面的褐色皮靴,还有一件可笑的格子上衣。任何一个会骑马的人,都会在莱奥的动作中看出他的不熟练,脚后跟抬得太高、背弯着、动作很僵硬。但实际上,这个世界上有多少真正的马术师呢?也许有一些附庸风雅的人和几位真正的骑士,可能他们从来就不读报纸、不看电视,因为在室外享受新鲜的空气会更舒服。

这张照片,注定要给人们造成一种完全相反的感觉:人们怀疑有些东西,而且他们非常确信自己的推测,看到这张照片,那种怀疑会毫不费力地变成愤慨和仇恨。一个穿得像布鲁梅尔公爵的人在拍照,在照相机的镜头前,像一尊骑士雕塑那样站着,一个已经意识不到自己可笑的人,他如果做了一些变态、龌龊的事情,那是很正常的。面对中年危机,只有那种穿着绑腿裤的硬汉才能安然度过,莱奥和其他人不一样,那些和他经济条件类似的人,他们会购买定制汽车,会干妻子的健身操教练,而莱奥走上了一条不归路:腐败、放高利贷、恋童癖……

这张照片能不能体现一个真实的你,这一点没人会在乎。相反,对于你想法设法想表现出来的样子,这是一个绝妙的否认,因为那张照片要比你的生命更坚强,比你更加真实,比任何话都具有决定意义,比任何测试都有说服力,比任何其他证据、鉴定更能说明问题。那张照片就是你,那些以为很了解你的人,他们也会相信这一点。因为这个缘故,它才那么激动人心、有力、残忍。因为它向这个世界揭示了人们想了解的东西:道德败坏和虚荣是最好的搭档。

九月下旬的一天清早,四个穿制服的男人打破了那间地下室的宁静,他们的举动非常得体、考虑非常周到。敲了门之后,他们在进来之前,一直等着里面的人回应。莱奥的睡意已经很浅了,他听到汽车停在家门口的声音,还有警察走到门口按门铃的声音,门铃响了,他听到头顶上匆匆忙忙的脚步声。这时候,他听到有人敲地下室的门,还有低声说话的声音。

会是谁呢?谁敢敲这位被唾弃的隐士的门?瑞秋吗?两个孩子中的一个?泰尔玛?或者是水管工?可能不单是他的洗手间水流很小,是不是家里的水流都很小?也许是勤快的瑞秋,用一种严肃的方式,继续照料着他的生活,她让水管工下来看看……

无论是谁,莱奥都选择了不吱声。他假装什么事情也没有发生,但他无法抑制自己的不安,这种不安是那些闯入者引起的,不管是什么人来了,他都受不了。有那么一会儿,他甚至按捺不住自己的冲动,想藏到沙发后面去。那张沙发床上有花朵图案,现在已经成了他的卧榻了。从根本上说,无论是谁来了,他都不应该惊讶。即使是一群拿着棍棒来教训他的街头小子,或者是卡米拉的父亲最后终于决定来杀他了……他都不应该觉得意外。但是他没有回应,这当然不是为了自己的人身安全,而是因为一种突如其来的羞耻感,是听到自己声音时的惊慌失措。真的,当他去埃雷拉的事务所时,他会说话,能很正常地说话,但是当他回到家里,在他的地堡里,一想起要说话,他就觉得好像在亵渎神灵。

敲了一阵子门之后,那四名警察好像失去了耐心,他们进来了。

看到他们,莱奥放心了。无论如何,他还是不说话,他把胳膊伸了出来,像电视剧里的人物那样,主动让他们拷上,但是,四位警察中的一位(年龄应该比菲利波大不了几岁)说:"教授,不需要。"

莱奥看到那些穿制服的年轻人很惊异,那位小警察表现得最惊异了,因为他们在报纸上、电视上看到的人,和眼前这个男人一点儿也不一样。

命运让他落入了一个致命的漩涡,也彻底改变了他的相貌,这让人难以置信:忽然间的消瘦,那头优雅的头发在很短的时间里变白了,这让他变得有点儿面目全非。还有,他的色素沉着也好像出了问题:他原本健康的古铜色皮肤上泛着灰绿色的光泽,皮肤的表面,尤其是双手上,出现了一些牛奶咖啡色的斑点,那是通常很老的人才会有的。

他更加彻底、更加明显的变形是性格上的变化,他给那几个早上来突击他、带着逮捕令的警察上演了一场戏。在这场戏里,莱奥表现出一种极端的顺从,就好像他要向那四位难以置信的警察,还有向自己展示:仅仅几个月的时间,就能把他性格中的傲慢和目中无人全部抹去。已经两个月了,他没有和瑞秋一起睡觉,也没有见过孩子们,除了偶尔透过地下室的又高又窄的窗子看到他们。

两个月以来,他都没有早上出门,去圣克里斯蒂娜医院上班。他除了埃雷拉的电话,谁的电话也不接,他也接到过几个充满威胁、居心叵测、疯狂的电话,那是某个在暗处的人打来的电话。他避免让家人看到他,他的存在不合时宜,就像《变形记》里慎重而且满怀羞愧的格里高尔·萨姆莎一样……他已经准备好迎接任何来敲门的人,但同时又吓得要死。

可能是因为长时间的孤立、惊异,还有折磨着他的偏头痛,他已经精疲力竭了。经过了一个半月,也许这时候,他已经对埃雷拉的魔法失去了信心,现在莱奥对这些来抓他的人,表现出一种让人意外的客气。这些人出现在这里,腰带上挂着手铐,不知道要把他带到哪里去。莱奥有点激动地想,这就是我的新家人,这就是他为什么那么客气。也许,他会对任何一个把他从这个家庭噩梦里解救出来的人,表示同样的感激。从根本上来说,都是迫害,被谁迫害都一样!

甚至那个在电话里威胁他的人:他说要杀了莱奥,然后在他的尸体上撒尿,他也很感激。是的,他甚至感激那个说这些话的疯子:"你喜欢玩小女孩,对吗?你从她们身上取乐吗?上帝会看到这些事的,我也会看到。教授,希望你见到我之前,先见到了上帝……"面对所有这一切,包括面对那个性变态,都要比现在他要面临的寂静好,比被隔离的状态好;(天呐！瑞秋那光滑的腰身！还存在在这个世界上吗?)所有一切,都要好过那些像钢筋水泥一样,压到他身上的想法,还有忽然的意识觉醒:需要采取行动,来弥补这已经无法挽回的事情。

事实在于,那些认识他的人,在这个关键时刻,无论是谁看到他被穿制服的年轻人带走,都会为他的顺从而震惊,他们一定会惊呆了。

总之,那个毫不掩饰自己,高傲的莱奥·蓬泰科尔维去哪儿了？自从他在梅耶教授门下当研究生开始,他一直都昭然地表现出的优越感去哪儿了？在来抓他的那些警察面前,他表现出来的唯唯诺诺,是从哪儿冒出来的？只需要两个月的隔离,两个月社会对他的鄙视,就能让一位伟大的男子汉,变成一个哭哭啼啼、瞻前顾后的小人物吗？

好吧,请相信我:其实用不了那么长时间！

从另一个方面来说,那些警察也表现得很温和,先是省去了手铐对他的凌辱。那个大男孩,很明显是最没有经验的一名警察,他冒着犯规,还有上级发火的风险,在莱奥耳边轻声说:"教授,您当然不会记得,是您治好了我哥哥的女儿……"他用的语气,让人感觉到:这个年轻警察的侄女,现在身体特别好。在莱奥治疗的病人中,她属于最后治好的。有些病人每年都会去找莱奥,向他表明:他们还活着,那都是他的功劳。

那种不合时宜的亲密感,让那位个子最高的警察也插了一句话:"您听我说,教授,我们不着急,您最好带上一些个人用品。有可能,今天晚上……是的,总之,您明白的……"

还有什么需要了解的？

把那间漂亮的卧室和你的监狱分隔开来的那堵墙,比你想象还要单薄,迟早他们会闯入你的藏身之处,你以为这里是不可侵犯的,但是事实并非如此。这就是你应该明白的吗?好吧,理解这一点,不需要多精明的头脑。

莱奥让他们押送着出去,就好像他已经不认识这个他已经生活了很多年,而且花了他很多钱的房子。从地下室走到门口的过程中,他没有遇到任何人,这让他松了一口气。有可能瑞秋已经做好了准备,不让家里任何人看到他被捕的情景,让他不会感觉到羞辱,也让自己和孩子免受羞辱。事情进展的很顺利,他来到了室外,在花园里,迎接莱奥的是一个阳光普照、光芒四射的清晨,修剪过的青草散发着芬芳,早晨杏黄色的阳光,像耶路撒冷的黎明:这是九月,金色的阳光贴着地面照耀过来。地平线上,有一片孤单单、光滑的白云,形状特别像一条鲨鱼半张着嘴,保持一个警惕的姿势,似乎已经做好了捕猎的准备。

这种九月的天气,一直都是他最喜欢的。经过一个漫长的海边假期,家人都度完假回来,他通常都会开始工作,瑞秋又成了家里不可取代的女主人,菲利波和撒母耳回学校上课。这种自然而言的回归里,有一种让人安心的、感人的东西。早上,莱奥开车去医院之前,他会走两步,到小区门口的那家餐吧里——孩子们把那家餐吧称为"水渠",他给自己买来咖啡和报纸,给瑞秋和泰尔玛买来热乎乎的牛角面包。

这些年,九月是一年中瑞秋给孩子们购买学习用品的阶段,一般是在下午,她会进城买那些东西。她会去文具店或大商场,购买铅笔盒、笔记本、日记本和书包。这是瑞秋非常喜欢做的事情,也影响到了两个孩子。整个小学五年(撒母耳那时候很小,还说不好"小学"这个词),撒母耳在把他的消费欲望转向服装之前,他总是会对母亲说:"给我买一个带指南针和放大镜的文具盒,好吗?"

她会说:"我们看看吧。"

撒母耳说:"我们看看吧,意思就是不买。"

"我们看看吧,意思是我们看看吧。"

瑞秋一直在控制自己,不让孩子养成要什么就给买什么的习惯。她的内心还残存着以前自卑感,因为她小时候,她的文具没有同学的高级。对于瑞秋来说,学校是一件非常重要的事情,对于丈夫而言却恰恰相反,瑞秋一直都很喜欢上学,她一直都是一名模范学生。对她而言,学校就像一个健身房,要比苍白无聊的家庭生活好得多。对于莱奥来说,事情却不是这样,对他而言,学校是一件很麻烦的事情,早起上学是一种折磨,他属于夜猫子类型,喜欢睡到中午。如果需要感谢上帝,那就是上学的时光终于结束了,没有人再强迫他早起。早上,那种温柔、轻抚的微风,应该和他上学时的清晨一样,他母亲会轻轻走进他的房间,打开百叶窗,把牛奶咖啡放在床头柜上,很温柔地从被窝里拿出他柔软、热乎乎的双脚,给他穿上袜子,这是一个无比温柔的举动,但是预示着他要艰难地起床。

当那些警察陪着莱奥,带他走出栅栏门,让他上车。莱奥在想:今年,瑞秋有没有打起精神,陪孩子们去买新文具。也可能没有,因为他们已经长大了,已经失去了那种乐趣。还有,发生了这样的事情,怎么可能没有影响到整个家庭的生活方式?莱奥不知道该怎么想。他不知道,他是应该希望发生的事情留下痕迹,还是希望一点儿也没有带来影响。说到对孩子们的影响,这确实是一件可怕的事情,他不敢想这个问题。他的两个儿子对他来说,像一个难解的谜,当然对他来说,他们可能会一直是个谜。

尽管他就住在楼下，和他们相隔一层，莱奥根本就不知道，他的家人正在经历什么。他克制自己，没有向埃雷拉打听，也没有询问其他人，这就像他一直很克制，没有表现出任何和妻子和解的意思——和解的时光已经结束了，以前都是她迈出第一步的。

莱奥进到驾驶室，坐在警车副驾驶的位子上，车里有苹果和洋葱的味道，莱奥感觉到他的神经在放松，就好像他们要把他带出一场噩梦。

他们把莱奥丢进了那个二十多平方、阴暗潮湿、散发着霉味的地方，而且那个房间里已经有很多人了。这绝对不是一个像他这样的绅士待的地方，空气中有小便、汗水、铁锈、漏水的管道、淋雨的狗，还有其他各种臭味。

所有一切都表明，这只是一个中转站，通往一个未知的、险恶的地方，他不得不经过这里。对于莱奥来说，他所面对的肮脏和躁动，拉出来一个人，放进去另一个，让他想起了急救中心的预诊室。是的，这个地方，就是那些新来的人被放在前面的……但放在什么前面呢？

一定有什么事情不对劲儿。莱奥记得埃雷拉跟他说过，监狱里，通常会避免不同阶层的人混在一起。或者事情并不是这样？也许埃雷拉根本就没有说过这样的话，是莱奥自己梦到的，他把最后的希望放在了阶级斗争上。你以为你是谁呢，我的小伙子？你以为他们会把你和林琴科学院，某个有盗窃癖的院士放在一起吗？或者和某个堕落的女公爵放在一起？和门格尔博士，或者诗人佩利科关在一起？你想得太美了吧？对于一个像你这种等级的大教授，一个举止温文尔雅的先生，会设有一个专门的区域，就像机场的等候厅？问你要

207

不要来一根雪茄,一杯陈年干邑?

但实际上,他们肆无忌惮地对待你。他们为什么要忌讳?正义是盲目的(不正义也是盲目的),不会看谁的脸色。他们把莱奥放在这里——一个小房间里,里面挤满了看起来很凶狠的人。感谢上帝,他们都在各自为政。他稍微看了一眼四周,他看到,基本上所有人都穿着背心;其余的东西你们可以想象:几天没刮的胡子、文身、长发,还有耳垂上的洞——因为耳环被没收了。犯罪美学,罪犯的一般情况。当莱奥进来时,迎接他的是十几双漫不经心的栗色眼睛。这些流氓恶棍的态度——根据莱奥的理解(在房间里一张油腻肮脏的床垫上,他已经坐了很长时间了,那张床垫很大,在房间里走动时,难免会踩到),慵懒要超过威胁。

为什么莱奥会出现在这里?他们从来都没有告诉他,他也没有勇气问,包括问那个最年轻、最友好的警察。唉,他比其他同事更早从莱奥的眼前消失。当那些司法警察把他交给狱警的时候,莱奥很想问问那个狱警,为什么他会被关在这里。但是,当他看到狱警的样子,他忍住了,那是一个软塌塌的小个子男人,领结打得松松垮垮,警帽戴得歪歪斜斜,看起来很不正经。他结实的手臂被太阳晒得发红,但是在短袖衬衣下面,也就是肱二头肌上,能隐约看到一种让人惊心的白皮肤。莱奥要询问正在发生的事情,不,这不是一个合适人选。

现在他可以问谁呢?莱奥的脑子里全是问题,脑袋简直要爆炸了。他有那么多问题,这真是一件非常恐怖的事情,他周围有那么多人,但是没有人可以问。

为什么他们正好是今天来抓他,而不是七月的那天,当一切刚刚开始的时候?在这段时间里,发生了什么事情?为什么他们会在星期五清早来?在周末之前来?他走进监狱的那个院子,四周是像堡垒一样的高墙,莱奥打了一个冷战,那是幽闭恐惧症的症状。要说,那里面的气氛,要比他想象的更加轻松。空气有些凝滞,就好像在这里面,时间还一直停留在潮湿闷热的八月。好好想想,这里的空气和他在学校,还有医院呼吸到的空气没有多大不同。这段时间,白天依然很长、很美好。为什么不好好利用呢?大家还想去海边。是的,这是可以下海的最后几个周末,一点儿也不赖。但是,为什么要在今天把他拉到这里来呢?为什么不在周一的时候去抓他呢?莱奥非常想问别人这个问题。可以肯定的是,他的新室友在这方面一定比他在行,但他不敢开口问。别说问了,他连正眼看他们一眼都不敢。惟一一件他想起来的事情就是:他让那个满脸乖张的狱吏(在把他关进牢房之前)打电话给他的律师。至少这一次,他听从了埃雷拉的命令。

"假如他们来抓你,"埃雷拉已经交代了很多次,"你要马上打电话给我,越早越好。即使是凌晨四点,也没关系。你知道,我每天的睡眠时间不会超过三四个小时。我们这么说吧,这只是一种顾虑,我认为他们现在不大可能会抓你。就像我对你说的,假如他们要抓你的话,他们早就动手了。你不是一个普通的罪犯,你没有前科,你没有可能继续作案,你没有任何逃走的可能……因此……"

因此,埃雷拉不容置疑的逻辑,被这失格的事实推翻了,说实在的,埃雷拉也说过"预防性看管"(他是这么说),只有在他们获得更有说服力的证据,或者嫌疑人犯下了一个新罪行,比之前的犯罪行为更加严重时,才会执行。

现在这是怎么回事儿呢?难道对他有新的起诉?怎么会没有呢?所有那些人,在最近都感觉到有控告他的迫切需要,有新的污蔑者站了出来,这也很有可能。

实际上，莱奥所寻求的答案就在他裤子右边的口袋里，他把那张逮捕证放在那里了，那是早上他们去抓他时，交给他的，上面写着所有信息，上面写着为什么他们要把他带到这个地方。

但是，好像有个什么东西在阻止他把手伸进口袋，拿出那份文件来看一眼。其实，他更乐意不知道上面写着什么。他感觉到他的精神状态非常不稳定，只要有一个逗号没有放对地方，他就可能会崩溃，因此他没有看那页纸，保持一种不知情的状况。

但有一件事情是肯定的：莱奥已经在这里关了一个小时了，仍然没有看到埃雷拉的影子，也许他们没有通知他。或者他们通知他了，但不知道为什么，他这次不慌不忙，没有及时赶到。也许，他们已经通知他了，埃雷拉来了，但是警察不允许他们见面。或者，他们已经通知他了，他来了，现在正想办法把他弄出去，可能那个老朋友正在和法官交涉。

是呀，法官。谁知道他的法官是谁？所有这一切开始的时候，莱奥总是很难想象那些从事这种工作的人。他总是感到难以置信，那个要加害于他的人，和其他人一样，也有妻子、孩子、狗、月供和其他附带的东西。

那些法院的年轻人在提到法官时，用"博士"来指代他，这是因为尊敬还是讽刺呢？谁知道！

"博士来了吗？"警察把那个名为"莱奥·蓬泰科尔维"的包裹，交给他的狱卒同事时，是这样问的。就在那时候，莱奥看到自己名字的大写，出现在两位警察交换的卷宗上。这就是他变成的东西：一个卷宗。没有什么东西比这更能说明他目前的情况，除了那张皱巴巴的纸。这对于一个一辈子都尽量远离那些官方琐碎手续的人，这真是个不错的下场。总之，当两个警察中的一个问"博士"有没有来时,他得到答案是含糊的:"我怎么知道他今天来不来。"

不知道他今天来不来?就好像在说,他今天可能不来?是不是有可能他星期一才来?或者,他会在最后,他们不得不见面的时候来?这就意味着,莱奥要一直坐在这张床垫上等着,不知道要等多长时间(他口渴得要死)。他要在这里看着监狱里肮脏的地板,和这个牢房里临时关押的犯人一起,等着办入狱手续(是呀,"临时"是一个最有远见的副词)。

现在几点了?莱奥不知道。进来的时候,那几个和他在一起的工作人员,没收了他的手表。从天气来判断,这时候热浪在减退,还有从高高的、密封的窗子透进来的阳光来看,这时候是午后,应该至少过去八个小时了。莱奥已经被关进来那么长时间,周围有那么多人,他没有对任何人说话,这真是破纪录的事情。莱奥是那种爱搭讪的人,当他要面对一场漫长的火车或者飞机旅行时,他觉得有必要用一些俗套的话,来骚扰坐在旁边的人:"有气流颠簸。""噢,您知道我们几点能到米兰?"但是,对于关在同一个监狱里的人,人们通常会问什么问题呢?你杀了多少人了?你上个星期,绑架了几位老太太?……类似这样的事情吗?最好什么也别说。他还是继续自己待着,等待着即将发生的事情,一定会发生什么事情的。

实际上,真的发生了一些事情。

从牢房右边传来的嘈杂声,让莱奥警惕起来,他抬起眼,马上认出了一个人。鉴于他们所处的环境,那真的是太让他难以置信了。

真的是他吗?看到他,让莱奥觉得那么幸福。莱奥想:是的,正是他,我的天哪!就是那个伙计,每年开学的时候,他都会被逮住,他在挤满昏昏欲睡新生的教室里自慰。他们把你和这个悲哀的失足青年关在同一间牢房,这是不是一种巧合?

或者,这就是社会失足人群的分部?或者他们知道,是的,他们一定知道这个家伙是谁。他作为一个社会边缘人物,在你之前的生活中,扮演着一个非常特殊的角色!对你再教育的计划,也包括这种邪恶的报复吗?莱奥从那小心翼翼的坐姿认出他来了。他看到他坐在那个角落里,幽灵一样不动声色,莱奥认出了他——假如你最主要的活动,是在一间挤满女生的教室里自慰,很正常,随着时间的流逝,你会学到恰当的谨慎。他的姿态很优雅,在公众场合打飞机,也需要适当技巧和尊严。那个小伙子,生活在他的内部过得太快,太强烈。好吧,那个小伙子,他的尊严都可以拿来卖。

莱奥很确信,那就是他,从他自慰时表现出来的有条不紊和尊严,可以看出那就是他。莱奥意识到,实际上,他从来都没有正眼看过那个小伙子的脸,从来都没有把他当成一个对话者。这个小伙子的存在,像这个世界上其他神秘人物一样,是让莱奥觉得最难以置信的。就好像有人专门付钱给那个家伙,让他给生活增添点色彩,给严肃的大学课堂带来一丝混乱。莱奥一看到他,耳边就马上响起了女生们因为厌恶而发出的叫喊,随后是那些出来保护她们的男同学的咒骂和威胁,他又仿佛看见那个家伙缩成一团逃开,手放在皮带的位置,避免解开的裤子掉下来。但是,他记得最清楚的是,他评论这个课堂事故的精彩方式(那时候,他还是那个无与伦比的蓬泰科尔维教授),他说的那句话很讨学生喜欢:"好了,这没什么,这没什么……在医学院的教室里,总得有人做出牺牲,展示一下生理学知识!"

好吧,所有人都笑了。他的戏谑、宽容和优雅,都是一副大教授的派头。但是,他们真的觉得那句话很有趣吗?这个充满魅力的教授——穿着蓝色西装和软皮皮鞋,让那些充满正义感和义愤的新生高兴起来了。他们笑了,或者仅仅是因为,再也没有比一个人用那种无辜的、身体的、粗俗的方式堕落,更让人感到逗乐。

他们把这个小伙子关在这里,和莱奥在同一间牢房里,是的,这一定是故意的。那个有福气的小伙子(他可能最多有二十五岁)在监狱里,也没忘记他的恶习。需要说明的一点就是,这体现了他的勇气,还有想象力。周围全是那些穷凶极恶的人,要在这样一个地方继续自慰,必须有很大的动力。你要意识到后果,尽管你没有害人,但你可能不会激起大学生的那种反应,还有他们对待你的方式。

监狱里的同伴已经咒骂了一阵子,现在,他们真的发怒了。有一个甚至用手拍打着结实的铁门,喊道:"你们是把这个烂人弄走呢?还是我们想办法?"

这些囚犯不容侵犯的道德感,让莱奥很震撼。他们有什么可惊异的?假如这社会上有一个道德主义者,那个人就是刽子手——这是埃雷拉的名言。埃雷拉,埃雷拉……你在哪里,埃雷拉?

莱奥想,他们没有认出我来,真是走运。幸运的是,这些先生都不看报纸,不看TG台。假如他们知道,这个坐在床垫上、穿着考究、一直发呆的人,除了其他可耻行为,他还性侵过一个小女孩,假如他们知道,那个小女孩是他儿子的女朋友……好吧,总之,他们会给他好果子吃的。

但是,感谢上帝,他们什么都不知道。当然,那些人注意到了,他不属于他们的世界,这引起了他们的戒心,幸运的是,他们没有表现出敌意。很明显,那排写在墙上的字,正好就在他的头上,莱奥一进来就看到了——井水不犯河水,别烦我!这算得上是囚犯的戒条了。在莱奥经历的这个波折中,这种人生哲学,他很认同。不幸的是,这样一则戒条正在遭到狱中那些同伴的破坏,因为他们不停地咒骂那个可怜的自慰者,并威胁他。

莱奥非常害怕,他不知道,事情会发展到哪一步,他一点儿也不了解这些人,这是他第一次接触这类人。他原先以为,他们容忍度要高于他平时接触的人,否则的话,他们怎么会到这里来呢?

有可能,这些人成长的环境没有那么舒适;他们从来都没有穿着骑马服照过相;他们不会像一个厚颜无耻的混蛋那样,拿着球杆出现在高尔夫球场上;他们可能从来就没有报名参加过划艇队;有可能,冬天的时候,他们从来就没有去山里滑一星期雪的习惯;他们在浪漫的托斯卡纳环礁湖没有度假的房子;有可能,他们在登上捷豹骑车时,不会戴皮手套,假如不是那个星期六他们偷了一辆的话,可能他们从来都没有开过捷豹;他们一点儿也不了解爵士乐和歌剧;他们不像莱奥那样,对罗马历史充满兴趣;莱奥是一个非常谨慎、世俗的改革派,他们的政治观点可能和他的也不一样;他们不会对《晚邮报》和《共和国报》上有理有据的社论发牢骚,发表评论;他们对贝蒂诺·克拉克西,还有右派的革新没有任何热情;每次想起罗马市民殉难纪念碑纪念的那些牺牲者时,他们不会感动得热泪盈眶;他们不知道,每天夏天,重读《假如这是人》[①]意味着什么,他们读这本书时,不会觉得毛骨悚然……

[①] 犹太作家普里莫·莱维的小说,描写犹太人集中营的生活。——译者注

事实在于,所有这些差别(所有这些无知),并没有让莱奥感到不适。相反,他需要待在这些人中间,这些人和他的生活没有任何共同之处,这是最好的。他欣赏这些恶棍,就是因为他们拥有超人的能力,他们从来不会觉得尴尬。说真的,让这帮流氓无赖感觉到尴尬的东西还没有发明出来呢。这真是一堂了不起的课!最有意义的一个教训,是他最近学到的,最让他豁然开朗的东西。

遗憾的是,当他开始欣赏这些人的时候,他们就失控了。仅仅一个年轻的手淫者,就让他们愤怒了。莱奥很不安,因为针对那个可怜的小伙子,他们好像要群起而攻之。亲眼看到一个人被痛殴,这是一件他不能容忍的事情。莱奥很想叫喊,想叫人过来,但他做不到。这时候,他想起了那个狱卒,他想他最好别叫人:很有可能,那个狱卒也会加入到这次群殴中,没准他会带着棍棒,还有和他一伙的其他绅士。

"你们放过他吧,操!你们能不能放过那个可怜虫,操他妈的!他到底怎么招惹你们了?"

是莱奥喊出了上面的句子,用粗体字标示的句子,他在句子里填充了好几个"操"字。

事情非常荒谬,非常让人难以置信,他让那些人安静了下来,是他站出来捍卫一个陌生人,是他不顾个人安危,捍卫一个性变态,仔细想想,这个性变态真应该被教训教训。

问题在于,我们的英雄,在做了这件事情之后一秒钟就懊悔了。所有人都不说话了,这时候,他看到一队暴徒向他走来。

那个领头的,也就是那队人的代言人,并不是你想的那个男人。你以为,领头的合适人选,是那个前臂和莱奥大腿一样粗的男人,或者那个光着背的光头,整个上半身全是文身,纹的是墨索里尼行罗马礼的图案。但实际上他们只是一些狗腿子,真正的大佬是一个瘦小的男人,皮肤很红,皱巴巴的,让人想到篮球的表面。他的嘴越来越靠近莱奥的嘴,他的嘴里发出一种让人恶心的腐烂味道。他的口音一听就很混蛋,揭示出他是来自意大利中部的某个地方,他的口音、肤色还有口臭一样让人鄙视。他们对莱奥说出的话,和对那个手淫者说的话一样具有威胁性(这时候,手淫者已经开始重操旧业了)。

"你为什么要替这个基佬说话?说你呢!你为什么要替这个基佬说话?也许因为你也是个基佬。你看看你,一脸基佬的样子,穿得也像个基佬……"

"基佬"是核心词,这一点莱奥已经明白。他也明白,那个恶棍反复说的东西,不会给他带来任何好的结果。

"那些基佬在一起干什么?"

最后一个问题不是问莱奥的,而是问他的一个狗腿子——那个墨索里尼的支持者。然而很明显,那个人被这个问题难住了。

"那么,那些基佬在一起干什么?"麻子脸老大重复问道,他问整个监狱里所有的人。但是没有人那么聪明,知道基佬在一起干什么。从另外一个方面,他们所涉及的基佬也有点儿迷惑。

"那些基佬,把其他基佬的那玩意儿含在嘴里,这就是他们所做的,就这么简单。"

这个麻子给他的听众提供了这样一个解释,真是无懈可击。给刚才的问题:基佬们在一起做什么?做出了一个让人难以置信的回答。

莱奥感觉到自己的脖子被一只手拎着,把他从床垫上拉开,但这不是最让人难以置信的事情。最近几个月,发生在他身上的所有让他狼狈不堪的事情中,现在要发生的事情,当然是最糟糕的。莱奥知道,他从来都没有像现在这样惊异:现在,这些兴奋不已的家伙,在抓住他之后,他们被那个麻子的语言所刺激:那些基佬把其他基佬的那玩意儿含在嘴里……那些基佬把其他基佬的那玩意儿含在嘴里……他们正把莱奥拖向那个手淫者。这还不是最让人难以置信的事情,最让人难以置信的事情是:把他带到手淫者的面前之后,他们把莱奥的脑袋,推向那个手淫者的肚子。那些基佬把其他基佬的那玩意儿含在嘴里……那些基佬把其他基佬的那玩意儿含在嘴里……

那些人把莱奥的脑袋推向那个男孩的下部,莱奥这时候已经吓傻了,但是那个男孩并没有太吃惊,莱奥越来越害怕了,他在奋力抵抗。他并不是按照当时的剧情安排,才奋力抵抗的,按照事态的发展,结局一点儿也不妙,他只希望安然无恙地解脱出来。

想想看!想想看,你的学生们看到这一幕。想想看,学生们看到这一幕会怎么想:这位医学界的大腕儿,被这帮流氓无赖胁迫着,正在把那个性变态的阴茎含在嘴里。这真是一个伟大的场面,真是一个有教育意义的场面,真是高明的一课,你上过的最好的一课,当然也是最有启发性、最悲剧的一课。

莱奥的脑袋,越来越靠近那个性变态的私处,只有这时候,那个小伙子才开始表现得有些羞怯,出于本能,他的身体有些僵硬。

这是所有味道中最糟糕的,莱奥越靠近,越觉得那里的味道让人作呕。莱奥是一个医生,有些味道,他应该已经习惯了,他知道人体在原始的状态下,会产生一种地狱般的恶臭。莱奥感觉到,他越靠近那人身体的关键部位,那种气息就越令

217

人作呕。但是那种气味不会让自己感到不舒服,也不会觉得厌恶。强忍着某些味道是一回事儿,把散发这种气味的器官含在嘴里,却是另一回事儿。莱奥想堵住鼻子和嘴巴,但他惟一能做的事情就是闭上眼睛。

那些基佬把其他基佬的那玩意儿含在嘴里……那些基佬把其他基佬的那玩意儿含在嘴里……

他确信,这句话会一直在他的脑子里回荡,挥之不散。这句话会一直折磨着他的耳膜,而且会让他联想到他正要做的事情。但在这时候,让他惊异的是,喧哗声忽然中断了,他听到一种手忙脚乱的声音,就好像那些囚犯忽然良心发现。现在,莱奥感觉那只卡着他脖子的手,不再那么有力。忽然间他自由了,他可以抬起头来,虽然他不敢抬头。他听到几声沉闷的重击声,同时伴随着叫喊。这时候,他听出了那个狱卒的声音,就是看起来流里流气的那个,他一边骂,一边威胁,咆哮着斥责那帮人。

这些人来救他了,好了,他们把他拉了起来。莱奥现在站了起来,他们扶着他,感谢上帝,否则的话,他一定会跌倒,他觉得自己的腿发软,他的心脏快要炸开了,他的头发被汗水浸湿。他睁开眼睛,看到了那个墨索里尼的支持者的眉毛在流血。那个麻子躺在一个角落里,很明显挨揍了。他看到那些残暴的狱吏,把这帮乌合之众驯服了,囚犯们一个个低着头,脸上全是汗水和痛苦的表情。

"我的天!我就知道事情会这样!博士也说过,要把这个人放在单间。现在看着吧,我们要挨批了……"

"没事的,没问题啦,头儿。什么事儿也没发生……现在,我来办,我来处理,给这位公子哥儿安排一个单间!"

现在,莱奥非常频繁地和他父母亲交谈,他们已经谈了有些时候了。他们来这里找莱奥:他的"单间"这时候正沐浴在乳白色的月光里。他们应该是从距离监狱不远的公墓飞过来的。现在,他们住在那片破烂不堪、新古典主义风格的墓地里,那是犹太人的老墓地,是莱奥把他们埋葬在那里的,他们是一前一后,在十年之内去世的。那座墓的三角墙上写着蓬泰科尔维-里门塔尼,这就意味着:墓里面堆放着已经腐烂了的蓬泰科尔维和里门塔尼,几个小时前,他们来找莱奥之前,一直在那里安息。也许,他们看到自己的儿子有难,他们决定醒过来(莱奥想象,是母亲开始采取了行动,她开始拽丈夫的袖子——或者丈夫残存的身体),经过短短的协商,他们一起飞了过来。

现在看起来,他们并不是像以前那样,给他提供建议,他们也不想斥责他。相反,他们在做生前从来都没有做过的事情:他们在听他诉说。他们俩待在那里,心平气和、面带微笑地听他说话已经有好几个小时了。需要说明的一点是,那间牢房并没有阴暗悲痛的气氛,就像死去的国王,来到年轻的哈姆雷特身边的氛围;莱奥也没有像花花公子堂·乔瓦尼那样,面对那位骑士的幽灵时,充满恐惧。他一点恐惧和悲伤也没有,就像我刚才所说的那样,气氛非常放松。莱奥不但不害怕,而且他从来没有像现在这样健谈。已经有很长时间了,他从来没有像现在这样想抽雪茄,虽然他没有雪茄,但是却像抽了雪茄一样幸福。

尽管天一点儿也不冷,但莱奥在打寒战,那是一种快意的寒战。这是他进来的第三个晚上,他父母到来之前,他一个人待着。那些寒战,是他被隔离起来之后,感受到的最激动人心的事情。最后他还睡了几个小时,也许因为他学会了什么都不想,他掌握了什么都不想的技巧,还有保持无动于衷的办法,他学会了不抱希望的艺术。这种珍贵的技巧,假如不能彻底消磨时间,至少也能让他重新感受时间的重量。每次狱卒来给他送饭时,牢房门发出一种诡异的声响,让他很受惊,他们总是要问他要不要出去走走。

但是,除了这种非常短暂的恐慌,他在监狱里的其他时间,都是出人预料的安详。这是他第一次不再想发生在他身上的事情,他也一点儿不在乎埃雷拉在做什么。他不再想,他已经被抓起来四天了,为什么埃雷拉还没有出现。他不再想,埃雷拉是不是已经把他给忘了,或者有人阻止埃雷拉见他(不知道为什么)。莱奥不再想,人们会怎么评论他,人们已经不存在了,世界已经不存在了,只有一个空旷的荒原,这就是世界现在的样子。他不再想那位法官:那位声名狼藉的"博士",只图自己方便的法官。现在在莱奥的意识中,他很怀疑,那位法官还会来上班,莱奥的逮捕令上的那个签名,可能是"博士"在退休之前,退出舞台之前的最后举动。莱奥现在也不想瑞秋、菲利波和撒母耳,他开始想,他们到底存在过没有。假如他们存在过,那他们为什么没有来看望他?怎么可能会任凭这一切发生?是什么样变态的无情,是哪种变了味的正义,让他们表现出如此的冷漠?

是的,在监狱里,他终于有一种被保护的感觉,没有人能伤害他。因为自己的温文尔雅、谦和的态度,他看到那几个用餐盘给他送饭的狱卒,都是带着一种奇怪的、可贵的随和。已经有很长时间,没有人对他这么温和过了。总之,莱奥在牢里过得很好,他一直在打瞌睡,他有很多觉要补。他开始觉得,监狱一直都被低估了。

最后,爸爸和妈妈来了,那时候应该非常晚了,星星和月亮将牢房照亮。从外面阵阵传来罗马夜晚的美妙气息：河水的潮湿、桉树的芬芳。莱奥一直在滔滔不绝地说话。

他现在正在说，这里的伙食真的很糟糕，不仅仅是伙食，一切都很恶心。这里气味让人恶心。妈妈，你要明白，这种味道，要比我从意大利犹太青年联盟露营回来，从我行李里散发出来的味道更难闻。你记得吗，妈妈？你特别关注意大利犹太青年联盟，因为那时候，你儿子应该开始社交了，他应该和自己人来往。你的儿子，他是那么漂亮的一个小孩，他聪慧早熟，在体育方面非常活跃。然而，这一切都受到限制，因为他是独生子，他的性格比较孤僻，也可能是因为受到过度保护的缘故吧。那些年，在瑞士他的确是捡了一条命，但这也使他有点过于放松警惕。这就是你忽然间提出的问题，我和爸爸在吃饭，你在说话。你一直在说话，你说那种话，简直太让人难以置信了。你从小就培养了我的博爱精神，我那么不合群，你是惟一应该负责的人。你做了一切努力，就是为了让我生活在你的保护之下，不让我遭受这个世界所有潜在危险和陷阱的威胁。但是，后来你忽然意识到了这个问题，你认为你应该开始解放我了，那种解放，应该通过某种血脉相连的东西来完成。你把宠坏了的儿子送到一个犹太人夏令营，还有什么比这更合适的呢？你记不记得我当时有多绝望？你记不记得我是怎么缠着你的？你记不记得我当时哭成什么样了？我不想从车上下去？

"别这样，小熊熊，你看，这里视野多好呀。看看，还有很多小孩。在这里大家会玩得很开心。明天，你的朋友埃雷拉就会来这里。还有，爸爸妈妈离这里只有一个小时的路程。"

实际上，那里的景色非常美。颜色非常艳丽，黄色的是土地，蓝色的是海洋。是的，埃雷拉，不管今天怎么样，他马上就来了。现在,想起这件事情时,我都在打寒战,妈妈。那里热得要死,更别说有蚊子,设施简陋,非常肮脏!那次夏令营,特别像以色列集体农场基布兹的生活。也许,这正是他们的宗旨:把社会主义理想,引入一个犹太小孩的小群体里,他们驻扎在近海沼泽的一片松林里,那些大点儿的孩子照顾那些年幼的孩子,小孩子尊敬大孩子。所有人都轮流做饭,或者打扫厕所,夜里当哨兵,迟早每个人都会轮到。晚上守夜的哨兵?正是这样。手电、棍棒,小声说话……就好像在托斯卡纳大区,那些犹太人也没有安全感。这真是一件搞笑的事情,但是一件激动人心的事情。

是的,妈妈,我开始感到有趣了,通常你都是对的。在刚开始的迷茫之后,我战胜了自己,战胜了作为一个养尊处优男孩的那种抵触情绪,开始觉得好过一些了。你们把我撇下之后,我哭了好几个小时。后来,我几乎忘记了你们,我开始享受那种感觉,我的确也享受到了。那些男孩子,妈妈,还有那些女孩,爸爸,还有埃雷拉,他是那么滑稽,那么恶狠狠的……那是一个非常棒的假期。现在,你们记不记得,你们来接我的时候有多吃惊?这就是你们的儿子,但又不可能是你们的儿子,因为你们的儿子没有这么瘦,这么脏,这么不修边幅,你们的儿子不是街上的流浪儿。发生了什么事情?那些严苛的犹太人没给他吃饱吗?他们让他太辛苦?他们没有管他的卫生?该死的意大利犹太青年联盟!

"我从来都没有闻过这么臭的东西。"这就是你——妈妈,在打开我的行李之后说的话。两个星期的营地生活之后,就好像行李里装着一辈子的汗水和污垢。你记得那种臭味吗,妈妈?

好吧,那种臭味,根本就没办法和这里的臭味相比。我知道,你们不喜欢我说这些,说得这么直接。但是,如果我不对你们说,那我应该对谁说呢?从根本上来说,因为这个缘故,你们才来找我的,不是吗?因为这个缘故,你们才跑到这里来看我。因为这个缘故,你们才显灵了,让我能好好诉诉苦,让我告诉你们这些。是你们想了解你们的儿子正在经历事情,想知道你们的儿子在做什么。你们知道,他们差一点就对我犯下暴行。一个非常可怕的人,爸爸,一个说话带口音的人,他有口臭,非常恶心,他差点儿对我犯下暴行。他和他的那些狗腿子,想对我实施酷刑,我简直没有办法对你说。我觉得,那就是最糟糕的事情。当那些狱卒救了我之后,当他们把我从那个噩梦中解救出来,我在想:这是最糟糕的事情,从现在开始,事情会慢慢好转。现在,我得到了一个小小的奖惩,受了那么多罪,遭到那么多不公正待遇之后,我得到了一点点怜悯。这就是我从那场噩梦中被解救出来时,我的想法。我真的很天真,其实噩梦刚刚开始,现在轮到那些狱卒拿我取乐了。

这么说吧,他们不多不少,只是按照监狱的规定进行了操作。先是填写表格:体貌特征照片、指纹。他们让我脱得精光,他们没收了我的金链子,那是在成年礼的时候,你们送给我的,还有结婚戒指,还有你的手表,爸爸。然后,我没有穿衣服,身上只有一块毛巾,他们把我带到了一个滚烫的小房间里,他们让我在里面待了很长时间。他们只考虑到了自己方便,过了一会儿,他们回来了。不仅仅是他们,还有一个医生和他们在一起。那个医生穿着白大褂,带着乳胶手套。他用双手摸了我的全身,是的,包括屁股,他把两只手指伸到了我的屁眼里,爸爸,就好像在给我检查前列腺,其他人都在那里看着。医生,还有两个狱卒,他们用那种眼光看着我,就好像我赤裸得还不够,好像他们要我更赤裸。假如他们可以决定,他们会把我活剥了。不,不,那位医生非常有礼貌,医生很客气,他比我要年轻一点,秃顶,非常瘦小。对于一个专业就是把手指头放到犯人屁眼里的人来说,他看起来非常可靠,或者说,正是那种可靠里,有一种让人反感的东西。你不能把一个人关在那么热的小房间里,你不能让他等那么长时间,然后就像没事人似的,进来就把手指伸进他的屁眼里,而且,你做这件事情的时候,还那么轻松愉快。这种亲切里有一种魔鬼般的东西,亲切是最糟糕的事情,一种最致命的罪过。

幸运的是,他们把我放在了这里,他们让我安静了一阵子。你们不知道,见到你们,对我来说是多大的惊喜。你们知道吗?我太想念你们了,我从来都没有这么想念过你们。也许是因为,无论我做什么,你们都会原谅我。做你们的儿子,是这个世界上最美好的事情:因为一个儿子无论做什么,最后总会被原谅。妈妈,你总是开玩笑对我说——当我做错事情的时候,你总是说:"你的孩子会替我报仇的。"你不知道,你说的这句话多有道理。也许,你永远都不会理解你那两个孙子的冷酷(你曾经怀疑过你儿媳妇是那种人,现在我可以给你确认),他们缺乏慈悲心。问题在于,当你成为丈夫和父亲时,你就不会得到原谅了。是不是,爸爸?你再也享受不到任何赦免。所有人都在那里,准备把你撕碎,所有人都用手指着你,他们都迫不及待地等着你跌倒,是的,他们好像都在等着,他们眼巴巴地等着他们的丈夫和爸爸犯错,并付出沉重的代价,他们带着无法抑制的仇恨。

现在,莱奥正在和父亲还有母亲谈论几个月之前,他和孩子们看过了一个纪录片,这是他和菲利波、撒母耳最后一次一起看的电视节目。对于他们俩来说,和父亲一起看电视是一种特权。

你们知道吗,那个电视节目叫作"夸克",你们不可能知道。这个节目是一个叫皮耶罗·安杰拉的人主持的,一个优雅、称职而且非常幽默的主持人。爸爸,你一定会喜欢的那个主持人,他就是那种你喜欢与之谈论社会和政治的人。更别说你了,妈妈,像皮耶罗·安杰拉这种类型的男人,你也一定会疯狂地喜欢,他会用英式的魅力把你迷住。

总之,我和你们的孙子一起看一个制作精美的纪录片,而且还有安杰拉博士非常完美的介绍。我得说,首先打动我的是那个纪录片的标题,一个非常具有文学色彩的题目:

《天性:父母亲和孩子们的故事》。

一切都包含在这个题目里面,这是一个非常详尽的标题,一个非常棒的标题。你们不认为一切天性都在里面吗?在无穷无尽的关系里,不断重演。你们应该看看那些图像:母狮子和小狮子,母羚羊和小羚羊,甚至那些丑陋的动物,比如蟒蛇和青蛙,也会对他们的孩子表现得非常慈爱……所有动物都表现出同一种情感。一种残暴、绝望的保护和被保护的欲望。你们明白吗,那种保护和被保护的欲望,就是最重要的事情,就是我最怀念的东西……是的,我知道你们会懂我的……是不是?你们没有抛弃我,你们现在来这里了,你们来找我了,事情就是这样子。真的,事情不会是别的样子……但是,你们别待在那里,你们靠近点儿。是的,就像那时候,就像我小时候因为害怕,赖在你们的房间里不走,我知道你们会抗议,我喜欢你们的抗议,但是我知道,你们最后会做出让步。我对你们可以行使绝对的权力,还有你们赋予我的权力,这让我很激动……那张床对我来说巨大无比,还有你们的羊毛床垫,都让我欣喜若狂。现在,来吧!你们上来吧,都待在床上,你们现在一点儿也不重,你们轻极了。

就这样,莱奥就像新生儿一样睡着了,在父母亲的怀抱里,就像夹在三明治里一样。他们一直在抚摸他、抚慰他,一直在他耳边轻轻说:"不要担心,一切都会好起来的,你不是一个人,不要发抖,爸爸妈妈都在这里。"莱奥睡得很好,睡得很沉,父亲须后水的味道,母亲身上檀香的味道,围绕着他,他睡得很甜蜜,他已经很久没有这种感觉了。

在最近几个月里,关于那个调查他的法官(或者一群法官),他至少已经想象了一百次:一百张面孔和身体,他们都参与了对他的调查,在做(或者正在做)这些事情。

他发挥所有的想象!他感觉自己跋山涉水,经历了很多磨难。有时候,他会想象那个"博士"是一位肥胖、面色苍白的不幸男人,迫不及待地想把像莱奥这样帅气的男人置于死地。后来,他又把法官想象成一位黑瘦、慵懒、易怒的男人。他还想到了一位身体结实的无知警察,很快这个形象又被一个易怒的花花公子形象替代——一个对法律狂热、刚刚毕业的小伙子。他还想象了无数其他可能会出现的人,但是每一次都被推翻。

终于,在他被关押的第五天早上,有两个狱卒过来找他,把他带到了法官面前,他们穿过好几个走廊,来到一间非常凌乱、闷热的房间,房间里,灰色、卡其色、黄色乱糟糟地搅和在一起。他从来都没有想到过,法官会是眼前这个人的样子。

在房间门口,莱奥看到埃雷拉在等他,那是一位非常凌乱的埃雷拉、闷闷不乐的埃雷拉。他非常不高兴:那是一位出离愤怒的埃雷拉!

莱奥首先看到了他的律师凶恶的眼神,他感觉到埃雷拉身上那种莫名其妙的激动向他袭来,莱奥认为是自己惹了他,让他那么愤怒。为什么不是呢?莱奥已经习惯于别人无缘无故对他发火,现在又有一个人对他发火了,他带着短短几天内在监狱里学到的克制,他想了想,但是没有太多考虑。

但他走到跟前,听到埃雷拉骂骂咧咧地说:"这是一件无法容忍的事情,以前从来没有过的,这不可理喻,绝对不可理喻!"莱奥马上就听出来了,他不是针对莱奥的。埃雷拉拿在手上的那几页纸是莱奥的逮捕令复印件,那团纸还在他的口袋里,他一直都没有勇气拿出来看。在那张纸上写着莱奥被捕的原因,但在拘留期间,他选择了不知情。其实,纸上写着他被逮捕的原因,什么样的控告,为什么要把他隔离起来,为什么这五天禁止他和律师还有其他任何人见面……

让人难以置信的事情是:埃雷拉对那些纸张的专注,远远超过对他顾客身体状况的关注,就好像那几页纸是一张阳痿证明,是对他个人的一种侮辱。莱奥经历过了他人生中的第一次牢狱体验,他备受创伤,但这对于埃雷拉来说,好像是一件次要的事情:莱奥被监禁,只是一个副产品,是埃雷拉愤恨地拿着的那几页纸带来的副产品(很多种副产品中的一种)。

有没有这种可能,办公室门打开之后,埃雷拉会不会带着这种冲动攻击法官?他会不会任由他小矮人的愤恨释放出来?

莱奥当然希望事情不是这样,如果发生这样的事情就惨了!从根本上来说,埃雷拉一直都要求他保持冷静和得体……现在,是他自己失去了控制吗?

忽然间莱奥觉得自己像一个小男孩,被怒不可遏的家长带到了让人畏惧的校长面前。这个家长怒气冲天,抗议数学老师对待儿子的态度——一个因为愤怒而彻底失控的家长,他没有意识到,他的行为可能会让儿子付出双倍代价。

莱奥一点儿也不喜欢现在的情况,他一点儿也不喜欢埃雷拉的表现:他不是快要爆发了,而是感觉他已经爆发了。

差不多这时候,莱奥·蓬泰科尔维想起来他自己是谁,他非常大胆地调整了一下自己在这个世界上的身份和位子。就在这时候,莱奥开始发抖,他忽然感觉到结肠在肚子里剧烈收缩。他意识到在那个门槛之内,有比世界更重要的东西。在短短几秒钟之内,会出现他一生中最重要的场面,要面对这个场面,他需要表现得很卓越,要和他之前一败涂地彻底不同。

他在想这些事情时,他的律师一直在大放厥词:"那个混蛋把我骗了,但你不要担心,现在我们让他们解释解释,这到底是什么玩笑。现在他们会说明,为什么他们阻止你和你的律师见面,就好像你是一名黑手党一样。你别担心,莱奥。让我来办。你看着我,你回答问题的时候,不要着急,还有,你说得越少越好。假如你怀疑有些问题太过分,那你可以不回答。你明白了吗?"

这就是那位伟大的律师?那位战无不胜的律师?那条法院里的鲨鱼?这个激动不安的小矮人,除了让莱奥感觉到紧张,什么都不会做吗?他难道不应该让莱奥平静下来吗?他要了那么多钱,不就是为了在这样的场合中不失控吗?

可能,埃雷拉的问题结症在莱奥身上。为什么不呢?对埃雷拉来说,莱奥一直是个问题。无论怎么说,人都不会变。假如一个人在青春期那段时间,能激起你难以名状的感情,有可能在你成年之后,情况还是一样,最后,你事业有成也没有用,别人再怎么认可你也没有用,你拥有过多少女人也没用,金钱也不能把你彻底解放出来,你内心深处,还是那个惊恐、愤怒的小孩。在这方面,莱奥都可以写一篇论文。

当然,这时候莱奥恢复神智,并不是一件好事。在那一刻之前,那一直保护着他的无动于衷、莫管痛痒、克制和对命运的顺从态度,都烟消云散了。以前的那个莱奥又回来了,面对着他的悲剧。这于事无济,他一点儿也不高兴。

莱奥面临着最难以预测的考验,是这样的,这是最艰难,最让人焦虑的考验,这一点毫无疑问。

不能说莱奥是考试型动物,他从来都不是考试型动物,他生活中获得的那些成绩,都是通过艰辛的劳动换来的。他不得不控制自己的散乱情感,和天生的淡漠做斗争。他必须把创造性的思维,和一种凶狠的争强好胜协调起来。说到竞争,他出身的那个家庭对于他在学校的成绩,对于这个惟一继承人的学习成绩,不容忍有丝毫的马虎。

说真的,有的事情对他来说,他自然而然就能学会,不费什么力气,比如希腊语翻译,是他最擅长的。在上高中时,他只要看到一篇古希腊文,他就能感觉到他意识深处,会有一些正确的词汇冒出来,反应异常迅速,剩下的事情就简单了,只要抓住这些词汇,组成句子,赋予它们含义,仔细抄写在纸上,然后就等着老师充满热情的表扬,他是希腊文老师最喜欢的学生。莱奥在希腊语方面确实很有天分,但这有点像屠龙之术,翻译一种死去了很久的语言,这有什么用呢?而且这种语言记载的事迹,是已经腐朽了上千年的人的丰功伟绩,一点儿用处也没有。

数学是有用的东西,或者说大家都这么认为。遗憾的是,莱奥在数学方面没有一点儿天分,数学像噩梦一样,伴随着他的整个学习生涯。他虽然不是模范学生,但成绩一直也说得过去。

面对那些数字和符号,他都会无比困倦——一种几乎无法战胜的困倦,然后他会很焦虑。致力于学习这种一点儿都不人性的抽象知识,有什么意义呢?他一直在想这个问题。这个哲学问题的答案,是在他高中五年级时,他的数学老师给出的。他那次考试不及格,需要在九月补考。因此,这位十五岁的懒学生,得到了一个反思的机会,整个夏天他都在考虑,这个烦人课程无法避免。他也在反思,对蓬泰科尔维家人来说,补考是一件多么丢人的事情。整个夏季的三个月,在那个污点被清洗之前,实际上,他在海边别墅的假期,总是被充满谴责的目光,还有多项式分解练习填满。三个月辛苦而羞愧的学习,三个月面对着方格练习本。他没有出门,没有去沙滩,没有晚上出去和朋友们散步、吃冰淇淋,因为他需要弥补他欠下的东西。但是在这三个月里,他尤其学到的是:尽管你的父母在其他方面非常宽容,但是在这个领域,他们不容许有任何差错。学校不行,学校的事情不能开玩笑。你不懂数学吗?这就意味着你没有努力去搞懂。你数学不及格吗?这就意味着你没有做出牺牲。你没有经历最深层的考验,你过早做出了妥协。

这就是莱奥在那个夏天学到的最重要的一课,而不是那些方程式,因为那些方程式后来很快就从他的脑子里消失了。他学习到的东西是:他拥有的一切(他的确拥有很多东西),他自己应该配得上。那种明显的要挟,是他所接受的教育的基础。这种资产阶级教育,老式教育,比圣经里的告诫更严厉。惟一的要求,就是这样庄严地提出:"你应该比你的父亲更加出色,你生出的下一代,应该竭尽全力比你更优秀。"

他就是一匹纯种马,应该表现得像一匹纯种马。

他在大学一年级时,还清楚地记得这样的教训,他要面对一道新的、无法超越的障碍——化学考试,又是一门让他昏昏欲睡的课程,又是脑子一片空白的感觉,又是那些在他的脑子里混做一团的公式、不可能记住的公式,真的很痛苦!但是野马已经驯服了,这时候,莱奥已经知道了自己应该怎么做。他竭尽全力,通过了医学专业第一年这门最难的考试,他面对那位最混蛋的教授——那个老疯子指望着你把整本教材背下来,他尽一切努力让你觉得不自在。要说,那位教授还是莱奥父亲的一位好朋友。但是资产阶级的道德感,让莱奥这样一位条件优越的学生,要拿一个无比优异的成绩回报父母,也阻止了他父亲让老朋友在考试时,照顾自己的儿子。

莱奥记得他去考试的那一天,七月的热浪袭人。不知道为什么,那个混蛋一点汗也不流。莱奥记得,老师问他是不是他的好朋友詹尼·蓬泰科尔维的儿子,他问这话时,带着一种前所未有的温和。莱奥记得,他听从了父亲的教诲,回答说,他不是,他不是那个蓬泰科尔维的儿子,他是另外一个蓬泰科尔维的儿子,是一个普通人的儿子。要通过这个艰难的考试,他应该和其他人站在同一个起跑线上。

天哪,他对那个臭名昭著的混蛋,关于自己的身份撒谎时,他感觉义无反顾。他的脑子真是一片空白,或者说得更具体一点,他脑子里堆满了化学公式,还有一种不祥的预感,担心那些公式用不上。他为了这个考试,已经玩命学了好几个月了,他感到恶心了。他连续两个晚上失眠,他吞了好几片药,才打起精神,他感觉到自己快要晕厥了。假如他要面对修昔底德的一段文字翻译,或者一段萨福的诗句,需要解释,说明含义时,他才能表现出自己的才干,展示出他的专长。莱奥属于那种类型的选手:在主场比赛时,他会表现得非常出色,但是到了客场,他的发挥会受到很大的影响。这次考试对他来说,就像是在客场举行的,因为考试的地方是一间像圆形剧场一样的闷热教室,那个混蛋教授和他的小混蛋助理,带着一种实施报复的有条不紊和冷酷,一个一个对学生进行口试。莱奥最后通过了那次考试,那是他忘我学习的结果,他从这个不可思议的竞赛中活着胜出。

那次他成功了,从那以后,每一次考试,他都是带着毅力和有效的努力来面对和突破。

但是,假如那次他没有通过化学考试,会发生什么事情呢?假如他因为过于激动,或者因为迟钝,说了一些蠢话,又会发生什么事情呢?假如那个混蛋,忽然间做出了一个他经常做的动作,把他的学生证甩过来说:"我们六个月后见。"那会发生什么事情呢?什么也不会发生。不会比几年前他的数学不及格更加严重,他不得不补习一段时间。他可能会延迟几个月毕业,也就是延迟几个月独立。他可能要面对父母的焦虑、失望和愤怒。就这些吗?就这些。

但是现在呢?假如在受审的过程中,他不能给出正确的答案,那会发生什么事情呢?

好吧,莱奥马上就能知道答案。

现在,莱奥面对的就是他的仇敌,他的脸,还有他的身体。尽管莱奥这几个月已经反复想象过了,但是看到站在写字台那里的法官,还是完全出乎他的预料。

这就是那个迫害者,那个伟大的审讯者,那个当班的托尔克马达①。

因为一系列的巧合(也可能不是巧合),那个来给他们开门的男人,是一个非常客气,但一点儿也不客套的人,他让他

---

① 西班牙第一位宗教裁判所大法官。——译者注

们坐在写字台前,他就是那个对莱奥的案子做了深入调查的人。这就意味着,在过去的六个月里,他工作的大部分时间,都是致力于搜集证据,证明莱奥·蓬泰科尔维是一名贪污犯、恶棍和变态狂。这就意味着是他签了那张纸,因为那张纸的缘故,莱奥经历了他人生中最荒谬的五天(当然不是最可怕的)。那张纸现在还在莱奥的口袋里,他坚持不看里面的内容。

当莱奥向埃雷拉求救时,埃雷拉向法官递交了一个申请,请求审判的正式说明。法官把那份书面请求放在一边,但埃雷拉还没有来得及给预审法官提交他的上诉,当天下午,他们就关押了莱奥。

"这个畜生在时间上打败了我!"这就是埃雷拉一直嘀咕的话,他简直怒不可遏。

为什么要那么激动呢?为什么他会那么生气呢?为什么要执着于追究这种非常人性、非常正常的做法?从根本上来说,法官的做法和其他家长、著名医生、教授没有太大不同,莱奥自己设想了无数遍。

但是,莱奥看到那个人出现在眼前,现在他找到了答案,他从来都没有想到法官会是这个样子。现在,他觉得一切很容易说得通,非常合理。那就是审讯者的本职工作,法官在工作时,和当时莱奥工作时一样,投入了同样的激情和努力。

莱奥想起了埃雷拉的那些推测,就像那个年代的所有律师一样,认为所有一切都源于一种政治上的偏见。

"那个人恨你。"埃雷拉反复说。

"你为什么要这么说?"

"从他写执行措施的风格上,就能看出来,他恨你。他恨你这个人,恨你所做的事情,恨你在《晚邮报》上写的专栏,他恨你的捷豹车,他恨你藏身的玩偶之家,他恨克拉克西,还有你的克拉克西主义理想。"

"但为什么呢?你跟我解释解释,这是为什么呢?"

"因为事实就是如此!"

现在,这个家伙就在他面前。莱奥发现了:为什么他的律师要那么憎恶地说,"因为事实就是如此!"这真是一种政治偏见的表现。那个审讯者健康阳光的表面,显示出他是一个非常诚实的人,他这样做,是因为他不可能有别的做法。假如一名法官得知一个人犯了几桩罪行,他就应该进行调查,追究那个犯了这些罪的人。《刑法》是这么规定的,而且这也是大家的一般常识。法官不可能实现知道:对莱奥的大部分起诉都是没有根据的,所以他需要调查。这个男人在执行社会交给他的任务时,表现出来的一丝不苟,非常让人欣赏。

莱奥记得那次,他问埃雷拉,有没有和那个法官打过交道。

"当然了,因为你的案子,我已经和他见过几次面了。但在这之前,我已经听过他的大名,所有人都认识他。他是刚调过来了,或者是他要求调到这里的,我并不清楚。"

"他是从哪里调过来的?"

卡拉布利亚,说得更具体一点,是阿斯普罗蒙特。在南方,他配有保镖,那地方可不是闹着玩的,我们的这位法官,似乎也很顽固。这么说吧,他在那里惹恼了很多人,因为这个缘故,他们给他配了好几个保镖,因为他受到了威胁:恐吓、装着子弹的信件,总之,就是通常黑社会对你进行警告的玩意儿,表示他们已经受不了你了。可能是因为这个缘故,他们才把他调到这里来了,或者是他要求调动的。你知道皮埃蒙特省的那些理想主义者吧?他们的信念坚如磐石,从大学时代开始,他们的梦想就是去南方,并在那里建立法律秩序。好吧,他就是那种人,他读了很多书,热爱音乐,总之,对这样的人要非常小心。

"但是,除了这些,他是什么样的人?作为一名法官来说……"

"他是什么样的人?一个类似于阿道夫·希特勒那样的人:很严厉,但是很正派。"

就这样,埃雷拉用这种最玩世不恭、最夸张的言辞,让他的客户明白,这是一个禁忌的话题,这是一个莱奥应该绝对避免的话题,这是律师和客户之间的事情。埃雷拉那些充满讽刺的话,让莱奥更加具体地想到了他面前这个人的本质,希特勒的名字消失了,但是那两个形容词还是继续存在:很严厉,但是很正派。

假如他真的是这样——很严厉,但是很正派。好吧,莱奥就不应该有任何恐惧。

除了那些含混的招呼,那位审讯者现在还没有和莱奥,也没有和埃雷拉讲过话。现在,他忙着分配任务,他声音很低,其他人应该是他的同事、助理或者下属。有一个小伙子,差不多还是一个大男孩,他坐在打字机前,可能是要负责做笔录。还有一个男人,年龄大一点,他正在检查录音机是不是运作正常,录音机放在写字台边上的一张小桌子上。他们应该都是检察院的人,另外还有两位助理——从他们面对法官表现出来的那种明显的,但是同时又充满温情的敬意可以看出来,他们是法官的助理。莱奥现在有一种感觉:作为国家机关的办公室,这里的气氛是合作、协调的,就好像是一个家庭,在一个严厉,但又称职家长带领下。

最后,还有一个女人,她也比较年轻、非常消瘦、缺乏威严,但她栗色的整齐发髻弥补了这些不足。她可能也是法官的助理,现在他们俩在交谈,可能她也要参加审讯。

莱奥在这种凝重,但充满期待的气氛里,感觉到了外科手术之前的氛围。尽管莱奥不是一个外科医生,但他很喜欢参与那些小病人的手术,他只是想核实那些"屠夫"外科医生没有为所欲为。因此他现在的感觉,就像一个孩子在被麻醉,上手术台之前感觉到的。一个身处成人之间的小孩,那些成人相互交谈,相互叮咛,开始组织活动,他们像宇航员一样全副武装,很快就会对他下手了。

那里的灯光也那么刺眼、不自然,让他想起了一间手术室。

莱奥注意到了那位年轻女人看法官的眼神,他确信,那女人爱上了法官。爱得发狂!再多爱一点,就会死去。她还能怎么样呢?这样的男人,谁会不爱呢?终于,莱奥可以仔细地看着那个男人了,法官还在对那个女人说话,他明白了那种明确的、无法抵御的魅力来源。

有一种男人,他们的臀部非常消瘦,裤子垂下来的样子非常完美,让人受不了。那些没有屁股的男人,是最缺乏慈悲心的男人,他们没有什么情感,他们冰冷、准确,也没有深奥难解的秘密。这就是那个法官扁平的屁股所揭示的问题:体现了这个年轻男人的严厉,却不能说明他的性情。

法官终于转向了莱奥,莱奥被法官四射的男性气质所震撼,他的身高不超过一米七五,身上没有赘肉,但是不太像运动员。他穿着一件非常清爽的天蓝色衬衣,脖子上的扣子特意没扣上,衬衣袖子很随意地挽到胳膊肘的位置,那条夏季款的奶油色裤子,和那件搭在椅子上的外套一个颜色。他的头很圆,剃得很光,让莱奥想起了那个瑞秋很喜欢的演员,他叫什么名字来着?啊,是尤伯连纳。还有那双眼睛,折射出一种天蓝色的光芒。

这让莱奥对从前的生活产生了一种非常痛苦的怀念,莱奥被怀念侵袭。他看到眼前这个男人,那么自在地穿着没有皮带的裤子,他看到这个男人可以很自在地从事自己的工作,他看到这个男人充满了活力,非常高效,莱奥感到一种强烈的嫉妒。他非常渴望能自己回到从前的生活中——一种折磨人心、炙热的渴望,他渴望能回到从前,那时候,一切还没有从他的眼皮底下被偷走。他那么想念以前的生活,他觉得恍恍惚惚,很多情景浮现在脑海里:衣帽间、学生、医院里的急诊。他想着那些成功和失败的治疗,想着那些研讨会,想着研讨会中间的咖啡时光;他想着瑞秋、菲利波和撒母耳;他甚至想到了弗拉维奥和丽塔;他想着泰尔玛刚从烤箱拿出的蛋糕的香味;他想着假期、环礁湖,还有雪,还有星期六、星期天,还有星期二;他想念伟大的雷·查尔斯,他想着雷·查尔斯的声音,尤其想那首……但一下子,他就回到了现实。他失去了所有一切,他的恐惧感又回来了。他害怕眼前这个不祥的仪式。这场戏里,他作为男一号出演。再见了,他的克制。再见了,他的听天由命。这就是人生,这就是最明确、最丰富的人生,在这里,宿命论没有任何用处,哲学也是浪费时间。

现在,埃雷拉是怎么表现的呢?

他在门口已经发泄了他的怒火,但是一走进门,他好像镇静下来了,这让莱奥感觉好点儿了。现在最让莱奥不安的是,埃雷拉在法官的面前,看起来是那么的无力、缺乏权威、没人理会。

"德尔蒙特律师。"法官用一种让人失望的声音说,他的声音和外表不是很相符:他的声音不是很坚定,一点儿也不温暖,不像一位伟大男人的声音,他的声音里有一种刺耳的东西,而且有很明显的都灵口音。

"德尔蒙特律师,假如您没有什么异议,我们开始吧。"

"好吧。但首先,我想……"埃雷拉用那种平静、严肃的语气说,这让莱奥很高兴,但又不舒服。

法官马上打断了他,就好像没有听到他说的话:"律师,假如您没什么异议,那我们就认定您和各位成员,已经获知了起诉内容。我想象,您和蓬泰科尔维教授,你们有时间……我们已经浪费了很多时间。"

那我们就认定您和各位成员,已经获知了起诉内容?真是非常奇怪的表述。莱奥感觉到,可能他们已经跳过了开始的繁文缛节,马上就进入了正题,进入审讯阶段,不再读那个起诉状。这又拖延了那个时刻的到来——莱奥到现在还不知道自己犯的什么罪行,不知道他被关在监狱里的理由,他轻轻抚摸了一下裤子口袋里的那几页纸。

"不,没什么意见,法官。"

"教授,就像您的律师跟您陈述的那样,几天前,我亲自去了一趟您家里,进行了另一次搜查……"

"说到这里……"埃雷拉又插了一句,"您知道,实际上我和蓬泰科尔维教授从来没有机会说话……总之,我期待……"

埃雷拉的语调又一次激起了莱奥的警惕,莱奥觉得,他的声音里有一种愤恨,就好像一个快要爆发却又不能爆发的人。埃雷拉本不该这样,他的态度和法官的态度截然相反,法官表现得很安详、平静。

然而,莱奥很高兴,因为他们俩都用"教授"来称呼他,他觉得那是君子之间的交流,是属于同一个等级的人的做法。法官、律师和教授,真是一场很棒的三重奏。在那间办公室里待了一会儿之后,莱奥越来越觉得,他应该信任那个男人,应该好好回答他的问题。因为那是一个可靠的人。记得吗?很严厉,但是很正派,他是那种莱奥愿意与之打交道的人。他不是那种让人仇视的反面人物,不是那个满脸怒容的数学老师——那时候,考试没让他及格;他不是在大学教化学的那个混蛋教授;他不是卡米拉,也不是那个该死的小女孩的父亲;不是那个打匿名电话,威胁他的神经病患者;不是那些损坏他名誉的雇佣文人。总之,不是所有那些想害他的人:在这个广阔的世界上,忽然出现了很多想害他的人。这位法官是一个严厉,但是正派的人,一个寻找真相的人。

莱奥甚至有些想拽着埃雷拉的衣袖,告诉他:别这样,现在别插话了,别找碴儿了。你让法官说话,我们把这件事情说清楚,就可以回家了。

"法官,您会发现,在最近的几天里,我和教授根本就没有机会见面和交谈……"埃雷拉开始说话了,就好像在暗示,他和他的客户五天五夜一直没有见面,是因为别的什么原因,而不是那个强制措施。

"那现在我们该怎么办呢,教授?你想利用自己不回答问题的权利吗?你想认罪?或者你想为自己辩解?"法官问道。他的语气里满是讥讽,或者他只是照本宣科,莱奥没办法知晓。他不知道,这里面是不是隐藏着威胁。他惟一知道的事情就是——他一点儿也不喜欢埃雷拉找碴儿。

"我只是想说……"埃雷拉坚持说。

"为什么要拖拖拉拉呢?"莱奥想。为什么要惹恼法官呢,他看起来那么安静?从根本上来说,莱奥非常渴望回答,莱奥从来都没有像现在这样渴望回答问题。现在,他终于面对这样一个男人,他会问一些正确的问题,他也可以做出正确的答案。

"那我们开始吧,律师,或者我们推迟审判?"

莱奥用眼睛的余光,看到埃雷拉点了点头,表现出了非常谨慎的态度。这时候,法官转向了那位年轻的女人,那女人毫不迟疑地把一大堆卷宗交给了他。当然,那是这几个月来搜集的文件资料。

"总之,教授,昨天下午,我们在您家里进行了一次搜查。那次搜查是由我带领的,持续了几个小时,您的妻子陪着我们。"

他在说这些话的时候,完全没有个人色彩,就好像正在读一份会议记录,但很明显,他什么也没有读。

瑞秋吗?法官和瑞秋认识了吗?他们在一个房间里待了一段时间吗?他们之间交谈了吗?在他被关押期间吗?这是一件他无法想象的事情。自从坐在这位法官面前,莱奥第一次感觉到自己对这个男人怀有一种很深的敌意。

这是一种什么样的感觉呢?是嫉妒吗?是羞耻吗?或者是两者兼有吗?

当然,莱奥很难想象瑞秋和法官在他们家里,乱翻他的东西。他在想,瑞秋怎么能面对这样的羞辱。莱奥已经和妻子两个月没有接触了,他可以肯定地说:他都不知道那个女人是谁了。这就是事情的现状:他用了二十年时间来认识她,但是短短几个月时间就把她忘记了。因为这个缘故,所以他很难想象:在法官领头的那帮来势汹汹的人面前,面对对家庭私密的侵犯,她会做出什么反应呢?他有一种很疯狂的想法,他觉得,出于一种荒谬的勤快,瑞秋甚至会帮助他们,就像她很认真地帮助木匠和沙发工。还有另一种不可思议的想法就是:瑞秋提出了抗议,她可能大发脾气,不可理喻地大喊大叫,但这是不可能的,这是她不能容忍的事情。还有另外一种可能(最像她的性格):她温和地遵从了那些人的意思。她丈夫是一名可怕的罪犯,她丈夫对家人不负责任,他那么变态。瑞秋允许那些人做出这件辱没人的事情,她做得对,因为只有一件那么严重,那么辱没人的事情,才能帮他们搞清楚这件没完没了的龌龊事儿。

搜查。在这个世界上,还有比这更糟糕的事情吗?那是发生在几年前的事情了,一月的某一天,他们在昂在赫度了两星期假之后,莱奥、瑞秋、泰尔玛,还有两个孩子回到家里,他们发现家里被翻了个底朝天。他们不在家的时候,小偷进来把家里抢劫一空。莱奥记得泰尔玛有点刺耳的哭声,她不停地说:"太太……太太……"但是,他还记得自己当时的愤怒,还有受到凌辱的感觉。愤怒和受到凌辱的感觉,侵袭了每个人,那种难以置信里充满了仇恨。他们怎么能这么做呢?乱翻他们的东西?钱、画儿、银器、瑞秋的首饰、孩子们的电视机、他的手表、甚至他的一些碟片,还有很多其他东西。但是,那些东西不是最重要的,东西可以重新买,假如买不到的话,没有那些东西,他们照样可以幸福地生活下去。问题在于那种侵犯,那种令人发指的侵犯。他们的魔爪伸向了所有地方,他们动了他们家人最珍视的地方,那是蓬泰科尔维费尽心思建立的,用来接纳和保护家人的地方,这实在是一件可怕的事情。

莱奥的胃里产生了一阵焦虑的痉挛,他嘴里充满了口水,他想着法官和他的那些随从人员,在瑞秋顺从而又忧伤的目光下,把手伸向了他所有的东西。

这时候是下午,一直到那个时候,法官的表现都是无懈可击的,但是他说了一句莱奥觉得非常不得体的话。

"我得说,教授,您的碟片收藏真的非常了不起。"

他怎么能这么说话呢?他想故作风趣吗?或者他是说正经的?无论是开玩笑,还是说正经的,他这样的评论,都非常可耻,非常不得体。莱奥想:你怎么能这样呢?你先是把我的生活毁掉,然后把我关起来,现在你又在那儿说碟片的事情?说我的碟片?我的妻子和我的碟片?就像你在强调:当我被关在这里,要烂掉的时候,你在我家里寻开心,和我的家人,还有我的那些消遣的东西?有那么一刻,莱奥甚至有一种超现实的念头:很快,他就会被淘汰出局了,法官会取代他的位子,过上他的生活。他会驻扎在莱奥的居所里,像《奥德赛》里高傲的求爱者,倾听他那些珍贵的进口碟片,但他很快就打破了这种荒谬的想象。

莱奥只是希望他听错了,误解了,他已经做好准备,等着他问:"那天下午的那个时候,您在哪里?"他等着法官问:"有没有人证明,那天您在场?"他已经准备好了,想着法官会问到蒙达多利出版社的侦探小说里,经常会问到的问题——他小时候特别爱看此类书。但是,他没想到会谈论那些碟片,他非常惊异。到目前为止,埃雷拉每次介入都是那么不合时宜,他还没有把那个婊子养的拉入正题。实际上,法官还是若无其事地谈论那些离题万里的事情。

"那些雷·查尔斯收藏:真是无价之宝,您有一些不可思议的碟片。"

不,那些不可思议的碟片,就是那些年阿德里亚娜姑姑从美国寄给他的,雷·查尔斯的碟片的价值是"不可思议"的。

让人难以置信的事情是,眼前这个家伙——黑手党的残酷审判者,一位毫不让步的法官,他一直在说唱片的事情。还有他的律师(法院里的鲨鱼),没有回应,他一直沉默不语。那位助理,不动声色地记录着法官说的每句话,没有表现出任何怀疑和意外。这就是让人难以置信的事情,而不是那些珍贵的唱片。

这是一个玩笑吗?或者说是一种全新的审讯方式,刚从美国引进的,让那些罪犯或者无辜者都能畅所欲言?先是聊他们的爱好,然后让他们落入圈套?小心!莱奥,小心!

"我对您表示感谢,检察官先生。"莱奥一字一句地说,他竭尽全力用一种充满讽刺的声音说。他希望这样能激怒法官,还有埃雷拉,或者至少能让他们正常一点。

"还有那些书,我得说,一点儿不赖。您很有品位,教授。"

埃雷拉还是一言不发。

"您知道,我看了一眼那些书。"他补充说,"具体来说,我们翻了翻您所有的藏书。"他扫射了一眼房间里所有在场的人,就好像他们所处的地方不是一个戒备森严的监狱,而是一个高级书友会。

"我们现在比较具体地了解了您的口味、您的偏爱,您真的很有品位,教授。"

莱奥没有力气感谢他,也找不到力量回答他。教授,教授,口口声声称他为教授,刚开始的时候,他觉得这是一种尊敬的称呼,是对他社会角色的认可,现在他开始觉得很不是滋味。

"我们也注意到,您有在书里画线的习惯,当然是用铅笔,用钢笔的话,就很野蛮了,用铅笔的话,还可以擦掉。"

"那又如何？"莱奥鼓起勇气说，他马上感觉到埃雷拉在拽他，就好像在维持秩序。真的，他想起了埃雷拉说过："永远也不要说'是'，或者'不是'，不要做评论，说得越少越好。"他重复了那么多次，都让莱奥犯恶心了。但是现在情况正常：法官谈论的是书籍，那些用铅笔划过的书籍。有没有可能，埃雷拉没有能力让审讯回到正常轨迹上来？有没有可能，只有莱奥一个人觉得，正在发生的一切很不正常？

"教授，这里我标出了一些您划出来的句子，我认为非常有意思，值得我们讨论，也引起了我们的反思。比如说，您听听这里，这是您从一本非常有名的书里划出来的：'按照罗马法律的规定，少女十二岁就可以结婚，后来教会也采用了这个规定，一直到现在还有效，在美洲有些国家，这也心照不宣。十五岁结婚，在任何地方都是合法的，这一点儿也不赖，在两个半球都能得到认可。假如一位四十多岁的粗鲁男人，在婚礼上，一位地方神父祝福了他，他喝得醉醺醺的，从年轻的新娘身上撕掉她被汗水浸湿的内衣，进入她的身体。在温和、有利于生长的气候中（……），那些少女在十二岁，快到十三岁时，身体就会发育成熟。'非常有意思，教授，您不觉得这很有意思吗？"

"说实在的，我不明白您为什么要给我读这些东西。我不知道您在说什么，我也不记得这是哪本书里的。"

"您不明白，嗯？那我再读一段您划过的内容。同样一本书，同一个作者，'在青春期之前的婚姻和同居，并不是特例，现在在印度的某些地方，比如说雷布查附近，有些八十岁的老头和八岁的女童交媾，没人管这些。从根本上来说，但丁疯狂爱上了贝雅特里齐时，她只有九岁'……"

法官还没有读完，莱奥已经开始明白了他很早就应该明白的事情,其实事情没有那么难懂。按照法官和他的团队的观点,他划出来的那些内容,是一种心理变态的证明。这就是他们手头上掌握的证据吗?这就是他们逮捕他的原因吗?为什么莱奥要划出书里的这些句子呢?假如他划出的是屠杀亚美尼亚人的段落,那他是不是要被起诉犯了种族灭绝罪?这就是正在发生的事情吗?

"法官,我看不出,"埃雷拉终于开始介入了,"我看不出这有什么必然联系……"

"律师,您看不出这其中的联系吗?您也看不出来吗?教授?那我们再听一段您在书中划出的内容,这一段也非常有名。您听听这里,这一段也有下划线:'一位四十多岁的男人,诱奸一位十岁的小姑娘:这也许是环境所致?'"

"我还是不明白。"埃雷拉说,"你想说明教授的什么问题?"

"这很明显。"莱奥说,他已经不再小心翼翼,而是越来越愤怒,"你不明白吗,埃雷拉?检察官先生正在含沙射影,正在非常灵巧地,或者说正在笨拙地,重建一个人堕落的心路历程。"

"闭嘴。"埃雷拉对他说,"你闭嘴,天哪!"

"不,请您别闭嘴,继续说。告诉我。这就是您认为我正在做的事情吗?这就是我们正在做的事情吗?心理分析?非常有意思,真的非常有意思。好吧,随便提一下,我们在您的地下室里,找到了一些有趣的东西,就藏在那些珍贵的唱片后面。"

检察官让那个女助理递给他另外一个文件袋,他从文件袋里,抽出几本皱巴巴的色情杂志。莱奥马上就认出来了,那是他在美国那次孤单、漫长的会议旅行中买的色情杂志。这些杂志都有一些共性,标题都暗示了模特的年幼:《刚满十八》《人之初》《萝莉》等等。对于莱奥来说,看到这些杂志,他感到太意外了,这些杂志放在他的唱片后面已经有好几年了。这并不是因为这些杂志有什么特殊意义,也不是因为它们能给他带来特殊感受。他只知道这些杂志是合法的,都是成人杂志,是任何一个成人都可以买的。对于一个像他这样负责任的成年人,他把这些杂志藏了起来,就是为了不让未成年的两个儿子看到。

莱奥如此震惊的原因是:他想到了发现那些色情材料的场景,他推测瑞秋是在场的。莱奥想到了瑞秋遭受的屈辱。这个时代,所有配得上"妻子"这个名号的女人,都知道她们的丈夫有时候会需要那类材料。所有那些通情达理的妻子,都知道夫妻性生活是一回事儿,打飞机是另一回事儿。尽管打飞机是一件让人沮丧的事情,但总比出去偷情好上一千倍——无论是找长期的情人,还是一夜情。但是他一想到瑞秋看到了那些杂志;一想到那些人当着瑞秋的面,找到了那些杂志;他一想到找到那些杂志之后,落在她身上的谴责的目光;一想到,她联想到丈夫在洗手间里,对着那些东西自慰,对着那些小姑娘。好吧,这实在让人受不了。这让他很屈辱,让他觉得受到压制,也让他更加愤怒。

"先生,这能证明什么呢?您是不是想问我,一位受人尊敬、体面的四十八岁教授,拥有一个漂亮的妻子和两个可爱的儿子,还需要打飞机吗?是的,尽管如此,回答是肯定的。这有什么问题吗?"

"我觉得,我没说这有问题,这没有任何问题,是您自己提出了问题。你提问题,然后回答问题。我展示的是一些和您相关的、比较私密的东西,比如这个。"

这一次,检察官拿过了一个艺术展览和一个摄影的目录。

"关于这些东西,您有什么可说的?这也是您的东西,是从您的书架上找到的。"

"我有什么可说呢?让我看看。这是一个展览目录,我和我妻子几年前在瑞士看过这个展览,这是当代最著名的艺术家之一——巴尔蒂斯的艺术展。另外这些呢……我看看,这是一些明信片,我不记得是从哪个展览上拿到的,这是一个伟大作家拍摄的照片。这位作家,他被错误地认为是一个儿童小说家。实际上,他是一个杰出的艺术家,他最喜欢的事情,就是给那些处于青春期的女孩子拍照。我给她们治病,而他呢,他给这些女孩拍照。他的名字叫路易斯·卡罗尔,我的名字叫莱奥·蓬泰科尔维。假如我没搞错的话,这张照片是爱丽丝·李德尔在扮演一个乞丐。但这个拉小提琴的小女孩,我不知道她是谁,我认为这张照片很漂亮,很有表现力。我觉得这个照片里,沙子般的颜色很迷人,还有这位小姑娘阴郁的表情。我对《爱丽丝梦游仙境》的想象,正是如此。您知道,我一直很喜欢那本书,我还强迫我的两个儿子读了那本书。《爱丽丝梦游仙境》,这就是这本书叫那个名字的原因,不是吗?您知道的,法官,就是仙境。您当然知道,您是一位很高雅的男人,检察官先生。您很清楚地知道,路易斯·卡罗尔的那些照片没有任何意义,就像您知道,巴尔蒂斯的艺术展目录没有任何意义一样。巴尔蒂斯不是只画那些赤身裸体的小姑娘吗?卡罗尔给她们拍照吗?您去抓他们啊。您也试着进入这个仙境吧。"

"教授,我抓谁,不抓谁,这不是您说了算的。另外,我还有其他东西展示给您。"

"这次是什么东西?您想让我听听天使般的童声合唱

吗？或者'金币'儿童唱歌比赛最新推出的唱片？"

莱奥继续在挖苦嘲讽，这时候埃雷拉没有介入。埃雷拉变得很呆滞，就好像陷入了一场噩梦，他沉浸在一种他完全无法控制的场面里。

"不，教授，我认为，您不应该说这些风凉话。"法官冷冰冰地说。他停了一会儿之后，从另一个文件袋里抽出了几张照片，在莱奥面前的桌子上展开，"这些照片是您拍摄的吗？"

莱奥还是一副让人不愉快的讽刺表情，先是拿起了一张照片，接着拿起了其他照片。

"是的，这些是我拍摄的，那又怎样？"

这些照片，是撒母耳生日的时候拍摄的……去年的生日。说得更具体一点，这是瑞秋强迫他拍摄的，假如他能做主，他是不会拍这些照片的。这些照片里有什么罪恶的东西吗？对一个蛮横的妻子做出让步，有什么违法的地方吗？在我们周围有多少这样的妻子和丈夫？莱奥刚开始不明白，他不明白这位检察官要想说明什么问题。这些照片什么问题也说明不了，只能说明，他妻子非常狂热地喜欢收集纪念品。瑞秋就是这样的人：她认为比较重要的场合，她都想拍照留念，她害怕事情不留痕迹地过去。作为小资产阶级的迷信，让她收集所有事情存在的证据，让她收集那些没用的东西，她什么都不肯扔掉。只要两个儿子中有一个穿上西装，打上领带，去参加某个聚会，她都会让莱奥给那位衣冠楚楚的少爷拍照。只要是蓬泰科尔维家人盛装出门，去歌剧厅，或者是去参加某个朋友儿子的成年礼，她总是会让菲佣泰尔玛，或者其他正好撞上的人给他们拍照，铭记那个优雅的时刻。莱奥不敢想象，两个儿子中有一个高中毕业、大学毕业、结婚，或者没准成为部长的时候，那个女人会做什么！

这时候,莱奥迅速地翻阅着法官放到他手上的照片。他最后终于意识到:照这些照片的人,镜头在小寿星的女朋友身上停留的时间比较多。这时候,他明白这就是问题所在,这就是伏笔,通过无数的迹象,给他设好的圈套。也许莱奥应该向法官解释,作为摄影师的父亲,因为那个小寿星的反复强调,他才重点给他的小女朋友拍照。这里有什么下流猥亵的东西呢?

没有。真的什么都没有。

但这件事情中,最可怕事实在于:莱奥已经在法官的面前坐了好长时间了,埃雷拉在他旁边,痴痴呆呆的,莱奥还没有受到任何具体的指控,也没有提到他被指控的那些罪行。只有旁敲侧击,只有一队不称职的国家公务人员,搜集的一些怪诞迹象,这些人太沉迷于心理学,真不能算得上是正人君子。总之,他们起诉他什么呢?莱奥很确信,他们应该掌握了更有意义的证据。假如他们没有证据,他们不会把他拖到这里来的。不,如果他们手头上只有那些没有意义、被过分阐释的证据,他们不能这样毁掉一个人的生活。莱奥很确信,他们还有别的东西,他们不可能没有其他证据,如果没有,那他们为什么要对他实施这样的酷刑呢?这样没完没了的开场白?为什么不马上切入正题?为什么不切中要害?他们的撒手锏在哪里?这都是莱奥没办法理解的事情,这就是激起他刻薄和愤怒的东西。

仔细想想,到目前为止,惟一一个他们问到的问题是——好吧,没人用明确的方式问,但这就是问题所在,这个问题非常邪恶,也很抽象,这个问题差不多可以归纳为:为什么你是莱奥·蓬泰科尔维?

这就是法官想让莱奥说明的事情,这就是法官一直问他的问题。他旁敲侧击,没有直接问,就好像他痛恨莱奥,只是

249

因为莱奥是莱奥。要从这桩罪恶中解脱出来,真的很难,作为莱奥·蓬泰科尔维,他犯的罪,就是他一直过着莱奥·蓬泰科尔维的生活。假如可能的话,他会像莱奥·蓬泰科尔维那样死去。你怎么能从这桩罪行中脱身?其余的那些东西——法官摆在莱奥眼前的所有东西,都是纯粹的借口,都是离题的东西,都是在浪费时间。

莱奥忽然感觉很累。忽然间,他不想再解释,他感觉一切都那么空洞、乱七八糟,那么愚弄人。他在想:这个世界上,是不是真有这么多证据,能证明他的变态,或者更加简单地说,任何一个人的故事,都可能被精心地利用和操纵。

"教授,"法官忽然说,"您认识唐娜泰拉·詹尼尼吗?"

唐娜泰拉·詹尼尼?他当然认识唐娜泰拉·詹尼尼了。那个女人的名字,忽然把他带到了一个干净、无菌、高效的地方,一个和他现在所处的地方完全不同的地方。唐娜泰拉·詹尼尼是圣克里斯蒂娜医院的一名护士,最出色、最勤快、最有合作精神的护士之一,也是最严厉、最能干的。她是整个部门的支柱之一:病人、病人的父母、医生、护士,还有她的下属都很喜欢她,总之,所有人都很欣赏她。她是一名温柔、超凡的护士长,她在工作中投入了极大热情,而且人也很周到。

"您知道,唐娜泰拉·詹尼尼说了什么?"法官问道,他从另一个文件袋里,拿出了另外一张纸。

"法官,我怎么能知道呢?"

"她告诉我们,在您的部门,您赞同那些未成年病人混居。"

"不是这样的……不是这样的……唐娜泰拉不可能说这样的话……她可能指的是那件事情……那是几年前发生的一件事情……我可以讲的……唐娜泰拉看到两个小孩在一

起……她过来告诉我……她有些不安……我只是告诉她……我不是那种意思……不是她理解的意思……唐娜泰拉不会说那样的话……真的,当时我们讨论了一下,我们讨论了那件事情。我说了一些话,但只是说说而已……说得很抽象,那只是一种挑衅。"

这时候,埃雷拉听到了"挑衅"这个词,他开始插话,非常坚决地说:

"够了,莱奥,现在别说了……法官,这样就够了。我的客户现在要使用他不回答的权利……够了。真的。"

"不,我还没有说完,埃雷拉。你不明白,你不明白他们现在对我做的,你不明白,他们现在对我做的事情非常可怕。一切都那么荒谬,你不明白,你什么都不说,我给了你那么多钱,想让你说。我让你发财,就是想让你捍卫我,但是你在那里昏昏沉沉的,你什么都不说……"

"莱奥,够了。"

"我说,你根本就不明白!没有人能明白。我在这里面,都快要死了,假如你没到那个地步,你是不会明白的。这些人只对我说那些荒谬的事情,书里划出来的内容,画展的目录、唱片。你什么都不做,那个人瞪着我,就像我是纳粹恶魔医生门格勒,还有那个人在记录……我……最可怕的就是这种荒谬,这种愚蠢的捏造是最让人痛恨的事情。"

"我求求你了,别这样……法官先生,我们今天到此为止。"

"但我要把话说完!"莱奥站起来说。

"教授,我要求您坐下来,说话声音低一点。"莱奥听到有人从身后开门进来,那是一名带武器的狱卒吗?

"我一定要把话说完。"他低声重复了一句,然后坐了下来,"怎么会这样？我们所有那些策略呢？我们谈论过的所有事情呢？现在,你什么都不说吗？你就待在那里,一声不吭吗？你总是有那么多建议给我,你总是有理由斥责我,你总是知道该怎么做。除了这一次,这一次,你不知道……"

"求求你了,莱奥……别这样。真的,我们今天就到此为止。"

"我们不能就这样到此为止。你明白吗？我们不能到此为止。我已经有几个月没有说话了。我已经有几个月像一个受惩罚的小孩一样,被凌辱。已经有几个月了,我相信所有别人说的那些东西,我假装所有正在发生的事情有意义。我认为,因为某种原因,是我自己罪有应得。已经有一阵子了,我任凭你对我热嘲冷讽,我让这些人折磨我。我再也受不了了,我撑不住了,我过着地狱般的日子。你不知道,你不知道这里面会发生什么事情,需要对这里发生的事情进行调查……但是,你——埃雷拉,你站在谁的身边呢？我能知道你是和谁在一起吗？"

"莱奥,假如你继续这样,我不得不放弃我的工作……"

这一次是埃雷拉站了起来,这给在场的人没造成太大的影响。

"这就是你惟一担心的事情吗？放弃捍卫我？不和我搅和在一起,不和发生在我身上的事情搅和在一起？你担心我会把你拖向地狱吗？好吧,你放心好了,这事情只和我有关……你想怎么办就怎么办吧,但我要告诉你,我是怎么想的。"

"不是现在,不是在这里,我该怎么对你说呢？您听我说,法官先生,最好……"

"我已经告诉你了,埃雷拉。我已经试着跟你解释了,他们用那些照片来扭曲你的形象。他们在你面前放几张照片,就以为已经完全了解你了,他们以为,他们了解你的人格。这些照片对他们来说,就是事实,假如一个人可以不留痕迹地生活就好了!如果你们知道,我留下的痕迹多么歪曲事实就好了。假如我能说明,我怎么被一个十二岁的小姑娘装在口袋里就好了……"

"你说的是什么意思,教授,'被装在口袋里'是什么意思?"

处心积虑,真的是处心积虑的算计。语言的模糊性真是太可怕了,这种暧昧性有一种摧毁的力量。你越辩解,就越深陷其中。你越想把事情弄清楚,事情就变得越浑浊,你出不来了。莱奥想:可能埃雷拉说的有道理,最好的办法就是沉默,但是我没有办法沉默。我从来都没有这么想说话。

"'被装在了口袋里',法官,意思就是'被装在了口袋里',我不知道还能怎么解释。感觉到自己被威胁、被讹诈,受一个巨大的、可怕的、你无法控制的东西支配……

"您是在说您的冲动吗,教授?您指的是这些东西吗?"

"不,我不是在说我的冲动,我没有那些无法控制的冲动,我从来都没有过。我的那些冲动,和一个正常的、通晓人事的普通人一样。我说的是那种残酷的、让人痛恨的、没有任何意义的行为,那个十二岁小婊子的行为。不知道为什么,她决定毁掉我的生活,把我建立起来的一切都毁掉,所有我爱的一切。而且,用那种处心积虑的、魔鬼般的方式……"

莱奥觉得,自己抑制不住想哭的冲动,他觉得自己终于走上了正确的道路,他正在说实话。这不正是那些诚实正直的人应该做的吗?说出实话。

"那个'小婊子'是谁呢,教授?您口中的'小婊子'是谁?"

"莱奥,求求你,别说了！莱奥,恳求你,别回答……"

"您非常清楚,法官,谁是那位小婊子。我都没办法说出她的名字,更确切地说,我提起她的名字都会害怕。看看我,我又高又大,差不多两米高,但是,我没办法说出那个小婊子的名字。"

莱奥的喉咙很干,他的背都湿透了,他感到一阵阵心悸。但是,他还是很清醒地觉察到,每一次他说出"小婊子"这个词时（不知道,他是用怎样一种解恨的音色说出这个词的）,法官旁边那个年轻女助理都会抖一下,好像被电击了一样。莱奥感觉到那女孩的目光——是的,那女孩可能刚满三十岁,她用带着愤恨的、难以置信的眼神盯着他。为什么"小婊子"这个词会让她那么不安？她是一名法律机关的助理,她应该听过、见过更糟糕的事情。莱奥怀疑,她属于那种受过创伤的女权主义者,是瑞秋最痛恨的一种人,带着一种心理失衡的偏执妄想,把男性最温和的行为都解释成一种让人无法忍受的侵犯。这种女孩子缺乏任何幽默感,她们感觉到自己消瘦的肩膀上,承担着几千年女性遭受的凌辱。

这个姑娘是怎么看待莱奥的？这不难理解:他就是需要与之斗争到底的旧式男人。最具有讽刺意义的是,在外面已经真的有不少人认为,他就是那种要批斗的旧式男人。最让人难以置信的事情,就是考虑到他过的生活,他的善良和蔼,他的好脾气,还有他从来不恨人的罕见天性。好吧,这可能就是人们痛恨他的原因,人们痛恨他,因为他没有能力痛恨,那些不会仇恨的人,也不会保护自己。他在仇恨方面的无能,让人无法原谅。是的,这也许可以解释很多事情。

莱奥看到:那个女助理每次在听到"小婊子"这个词时,都会抽搐一下。他在想,卡米拉会不会注定成为这样一种女人,是不是她所做的一切,都是成为这种女人的演练。一个内心充满仇恨的女人,这是他第一次从思想上来分析卡米拉的行为动机。在最近几个月里,他忙于应付这个小姑娘密集的、丧心病狂的进攻,他从来都没有想过,那段时间里她的脑子到底在想什么。她的手头上有什么武器:爱？恨？恶意？报复？

现在,惟一一件可以肯定的事情是:法官的女助理每次听到莱奥说出"小婊子"这个词时,她的仇恨都在膨胀。这一点让他很满足,就好像他终于可以实施了自己的权力——让她恼羞成怒的权力,让她厌烦,让她越来越不舒服的权力。这种优势,让莱奥不停地说出那个脏词,用一种深思熟虑的方式,几乎每句话里都会出现：

"不,别让我说出那个名字,那个小婊子的名字,对我来说,真的难以启齿,我连记都不记得。我脑子里想的就是:那个小婊子、小婊子、小婊子……"

他这么说,就是为了看到那个女人备受折磨,那个长大了的卡米拉！

就在这时候,法官决定开始说话,他很不耐烦地晃动着手里的另一张纸,他带着威严,一字一句地说,他做这些时,看起来心满意足,好像是一个数学老师,在黑板上写出了一道非常难解的方程式的答案：

"一位十二岁的女孩,您用这么肮脏的、无法原谅的词汇来称呼,教授,她是不是那个控诉您强奸未遂的女孩呢？"

这就是那个起诉,因此,这就是他被捕的原因,这就是写在那张纸上的内容,莱奥放在口袋里的那张纸。已经过去五天了,他仍然没有力气阅读那张纸。卡米拉对他的控告,他从来没有做过,而且是做梦也不会想做的事情。卡米拉,作为一个精明能干的小姑娘,她已经完成了她的杰作。

255

第 四 章

他一眼就看到那幅涂鸦了,在他家房子墙上(秋天柔和的红色阳光下,他家的房子变得很优雅),那幅画是刚画上去的,是他不在家期间有人画上去的。也可能就是在去过几天的某个晚上,某个小混混画上去的。没人想着把这幅涂鸦擦掉:那个绘画者用一种幼稚的笔法,勾勒出了一位骑马的男人形象,就像一个乳臭未干的小孩子,画的古罗马皇帝马可·奥勒留的画像,只是那个男人和马的脖子上都套着缰绳。

已经到这个地步了吗?他们想要莱奥的命,不仅仅想要他的命,还想要他的坐骑的命——就是那张该死的照片中的马。莱奥想让埃雷拉注意到,他当时说的是对的,那张照片的确很重要。但是当他正要开口时,他发现自己已经不在乎这件事情了——说服埃雷拉、劝阻埃雷拉、和埃雷拉讨论,又有什么意义呢?

对于埃雷拉来说,把他从监狱里弄出来,这已经是很艰难的一件事情了。在那场审判的最后,莱奥歇斯底里地爆发了,真让人可气可恨,审判以混乱收场。他们又把莱奥关到监狱里了,再把他弄出来,事情并没有那么容易。后来,莱奥在监狱里又待了二十天。他们当时就是这样对他说的:二十天。尽管莱奥当时的感知力告诉他,二十分钟也会像二十年那么长。无论如何,最后埃雷拉做到了,把他从监狱里捞了出来,埃雷拉终于做成了一件事情。

埃雷拉去监狱门口接他的时候,不是高兴,而是兴高采烈,或者说趾高气扬(这两个词,意思差别还是很大的)。他出现在监狱门口,坐在一辆五百马力的银灰色奔驰车上,非常气派。埃雷拉太讲究排场了,他坐在那辆车的驾驶室里,那辆车子像装着轮胎的游轮一样宽敞——就是那种非常耀眼、方形的汽车,这种汽车会很快过时,几年之后,就会成为那些高端的吉普赛人,或者平庸的犯罪分子的车子。

现在他们就站在那里,一个挨着一个,默默地看着墙上的那幅涂鸦。

"我马上找人把它擦了。"

"不,不,算了,没关系。"

莱奥的逆来顺受成了一种毛病,但这没有阻止他在下车离开时,狠狠地摔上车门,他一个人走向了地下室。

奇怪的是,墙上的那幅画像,很快就成为这栋房子能赋予他的、最温情的东西。实际上,莱奥期待的是有一帮人等着他回家,但是别提了,发生了那样的事情——坐牢,落在他头上的新罪状,真让人发指。假如莱奥需要一点有人情味的东西,那他应该满足于墙上的那幅涂鸦。

这就是他所做的,他对那幅涂鸦产生了感情,就像那是一个破得不成样子的绒毛玩具。在他的监狱兼工作室里,他现在常常坐在一个高脚凳上,透过高高的窗口,看着他的新朋友。

几天、几个星期就这样过去。莱奥一直在消瘦,一直不停地消瘦下去,他开始留胡子:很浓密、僧侣般庄严肃穆、像先知摩西一样的白色胡子。胡子就是他对世界的回答,这种神秘的虚荣就像解药,可以化解那些毒害他的东西,那些他所面临的、无法避免的、剪不断理还乱的事情。他的外形和新的生活方式相一致;他的新生活方式,和他现在对世界的感知相一致。自从埃雷拉把他从监狱里弄出来,他穿衣的方式也发生了改变,变得更加严肃了。他穿着运动服,那是以前在美好的时光里,他从来不会穿的衣服,这标志着他迈开了走向救赎的脚步,非常严肃、不屈不挠。

冬天快来了,一队队阴沉的、膨胀的、幽灵般的乌云,从乌拉尔山脉像军队一样开过来,沿着北欧宽阔的山脉下来,穿过阿尔卑斯山和亚平宁半岛,最后来到了蓬泰科尔维家里:现在它们就潜伏在那里,在地平线上,已经做好了开战准备,这些乌云带来的是最初的寒冷,还有很重的潮气。几个星期前,花园里的美国红提的枝蔓上,还有一些橙红色的叶子在招摇,非常灿烂,现在那些枝蔓已经变得光秃秃的了,成了一片缠绕在一起的枯枝,就像一片石化了的树林。

面对气温的下降,莱奥感到非常害怕,他知道他不能指望瑞秋的慈悲。通常,她在取暖问题上斤斤计较(至少要节省到十二月中旬)。在孩子们的抗议中,她才会把暖气开关的手柄抬起来。在深秋初冬,尤其是清晨和傍晚的时候,莱奥常常冷得发抖,而且地下室潮气逼人。他觉得太冷的时候,他就会在运动衣上套一件旧滑雪外套,那是在瑞秋放旧衣服的储存室里找到的(那种具有解放意味的词汇——"丢弃"或者"赠送",在他们的词汇表里是不存在,在这位太太的情感词典里也不存在)。那件外套上散发着浓浓的卫生球的味道,但是莱奥并不在意。在那个小储存室里,莱奥还找到了一顶灰色的毛线帽子——就像那些慢跑运动员,或者是日出前出去钓鱼的渔夫一样,他们戴这种帽子,不让耳朵冻着。这顶帽子,好像专门是用来掩盖花白的鬓角,有时候,他晚上睡觉时会带着这顶帽子,早上起来时还戴着,这让他感觉到海狼般奇怪的欢喜。

埃雷拉没有费多大力气,就说服了他的客户,让莱奥不要出席法院的审理(这时候,诉讼已经开始了)。埃雷拉是这样解释的:最好不要让别人看见你,让别人审判你的行为,而不是审判你的血肉之躯……等等……等等……等等……这些老套的话已经不能欺骗莱奥了,这些策略让他很厌倦。埃雷拉还是之前那个很啰唆的人,他曾经有机会展示他的才干,但是他错过了机会。现在他可以想说什么就说什么,或者想干什么就干什么,解释或者沉默都行,莱奥已经不感兴趣了。

他对自己的律师惟一要求就是:向他详细汇报每次法庭开庭的情况。埃雷拉每天晚上都会给莱奥打电话,莱奥让他详细地讲述所有细节,同时,他带着小学生般的固执,记着笔记。他总是拿着一个笔记簿(这是他在瑞秋存放废旧物品的地方找到的),在这个本子上,他记下他和律师的会谈详情。当埃雷拉对他讲话时,莱奥想象着正在进行诉讼的法庭,那些人在争辩他做过的和没做过的那些事情,辩论他说过和没说过的话。诉讼是在哪里进行的呢?是在法院众多的审判厅之一吗?莱奥想象那些可怕、浮华的建筑,那些无用的人来人往、熙熙攘攘,还有咖啡机散发出来的牛奶咖啡的味道,简直就像一个蚂蚁窝,一个巨大的蚂蚁窝。所有人都在说话:高谈阔论,或者在交头接耳,但从来都不是正常说话。

根据埃雷拉对他的描述,进入法院内部,就好像走进了一家电影制片厂,地上有铺路石,一切都很像十七世纪罗马的情景,那些路灯也是罗马广场上特有的。广场,还有那些口若悬河的辩论,那里的确像古罗马广场,是人们集会、辩论的地方,在这里,一些人总是以人民的名义做出一些决定,决定另外一些人的命运。

"所有公民都享有同样的社会权利,法律面前人人平等,不分性别、种族、语言、宗教、政治观点,以及个人及经济条件。"这就是宪法第三条的内容。非常棒!法不容情,出发点是非常好的。莱奥想象,在法官和缺席的被告人的椅子之间,在墙上的木板上,用金色的字这样写着:

法律面前人人平等。

这基本上也是事实,但让人遗憾的是,这仍是微不足道的事实。有谁在乎法律呢?法律可以拥有这个世界上最好的出发点,但重要的是人对人的想法,是一个人对其他人所做的事情。

说到人们,按照埃雷拉的说法,关注蓬泰科尔维事件的人已经越来越少了。但莱奥并不在意这一点,他想知道人们所说的话。埃雷拉在这一方面可以满足他,给他做出非常详尽的报告。

莱奥听着埃雷拉的转述,不再对那些诽谤和中伤感到愤怒,他不在现场,这些攻击就不会落到他身上。他已经对谎言产生了一种让人惊异的抗体,在一种奇怪的矛盾中,表现为他对事实的反感。事实真相,就是让他愤怒的东西:当莱奥嗅到真实的气息,就会浑身起鸡皮疙瘩。并不需要太多事实,只要埃雷拉对他说,他已经向法庭出具了一张飞机票,能够证明被告人那天不可能出现在狡猾的控告者所说的地方,因为那天他去安韦尔萨参加了一个肿瘤学研讨会。埃雷拉告诉他,拿出那张机票之后,他还威胁说,他可以让三十几个人作证,当时蓬泰科尔维教授(埃雷拉一直坚持这样称呼他)在那个研讨会上,在一个社交场所,和他那些尊贵的同事在一起喝苏格兰威士忌,抽古巴雪茄——这都是那些慷慨的制药企业提供的。只要埃雷拉在法庭上摆出一个事实:非常肯定、不容置疑,能够说明那些指控漏洞百出,莱奥是被冤枉的,他都会感觉到头晕目眩,就好像这些事实,会还原一个以前的自己,但莱奥已经和那个人断绝关系很长时间了。因此,去他妈的事实,我们还是把注意力集中在谎言上吧。

莱奥依然在晚上吃饭,某位好心人总是在烤箱里给他留饭,他在自己家里,上楼去吃东西时就像小偷那样。开始几次,他看到摆放好的一个人的餐具,显然是给他准备的,他马上就没有胃口了,他被这种明显的好意感动得一塌糊涂,他跑开了,他认为自己配不上这种怜悯,虽然他不知道这是谁给他的恩惠。但是,随着时间的流逝,那种激动的情感消失了,成为了一种习惯。每天晚上,在夜半之前,他来到厨房,打开烤箱,拿出留给他的东西,吃完又回到他的禁闭室里。

他很不情愿地吃着那些不冷不热的食物,他想到了死亡,他尽量用一种混杂着科学人士的老式唯物主义,来看待这个问题,还有深奥的东方哲学里,能给人带来慰藉的泛神论,就是有些人在死前信仰的哲学。

他想,我一直在解体。是的,这是必然发生的事情:我会变成粉末,这就意味着我不会消失,我身体的分子组成,会愉快地飘洒到各处,像花粉一样飘动。这真的很神奇,可能会出于一种情感的本能,我身体的组成分子,会停留在这栋房子的周围。我在这里,瑞秋,我亲爱的宝贝,我的爱人,我是不会离开你的。我即使变成灰烬,也会守护着你,守护着我们的孩子……我腐烂身体的分子,会一直和你们在一起,陪伴着你们,抚摸着你们。

通常,这种联系到死亡的感伤,会让他放下手中的叉子,抓起笔开始写作。这段时间,他一直在写东西,尤其是晚上,就像古代的那些诗人。对于他这个社会阶层的人来说,当生活发生变故时,他们就会开始写作,一个处于成功顶峰的人,是不会通过写作给他满意的生活增添光彩,而是会去博拉博拉岛上,来一个星期的远海钓鱼!写作干什么?事情就是这样,只有生活出了问题时,他们才会想起写作。写作是那些倒霉鬼才做的事情,写作是为了把事情理出头绪,写作是为了留下痕迹,形成一个新的目标。现在,他的案子已经失去了吸引力,所有人都在忘记他,他不再需要一名律师为他洗清冤屈,他不需要平反昭雪,恢复职位。鉴于他家人的表现,他不再指望一种私人的、情感上的谅解,他只能尝试写作了。

总之,这可能是他最后一次说明真相的机会。

但是,莱奥对真相已经不感兴趣了。

这就是为什么,他没有走到书桌前,满怀热情地写出自己的回忆录,在给字母 i 上面标点时,充满仇恨和气愤。他本该用笔做他的武器,他有权那样做;他本应该运用他的文采来作战,批判虚假的诬陷,捍卫自己的尊严;他没有写那帮医院的官员,怎么把他卷入了那些肮脏的权钱交易;他没有写那个他帮助过的助理,先是欺骗了他,从他那里骗走了钱,然后控告他放高利贷;他没有写一个小变态怎么给他下套,那个小变态的父亲怎么样操纵那些信,让他在世人眼里,看起来像一个性变态;他没有写整个媒体和法律系统,怎么炒作他的事情,让他成为整个国家道德败坏的某种象征;他没有写他的妻子——他深爱的妻子,他从来都没有背叛过的妻子,他给予了她一个丈夫能给予的所有物质享受和幸福,她没有说一句话,就无情地弃绝了他;他没有写他的孩子,如何把他从这个地球上抹掉……是的，总之，莱奥没有写那些他有权写的、本应该写的东西，他开始思索莱布尼茨。

是的，我们的这位混蛋，他开始摆弄起了哲学来，他在温习高中时代学过的一些古老的概念。他经历的事情本应该教会他很多东西，但莱奥感觉到，他惟一领会的东西是：人都是一些"没有门、没有窗"的流浪者。

也许这是真的，人都是流浪者，就像莱布尼兹所说的：没有门，也没有窗子。但是，那个他用来自我囚禁的地下室……是的，是有门的（尽管越来越难穿越），也有一点儿窗子，尽管很小，在很高的地方，只能看到外面世界的一小部分。

那两个小窗户，那两个舷窗，成了他和家人惟一的联系：尽管发生了那些事情，但是莱奥还是一直顽固地爱着这几个人：他的瑞秋、菲利波和撒母耳。遗憾的是，通过那两扇小窗户，他惟一能看到的是他所爱的人的腿和脚。那些漫长的、不紧不慢的日子，对于他来说，最辉煌的时刻，就是他看到儿子和妻子的腿，他们走在小路上，走向汽车。一般是在早上七点，莱奥经过一个基本彻底失眠的夜晚，他在窗前看着那些他深爱的脚和腿穿过小路，在阳光下，或者雨中，脚步一上一下，有点疲惫，他们会跳上瑞秋的越野车。最后，莱奥看到那辆灰色的路虎，在花岗岩小路上倒车，经过栅栏门，这是他一天中最幸福的时刻。但是，一天结束之后，同样的路虎车回到家里，他内心激起的情感却完全相反。这时候，菲利波和撒母耳的腿和脚，要比早上有活力，他们从车上跳下来，跑向门口，或者在院子里停下来，踢一会儿球。这时候瑞秋会很和蔼地说："孩子们，现在该做作业了。你们玩网球还没有玩够吗？你们有完没完啊？"他们就会喊道："让我们再玩五分钟。"

一切都很正常：没有人会理会那位藏在暗处的囚徒，就好像他已经不存在了,就好像他们已经把他从生活中抹掉了。前不久,孩子们还有所顾忌,都不愿意被看见,他们踢球的时候还小心翼翼的,但是,随着时间的流逝,他们越来越肆无忌惮了。是的,他们似乎真的忘记了父亲住在地下室。

夜晚降临的时候,家人都回来了,在这种时刻,莱奥感到自己实在受不了了。他觉得,他处于一个非常可怕的东西边缘。假如他听从自己身体的本能,他会打开门,走上台阶,回去和他们一起生活。但是他非常不安,他害怕他们会认不出他来。或者,更糟糕的是:他们会无视他的存在,就好像他已经变成了一个幽灵。

圣诞节也过去了。透过那道小小的天窗,他能看到邻居装点过的柏树和玉兰树,还有挂在树上的彩灯。他还能看到,那个巴基斯坦园丁——穆罕默德清扫过的小路,他负责这一片房子。他看到妈妈们从汽车上匆匆下来,手里拿着装满礼物的袋子。莱奥无法相信,一切都开始于一年前。一想到事情过去的时间,从某个时刻起,你生活的一切都不一样了,这实在让人难以忍受,他又回过头去,看着那幅涂鸦里那个被吊死的男人,来获取一点安慰。

他看着那幅涂鸦想:我不应该忘记你,你是我的一生。当我思考的时候,当我回忆过去的时候,我必须看着你,所有一切才有一个合理的解释,才各得其所。

新年到来了,莱奥的脸贴在玻璃上,半夜的时候,他看到天空中充满了五彩斑斓的烟花,在烟花绽放的瞬间,照亮了那个被吊死的男人:那幅涂鸦沉浸在各种颜色里,在让人产生幻觉的亮光下,莱奥觉得那个男人活了过来,好像要对他说些什么。爆竹声很响,狗都在没命地狂吠。最后,在黎明四点半之后,是漫长的寂静。到了一九八七年,也许事情会好起来的。

也许，一九八七年是另一番情景，也许，一切只是因为是一九八六年的缘故。也许瑞秋在等着这一年结束，有些事情对她来说非常重要。迷信——那些犹太人的神秘传统，对她来说就是一切。也许她是对的，也许她一直都是对的。再过几分钟，她就会和孩子们一起进来，他们会给我一个惊喜。他们会过来和我说话，那我们就一起斗争，所有人一起，就像从前一样。

莱奥一直等着有人进来，就这样，他度过了一九八七年元旦，但是没有人进来。

日子就这样过去了。

新年带来的惟一个奇迹是一场雪，罗马的雪。莱奥看着窗外，看着他最熟悉的风景——世界的一角，被两扇小窗子的玻璃分隔着，忽然间改变了模样。那些飘浮在空中、慢慢飞扬的纯白色雪花，具有让时间变慢、让空间凝固的魔力。这种让人伤心的景象，让我们的长胡子诗人、哲学家感动不已。这个情景出人预料、非常奇怪，他感觉到，没有必要赋予这个情景那些深奥的含义。这个世界已经展示了所有的含义，假如世界特意去展示，它知道如何表达洁白、美丽和无害。一切的含义都在里面，没什么可说的，没什么可解释的。

莱奥连续几个小时，从窗子里向外看，他看到一种完美无瑕的温柔，雪把一切东西都变得柔美：小路、花园、砖铺的人行道、斑岩铺成的小广场，都变成了白茫茫一片，褶皱和棱角被抹平，这就是那三十厘米积雪的宜人效果。在积雪的覆盖下，世界变得很整洁，惟一一个错落有致的地方是瑞秋干枯的花园，积雪把那个地方变成了洁白的月球环形山。

雪连续下了两天，然后开始融化。在雪融化之后，眼前的景色变得丑陋和惨淡。

像一具被解剖的人体。

一天夜里:应该是三点半的时候(莱奥一直都不喜欢这个时刻)——别墅里的防盗警报突然响了起来,声音非常有冲击力:尖锐、刺耳,莱奥忽然从沙发床上惊醒。自从他们安装了这个防盗系统(几年前,他们附近有几家别墅被抢劫了),这是它第一次响起。莱奥记得那个安装设备的人,是一个瞪着一双迷惘大眼睛的男孩。他给莱奥解释说,尽管这个设备非常可靠,但有时候,它也会无缘无故响起来。"无缘无故响起来,为什么呢?"莱奥问。然后,他听到那个男孩重申说:"就这样,没有什么原因,是一种很难解释的失控状态,或者是受到某种天气变化的刺激:下雨、打雷闪电或者刮风。"那个男孩在说这个设备时,就好像在谈论一个活体,会心血来潮、忽然冲动,莱奥觉得非常有意思。

但是,在这样一个夜里,听到那种刺耳的声音,他终于明白了那人要表达的意思。那个声音让他想起了被屠宰的猪,或者被扔在开水里的龙虾,那是一种非常折磨人心的声音。

不知道发生了什么事情,警报还在响。假如家里有小偷,那个警报会让他们逃走(或者他们已经逃走了)。假如这是一个虚假的警报,那就更好了:瑞秋会想办法,或者两个孩子中的一个,会关掉警报。当时那个安装设备的人讲解时,他们也都在场。另一方面,假如没有人去解除警报,那声音会一直响下去,中间会安静几分钟,又接着响起来,然后会一直循环下去。

第一阵警报声停下来时,莱奥舒了一口气。但是,当警报声又接着响起来时,他感到非常害怕。发生了什么事情?瑞秋、孩子们,还有泰尔玛,他们去哪里了? 或许,他们不知道怎样解除警报。或者那个设备坏掉了？或者,或许……不,他想都不敢想……也许他们已经成为那些恶棍的人质。(莱奥的脑海里,马上浮现出了那个在监狱里,凌辱过他的恶棍的面孔。)

以前,莱奥决定购买那个防盗系统时——这个提议遭到了瑞秋的反对(她对于那些科技方面的东西很抵触,她倾向于不相信,犯罪分子会威胁到她和她的家人),是因为他在报纸上看到了一则新闻,有三个混蛋,夜里闯入了卡西亚小区的一家别墅,那里距离奥杰塔小区不是很远。莱奥还记得抢劫的所有细节,家里的男主人被绑起来,嘴被堵上了,他们一边威胁、殴打他,一边抢劫。为了让他们的暴行变得难忘,他们还当着那个嘴被堵住的男主人的面,强奸了他的妻子和十六岁的女儿。最后,还在他们的双人床上,拉了一泡冒着热气的屎。

这时候,警报还是一直在响,没有人想着关掉它。一年前,他读的那篇让人毛骨悚然的报道,还有在监狱里看到的那些人的面孔,开始折磨着莱奥。发生了什么事情？他们进来了吗？他们正在威胁、殴打他的家人吗？也许,他们正在强奸瑞秋,或者泰尔玛,或者两个孩子中的一个？他应该怎么办呢？鼓起勇气,打开门,上去看看发生了什么事情,采取行动吗？忽然间,他有一种很天真的想法,想表现出英雄主义的行为。是的,也许这样事情会得到解决。假如救了他们,那他会获得昭雪,那种昭雪,他已经停止幻想很久了。假如他死于这场英雄事业,那也值得,那就是死后的昭雪。

警报再次沉寂下来,那种忽然出现的、绝对的寂静,要比喧闹更让人惊心。莱奥把耳朵贴在门上,什么声音也没有听到,好像没人意识到正在发生的事情。

也许,这一次他们已经解除了警报,回到了床上。好的,这是一个合适的时机。他可以上去看看,假如他们看到我,那我也有一个正当的理由。对不起,瑞秋——我说这些话时,声音不会颤抖——我想看看,有没有出什么事儿,我只是想证实一下……是的,这就是现成的话,假如他能打起精神,打开那扇门,来到楼上,在客厅里走几步。这就是他遇到瑞秋时应该说的话,她这时候应该还穿着睡衣,睡眼惺忪。

当他想象着那个夜晚可能出现的会面和告白,警报声又一次响了起来。没有,他们没有关掉警报。他们没听见吗?也许他们听到了,但他们不知道怎么关掉警报。又一次,他心烦意乱,产生了很多不好的联想。

或者,他们已经出发了。是的,这就是原因。谁说他们没有动身呢?实际上,最近几天,家里是要比平时寂静一些。早上,没有地板打蜡机的声音,没有任何脚步声。那是二月的第一个星期,距离情人节没几天了。每年这段时间,瑞秋都会带着孩子们去滑雪。也许,他们在外面滑雪。是的,这就是原因,他们去滑雪了,一切都得到了解释。

但是,又是谁给他留饭呢?也许,瑞秋交代了某个人给她丈夫送饭,她的那些帮手中的一位,她就是这样称呼他们的:帮手。看着这个小女人,所有人都很尊重她,都对她充满敬畏,按照她的吩咐去做,那种敬意是显而易见的。这就是为什么这几天只有冷餐,昨天晚上只有一点儿奶酪,今天是肉干。事情应该就是这样……

他好像听到了什么声音,那声音让他再次陷入了焦虑。他想:那能费你什么力气呢?实际上,你只要打开门,走上几个台阶。你已经走了几百万次了,为什么现在不行呢?

整个晚上,那该死的警报一直响了停,停了响,非常有规律。尽管莱奥生自己的气,生整个世界的气,他的手一直放在门把手上,他在那里一动不动,待了好几个小时。他把脸颊和耳朵贴在门上,咀嚼着自己苦涩的怯懦。他睡了醒,醒了睡,一直待在那里。

直到花园那边有声音传过来,把他彻底唤醒了。忽然间,他想起了发生的事情,他站起身,靠着门在地上睡了一夜之后,他的腰非常疼。他一瘸一拐地走向窗子,看着外面,眼前的情景让他心头一热。

那三个人的腿和脚还在那里,他们再也不想看到他了,但他们还是他最爱的人。他们向那辆路虎走去,莱奥看到,菲利波手上拿着一盒牛奶巧克力,那是他很小的时候就养成的习惯,每次上学前,瑞秋都会给他几块巧克力。然后,他看到了撒母耳红色羽绒服的衣襟、灰色的运动裤,他们正气喘吁吁地向汽车跑去。

头一天晚上,发生了什么事情?他们现在都在,昨天晚上,为什么没有人起来关警报?为什么没人动?为什么?为什么?莱奥永远都不会知道。

外面的花园里,美国红提的绿芽已经很茂盛了,这预示着春天的到来。有一天,莱奥忽然间又产生了一种希望:很模糊、荒谬、不合时宜。但无论如何,那都是一种希望,他不抱任何希望已经有很长时间了。也许,一路走来,他学会了欣赏混乱、没有条理、无动于衷,还有绝望带来的一丝安慰。那种绝望会让你充满尊严,做出一些选择和行为。

已经有好几个星期了,他不再倾听那些充满细节的诉讼汇报,那是每天晚上,埃雷拉都会打电话对他讲的。埃雷拉讲话时,莱奥不说话,只是听着那些事情,他就感到天旋地转。

所有那些针对他的起诉——五大罪名,太棒了!所有那些对他的关注,所有那些狂热的手,都想探入他生活的垃圾中,从本质上讲,那些垃圾和别人生活的垃圾并没有不同。整个事件都极端让人作呕。

法院里那些漫长的诉讼,就应该那么丑恶吗?一种折磨人心的烦冗,虚伪的官僚手续。为什么要谈论那么多?为什么他们还在谈这件事?为什么要把事情搞得那么复杂?在这种情况下,没有人像他一样感到恶心了吗?为什么他们可以靠谈论那些事情活着?他们怎么能靠分辨莱奥·蓬泰科尔维的对与错而活着?

那些戴着假发的人在法院谈论他的生活,他们谈论的生活是那么阴暗;埃雷拉用华丽的辞藻讲述的,莱奥的美好生活,也一样阴郁。对于所有人来说,这样就好了吗?好吧,对莱奥来说不行,他受不了了。他精疲力竭,要崩溃了。

不,让他生气的不是那些法律人士,那些人在履行自己的职责,这一点问题也没有。他们如此充满怀疑,这一点儿错也没有。

从根本上来说,想想莱奥之前的生活,他就能很清楚地看到:自己在那些得了绝症,那么多尸体旁边,幸福地生活了很多年。他生活在那么多受苦的孩子中间,还有很多为他们的病痛哭泣的人。对于他来说,他可以和痛苦、死亡共存,不影响他的生活格调,这也是他通过努力才做到的。他不是那个生病的人,他不是那个要死的人,他只是一名给别人治病的医生。通常,他要在自然力量面前,做出让步:自然有自我更新的欲望,更新是通过毁灭来实现的,这是一个需要接受的残酷现实。但是,假如你做这份工作,现在轮到你自己没有几天活头时,你要学会承担。你应该在年轻时就学会,也就是说,在你刚进医院时,就马上学会。这是玩世不恭吗?你们想怎么叫都可以:求生的精神,人情世故。这就是莱奥认识到的东西。

没过多久,他就对死亡失去了兴趣,那变成了一种工作,就像刽子手、狙击手,或者士兵的工作。莱奥终于学会了把他生活的两个部分开来,把幸福和恐惧分开,就像一个精神分裂者。就像那些清洁工,不紧不慢说出来的话:这个工作很脏,但总得有人来干啊。

莱奥记得很清楚,那天晚上他从医院回家,因为一个小病人死了,他感到异常不安。尽管,那不是他第一次看到小孩死掉,看着他们的父母悲痛欲绝。把小孩从死神手里抢回来,这是他的工作,这次他没有成功,在他的医生生涯中,也不是第一次发生这样的事情。那时候,他是一位三十五岁的肿瘤学家,他已经积累很多让人毛骨悚然的经历。要说,那也不是一个非常特别的孩子。那个男孩的死,为什么会让他感到特别难过呢?莱奥不知道。实际上,这是因为那个男孩身上背负着某种东西,对他有特殊意义。那是因为对他来说,那个男孩和其他男孩不一样,因为没能救活,所有才和其他男孩不一样。很明显,假如莱奥·蓬泰科尔维教授没能想清楚那个男孩的事情,他也不会治疗后来的那些孩子。

他的名字叫亚历山德罗,九岁,是一个充满活力的男孩,属于那种很逗乐的男孩。就是那种愉快中夹杂着抵触,随时可能给你上一课的小孩。他是一个说话非常勇敢的孩子,喜欢告诉你发生的事情,作为一个勇敢的成人,有时候也会意想不到。他和护士们相处得也很好,总之,他是一个很能干的九岁男孩。

他得的是血液病,不是那种最严重的病。也许,莱奥喜欢他的原因之一,就是因为他的病康复的可能性很大。就像他看到的那样:亚历山德罗好些了,他的疾病正在被击退。莱奥同意让那个男孩出院,他当时觉很满意,感到自己妙手回春,像个天神。

但是,几个月之后,亚历山德罗的父母又把他送到急诊室来了。他们当时在海边,在沙滩上,亚历山德罗开始流鼻血,父母没有办法止住。他忽然就变得虚弱,陷入昏迷,神志不清,开始发高烧。莱奥接到了一个电话——他当时也在海边度周末,他马上就回了医院,因为亚历山德罗需要他,亚历山德罗的父母也需要他。

不用看化验单,莱奥就知道这件事情非常严重。亚历山德罗的病复发了,非常严重、无情,就像所有疾病复发一样,忽然爆发。这一次,那些治疗根本就没起任何作用,病情忽然恶化了。年轻的医生莱奥当时想,这是为什么呢?很简单,因为有些病就会恶化,因为没有任何病例是相似的,因为没有任何病人,和他邻病床的病人病情一样,因为每一场历险都是独一无二的。从统计中找到慰藉,这是一种科学上的变态心理,作为一个有常识、有经验的医生,不应该相信这些。一个有意识的医生,应该了解自己的敌人,一个有意识的医生应该知道,他的敌人是一个非常反复无常、难以了解的东西,这个敌人的名字叫做人体。他应该知道,面对疾病,再也没有比人体更脆弱的东西。人们说,人的心理是无法认识的,是一个秘密;但是假如真正存在一种神秘的、无法认识的事情,好吧,那就是人的身体。

莱奥通知小病人的父母,他们的儿子抢救无效死了——在几个月之前,同样的父母,他告诉他们:亚历山德罗已经脱离了危险,还需要观察他的情况,但他已经没有生命危险,他的生活可能会和别人不一样,可能会受到邪恶疾病的威胁,但是他会活着。莱奥脱下白大褂,开车回家了。他回到了自己海边的房子,房子对着泻湖,视野很美,等待他的是年轻的妻子,她正在照顾二儿子,并斥责着无比淘气的大儿子。这样的一幕,代表了一种成功的人生。

那么芬芳又那么腥臭的一幕,让他感到非常罪恶,他觉得自己很肮脏。有那么一刻,他想走一个捷径,出于道义,他应该不融入家庭的快乐,不拥抱生活的快乐。但他很快明白,他错了:工作是工作,生活是生活,这两件事情经常会产生矛盾。它们被一条很细的线分开,这条线悬在距离地面几千米的高空,下面就是深渊。假如一个人不想发疯,就需要把工作和生活之间的距离拉开。

法院的发生事情就是这种情况,他的医院科室也一样,斗争是无情的。那些陌生人用一种非常浮夸的语气,讲述那些不会影响到自己人生的事情,这次惟一涉及的是莱奥的生活:在这种情况下,他就是那个得了绝症的病人,他就是那个要死了的孩子,所有围绕着他的一切,都是一种表演。

现在他明白了,为什么有些病人放弃了斗争,他们好像找到了内心的平静,他们连抱怨的力气都没有了,他们受不了治疗了。现在,他就是那个被治疗的人,那些治疗没有任何用处,只能加重他临终的痛苦,只是用一种极其残酷的方法,延长了那些虚无的时间。他在法庭上遭受的一切,和顽强的治疗没什么两样。在某个时刻,他实在受不了了,只能把电源拔掉。

因为这个缘故,他一直待在家里,在他的地洞里,很平静地妥协着。

至少在那天之前,他一直是这个态度。

那天,他感觉到一种很荒谬的希望,同时他还得到了一个坏消息,两件事情紧密相连。有一个打到他私人号码上的电话,那是埃雷拉的电话,他说,卡米拉下午时说话了,说她有新的事实需要陈述。这就说明,他们已经做好了最后进攻的准备:她的父母,或者那个小神经病自己会做一些让人痛苦、让人震惊的事情。

"你为什么要说这些?"

"我担心,这次起诉的罪名会加重,他们可能会捏造更荒谬的事情,你要做好准备。这对你和你的家人来说,可能都是一件非常严重的事情。如果那个小神经病又说出什么新情况,媒体可能会重新关注这件事情。"

"你说的是什么事情?"

"一件更加严重的事情。"

"怎么,更严重?……还有什么比她起诉我的事情更加严重的?这次,他们会捏造什么事情?我们搞了一个聚会?我带了可卡因?她带了几个幼儿园时期的甜美女同学?"

"莱奥,不要说这些傻话,不要开玩笑了。拜托了,不要在电话里说这些。我不知道这次是什么新情况。我知道的,我已经告诉你了。这只是传言,但需要做好准备,需要保持冷静。"

莱奥心平气和地听完了这件疯狂的事情。他听到这件事情时表现出来的调侃态度,证明了他的平静。埃雷拉做出抗议之后,他没做任何其他评论。埃雷拉说,他要过来找莱奥,跟他谈谈这件事情。这时候莱奥只是小声嘀咕了一句,他不想见埃雷拉。

挂上电话之后,他又一次感到怒火中烧。现在,他惟一感觉到的是一种被压制的愤怒。他们还想做什么,那个小婊子,还有她那个粗鲁的父亲?他们做的还不够吗?他们复仇的热情什么时候才能平息?

复仇。不是轮到他开始复仇了吗?这时候,莱奥非常渴望报复那个小姑娘,她的疯狂和残酷都那样无缘无故,这一点让他非常愤恨。

需要说明的一点是,莱奥的愤怒里没有一点正面的东西,全是负面情绪。他想到自己平反昭雪,那种充满希望的愉快时光已经结束了。已经有很长时间了,他不再想象自己站在法院的大理石台阶上,从那里走下来,从玫瑰花瓣中走下来,充满了掌声和泪水。已经有太长时间,他的脑子里不再浮现瑞秋和孩子们,因为他的平反,他们充满自豪的面孔。事实上,那些希望,先是很少出现,最后彻底消失了。在隧道的尽头,没有任何大团圆等着他,在隧道的尽头,是另外一个隧道。那个隧道之后,还有另外一个,等等。

但现在,他的怒火再次燃烧起来了,他的希望也随之而来。他的希望通过一种不是很高贵的形式,但是更加充满热情,又出现在他的眼前。他想当众揭穿那个小姑娘的谎言,让她颜面扫地,他想看着埃雷拉当众羞辱她,只有这样一个残酷的场面,才能给他带来一丝快乐。总之,怒火又一次点燃了他的希望,是复仇的渴望让希望持续燃烧。

另外,埃雷拉打电话之前的那几个小时,他一直沉浸在对死亡的想象里:想象如何以最快、最干净的方式离开这个世界,这种对死亡的思考,甚至给他带来了一丝慰藉。他没有什么具体的想法,那只是一种打发时光的方式,他已经玩味了好几个星期。他需要的,只有一个词:自杀。但是,他觉得这个词太夸张、太文艺了……他更乐意想象一种突然的终止。

假如我是卡米拉父亲那种人,那种拿着手枪的法西斯分子……假如我生活在摩天大楼的顶层……假如那次,我记住了麻醉师路易吉所说的,他说的是药品混在一起的致命后果……假如,我有勇气上吊……

莱奥不是不想活了,他喜欢活着,他非常喜欢活着。有时候,他还会做一些梦,梦见自己奇迹般地回到了之前的生活中,那是那桩毁掉他生活的丑闻发生之前。好吧,主宰梦境的神祇能证明:莱奥多想享受自己以前的生活乐趣。那些乐趣,那些被低估了的、一个文化人的乐趣,那种任何一个不受非难的人都能享受到的乐趣。现在莱奥新生活的每分钟,他犯的错误,就是拒绝承认这些:他时时刻刻,都在疯狂怀念着从前的生活。星期五晚上,瑞秋一般都会开车去医院接他,他已经累得没办法开车了,所以他把自己的车子放在停车场里。他取下领带,上到瑞秋的车子里,通常她都会晚到几分钟。他们急匆匆赶到电影院,他们气喘吁吁地走到大厅里,总是最后一批进放映厅,挤着别人的膝盖,走到自己的位子上去。

看完电影之后,他们总在那个老地方吃饭,餐馆名字叫"世界上只有伯林尼塔"。莱奥会要一扎冰啤酒、一份混合炸蔬菜、一个大号玛格丽特比萨、樱桃果酱馅饼,(莱奥每次都会给妻子说,馅饼外面的千层饼,是秘诀所在。)最后是雪茄和咖啡时间,一定要按照这个次序来,拜托了。回家的路上,莱奥在汽车里打瞌睡,这就是生活的乐趣:经过一个星期的辛苦工作,度过一个完美的夜晚,在汽车里,在你的瑞秋身边打瞌睡。

不,对莱奥来说,那些乐趣的魅力并没有减弱,他通常一点儿也不厌世,但是他很讨厌生活最近出现的特殊变化。他沉迷于自杀的想象,也不过是因为他脑子过于疲惫,才产生的垃圾。他的脑力已经被最没用的心思耗尽了,他一直在琢磨:假如事情不是这样发展的话,那可能是另一番景象。这个没用的想法,好像很有分量,对于他惟一的脑子,真是太沉重了。莱奥一点儿也不想死,他很想能让脑子消停一会儿。他想坐在汽车里,在瑞秋的身边打瞌睡,他希望回家的路能持续一年之久。但是现在已经不可能了,现在只能选备选方案。这种选择、这样的方案让他不寒而栗,正是因为在他的人生中,他非常了解死亡,他看到过上百具尸体。

电话响起时,莱奥正满怀恐惧,他和埃雷拉说了几句话,就感到恐惧在消退,取而代之的是对生活的渴望:面对那个小混蛋和她的疯狂激起的愤怒,想杀死她的渴望激起的活力。

就在这时候,他忽然想起来,可能他家里的某个地方,还有卡米拉的一封信,可能是一封最充满激情、最有威胁意味的信件。莱奥没有把那封信看完,没有看到信的结尾。但他很确信,从那封信开始,那个小神经病说:她认为是时候了,她想委身于自己所爱的男人,那个她想委身的男人就是他。那封信的日期,是在他被控强奸的那个日子的两个星期之后(至少他是这么认为的)。总之,那封信不仅仅能帮他洗清那个肮脏的罪名,同时也能证明那个小姑娘的疯狂,她的恶意……会让她的所有起诉化为乌有。莱奥忽然想起来,那天晚上,他在通常的地方看到了那封信,他开始读了起来。读那封信时,可能是因为里面的性提议,让他非常激动和害怕,他没有觉察到瑞秋走进了房间里。

"你在看什么?"她问。

"没什么,是圣克里斯蒂娜医院发过来的一个通知……"

"他们现在开始用紫红色墨水写通知了?"

"实际上,这只是一份草稿。经理在重新修订,发给其他人之前,他想让我看看,订正一下。"他很镇静地回答,没有说太多。

他没有想太多,也没有把那封信看完,然后就把信藏在什么地方了。是的,但是藏在哪里了呢?他当时坐在床上,也许在那个紧急关头,他把信藏在了一个最顺手的地方,床头柜的抽屉里,一个装满其他文件的大夹子里。是的,信应该就在那里。但是,如果那封信没有在那里,那怎么办呢?现在想起来,真是疯狂,这是他的缺乏考虑、没有条理,第一次给他带来了好处吗?是的,那封信应该还在那里,它可以充分地证明那个小姑娘的疯狂。那封信会证明,假如这个事情中有人遭到强暴和凌辱,好吧,那个人就是他。

生活忽然给他提供了这样一次机会,他感到非常高兴,非常焦急地想找到那封充满恶意的信件。报仇雪恨的想法让他充满快意,但同时,我们这只可怜的蟑螂也充满了恐怖,他不敢走到楼上去拿那封信,因为他担心会暴露自己,害怕遇到世界上那三个不想见到他的人……因为这个缘故,他只能待在那里,神情呆滞:神经和感官都紧绷着,好像快要绷断了一样。随着时间的流逝,他担心面对瑞秋、菲利波和撒母耳,那种恐惧已经变成了一种病。莱奥知道,惟一允许他待的地方——根据那些无动于衷的监狱看守的一则不成文规定——就是厨房。他能进厨房的时间,也只能是夜里的一段时间,大约是十一点半到一点之间。这段时间,对于他来说,要从书房兼监狱里上来,直接走向厨房,时间很充分。那段时间,厨房里不会有人,而且非常干净整洁。

因为这个缘故,他现在待在楼梯旁边,不知道应该做什么。他有点儿心悸和恶心,那是在进行一项危险使命时,因为过度兴奋引起的。那封信到底在不在那里,他也希望核实一下,已经过去很长时间了,很多事情都有可能发生了变化,比如说,没人能保证他的卧室还是记忆中的样子。也有可能,从那时候开始瑞秋已经做了清理,她已经决定把丈夫的所有东西都清理出去。是的,这首先是不能排除的事情。

最后莱奥——和防盗系统发出警报的那天夜里一样,怯懦占了上风,他决定慎重从事:假如那封信不在抽屉里,失望也会让人备受煎熬,会比他不能去拿那封信的痛苦更强烈。又一次,他的怯懦表现出一种异常的自我保护。

或者说,一直到星期四之前,事情都是这样。星期四下午,泰尔玛会出去,瑞秋会带着孩子们去上网球课,通常在孩子们打球的时候,她会去发廊,这就意味着,她至少需要三个小时才能回来。

就这样,在这个暮春时节,下午四点半的时候,莱奥上楼了。他打破了这六个月以来,他和家人设定的界限——就是那道把厨房和家里其他部分分开的门槛,他现在处身于很长时间以来他日常生活的地方,出乎他预料的是,他并没有非常激动,相反地,那些摆设都保持着原状,让他感到有点葬礼般的悲伤,还有,他觉得那种洁净对他是一种凌辱。他们应该知道,他们生活在一个蟑螂窝的上面。他们不知道吗?他们知道这里面谁是那只蟑螂吗?他的家人马上就习惯了那种虚伪的状况,这真是一件让人难以置信的事情,他们那么容易就变得虚伪。周围的一切都证明,七月的那个夜晚——出了那些乱七八糟的事情之后,每件事情都恢复了正常。莱奥一点儿也不紧张,他没有感觉到任何害怕,他只是非常失望。这时候假如有人进来呢?那就进来吧。我是一个成年男人,我知道如何面对。

他终于出现在卧室里了。他只要打开门,浅蓝色就迎面扑来,那是瑞秋决定的卧室的颜色。这一次,他的感觉很强烈,在那种环境里,有一种柔软的、让人放松的东西。也许是因为那排靠窗放着的、富丽堂皇的橙色皮沙发,或者是因为那两个从巴黎塞纳街买来的灯罩——那是他们蜜月旅行回来买的,或者是因为那条焦糖色的床罩,也许是因为脚下的红木地板……谁知道是什么……但是,所有这些都让这个房间非常可亲,莱奥已经不记得这里有那么舒适。就好像在这时候,他才感觉到积累起来的困意,在那一年非人的生活里,他所缺的觉。他想掀起被子躺进去,他想在自己的床上睡去,永远也不醒来。他那么激动,甚至都忘了自己为什么来到这里,忘记了信、案子、卡米拉,还有那些垃圾……

为了分散一下注意力,同时为了再一次激起他内心的波澜,他走进了更衣室。但这一次,等待他的却是相反的感觉。假如之前莱奥感觉到生气,是因为家里什么都没有变,现在让他生气的是,那间用来挂衣服的更衣室,一切都变了。那个小房间里有两面大镜子,镶在面对面的两面墙壁上,更衣室里,已经没有任何他存在过的痕迹了。他的那些套装都去哪里了,那些呢子上衣呢?他的鞋子、围巾、大衣、帽子和手套呢……更衣室里,他的衣服一样都找不到了。现在,这是一位太太的更衣室,一位离异的女人,或者是一位寡妇的更衣室。这时候,莱奥对瑞秋恨之入骨,痛恨她佣人般的勤快,还有她在道德上的坚持原则,他痛恨她的坚持,她对干净卫生的执着……因为对干净的执着,让她从衣帽间,抹去了丈夫存在过的所有痕迹。以前挂着他的衣服的地方——挂在那道可以拉伸的布帘子里面——现在,只剩下瑞秋的外套、大衣、裤子和裙子,那些衣服排成一排,看起来就像在邮局里排队的优雅太太。

看到他的太太变成了很多个——镜子魔法增加了这个数目,这让他头晕。他在一个矮抽屉柜上坐了下来,在失望之后,他内心升起了一阵非常奇怪的、不合时宜的幸福感,那只是一种感觉。这时候,他很专注地呼吸着,他不满足于嗅到的气息——他妻子的味道。仔细想想,那种私密的气息陪伴他已经快二十年了,但是后来忽然中断了,为了让那种气味得到保持,莱奥屏住呼吸几秒钟,然后他把鼻子探入瑞秋的一件旧雨衣的衣袖里。他感到非常绝望,就像小时候一样,忽然不合时宜地冒出了自慰的欲望。他有多长时间没有射精了?太长时间了。因为遭受的屈辱,他的性生活,他男性的欲望,全都被压制下去了,剩下的只有尴尬。

现在他用一种全新的方式渴望瑞秋,一种意想不到的方式,甚至比刚开始的时候更加强烈。那时候,作为一个犹太人家的好姑娘,她不愿意给他。是的,莱奥从来都没有如此渴望过瑞秋,带着那么强烈的激情,甚至超过了他们俩刚开始相爱时。在汽车里,瑞秋激起了这位年轻老师无法控制的激情,他的裤子撑起了帐篷,现在他的冲动,比那个时候还要强烈。

莱奥感觉自己就像一个小男孩,只要碰一下就会高潮。只要屈从于冲动,把它拿出来,摆弄一下就好了。他又激动又绝望,他的脑子里在不停地回想着婚姻生活中,那些性交的时刻。正是因为有很多美好的时刻,所以没有什么比怀念同居时的性生活更可怕的事情,没有什么比一边想着你的妻子,一边玩弄自己的下体更变态的事情了。莱奥现在想的就是这些:和瑞秋最初在一起的情景,美好的初夜,还有那些年里他们突破的屏障,他们结婚的前几天,他破了她的处女之身,她第一次把它含在嘴里,第一次让他射在脸上,他第一次舔她,第一次从后面进入。是的,所有的第一次都交融在一起,在一瞬间,都融入在那件雨衣的尼龙材料里,在他的脑子里,在他的身体里。莱奥自然而然、毫不费力就把这一切联系在一起:他把鼻子伸进雨衣的袖子里,更加用力地呼吸。

现在,有一个念头在阻碍着莱奥,一种类似于嫉妒的东西。瑞秋在这几个月里,表现得怎么样?有没有其他男人?有没有一个固定的情人?最近一段时间发生的事情向莱奥证明:没有什么不可能发生的事情,那些意想不到的事情,正在拐弯的地方,面带微笑等着他呢。

嫉妒开始折磨他,让他无法招架。最后,莱奥已经不做抵抗了:他把鸡巴掏出来,开始演习青春期的游戏,他开始像所有男人那样,撸了起来,就像任何一个十三岁学会这个手艺、后来就再也忘不了的男人一样。这没有什么奇怪的,男人就是这样,在那些不可理喻的时刻,在那些不合时宜的地点,总想撸一把。从刚开始,自从你的身体产生那种神秘的、黏糊糊的痉挛,它就会不停地要求你,再来一次,还要……从那时候开始,这种一个人进行的撸体操,就成为一种自然而言的事情,一种均衡宇宙力量的方式。那是你神经不崩溃的最后一个堕落资源。

就好像对于犹太人来说,每年一次的扫墓活动结束后,他们感觉需要吃点什么东西,他们必须吃点东西。那是生命在呼吁它的权利,生命要求尊重和忠诚。撸一把吧,那也是惟一一种发泄不满和面对灾难的方式。考试分数很糟糕?女人给你戴绿帽子,只是因为那个男人坐在一辆保时捷"卡雷拉"上吗?你非常焦虑,因为新一轮新冰川时代就要到来了,或者是地球无法扭转的沙漠化。不要害怕,我的孩子,跑到洗手间里撸一把吧,带着热情和刻毒,打一次飞机,发泄一下,这是忘记这件事情的最好方式。一个神圣举动,同时又是一件让人祝福、让人诅咒的事情。那是一种远古的动物本能,就像狗在树上撒尿。这一次,莱奥面对的树是他的老婚房,他和那些高雅的服饰一起,他现在满脑子珀涅罗珀①的味道,那是一种让人伤心欲绝的气息。

但是,正当他要到达高潮时,有一个东西分散了他的注意力,那是他身后传来的声音。有人正在窥视他吗?他忽然回过头,但是没有看到人。又有一阵声音,非常轻微,就像丝绸掠过地板的声音。他感到一阵恐慌。有人看见他了吗?他对着妻子的雨衣自慰,有人看见他了吗?是泰尔玛吗?或者是两个孩子中的一个?是瑞秋吗?或者是一个幽灵?或者没有任何人?那种尴尬让他又一次失去了男性的欲望。莱奥急忙收拾了一下,又跑回地下室,藏了起来。

我再也不出去了,我发誓,这是最后一次。

后来夏天忽然来了——按照日历,按照罗马往年的情况,夏天本应该一个月之后才到来。莱奥·蓬泰科尔维的日子,每天都由两种相互矛盾的感情组成,一种深思熟虑的宿命论,还有一种感觉就是——每天二十四小时,他都在监控之下。一个影子、一个幽灵,或者一种超自然的东西,让他不得不放弃对着妻子的雨衣上自慰的行动,那种感觉一直停留在他的脑子里。他的兴奋感消失了,是不是因为那个幽灵的存在?让兴奋感消失了。

---

① 奥德修斯忠贞的妻子,丈夫远征特洛亚失踪后,拒绝了所有求婚者,一直等待丈夫归来。——译者注

283

他已经不想吃饭了,有几天他都没有去厨房,吃那些他需要的食物。他没有吃饭的第五天,他在门口看到一个放着食物的托盘。从那天起,每天都有托盘放在那里。他很高兴,他在想:是不是那个幽灵,他感觉到的那个围绕着他的、无法名状的东西,把托盘放在那里。或者是他家人中的一个,想让他活着。很明显,那个幽灵不想让他死,不想看到他憔悴下去。很明显,那个幽灵需要莱奥挺住,需要莱奥活下去。尽管如此,他每天吃得越来越少,他体会到了不吃饭的乐趣。

最后,真正的夏天到来了,夏天带来最美好的事物,就是从花园里传来阵阵的花香。孩子们刚刚放假,莱奥最大的乐趣之一,就是透过窗子看他们的腿,他们在花园里踢球,他能分辨出菲利波和撒母耳的腿。当莱奥辨认出来的时候,他就会异常激动。见证那些不断重复的动作,真是一个奇迹,莱奥一直在看,他一点儿也不厌烦。每天早上,他的两个儿子和他们的朋友,四人一组一起踢球,每次比赛结束时,各自回家前,他们都会约好了第二天早上见,这让莱奥感觉到一种刺心的痛苦。

撒母耳踢后卫,他玩命防卫,从不让步,他对待对手的那种激情,和他平时调皮、缺乏恒心的性格不一致。尽管在生活中,他任何事情都做得不错,但是撒母耳一直给人一种感觉:他不是那种会全力投入某事的男孩。假如你的生活太一帆风顺,那是要付出代价的。假如不是莱奥一年前答应他带卡米拉去度假,就他父亲所知,撒母耳的生活基本上是完美的。

莱奥经常在想,他两个儿子的小脑袋里到底藏着些什么?他们有什么样的感觉?他们想要什么?他们是谁?相爱的人之间的距离是一个秘密,比深海还要深——我们的囚犯脑子中形成的句子多美好啊!撒母耳,他的撒母耳,他那么像莱奥,他出生时真是吉星高照,因为这个缘故,他那么勇猛地踢球,这真让人惊异:那种勇猛是让你感到意外的事情,因为一个一帆风顺的人,一般不会那样表现。实际上,菲利波踢球的风格,也不能代表他的生活,菲利波踢球时很庄重,很有号召力,但那不是他的生活,在生活中,他总是表现得特别糟糕,可以说,从开始就很糟糕。

就在他们早晨进行的球赛中,正好发生了一件事,让莱奥的神经经受考验,就好像让他的勇气和怯懦,在内心进行了一场搏斗。菲利波和撒母耳从来不在一个组踢球,撒母耳受不了菲利波的斥责,菲利波也受不了弟弟不体面的踢法,还有他过度蛮横的态度。因为这个缘故,在奥杰塔别墅区踢球的那些少年,大家都认为蓬泰科尔维兄弟应该放在两个对立的队伍里。撒母耳的冲动会带来麻烦,让菲利波受不了。这时候,发生的事情是:撒母耳滑了一下,撞到了哥哥的脚踝上。从菲利波身体摇晃的方式,还有他带哭腔的尖叫来看,他的腿很有可能被撞断了,他的叫声里好像夹杂着哭声和笑声,充满了恐惧和惊异。在场的那些小运动员,尤其是年纪小一点的,听到的是骨头断裂、没法动弹时发出的叫喊。莱奥看得很清楚,他站的位子让他看得非常清楚,儿子的腿在晃荡;他也能看到另外一个儿子,他也非常绝望,不停地喊着:"妈妈……妈妈!快过来……快过来……"

莱奥和他的两个儿子一样绝望,但是他感觉到更多的是沮丧,他有一种屈辱的感觉:他发现,即使是那个时候,在面对紧急事件的时候,撒母耳也没有叫爸爸。忽然间,他有一种疯狂的想法,那就是他死了,也许他已经死了,只是他自己不知道而已。也许,死亡就是这样的,你一直坚信自己活着,而周围其他人都认定你已经不存在了。他想起了一部黑白电影，那是他之前看过的，是关于一个死了的人，他不知道自己死了，他还能感觉到存在于他周围的那些东西——那都是他过去的生活留下来的。也许，他自己也只是一种痕迹，留下的痕迹。

怎么会呢？他没有死，他们只是把他忘了。对于他们来说，他和窗子旁边的那只蜘蛛没有任何差别——它现在正在蛛网上做完体操。他又一次产生了出去的愿望，他想去救助那个脚踝断了的儿子，同时安慰另一个儿子，告诉他，那不是他的错，他不应该挂在心上，这是经常发生的事情。当他想着要对撒母耳说些什么，来安慰他时，他想起来了，说实在的，有些意外真的经常发生在菲利波身上。他总是会出状况，之前也一样，假如上天决定，那天要牺牲一个在花园里玩耍的男孩的骨头，好吧，你可以打赌，那块骨头正好属于菲利波·蓬泰科尔维。

他和世界的关系很糟糕，和其他人也很疏远，这就是菲利波的特点。也许是他对世界的恐惧，才让他变得那么安静和慎重？

他四五岁的时候，只有一样东西能给他带来快乐，他一直带在身边，那是瑞秋送给他的几本大书，是他的生日礼物——迪士尼乐园一系列纯洁的、圣经般的绘本。这些书的标题，完全都是以自我为中心，比如说：《我——唐老鸭》《我——米老鼠》《我——唐老鸭的叔叔》。菲利波看那些书时，就像一位犹太法学博士看摩西法典，他把那些书翻阅了几百遍。好像所有关于生活需要了解的所有事情，都可以在唐老鸭在克朗代克的冒险经历中找出来，从唐老鸭某些笨拙的行为，或者从米老鼠解开谜底时的自负和傲慢中揭示出来。

刚开始的时候,瑞秋每天晚上都会给儿子读那些巨大的书卷。每天晚上一个故事。这都是说好的事情。菲利波一边看着那些图画,一边听着妈妈讲故事,就好像每次魔法都会出现,每次都有一个惊喜。过了一阵子,那些书瑞秋简直可以倒背如流,但是她儿子还没听够。在白天的时候,菲利波时不时会吃力地拿起那些书(那些书简直就和他一样大),耐心地翻阅起来,就好像在审查小图上的每个细节,就好像他注意力集中在唐老鸭的一滴汗水上,或者他好像永远听不够唐老鸭叔叔的"呱呱!",有时候他会笑,有时候他看起来有些悲伤。

菲利波上小学的前一年,有段时间,莱奥试着教儿子读书。他想让儿子独立阅读那几本神圣的大书,他想让儿子自己读那些已经能背下来的书。他想这么做并不是因为他懒得去读,或者是想为瑞秋减去这个烦冗的任务。不,他只是想菲利波自己去读那些书,让他发现一种独立的、振奋人心的快感。

菲利波在学习方面的无能,还有他对这件很简单、很平常事情的抵触,让莱奥感到很意外。就好像对于菲利波来说,阅读和书写是一件非常艰难的事情,就好像阅读和书写会消除图画生成的魔法。是的,没过多久,莱奥就不得不投降了。他发现了一个事实:大儿子惟一理解方式是通过图片,他只会读图,菲利波就像原始人一样,没有书写方面的能力,但是对于图像,却具有超强的敏感度。

菲利波在字母书写和阅读方面的障碍——在接下来的一年里得到了证实。小学一年级的那个老师比较前卫,马上就从他身上看出了失语症的典型症状——从那时候开始,他幼小的生命,就开始和这个世界作战,这并不是他面对世界的最后一道障碍。

287

那个美国学校的英明老师（那个时期，罗马的资产阶级家庭，习惯于把他们的孩子送到一个外国机构去学习）叫瑞秋去学校，老师告诉她，菲利波在字母学习方面有障碍。在这种情况下，瑞秋想，当初把菲利波送到一个不说母语的地方，这真不是一个慎重的决定。道森老师是一位健硕的新英格兰太太，尽管口音很重，但她的意大利语说得很不错，句法准确、词汇丰富。

"您知道，对他来说，学习起来比其他人困难多了。在这所学校上学的百分之八十的孩子，英语都是他们的母语，对于其他百分之二十学生，也就是菲利波这种情况，遇到一些困难，这很正常。假如这些困难，再加上字母认知的问题，那么……"

"您的意思是？"

"对于菲利波来说，b、d 和 p 之间，没有差别。我已经想尽一切办法向他解释了，但是他好像还是无法理解。无论如何，这没有什么可担忧的，这种障碍是可以突破的。我认识一些很有天分的人，还有一些非常成功的人，他们都有过这类问题……"

道森小姐这种泛泛的安慰，并没有给瑞秋带来任何安慰。她丈夫的话也没能让她安心，当她回家把老师的话转述给莱奥时，他只是简单说了一句：

"好吧，仔细想想，b、d 和 p 还真的很像。我一直觉得，菲利波不是那种喜欢仔细辨析的孩子。"

莱奥和瑞秋之间的关系就是这样：当她表现出担忧时，他就开始扮演那个说大话的人，或者正好相反。现在莱奥知道，他说的那句话，在那时候对于他自己，可能要比对妻子更管用，更能带来宽慰。但是，那个孩子到底出了什么问题？为什么总是会出现这样或者那样的问题？为什么那些对其他孩子来说，是很自然的事情，对他来说却是一个障碍？

从另一个方面来说，道森太太讲出这个事实之前，莱奥已经猜测到了。因为他没有办法面对这件事情，他阻止了自己这种怀疑变成一种定论。为了让菲利波把 b 和 d 区分开：他已经千方百计，举了上千个例子让儿子明白，这两个字母截然不同。

"b 好像一个长着大肚子的人，"他告诉菲利波说，"但是 d 是一个长着大屁股的人。"为了说得更清楚，他给孩子指了指自己的肚子和屁股。听到这句调皮话，尽管没有学会辨别这两个声母，但菲利波笑了（孩子觉得，这个比喻很好笑）。很明显，区分 b 和 d，这件事情对他来说太艰难了，简直就是一项艰巨的任务。

老师说，她已经不知道怎么办了。也因为这种无能，菲利波在其他同伴面前表现得非常粗暴，因为大家那时候都已经学会了字母，这让他感到非常羞耻。

"那天，他打了一个同学。"道森太太对瑞秋说。

"打了？怎么打的？为什么？"

"我估计是那个小男孩取笑了菲利波，因为他不会写字。"瑞秋把这件事情讲给莱奥听，莱奥想起了那个星期二发生的事情，他陪菲利波去学校，他问菲利波：

"你和弗朗西斯卡玩得开心吗？"弗朗西斯卡是那个语言康复专家。

"开心。"菲利波回答说，"但是，我不想在早上和她玩儿。"

"为什么呢？"

"因为我会上学迟到。"

289

"好吧,上学最好不要迟到吗?那有什么关系呢?你有借口嘛,我真希望,我在你这个年纪的时候,能找到晚到教室一个小时的理由,真希望我现在也能有这个理由……"

"但是,如果我迟到,他们都说我有病。"

"谁说你有病?为什么他们要那么说?你什么病也没有。"

"他们说我有病,所以我会迟到,因为我和弗朗西斯卡玩。"

这时候,莱奥想到了某些混蛋妈妈可能会告诉她们的混蛋儿子,菲利波·蓬泰科尔维周三迟到的原因是他有病,他在学习字母方面有困难。这时候,莱奥觉得怒不可遏,该死的妈妈!该死的小孩!该死的人类!我可怜的小菲利波也该死!

莱奥知道,他也记得:阅读障碍是菲利波最近表现出来的一个新问题,刚开始的时候是语言问题。

菲利波说出一句让人满意的、完整的话,莱奥和瑞秋等了整整四年。假如你问他问题,他只是用短短的单音节,嘟囔一下来回答。开始的时候,其他小朋友都开始说话了,菲利波还不会说,他们把这种说话的延迟,归因于害羞和内向。菲利波是一个极端安静的新生儿,是那种哭得很少、睡得很多的孩子,这就使他的父母相信,他不说话,是因为他擅长一个人自己待着。菲利波不说话,只是因为他没什么可说的,这是莱奥和瑞秋最开始找到的理由。不夸大这个事实,这才是正确的举措:这是作为负责任的父母,作为新式父母应该表现出来的。菲利波在学习语言表达方面,比别人多用了一点儿时间,这没有什么问题,他所要表达的东西,现在他可以做手势,他最后会学会说话的。菲利波天生就是这个样子,他喜欢不紧不慢。

但是,过了一段时间之后,这个问题还是没有得到解决,瑞秋和莱奥开始无法接受这个事实。菲利波已经快三岁了,他不知道父母有多渴望,他能说出那两个命中注定的词汇:"妈妈"和"爸爸"。

他们已经厌倦了那个单音节——"大",在菲利波最原始的语言里,他好像要用这个词,来指那些有某种权威的成人:父母、爷爷奶奶,还有保姆。

对于菲利波来说,他们都是"大",没办法让他发出其他音节。每一次,他们试了又试,对他说:"宝贝,你至少要说'大大',是的,说两遍,重复一下'大-大'这样就好了,已经算是进步了。"

这就是莱奥通常都会说话,都是非常复杂的句子,但是儿子好像不太愿意和他对话。这也是萝蕾丹娜——那个语言康复专家在给他打电话时,建议他做的事情。她当时是这么说的:"你们要多对他说话,你们要不停地对他说话,听你们说话是菲利波所需要的。你们看着吧,最后,他会突破障碍的。"

那么,这就是一个负责的父亲,在用这些复杂的句子,用华丽而考究的词汇和儿子说话。在这种情况下,菲利波会很惊讶地看着他,假如莱奥继续说:"大-大,大-大,这不难。"这时候,儿子天使般的面孔会变得扭曲,他把脸朝向墙壁,开始有节奏地撞墙。

菲利波感到很羞耻。

他清楚地知道正在发生什么事情。他和别人不同,和那些多嘴的孩子不同,他也知道自己给父母造成的痛苦,这让他感到很羞耻。就这样,当父亲坚持让他说话,他就会发出那种可怕的哭喊,像原始人或者聋子发出的声音一样,然后用脑袋撞墙。

羞耻,这种情感体现出:他的儿子是一个真正敏感的人,对于菲利波来说,生活太具有竞争性了,好像一切都在伤害他。

有时候他会恼羞成怒——每次别人能够自然而然完成的事情,他都无法完成,这让他实在怒不可遏——这和他天使般的面孔很不协调。谁不爱他的漂亮?他细软的金色头发,蓝色的眼睛,圆圆的、红红的小脸。他是餐馆和超市的小明星,是那些年轻女人追捧的"流行歌手",他经过的地方,都会被她们拦住,他的美貌让这些女人走不动路:"真是一个漂亮的孩子!""真是一个小天使!""真让人受不了,想亲亲他啊。"

他坐在小推车里,他那小王子般的面孔,还有身上优雅、得体的童装,他被两位年轻、富裕的父母带出来。无论父母把他带到哪里,人们都会停下来看他。有时候,他们会恭维莱奥和瑞秋,让这对年轻的父母充满自豪,但是小菲利波无动于衷,他对这些爱意、欣赏,所有宠爱没有反应。他和通常那些非常漂亮的小婴儿不一样,他没有沉浸在虚荣里。他对这些都漠不关心,就好像一个绝缘体,沉浸在自己的世界里,排除了外面的世界。那种低调的态度,更激起了成人的欣赏和更多的宠爱。那个小男孩并没有自以为是,那个小男孩内心也很美。有时候,莱奥会想,假如可以自得其乐、旁若无人地生活,菲利波便会有一个辉煌的前程。但是遗憾的是,除了自得其乐,还需要其他的东西:人的社会性也至关重要,这个世界需要人们的重视。没有人——包括像菲利波这样的漂亮宝贝,可以任凭自己对这个世界的各种召唤,不做出回应。因此他有必要学会说话,就好像有一天,他需要学会写字一样。

尽管那种自得其乐很激动人心。几乎所有孩子,坐在汽车上都会哼哼唧唧、缺乏耐心,过一会儿就会变得焦躁不安,让人无法忍受。他们会挣扎抗议、蛮不讲理、大喊大叫吸引父母注意力。菲利波不属于这种很烦人的小孩,在汽车里,他总是很严肃,好像在思考问题。他的表情显得很忧郁,他看着窗外,像诗人一样板着脸。你叫他,他会看你一秒,脸上的表情保持原样,然后又转过脸去看窗外。这种状态,莱奥和瑞秋觉得很迷人,也让人赞赏。

实际上,菲利波一直是一个非常独立的小家伙。

莱奥记得,早上他从洗手间出来,看到那个活泼的小家伙,他头上那撮金色的刘海(我们这位父亲,总是很自豪地和朋友们开玩笑说,儿子像一名小希特勒分子),他正在很愉快地爬来爬去。那时候他最特别的玩具——他拿到手就不愿意放下的,就是父亲的内裤。他看着手上的内裤,把内裤戴在头上,或者用它来擦地板,他一玩就是几个小时,没有任何玩具比那些内裤更让他喜欢。莱奥叫他,这时候,菲利波已经表现出了最初的羞怯和交流困难。你越叫他,他就藏得越深,他和那条内裤,沉浸在自己的世界里。

那也是莱奥最初发现儿子的怪异,只有那时候,莱奥才有些病态地关注其他小孩子,那些和菲利波同龄的小孩子,他注意到,菲利波和所有正常的小孩都不一样。这让莱奥内心充满了羞耻,他为自己的羞耻而感觉到羞耻。但对于这一点,瑞秋态度却完全相反,她充满了自豪,(好吧,儿子很奇怪,那又怎么样?正常有什么好的。)她一点而也不掩饰这种怪异,反而在炫耀这一点。

莱奥想起了菲利波四岁生日的时候,那是让他满怀痛苦的一天。瑞秋受到语言康复专家的激励(需要想象一下,让菲利波处于一种充满温情的社交氛围内),她在自家的花园里,给菲利波组织了一场生日聚会。菲利波是五月出生的:那几天花园里色彩纷呈、馥郁芬芳,气温也特别适合搞一个小孩子的聚会。莱奥参加了这场聚会,因为他充满好奇,想知道菲利波怎么和其他同龄小孩相处。

实际上,这次生日聚会让莱奥一点儿也不开心。对他来说,他最终彻底证实了儿子的怪异。所有人都对他说,四岁之前,孩子不会说话很正常,四岁之前不会说话,没有什么可担心的。现在,菲利波已经四岁了,他还是继续不开口。好吧,这时候其实他已经学会说"爸爸""妈妈"了,但莱奥并不满意。他觉得,自己终于有理由开始担心了,他终于有权昭然表现出自己的担忧。遗憾的是,那次命运慷慨赋予他的机会,并没有让他放下心来。

那场该死的生日聚会,真让人闹心!那是莱奥第一次看到儿子在其他人面前的表现。自从菲利波被送到美式幼儿园,莱奥总是给自己,也给瑞秋找各种借口,逃避参加学校组织的娱乐活动。他没有参加下午举行的传统万圣节活动(很多年之前,这个节日在意大利就很盛行),他没有看到儿子装扮成僵尸,不知所措地坐在一个角落里,吃着各种各样的甜点。他也没去参加学校举办的圣诞节演出,儿子在节目里(听瑞秋很郑重地说)扮演了一株一动不动的郁金香。他没有按照剧本,在冬天来临时,和其他郁金香一起凋谢,这给观众带来了巨大的欢乐,给母亲带来了夹杂着尴尬的激动。

莱奥之前没有参加任何一次给孩子们准备的聚会,正是因为在那次生日聚会上他没能避免的事情:也就是说,儿子极早表现出来的和环境格格不入,让人忧虑。他不适应环境,他的不和谐、怪异,甚至表现在整个世界都过来向他致敬的时候。

看到他的小菲利,在那么多喧闹的同伴面前,仍然表现出淡漠和隔离,他还是一个人自己玩儿,那真是一件让人难过的事情。他手上拿着那本该死的大书,该死的唐老鸭、该死的呱呱呱!唐老鸭它们有的,我们什么没有?我的小宝贝,你为什么一直和它们在一起,为什么你不出来一下,我们那么爱你?

忽然间,其他孩子的妈妈,感受到了小寿星的怪异行为引起的窘迫,就把她们的孩子带到了菲利波面前。

"来吧,你们不想和他玩一下吗?"其中一位妈妈这样说。莱奥感觉到一种极大的痛苦,因为在那位太太的声音里,有一种让人屈辱的同情。再三坚持之后,有三个小孩待在了菲利波的身边,妈妈们都聚在一起,聊天去了。莱奥注意到:那三个小孩都在很自如地说话,好像他们也想让菲利波加入进来,但是他一点儿反应也没有,还是一个人待着。直到有一个小孩失去了耐心,对其他小孩说了一句让莱奥永远也忘不了的话:"让他一个人待着吧,他什么也不懂,菲利波是个笨蛋。"

小混蛋!小孩子的残酷,小孩子的坦率,对于莱奥来说,真的是一种重创。"社会情谊",不,在社会里没有任何温情,社会是残酷的,这一点莱奥非常了解。

当你有一个非常小的孩子(尤其是你的第一个孩子),你总是尽力改造他的任何问题。你会想象,就像那些成人的问题,这些问题是注定解决不了的……你基本意识不到,你绞尽脑汁地想,你怀疑儿子永远都不会开口说话——因为,如果他现在没有学会说话,那他将来可能永远都学不会了,很明显,对于他来说,说话是一个太过于复杂的事情。但现在呢,几乎是几天之内,他忽然很自如、很流利地说起话来。但现在,又出现了一个新的问题需要面对,作为一个忧心忡忡的父亲,你觉得这个问题和之前的问题一样难以解决,问题又出现在菲利波身上。

最后,还是瑞秋说得有道理:过了一段时间,菲利波开始说话了。开始的时候,也存在很多困难,他会说错一些词,让人感到很好笑,也让人充满爱意。他说"我喜欢"的时候,说"我欢喜"。他有时候会搞混主语,你对他说:"菲利波今天吃得有点多,我说错了吗?"他会变得很严肃,然后生气地回答说:"我说错了,我说错了!"这期间,他学会了很多惊人的话。

他学会了更多词汇,他的表达也越来越准确,吐字越来越清晰。菲利波表现出了对字母的无能之前,出现了另一件奇怪的事情,用另一种方式让瑞秋和莱奥感到不安,问题也许和上一次一样棘手。

他们注意到,菲利波已经养成了习惯,在睡觉之前,他要用头猛烈地撞击枕头,才能入睡,他一般都是根据音乐的节奏撞击头部。这一切开始于瑞秋买了一台颜色艳丽的儿童自动电唱机,可以放那种四十五转的碟片,这是那些年非常流行的东西。开始使用这个设备时,莱奥给机子里放了一张里基·纳尔逊的单行老唱片,那种碟片现在已经找不到了,也是那位美国姑姑寄给莱奥的。当莱奥还是小孩子的时候,她就时不时给这位意大利小侄子寄碟片。

这张碟片可以追溯到一九五七年,那时候里基·纳尔逊是"青少年偶像"。那张单行唱片,歌曲的名称是 *Be-Bop Baby*(这个省音真是大胆!),这张碟片在美国持续几周都名列榜首,这就促使好心的阿德里亚娜姑姑,买来寄给她侄子。这是那个时代很经典的一首歌儿,听起来很顺耳,莱奥一直都很喜欢,也许因为这首歌能勾起他青春期的浪漫情怀。他当然不会想到,同样一首歌,会因为儿子的缘故,让他被迫听几百遍,最后变得难以忍受。对于菲利波来说,世界上只存在那首歌,整个音乐史都通过那首歌得到了表现,让他听别的歌曲绝对不行,包括听同一个历史时期、同一类型,或者同一个歌手的歌,他会马上发脾气。他其他什么也不听,只想听 *Be-Bop Baby*。这就是他的强迫症,是他排除其他一切的深思熟虑的办法。

莱奥心想,好吧,孩子都是这样:容易着魔、又保守,都是些年幼、固执的反动派。但是菲利波对那张碟片的迷恋,已经表现出一种病态的迹象:他连续几个小时用头撞击枕头,每次停下来,都会让碟片重播。他哪儿来那么大的劲儿?他费那么大的劲儿,又有什么用呢?

菲利波和撒母耳的保姆叫作卡门,是一个非洲佛得角来的女人,有点简单粗犷,而且性格很骄傲,但孩子们都很喜欢她,瑞秋在那个时期(在卡门表现出心理失衡之前)是彻底信任她的。是卡门第一个给这个奇怪举动起了个名字,在道晚安之前,她关上孩子们房间的灯之后,她都会叮嘱菲利波:"别劳动太长时间。"然后,又告诫那个睡在架子床下面的弟弟说:"撒母耳,你不要学他。"

劳动——这就是卡门对菲利波用脑袋撞击枕头,对这种魔怔的称呼。实际上,有些晚上,莱奥和瑞秋从外面吃完晚饭回来,他们经过孩子们的房门,上床睡觉之前,他们都会听到那种诡异的、吱吱嘎嘎的声音,他们会对这个小小的劳动者产生一种奇怪的温情。瑞秋有时候会想到那些整个晚上都在运作的纺纱厂,莱奥会想起卓别林的《摩登时代》。

有一天,莱奥猜测说:"也许,这是犹太人的某种返祖现象。"

"什么意思？"

"就像哈希德派教徒在耶路撒冷哭墙那里的表现，他摆头的方式，和他们一样。也许，我们家里终于诞生了一名犹太法学博士。"

"别说傻话了，语言康复专家说，那可能是一种轻微自闭的表现。她说事情并没有那么让人担忧，这也说明了为什么他和外界交流困难……"

有没有可能，他总是会出现一些状况？有没有可能，这个有福的孩子，时不时要出现一个新意外？有没有可能，那些在黑暗中摸索的医生，每次都需要给他的奇怪表现起一个名字！

至于莱奥，有时候他晚上被叫去急诊，在黎明时回来，他总爱去看看两个熟睡的孩子。他走进他们的房间，闻到那种刚刚出炉的饼干的味道，总会非常感动。他小心翼翼，不吵醒他们，他先看看下床——撒母耳睡在那里，像个小天使一样，他抚摸一下撒母耳的手，帮他盖好被子。然后起身，对菲利波做同样的动作，但是只要轻轻碰他一下，就会启动那个可怕的机械动作。菲利波还没醒来，就开始用头撞击枕头。这样的事情，总是让莱奥内心非常焦虑，让他马上离开房间，就好像他不愿意面对儿子这种不太正常的表现，但是这种不安里也夹杂着骄傲，菲利波的性格让莱奥感到一丝骄傲：他对待事情的决心，他的智慧和耐心，一点都不像小孩。

打动莱奥的是这个孩子的恒心：他用那种痛心疾首的顺从，全盘接受父母强迫他做的所有事情。他从来都没有抱怨过一次，这体现了他的克制精神。比如说，他接受纠正，他被迫接受自己的不完美，他费那么大力气才学会说话，他费了那么大力气才学会写字，他费了很大力气尝试睡觉时不用头撞击枕头,因为这件事情让妈妈爸爸担忧。他总是费那么大力气,这到底是为什么?

也许他们都过虑了。也许他们应该让菲利波怎么高兴怎么来,顺应那些无害的不完美。但对于儿子的问题,莱奥和瑞秋都进行了干预,而菲利波的顺从,让事情变得更加简单、顺理成章。菲利波不是一个需要让人强调很多次的孩子:我们这样做是为了你好。他的脑子里,应该存在一个观念,让他相信:作为孩子的生活,就是一场持续不断的、行为上的纠正。他已经确信自己是一个生来就满是瑕疵的孩子。

但是,菲利波和母亲在那些康复中心的等待大厅,度过他童年时期的很多下午,然后和那些专家进行交流,这真的很有必要、很正常吗?让他承受所有这些折磨,真的很有必要吗?也许,因为出生在这样一个家庭,小菲利波正在付出代价?因为这是一个可怕的完美主义时代,作为两位医生的儿子,他的父母都热衷于矫正那些缺陷。两位古板的资产阶级无法接受自己儿子与众不同,也无法接受他不符合标准,其实那些条条框框和标准,都是很苍白无聊的。

有时候莱奥想,他是不是太顺从瑞秋的意志了。他知道,瑞秋对这个孩子的克制精神感到非常骄傲,她从小受到的教育就是要自我克制,个人牺牲就像一种自我价值的证明:人们应该毫无怨言地做出牺牲。菲利波一声不吭、毫无怨言,这对于她来说,真是值得表扬。晚上,瑞秋经常都会跟莱奥讲儿子在心理医生,还有语言康复专家面前无可非议的表现。

"他待在那里,乖乖的,一句话也不说。有时候,他会对我微笑一下,翻阅自己的作业,还有漫画。他面带惊异,看着大厅里的其他小孩,那目光好像在问我:那些孩子为什么有那么多怨言呢?我们的菲利波是一个小博士。"

299

"你把他带到哪里去吃饭了?"为了改变话题,莱奥问道。他知道,妈妈和儿子之间的协议是这样的:菲利波中午放学之后,瑞秋去学校接他,把他带到大夫那里,假如他表现好,作为奖赏,她会带菲利波到他喜欢的饭馆吃一顿。菲利波喜欢吃东西,他胃口极好,他的口味特别孩子气:三明治、汉堡、薯条、可口可乐、奶泡、巧克力点心,带奶油的甜饼……

"我们吃的是匈牙利菜,他吃完了整份汉堡和所有薯条,然后我们去了医生那里。在路上,他给我读了报纸,尽管他非常努力,但他还是时不时会发出一些奇怪的音、一些不存在的音。只要仔细琢磨一下,你就明白,那是一个很普通的词,是他搞错了一个音节,或者把元音搞混了……"

类似这样的事情,莱奥几乎每天晚上都会听瑞秋讲——他不喜欢听妻子讲这些,但是每次他都心存幻想(必然幻灭的希望),他希望瑞秋能对他说:"没问题了,菲利波终于能不紧不慢地读书了,就像电影演员维托里奥·加斯曼那样卓越、吐字清晰。"然而,妻子说的那些话,会对他产生可怕的影响。有时候,这些事情会让他极端愤怒,有时候,会让他产生一种奇怪的温情,但是他从来都不会无动于衷。儿子惟一的童年,大部分下午都被迫接受医生的折磨,这让莱奥充满愤恨,让他怀疑自己和瑞秋干涉菲利波的阅读障碍,是一个错误的决定。

瑞秋讲这些事情时的温和,菲利波吃汉堡时的狼吞虎咽,在朗读报纸时频繁出现的那些大小错误,都能刺激到他。当然,他应该多一些包容,他不是一个儿科医生吗?不是专门治疗那些得了重病的孩子吗?而且,那些孩子没有他的干预,是不会活下来的,通常也有很多孩子救不活。而菲利波呢,没有那些心理医生和语言康复专家,他会一样活得好好的。

然而,无论如何,莱奥治疗的那些孩子都不是他的孩子。

随着时间的流逝,他学会了承受自己的工作,就是看着那些无辜的孩子受罪。现在,也正是因为这个原因,他无法忍受自己家里有一个受罪的孩子。不,他不喜欢菲利波的克制,他也不喜欢瑞秋的不屈不挠。奇怪的是,他们俩本来都倾向于放任自流,莱奥觉得放任自流是一种正常的反应,但他们最后还是采取了干预。

莱奥知道:假如他没有一米九〇的身高,他就不会像现在这样优雅,假如他没有在社会上获得一个显要的位子,假如他在妻子面前,不需要保持某种男人的形象,那么,在听瑞秋讲儿子的日常表现时——儿子那么听话、顺从,但又有这么多困难,莱奥非常有可能会号啕大哭起来。

天哪!他的菲利波,有时候让人感觉他那么没用,在面对那些小障碍时,他表现得那么没能耐!

在海边那个对着潟湖的房子里,那是蓬泰科尔维家人每天夏天都会去度假的地方,一天早上,瑞秋在客房床上找到了菲利波,那是通常保姆睡觉的地方,但那几天保姆放假了。

瑞秋找到他时,他一动不动,身上还穿着踢球的汗衫、短裤和球鞋,运动完之后,他没有洗澡,一身汗腥味。在那里看到他,瑞秋感到很惊奇,更让她惊奇的是,菲利波看到她时,表现出来的夸张幸福,菲利波几乎要哭了。前一天晚上,莱奥和瑞秋从朋友家里吃完晚饭回来,他们没发现菲利波没在自己和撒母耳的房间里睡觉。现在,菲利波给她解释说,在海滩上踢完足球回来,他就在那张床上躺了下来——在卡门的床上,他很快就睡着了,几个小时后,他醒来时发现周围很黑,一丝光也没有,非常可怕。

"好吧,宝贝,你不能去找弟弟吗?"

"我以为我瞎了。"

"你怎么会瞎了呢？为什么会瞎呢？"

"因为周围很黑，我整个晚上都睁着眼睛，想看看有没有一点光，但是一点光也没有。"

"遮光板是放下来的，我们住在潟湖中间，夜晚是比罗马黑，这很正常。但是，你不能打开灯吗？"

"是啊，我想过了。我的手整个晚上都在开关上。"

"那你为什么没有开灯啊？"

"因为如果灯打不开的话，那我就是真的瞎了。"

"啊呀！看看我的小傻瓜。"

儿子整个晚上把手放在灯开关上，因为害怕自己瞎了，所以一直没有按下去，这个情景让妻子觉得很好笑，但在莱奥心里激起的，却是另外一番滋味。这就是另一个证明，说明了菲利波的恐惧和他的无法作为。可怜的菲利波，在那么长时间里，他以为自己瞎了，那一定是一件非常可怕的事情。但是，为什么他没有叫爸爸妈妈？为什么他没有喊他们呢？很简单，因为他们的到来，会确认他的失明，就像打来电灯开关一样。因此最好在焦虑中等着黎明的到来！这种恐惧代表了什么？有什么价值？这是什么障碍造成的？尤其是，这是不是他和瑞秋给儿子传递的信息造成的后果？这个信息暗含的意思就是：我的孩子，你是一个有瑕疵的小孩，是一个要坏掉的小孩，注定要生病、破损。

"你知道吗，我的宝贝，要成为瞎子，可不是那么容易的一件事情？"莱奥随后给他解释说，"有很多人都很想死，但都死不了，你知道原因吗？"

"为什么？"

"因为死亡和一般人想象的不一样，死亡很艰难，生病也很难。我们的身体是一个神奇的机构,能够适应环境,能抵抗疾病,尤其在你这个年纪。"

莱奥给菲利波说了这些让他放心的话,他在想,对于一个八岁的孩子来说,他说这样的话,到底合不合适。

莱奥有时候也会想,对于一个障碍重重的男孩来说,拥有一个和自己完全相反的弟弟,这到底意味着什么。弟弟很快就学会了说话,晚上睡觉很安宁,写字读书都很自如,他最大的爱好就是成绩在学校里名列前茅,在体育方面所向无敌,他所做的一切,都是为了讨人喜欢。这样一个复杂的哥哥,拥有这样一个弟弟——撒母耳喜欢父母为他举办的生日聚会,这意味着什么?弟弟是一个生活很轻松的小男孩,他的生活不用受到语言康复专家、心理学家和神经学家的折磨,对于哥哥来说,这意味着什么?撒母耳是所有人都梦想拥有的儿子:愉快、不拘小节、有趣。也许他没有菲利波那么漂亮:他脸上的线条有点不够完美,但正是这种很难以察觉的瑕疵,让他显得更加可爱。

假如他们相互仇恨,那很正常,他们有充分的理由相互仇恨。撒母耳刚刚出生的时候,身边总是有人看护着,瑞秋很担心菲利波,他那时候已经表现出一些怪异的迹象了,瑞秋担心他会在弟弟身上报复,因为一切都暗示着,这两兄弟会产生嫉妒和竞争。

但是什么事情也没有发生,他们俩是莱奥见到过的最团结、最一致的兄弟(他对小孩子还是很了解的)。他们早上一起去上学,下午一起回家。在老大的影响下,老二也喜欢漫画,在老二的影响下,老大也开始收集球衣。两个孩子,随着时间的流逝,他们形成了自己的暗语(每年增加一点),用来排挤其他人,这些暗语,这让他们坚实的兄弟情分有了一种神秘的、让人费解的色彩。

他们一个离不开另一个,那种有点病态的依恋,让莱奥觉得不自在,但是瑞秋总能把这种关系引向一种家庭的、合理的范围内。最后,生活会把他们分开,让他们各自独立。这种自我解放、独立出去的结果是无法避免的(在某种程度上,也让人难过)。有一天,生活会促使他们分开,就像推动菲利波和撒母耳离开父母一样。一旦命运给他们提供合适的机会,他们会组成新的家庭,彻底独立于原来的家庭,这难道不是生活的悲剧吗?

莱奥应该从这个地堡里出去,去解救那个断了脚踝,在草地上挣扎的儿子,还是一动不动,待在窗子前看着——这样的两难处境,大约在两年之前,他也面对过。那时候,莱奥请求瑞秋陪他去参加一个研讨会,和孩子们一起去,那是十二月初在伦敦举行的肿瘤学研讨会。他的发言定在了星期四晚上,他为了吸引瑞秋,就说这就意味着他们会有一个长长的周末,可以在这个他熟悉的城市里闲逛——他喜欢炫耀这一点,他说他熟悉那里的每道水沟。像所有的资产阶级家庭一样,蓬泰科尔维家是亲英美派;像所有的资产阶级家庭(除了那些英国家庭,我估计)一样,蓬泰科尔维家人对英国人的看法很可笑,也很刻板。他们认为:英国人像花呢子一样粗糙,像登喜路香烟一样浓烈,像皇家舰队的某个海军上将的胡子一样柔软,像萧伯纳的格言一样优雅……

让莱奥特别高兴的是:他和主办者阿尔弗雷德·海瑟威教授十多年的交情。海瑟威教授是一个声音非常柔和,看起来很和善的人,他在伦敦西城区一家医疗机构工作。每年,阿尔弗雷德都会为霍洛威皇家大学组织一次研讨会,莱奥一直是这个研讨会的主角。莱奥觉得这位同事——海瑟威教授，在那些年儿童肿瘤学大战中，要面对筹划策略，设定基本模式的问题，他就像一位战友。

那一年的圣诞节即将来临，好吧……和孩子们一起去玩玩，不是很好吗？他们会做那些游客喜欢做的事情；会去那些游客常去的、人来人往的地方；他们会买东西；会吃那些奇怪的、满是油脂的英国菜。

万事俱备，这时候瑞秋突然感冒了，她宣布退出。

"那我现在怎么办呢？"

"我现在要躺下了。"

"别这样，别说蠢话，我们现在怎么办？"

"我这个周末的计划就是躺在床上，对你们吃掉的所有司康饼，嫉妒而死！"

"没有你，我怎么办，周四我一整天都要开会，晚上我要和阿尔弗雷德，还有其他官员一起吃饭，我不能带着两个孩子，要是你能来就更好了。"

"你总是抱怨说，你不经常见到孩子们，你不能和孩子们在一起，他们在你眼皮底下长大，你都觉察不到……现在好了，你的机会来了。他们离开我几天，对我没什么坏处。他们很想去伦敦，撒母耳非常兴奋，那天在电话里，我忘了他说的是想买一双鞋子，还是一条裤子。菲利波非常高兴，因为他终于可以买到《秘密爱情》，或者其他一些我叫不上名字的玩意儿。"

这就是瑞秋说起那些书、电影或者漫画的名字时，采用的方式。这种方式非常罗马，掩饰了她的不明就里，也是她常用的一种策略。她丈夫在语文方面非常准确，毫不马虎，这一点不太像罗马人。尤其在漫画方面，莱奥非常在行，瑞秋谈到的那系列漫画,是那段时间,菲利波非常热衷的、吉姆·寿特的《秘密战争》,它是漫画巨头——漫威出版社创造的一个奇迹,那年,这套漫画在英国和美国已经推出,受到了很多人的追捧。(意大利语版本后来也出了,但那时候莱奥已经死去很久了。)

"还有,"瑞秋接着说,"已经好几个夏天,你都让他们独自去夏令营!他们单独在伦敦一家舒适的宾馆里待一个晚上,去附近散散步,这也没什么问题,你不要担心。"

"宝贝,你不知道,我有多遗憾,你……"莱奥还是有点不情愿地说。

在进行这场对话的几个星期前,就是他们安排这次旅行的时候,莱奥和瑞秋为买机票的事情发生了争执。菲利波已经坐过一次飞机了,他和爸爸一起从罗马飞米兰,那是时间很短的一次旅行。撒母耳还没坐过飞机:这就是他激动的原因。

莱奥的机票是由研讨会举办方承担的,而且是商务舱。意大利航空公司受其他航空公司影响,把之前传统的"头等舱"改为了商务舱,但是,除了这种名称的改变,实质上没有任何改变:绿色的座位,比经济舱的要大一点,服务和餐饮要更周到一点,空姐要漂亮一些,但价格至少要高四倍。莱奥想让全家人都乘坐飞机上最高级的座位,瑞秋当然很反对,她很愤慨地提出反对。

"我认为根本没有必要。"

"但你不觉得,我们坐不同舱位有点儿奇怪吗?你想让我扮演阔佬和他家仆的童话故事吗?"

"我不想让我儿子第一次坐飞机,就是一副势利少爷的派头,我认为这是一件让人讨厌的事情,不合适,只能把他们教坏。"

"真烦人！还是老一套。你为什么从来就不会给我一个惊喜呢？"

"我正想说同样的话呢。"

"我们全家第一次一起出行，实际上，这也是撒母耳第一次坐飞机，我很乐意和他分享这个经验。"

"你有的是机会。"

"是的，起飞之后。"

"没事的，这也就是说，你儿子会在没有你的情况下起飞，而且会用塑料餐具吃饭。"

"但是，起飞是最……"他没有能说出来最什么。

"别说了，假如你要买头等舱，那你们就自己去伦敦吧，我不去。"

"不是头等舱，是商务舱。"

"不管怎么叫。"

"那好吧。这就意味着，我要通知我的秘书，给我也订一个经济舱……"

"不，这和你有什么关系？你是去工作的，他们给你买票，你应该休息好，很舒服地坐到那里，你配得上好一点的待遇，这是另一回事儿。但是，在两个半小时的行程上花么多钱，我认为说不过去，无论从哪个方面来说，都……"

瑞秋没有说是哪个方面。逻辑？道德？时机？我们永远都不会知道。

惟一肯定的是，在买票问题上，瑞秋占了上风，因为她没有理由不去，最后是感冒替她做了决定。

就这样，莱奥来到机场排队办理登机牌，带着两个孩子，因为妈妈没有来，他们板着脸，现在还有飞机上的座位问题需要解决。

"假如你们答应我,不告诉妈妈,我们还可以做最后的尝试。"

"蓬泰科尔维先生,"那位地勤空姐说,"公务舱只有一个空位子。"

"那怎么办?"

"也就是说,我只能为您的一个儿子做升舱。否则的话……"

莱奥看着两个孩子,好像要让他们做决定。菲利波做了个习惯性动作,他耸了耸肩,就好像在说:你让他去吧,我才不在乎这事儿呢……热衷于奢华享受的撒母耳,这时候两眼放光。

菲利波惟一要求就是找一个靠窗的位子,这一点儿也不难满足。现在他坐在那里,耳朵上戴着索尼随身听耳机——那玩意儿现在已经不卖了,但在当时很前卫,那是莱奥在香港给他买的。他的额头靠在小窗子玻璃上,向外看去,飞机的一片翅膀挡住了部分视线,让他没有那种一望无尽的感觉。

撒母耳和菲利波相隔二十几个位子,他并没有哥哥那么沉思默想。莱奥带着一丝温情想,撒母耳真像一个暴发户,没有拒绝意大利航空公司提供的任何一个便利。我们从那杯香槟开始吧,那是一位年轻、漂亮的空姐倒给他的,撒母耳很有教养、轻轻弯腰表示接受。

莱奥对那个穿着制服的女孩眨了眨眼睛,他从儿子的手中拿过杯子,说:"香槟酒对他来说太淡了,给他来杯苏格兰威士忌,当然要加冰块。"空姐明白了他的话外之意,递给撒母耳了一杯加冰的可乐。

然后,撒母耳享受了起飞,飞机脱离跑道的那个激动人心的时刻,他因为害怕和兴奋,身体缩成一团,浑身发抖。十二月,早晨的天空很清澈,一望无际。莱奥把下巴靠在儿子肩膀上,他的脸看着西方,他看到了大海和沙滩之间的那条线越来越清晰,黄色、米色、绿色和褐色方块,非常神奇地拼接在一起,大地看起来像一幅印象主义画作。在海上,两艘船旁边的白色线条,是在深海扬起的浪花,这让他想到两个寻找机会、向前猛冲的精子。这时候,莱奥从随身携带的手提包里拿出了笔记,开始做自己的工作,他他需要集中注意力。

糟糕的是,撒母耳一分钟都停不下来,他去了三次洗手间,他把空姐交给他的耳机包装撕得刺啦刺啦作响,他还撕开了交给父亲的那副耳机。他操纵着座位旁边的按键,还有有限广播的旋钮。当午餐送到的时候,他的兴奋达到了极点。莱奥从来不在飞机上吃饭,但是很明显,他的二儿子不会沿袭父亲的这种习惯。撒母耳的表现正好相反,他一口气吃了从空姐的篮子里拿出来的两个汉堡,还有那个放在莱奥餐盘上的汉堡。他把那盘肉酱意面一扫而空,他把烤牛排切得很碎,但是一口也没有吃。他狼吞虎咽地吃了一块葡萄干蛋糕,还让空姐给上面放了双份的奶油冰淇淋。直到最后,空姐拿着一个咖啡壶出现了,她对莱奥使了一个眼色说:"都要咖啡吧,先生们?"

莱奥说:"是的,但是拜托您一件事情:把他的咖啡用热水冲淡一点。"

差不多到了蓝色海岸线,撒母耳好像平静下来了,莱奥的注意力也差不多集中起来了。这时候,那个折磨人心的家伙又来劲儿了。

"你在做什么?"

"我在复习功课,明天我有课堂作业。"莱奥想说得风趣一点,"你知道吗?爸爸要用英语做现场报告,总之……还是说母语好一点。"

莱奥养成了用第三人称和儿子说话,那是继承了他父亲的习惯,那是已逝的老蓬泰科尔维教授教给他的,要这样和儿子说话:爸爸做这个,爸爸做那个……这种表达模式——第三人称表达方式,很有教育意义,但很容易变得浮夸。

"但是,你的笔记都是用意大利语写的啊。"儿子注意到这一点,有点不依不饶。

"笔记是这样,对爸爸来说,这样容易一点,但是我要用英语说。"

撒母耳总爱问为什么。自从他开始学会说话,他就问个不停:"为什么鸟儿能飞?""为什么机器会动?""为什么那些蚂蚁正在吃那只蝴蝶?""为什么电视能看?""为什么我们要睡觉?""为什么我们要吃饭?""为什么妈妈的头发是金色的,可爸爸的头发是黑色的?"……撒母耳总是用这些问题来烦扰周围的成人。他问的都是很宽泛、很无用的问题,需要用一个泛泛的答案来回答:"因为就是这样,因为世界就是这样。"但是,莱奥和瑞秋不得不编造一些具体的、有教育意义的答案,"我们吃饭、睡觉,如果不这样的话,我们就活不下去。""蚂蚁和我们一样,需要吃东西。它们就和我们一样,它们的食物是食物链提供的,可能是蝴蝶撞上了什么东西,正好掉在了蚂蚁窝旁边:这样一个意外,就使它成为了蚂蚁们的理想午餐……"

但事实上,撒母耳是永不满足的。每一个回答,都会激发他问一个新问题,而且要比前面的问题更宏大、更难以回答。尽管这件事让人很恼火,但至少说明撒母耳的思辨能力很强。

对于哥哥来说,学会语言是一个非常艰难、折磨人心的过程,而撒母耳却很快就学会了语言。他那么早就学会了表达自己,对于父母来说,这简直就是一个奇迹。他出生后的几年,他就用他的这两大爱好折磨着父母:首先是把一切事物都放在一起,进行对比,其次是爱问问题。这两个爱好联系在一起,让他成为一个不知疲倦的提问者,一个狂热的比较者:"我和菲利波,谁游泳游得好?""爸爸和妈妈,谁坐飞机的次数多?""我和我的朋友贾科莫,谁厉害一点?"

这种争强好胜,也表明了一种狂热的激情——蓬泰科尔维家族的特点,正是这种好胜心。这种激情,在菲利波身上基本没有得到体现,撒母耳的这种激情,因为不同的原因,莱奥和瑞秋都觉得不是什么坏事。

"这是什么东西?"撒母耳用手指着父亲手里的纸问。

"发言稿的标题。"

这时候,撒母耳把脸埋在那些笔记里,想看清楚上面写着什么,他读道:"在儿科诊室和肿瘤患者沟通病情诊断的三个阶段:发展和进步。"

犹豫了一会儿之后,他问:"这是什么意思?"

"我已经告诉你了,这是我的发言稿标题。"

"是的,但是,这个标题说的是什么意思?"

"有哪个单词你不懂吗?或者是整个结构你都看不懂?"

"两个原因都有吧。"

"比如说,哪个单词你不懂?"

"诊断。"

这时候,莱奥——这位差点儿成为希腊语专家的人,开始陈述了:

"Diagnosi(诊断)这个词这是从希腊语来的,医生使用的专业词汇,几乎都是从希腊语来的。这个词的词根是 Dia 和 gnosi,Dia 的意思是:通过;gnosi 是一个很美好的词,意思是:

知识。词的意思是,医生对病人做了一系列检查之后,对疾病做出论断和病理划分。"

莱奥看到撒母耳的眼神还是很迷惑,接着说:

"你发烧的时候,骨头很疼,嘴里很热,妈妈不让你去学校,你还记得那时候的情景吗?"

"记得。"

"就这样,如果你来找我,告诉我:爸爸,我发烧了,骨头很疼,嘴里很热。首先,爸爸要收你很多钱,然后会根据你的这些症状,告诉你,你感冒了。这就是诊断,就是根据病人表现出来的症状做出判断,这是诊断的一种。惟一的差别就是,爸爸要做的诊断更加复杂,怎么说呢……更悲惨。"

"为什么会悲惨呢?"

"因为这些诊断很难,而且涉及更严重的病症,比感冒要难对付。因为这些病会让病人,还有病人的家属,产生一种不好的感觉和想法。"

"肿瘤患者是什么意思?"

"就是得了爸爸专门治疗的那种病的人。"

"那儿科呢?"

"就是得病的人是小孩子。"

莱奥浪费了那么多口舌,采用了那么多委婉的说法,是因为他觉得,很难和孩子们谈论自己的工作,他觉得难以启齿。他并不是想保护他们,不让他们了解父亲从事的职业,从各个方面来说,那都是事关生死、很极端的职业。说得更准确点儿,他有点儿迷信地认为:和他们谈论这个职业,可能会污染到他们,让他们更加脆弱,使他们和这个地球上的倒霉孩子一样,或者和那些受命运摆布的娇弱生命一样:生病、随时都会死去。

莱奥的父母非常多虑,所以他决定做一个不操心的父亲。他回忆起自己当年承受的压力,那些来自父母的挂念,真让人窒息,他决定从自己,还有两个孩子身上,卸下这个包袱。但是,要彻底遵从这个决定,他得先说服自己,不说别的,首先菲利波和撒母耳不能进入他工作的圈子:他们不会生任何病,在莱奥有生之年,最好一直是这样。这就是为什么,当着孩子的面,莱奥谈论自己的工作时很小心;他和孩子们谈论医院的某个人时,也异常小心。他不想在自己的孩子和医院之间,建立某种联系,他更喜欢这样管理自己的生活:生活的各个部分是隔绝的,他的孩子和"儿科"无关,他的儿子只是他的儿子,没别的。

"那你在研讨会上要说什么?"撒母耳又拉开了一罐芬达汽水,问他。

"我会介绍一下,因为一些技术革新,近两年,我得到的新研究成果。那是在一些能干的同事的帮助下,爸爸从他的医院工作中得到的结果,也是让人振奋的结果。"

"比如呢?"

这次,莱奥在回答之前,犹豫了一下,并不是他不知道该怎么委婉地表达,而是儿子的问题,让他不得不想起那些年他参与的战斗——针对僵死的医疗系统的战斗,最后,他终于能按照一种他认为更正确、更适合的方法工作。

革新——这就是圣克里斯蒂娜医院里,那些官僚最痛恨的词汇。革新——这就是他这么多年努力的目标,因为这个缘故,他和别人讨论、争吵,甚至差点儿牺牲了自己,断送了自己的前程。最终有一天,这件事让他付出了代价,但现在带来的结果是好的,莱奥现在非常想和其他国家的、这个领域的同行进行讨论。

大约五年前,莱奥开始在治疗模式方面,做出了重要创新,他采用的治疗模式(相对于欧洲和美国其他更先进的机构,已经晚了好几年)是主静脉输管:这样一个工具,可以很方便地往病人体内注入药品,还可以输入所谓的"安慰剂",给病人提供养分,让他们好受一些。所有这些创新,都是为了不用对小病人那些细小的、非常娇嫩的血管大动干戈,破坏那些血管。

还有另外一个决定性革命,就是告诉病人对他们的诊断。要引入这场革命,莱奥必须面对一个非常棘手的敌人:病人的父母和他们坚定的意愿。正是那些父母,他们不能接受,医生告诉他们的孩子真实病情。他们这样做有什么必要呢?孩子病了,还不够糟糕吗?让他们接受那种具有破坏力的治疗,还不够吗?现在在他们还要知道:他们得的病正在杀死他们,他们面临的风险,以及那些非常要命的治疗。

莱奥想,尽管如此,但是他有一套自己的想法,他有一个儿童心理学专家组成的团队,他们学识渊博、充满斗志,这个团队帮助和支撑着莱奥。

莱奥想起了早些年他给小病人说的那些蠢话:他需要非常当心,他要记住自己的那些胡扯,不能前后矛盾,这真是很难;还有他扯谎时,他的小病人表现出来的不信任,尤其是那些青少年,在他扯谎时,看他的眼神……莱奥只要想想这些,就想吐。

莱奥依然记得那个小男孩,那是他诊断的一个小男孩(换句话说,就是他假装诊断的小男孩),莱奥对那个小孩说,他的腹部感染了,那个问题很快就能得到解决,虽然有点难过,但用一点静脉注射的药就好了。那个男孩也就是撒母耳现在的年纪,他在接受莱奥诊治时,尽管他听到莱奥说的那番话,但小孩看到父母离开了,在一个比较远的地方,他就马上在莱奥耳边低声说:"大夫,拜托了,不要告诉我妈妈我得了癌症。她还以为我只是有点感染。"

事实就是这样,这种病态的虚伪,他还要忍受多久?那些诊断应该告诉病人,尽管他们年龄很小,但他们有权知道。当然,他和那些心理医生一起讨论,他们会针对不同的孩子,研究出不同的方案:一位六岁的孩子和一位青少年,他们之间有天壤之别。病人的社会阶层、文化水平也是决定性因素,不能一概而论,如果统一对待,那肯定是愚蠢的。每个病人都是一个独立个体,每个个体都是惟一的、无法复制的珍宝。

说实在的,这些原则是犹太人的特点,莱奥对旧模式,以及传统的训诫提出公然反对时,他所坚持的原则正是犹太人的原则。而且,他把这种新的实践方式,在他的科室进行推行。这就是为什么,在推行这种方式之后,他在心理学家团队的帮助下,进行了这样的一个长征,可以命名为"在儿科和肿瘤患者沟通病情诊断的阶段。"

尽管莱奥认为事情非常荒谬,但也许是因为他忽然被问到这个问题,他有点措手不及,或者是因为,他们在距离地面十公里的高空飞行,脚下是马尼卡冰冷的、充满风暴的海洋,现在,莱奥正在向他的小儿子介绍那场革命的缘由,以及赢取那场战争的好处。也就是说,莱奥选择了对这个世界上的一个小孩——两个儿子中的一个,说明事情的真相。蓬泰科尔维教授决定:不让另一个小孩承担事实的重量,让他藏身于不知情的舒适外壳之中。

"感谢上帝!你要知道,爸爸治疗的疾病,很少有小孩得,和成人得这种病的人数,根本没法相比。在我的治疗中心,一共有六十多位病人,在里卡尔多——爸爸的朋友那里,至少有一千个病人。这给我提供了一个机会,让我能每天亲自面对那些病人,我的很多同行,包括里卡尔多都没有这个机会,这是非常重要的一点,是疾病得到治疗的秘密,也就是爸爸明天要跟同行讨论的问题。"

"为什么?"

"因为这样,我可以把我的结果和世界各地的医生得到的结果进行对比,这对于我和他们的工作都有好处。我们把这种工作方式叫作'共同研究'。"

"共同是什么意思?"

"好吧,共同是一个关键词,意思是我们有意愿一起研究,或者说这样对大家都有利。"

"但是,这意味着什么呢?"

"意味着相互配合。我和我的同行,我和——比如说,阿尔弗雷德,我们一起配合,要做这个工作,没有人配合是不可能做好的。"

"你的病人想知道他们得了什么病吗?"

"这真是一个很难回答的问题,撒母耳,真的很难回答,这件事情也非常复杂。有的人想知道,有人都不明白'知道'或者'不知道'意味着什么,这是由很多东西制约着的。但无论如何,这不是特别重要的事情。"

"那什么是重要的事情?"

"建立一个系统很重要——我们把这称之为'模式',这有助于创造环境,让我们自己、病人的父母,当然还有病人,用一种最好的方式,进行治疗和接受治疗。就这样,我们制作了一个三步走的模式,首先,我们把诊断写下来,在我们写下来之前,是不会告诉任何人的。然后,我们会告诉病人的父母,我们会告诉他们最有效的干预方式,最适合、最及时的模式。"

"模式是什么意思?"

"就是治疗模式——对病人采取的治疗办法,然后我们要告诉病人父母,用哪种方法对疾病进行治疗,可能会出现的情况。"

谈完之后,他们会意识到,告诉孩子诊断结果很有必要。可以说,这是最艰难的时刻,比告诉父母他们的孩子生病了,还要糟糕。就好像所有的愤怒和绝望,在那之前一直都可以控制,现在终于一起爆发了,有时候反应会非常激烈、非常可怕。有时候也会出现这样的情况:有人说,你不能这么做,你没有权利,或者说你专门折磨人,说你是门格勒。

"门格勒是谁啊?"

"门格勒是个纳粹分子。"

"纳粹分子是什么?"

关于纳粹的问题,蓬泰科尔维夫妇一直选择闭口不言。从根本上来说,他们还有很多时间和机会,来告诉他们的儿子:在这颗奇怪的地球上,作为犹太人要冒很多风险。

"说来话长,纳粹分子是什么人,我们下次再说。我现在给你说的是有些父母的反应。"

"啊,是的,父母的反应。"

"有时候,他们的反应很激烈。这时候,就需要心理学专家的介入,他们的任务就是要让那些父母明白,在治疗方面和伦理方面,什么是对的,他们的孩子应该知道自己得的是什么病,还有他们可能会遭遇的事情。"

"心理医生能说服他们吗?"

"应该说可以的,他们有很强的说服能力。这时候,开始了第三个阶段。小委员会成立之后——由我、心理学专家,还有孩子父母组成,我们一起去找那个生病的小孩。让人感到奇怪的是,这个阶段往往是最简单的,因为孩子的接受能力通常都很强。因为他们和他们的父母不同,他们想知道真相。因为不管父母如何,孩子习惯于接受那些降临在他们头上的不幸。有些病人年龄很小,他们还不能很清楚地理解你说的话,过了一会儿,他们就会分心,不再听你说话。那些青少年一般会哭起来,他们大部分人都会哭。"

"你对他们说了什么,让他们哭?"

"我告诉他们,我们找到了一些生病的分子,比如说,在肚子里。这些坏分子可能会说服其他分子,在身体内发动暴乱,为了避免出现这样的结果,就需要做这些事情,做那些事情,等等。当然,我们说这些话的时候,不像我对你说的那么直接,我们会很温柔地讲给他们。第一次,我们说一件事情。第二次,我们又说一件,等等。我们会告诉他们,我们会全力以赴对他进行治疗,他们想问什么问题都可以,我们会尽量回答他们的所有问题。"

"然后会发生什么事情呢?"

"病人会开始信任你,他知道,你不会欺骗他。实际上,他其实知道自己的病比较严重,做了那么多化验,父母那么担忧,在那几个星期,他有意无意都能感受到……好吧,现在他们希望被坦诚相待,他们有权知道真相。"

"为什么非要告诉他们真相呢?"

"统计学显示出,病人在知道病情的情况下,要比不知道病情下的治疗更有效。除了这一点,这也是一个观念的问题,我们每个人都有权知道发生在自己身上的事情。我举一个比较愚蠢的例子:你刚才吃了那么多东西,假如你牙齿上有菠菜,你不知道为什么人们会嘲笑你,你是想爸爸告诉你呢,还是想让所有人看到后取笑你?"

"我希望你能告诉我。"

"好吧,同样的事情。一旦你告诉他真相,那么传递的消息就是:你是一个不会说谎的人,他可以信任你,你们之间会形成一种合作关系。我们给病人开药时,会告诉他们这些药的药效,我们会说:'你们当心啊,这个药可能会让你肚子疼……那个药可能会让你产生口疮……等等。'"

莱奥给儿子讲述了这些事情时,很生动、也很投入。像那种口才好、又很专注于事业的男人,莱奥把工作放在一切事情之上,甚至放在家庭之上,那个他深爱的、可爱的家庭。也许,莱奥在工作中很自如,没有受到家庭的影响,但在家里,他有时候会感受到一些让人不安、难以掌控东西。

蓬泰科尔维教授在他的儿童肿瘤科,他从来都不会犹豫,从来都不会出错,他总是简洁有效。从另一方面来说,"他的科室"这种说法,不仅仅是因为莱奥在权威教授梅耶的支持下,为这个科室的建立做出了贡献,而且因为在仅仅三十九岁时,他就成为了这个科室的一把手。他是一位非常年轻的主治医生,一个非常有意志力和魄力的主任。他不会指使别人去做事情,而是亲力亲为,他不会偷懒,没有架子;病人全天二十四小时都能找到他。

需要说明的一点是,莱奥这种对工作的投入和瑞秋的顺从态度密切相关,她不是那种抱怨丈夫经常不在家的妻子,抱怨丈夫总是在工作,只是想着事业。这并不是因为她对莱奥的事业抱有某种野心,而是因为她从父亲那里学到了这个教条:男人的工作是神圣的,一个女人,一个好妻子,有义务为丈夫减轻负担,尽量不要让他承担工作以外的任何事情。丈夫不用给孩子换尿布,不用送孩子们去学校,不用帮助他们做数学题,丈夫应该只考虑自己的工作,他的家人应该注意自己的言行,支持他这种有益的自私。

瑞秋非常清楚这一点,这是她在生活中学会的,当她的母亲和姐姐去世之后,可以说,她扮演起了父亲的"妻子"角色。她在早些年已经领会的东西,都变成了法令:作为女儿的任务(在姐姐的悲剧之后,她忽然成了"独生女"),就是分担父亲自己能分担的任何杂事。有一段日子,因为某个重要客户的紧迫需要,斯皮齐基尼先生不得不在工厂待到很晚。在那种情况下,他也不会想着给女儿打个电话,通告一声他会晚回去。女儿在家里,只能坐在厨房里等他:煮面的水开了,拌面酱已经做好了,盘子都朝下扣着,空气中散发着一种诱人的香味。

几年之后,在蓬泰科尔维的漂亮别墅里,也会闻到同样的香气。晚上,瑞秋会等着莱奥从医院回来,她让孩子们先吃了,让他们先上床睡觉。如果太晚了,她也会让家里的女佣去睡觉。这时候,她都会很克制,连一小块面包都不会吃(这是个原则问题)。这样的情况,在蓬泰科尔维夫妇的生活中,每个月至少会出现五六次,他们俩夜里一点,在厨房吃饭,莱奥不说话,瑞秋在他周围忙碌,也不说话,她拿着汤勺,从散发着热气的汤盆里舀汤。

这还不够:在他们结婚的最初几年里,为了改掉丈夫早上晚起的习惯,瑞秋做了很多努力。事实上,作为一个完美的工作者,作为一个负责人的男人,要求莱奥第一个到医院,最后一个离开。这是一位领导应该做的,一个头儿应该以身作则,领导下属。

总之,这就是瑞秋的态度,从科室建立之初,她就让莱奥能够全身心投入到他的工作中,几乎像一个工作狂。要知道,对于莱奥来说,治疗开始于病人迈进医院门槛的那一刻,毫无疑问,大小巨细的事情他都会一一过问。从室内装修开始吧,地板和墙壁的颜色,不能有任何可笑的,或者黯淡的因素;不能出现任何滑稽、天真的贴画,我们又不是在迪士尼乐园。

我们需要的是一个明亮、理性的环境:整洁、周到,让父母和孩子会感到平静。从另一方面来说,也要打消他们的幻想,以为来这里可以获得各种消遣。为了让那三间连在一起的化疗室对着医院惟一的花园,莱奥做了很大的努力。橄榄树、垂柳、玉兰树:这便是那些小孩子在接受化疗毒害时,应该欣赏到的风景。

莱奥注重的另外一点是气味。

"这个地方严禁出现任何医院的味道。"他总是反复给护士、勤杂人员和清洁工这样强调。消毒水的臭味,白煮鸡、煮苹果的味道:就是莱奥所说的"医院的味道"。早上,他走进医院,要是闻到那种让人沮丧的、太平间的味道,他就会勃然大怒。这个世界上最平静的男人也会发脾气,他发起脾气来,让那些在其他时候,其他场合看到他的人都难以置信。在他的科室里,他是一个暴躁的人、一个瑞士人,他寸步不让,锱铢必较,不顾及任何人的面子。他无法容忍别人的不负责、不精确,以及任何形式的疏忽。关于雇佣医务辅助人员,调整夜班(莱奥知道,要长期做这种工作,非常难,很容易发疯,或者变得刻薄),他和行政机构、工会以及罗马的医疗系统做斗争。众所周知,他通常都是习惯于非常客气地对待下属,但当他们出现什么差错时,他就会变得非常凶恶,他的温和和残暴相互均衡。莱奥本来想让所有员工都把头发理成板寸,像那些习武的人,但是他不能这样要求,最后他只能让他们都带上头

321

巾,这不仅仅是一个卫生的问题,而是一种精神上的支持。尤其是对于那些小姑娘来说,生病已经很悲剧了,掉头发也很可怕,她们看到某些赶潮流的护士那精美发型,肯定会很受伤害。

总之,莱奥对那些官方要求不在乎,官僚机构的要求,在部门的实际操作中不是很适宜,可以说,他的原则都不容打破。就好像世界上有两个莱奥·蓬泰科尔维:一个非常懒散马虎,另一个很仔细、很决绝,甚至到了吹毛求疵的地步,这是一个矛盾。实际上,除了他在组织纪律上严格,在管理上疏忽,他在医疗技巧上(他喜欢这样说),表现出一种前所未有的灵活,还有让人欣赏的折中主义。在治疗上,他反对任何形式的墨守成规,他像一只变色龙,能适应各种环境。在巴黎实习时,他学到的东西是:癌症和其他疾病不同,并不是一个外来的力量在攻击了我们的身体,而是身体的一部分出了问题。身体的一部分在进行自我毁灭、在造反,像家庭中的一员决定自杀一样,癌症不是我们的一部分,癌症是我们自己。这就是为什么,每位得了癌症的个体都要被特别对待,都应该受到尊重,因为每个器官只有一个,这就要求治疗模式要适应病人,而不是要病人适应治疗模式。当莱奥看到某个小孩忍受不了一种治疗方式,他会想尽一切办法,改变治疗方式,或者减轻强度。

当他看到某个小姑娘骨髓萎缩——这是化疗的最可怕后果之一,他就会要求暂停几个星期,等骨髓恢复正常,能产生足够的白细胞,恢复免疫系统。因为蓬泰科尔维教授任何时候都不会忘记:让人们对抗癌症的最有效方式——化疗和放射疗法,都是用不同的方式,毒害着身体,所以需要炼金术般的精妙操纵。

莱奥在治疗癌症时，他表现得非常敏锐，充满人文关怀，要比其他同行更加注意这件事情的心理层面。他的科室，是全意大利第一个设置心理学专家的科室。莱奥和这个心理学团队关系密切，尤其是和其中一位合作者——萝蕾丹娜·索菲奇医生，关系密切，她向莱奥揭示了很多儿童心理的奥秘。

要告诉病人真相，让他们承担责任，而不是心存幻想，让他们加入这场战斗，然而同时也需要激励他们，让他们尽量正常地生活下去，这是索菲奇大夫经常说的话。莱奥和这个女人的意愿，都是希望病人能抓住机会，继续生活、玩耍和学习。莱奥给菲利波和撒母耳在国外购买的那些前卫玩具，总有一两个会流落到医院的游戏大厅。实际上，这个地方并不像一个孤儿院破旧玩具的堆积处，更像一个备受宠爱的孩子的奢华房间。

莱奥非常信任萝蕾丹娜，他喜欢参加她举办的讲座——都是医院组织举办的，针对学校老师的讲座，莱奥喜欢听她讲话。他从这个女人简练的解释中，可以听出她多年实践中得出的结论。萝蕾丹娜让那些年轻、心怀恐惧的老师要注意儿童的每个行为举止，不要低估任何细节。这样的建议，尽管是泛泛之谈，但莱奥认为这是一个非常明智的建议。

"你们应该明白，假如一个小孩的情绪本身很善变，他要遭受一天二十四小时的治疗压力，会表现得更加善变。你们不能低估那种怨气、仇恨，还有愤怒。你们也不能低估他们的嫉妒情绪，那是病人对健康人的嫉妒，你们是健康的，他们是病人。你们要顺应他们，这是一件不自然的事情，这种失衡会让他们变得不公正。你们想想着，他们有没有意识到那种不公正，其实他们是有意识的。因为这个缘故，他们可能会恨你们，没有什么比病人面对健康人时的怨气更可怕。而且，他们处于那个年龄,情感绝对在理性之上。尽管你们很小心,但你们的一句话,或者你们的某种态度,可能会激怒他们,让他们痛苦,他们需要知道真相。假如一个同伴不能来上课,因为他病得很厉害,因为他没能战胜病魔。好吧,你们对他的命运撒谎是没有任何意义的。你们不要搞得很暧昧,你们不能说谎。你们要知道,他们面对死亡,比你们还要镇静。"

听到这样的演讲,让莱奥更加坚定自己的信念。他认识了一位像萝蕾丹娜·索菲奇这样的人,她一方面充满同情心,一方面又有自己的想法。她很清醒,又充满希望。她让莱奥明白,和病人进行诊断方面的交流非常有必要。在飞往伦敦的飞机上,莱奥就是带着这种诚实而且公道的精神,试着向小儿子解释,为什么虚伪和癌症一样有害。

后来,发生了一件很奇怪的事情。飞机开始接近希斯罗机场,当空姐用甜蜜的声音,让各位乘客回到自己的位子,竖起小桌板,抬起座椅靠背,系上安全带时,撒母耳带着一种非常打动莱奥的不安声音——那种激动不安,和这个小孩平时的阳光性格格格不入,他问父亲:

"所以,假如我生病了,假如突然发生什么事情的话,你会告诉我吗?说真的,爸爸,你会告诉我吗?"

听到撒母耳说这些话时的焦虑语气,开口之前,莱奥已经开始犹豫,他不知道:他应该诚实回答这个问题,还是说一句风趣话,把话题转移开。最后,他还是回到了那个菠菜的例子,他说:

"我向你发誓,你牙齿上什么也没有。"

但是,撒母耳并不满意这样的回答,撒母耳不会善罢甘休,他继续很镇静地问:

"你答应我。爸爸,你能不能答应我?"

"我要答应你什么?"莱奥有点不耐烦了,他很后悔自己刚才那么畅所欲言,给儿子揭示了他职业中的一些秘密。

"你会告诉我。假如我发生什么事情,你会告诉我。你答应我,爸爸,你答应我,好吗……"

莱奥被撒母耳的坚持搞得很恼火,他没办法直视儿子——他的目光落在了越来越近的伦敦郊区——他答应了撒母耳。

(莱奥现在看着撒母耳——他非常焦虑,扶着脚踝断了的哥哥,他的那种激动,让莱奥想起了飞机上的那段对话、那个承诺。莱奥想,撒母耳已经十四岁了,他现在还会不会问那些问题。他希望撒母耳不会再问,他希望撒母耳不再那么爱问问题。他满心希望,自己不会成为儿子眼中最大的问号,那个折磨人心,让人不安的问号,那个永远没有答案的问号。

这时候,莱奥觉得喘不过气起来,这种感觉,就是通常我们感到负罪的同时,又充满同情。)

一九八四年十二月初的一个星期三下午,蓬泰科尔维家的三位男士,他们都冻得手脚发麻,跨进了布朗斯通饭店的旋转门,迎接他们的是门童的鞠躬,那个门童装扮很奇异,他身穿带有流苏的绿色绒布衣裳,胸前戴了很多配饰,头上戴着一顶圆柱形帽子。

饭店入口有一个小小的牌子(底色是黑色的,字是金色的),告诉客人,这座位于贝尔格莱维亚区的古老砂岩建筑,是十九世纪,拜伦勋爵的大管家改造成宾馆的。莱奥第一次住这家宾馆,是大约三十年前,他是和父亲一起来的,从那时候起,他每次来伦敦,都会首选这家宾馆。他喜欢那个小小的大堂,地上铺着地毯,非常宜人,还能够闻到烤面包片和炒咖啡的味道。他喜欢厚实的浅紫色地毯、雕花细木护壁板,还有发亮的铜质门把手。粉色的大理石壁炉里,燃烧着的炉火发出噼啪声,能减弱路上汽车的喧嚣声。

莱奥很高兴两个儿子能处于这样一个环境中,这是他的物质条件能允许的。假如有一件事情让他高兴,那就是两个儿子对他的崇拜。在这家老宾馆里,他能向两个羞怯的小屁孩炫耀,他如何如鱼得水地生活在这个世界上。比如说,被那个滑稽的门童认出来,或者被某个服务员认出来:"欢迎,蓬泰科尔维先生!"前台服务员向他打招呼,那是一位头发花白的瘦小男人,他的颧骨有些发红,上面布满毛细血管,好像马上要破裂一样。

现在轮到莱奥了,他的英语说得算不上很完美,他用一种几乎是厌烦的口气,说了两三句已经准备好的句子,提醒那位前台服务员——蓬泰科尔维先生早上六点半,需要一杯滚烫的美式咖啡、英格兰松饼、《晚邮报》还有《泰晤士报》。最后,他用同样的语气,仍然带着有点厌烦的语气,问两个儿子(谁知道为什么他要用英语)早餐想吃什么。

到目前为止,一切还算顺利。但是,莱奥还没把钥匙插入房间的钥匙孔里——那是一间位于五层的小套房,他已经开始焦虑了:没有瑞秋,他要一个人对付两个孩子,他忽然感觉自己不能胜任,就像一位在新婚之夜还是处男的新郎。

菲利波曾经是蓬泰科尔维夫妇生活的主要问题,这种情况已经过去很多年了。那是莱奥和孩子们比较亲近的一个阶段,尤其是和菲利波,顺便也渗透到老二身上。自从菲利波的紧急情况解除之后,莱奥和孩子们的关系就发生了彻底改变,他们之间的关系变得越来越正式。对于莱奥来说,他处于事业成功的顶峰期,属于牺牲家庭、全心投入到事业中的人。他每天都事务缠身,要应付各种各样的工作:医院、研究、大学、研讨会、报纸和专业杂志上的约稿……他能给予孩子们的时间很短。同时,随着岁月的流逝,这让他成为一个彻底的达达主义者。

现在,忽然间,在没有任何预告的情况下,在父亲没有任何意识、毫无准备的情况下,两个孩子进入了青春期。他到现在才察觉到吗?在伦敦一家宾馆的房间里,他才察觉到的吗?这两个人是谁?他了解他们吗?除了户口登记的那些信息,一些外在的特点,几位死去的亲戚和一些相同遗传基因,关于这两个和他同姓的男孩,他还知道什么?菲利波是一位天使般的十三岁男孩,稍微有点儿胖,狂热地爱好漫画和动画,他虽然不是一位了不起的运动员,但作为一名中锋,他的表现总是出其不意。他学习成绩很差,但是他不以为耻,反以为荣。撒母耳十一岁了,他性格开朗,有很多朋友,很早就成了一位享乐主义者。在学校,他学习名列前茅,生活对于他而言是轻盈的,就像他瘦得像闪电一样的身体。

这就是莱奥对孩子们的了解:可能,很多人都要比他更了解他们。现在他们就在莱奥眼前,像两个需要重新认识的外星人一样。

他们的身体也发生了变化。莱奥是一个非常喜欢和孩子亲密接触的父亲,尤其是对菲利波,当菲利波还是个小婴儿时,莱奥喜欢抱着他,喜欢招惹他:抚摸他的脸蛋,还有他结实、光滑的小腿,把冰冷的鼻子埋到他面颊和脖子之间,温暖、芬芳的小窝里。莱奥晚上被叫去急诊,深夜从医院回来时,他喜欢弄醒小菲利波,和这个非常漂亮、暖洋洋的、总是自得其乐的小婴儿玩一下。但随着时间的流逝,那种亲密接触没有了,这也是很正常的事情。莱奥是一个不会亲吻自己的孩子、也不愿被孩子们亲吻的父亲。他也不是没有把自己的孩子抱在怀里的愿望,然而他意识到,出于男性的羞怯,儿子们不会喜欢被拥抱,因此他避免那么做。

他进入布朗斯通宾馆小套房之后,他才感觉到,他的孩子和他期望的不一样,这让他非常不适应。他们身上有一种让人不舒服的东西,莱奥脑子里,一直迷恋那种婴儿的、柔软芬芳的东西,现在,他第一次感觉到一种带刺的东西。撒母耳的声音很低,刺刺拉拉的,就是那些正在发育的男孩子的声音。菲利波的下巴和鬓角,已经冒出了一些柔软的毛发。他们的身体,都散发出一种荷尔蒙分泌发生变化时产生的咸味。

就这样,莱奥为了掩饰自己的焦虑,他采取了一种大张旗鼓的方式。他把衣服从行李里取出来,然后用一种近乎蛮横的语气,要求儿子也把衣服拿出来。他向两个儿子展示了,怎样把裤子从行李里取出来,保持裤缝整齐(把洗手间门关上,热水开到最大,制造蒸汽,把裤子挂在衣架上)。最后,为了打发时间,他从客房服务那里要了一些高能量小吃。

等待小吃送来的时候,为了不和孩子们一起等,他脱了衣服,给浴缸放满热水,在热水里倒了一些宾馆提供的蓝色浴液,他把自己泡在热水里,只把头露在外面。但是这种放松的方式,也不能缓解要照顾两个孩子的焦虑。为了避免听到他们在墙壁那边做什么,莱奥把头埋在热水里,在水下,他享受到周围的声音被减弱后的沉闷感觉。然而,他还是没办法把两个儿子从脑中抹去,他们就在墙壁那边,静静地、有些羞怯地等着他。

他从浴室出来,浑身冒着芬芳的热气,穿着宾馆的浴衣,浴衣的口袋上有一个金色的牌子,他看到他们穿着内裤,躺在床上,为电视遥控争吵。莱奥心里松了一口气,儿子的变化可能会有好的一面:比如说,他们比他想象的要独立,他们不需要他照顾,照样可以生活和娱乐。

终于门铃响了。

一个手脚麻利的韩国女人,穿着十九世纪管家的衣服,带着围裙和头巾,把餐车推到了房间里。她用一种夸张的、表演般的动作,掀开了那个白色的盖子,下面有十几个小三明治,还有一大堆炸薯条和生菜叶子。那个娇小的东方女人,打开了可口可乐的瓶子,最后她给了莱奥一个放着收据的皮夹子,这个身穿浴衣的男人,很随意地签了单。

旅途的劳顿,加上热水澡的效果,让莱奥感到瘫软无力。他的头还没挨到枕头,就已经觉得浑身乏力,但是他还是没办法彻底放松下来,因为他激动不安的心情还没有完全平息下来。

"爸爸,我们能要一个甜点吗?"

这是撒母耳的声音。

为什么不能呢?莱奥心想。你们想要什么,就要什么吧。

"爸爸,我们能要一个甜点吗?"撒母耳又说了一遍。

莱奥睁开眼睛,他微笑了一下,做了一个同意的手势。

实际上,他终于很安心地想,瑞秋不在这里,也是有好处的:没有那个节俭的小女人干涉,我可以教会这两个小屁孩怎么生活。

"你们想要什么都可以。"他觉得自己像威利·旺卡,在一个非常高级的点心房里,接待了一群小孩子。莱奥展示出来的点心房是伦敦,一个冰冷、戏谑、彩虹色的、堆满了各种商品和各种美味的城市,一座状态良好的城市,一座知道怎么庆祝圣诞节的城市。瑞秋不在,这让一场灾难变成了一种运气。从这个方面来说,一切都发生了变化。这就是我们要做的,莱奥想:我们想干嘛就干嘛。真开心!真有趣!

他开始幻想着,伦敦的四日在等着他,这些天,莱奥会和儿子们重温很多年前他和妻子享受过的事情——享受冲动消费带来的乐趣。

但是,莱奥又一次表现得过于乐观。奇怪的是:这个漫长的周末,并没有给他们留下难忘的记忆,正是因为两个儿子之间那种密不可分、让人担心的关系。那天晚上,莱奥就开始体味到了这一点。菲利波打电话,叫了客房服务,点了甜点之后,莱奥听见撒母耳问他:"你会不会履行那个诺言?"

"什么诺言?"

"你说过,要带我们去看一场音乐剧。"

"我是说过。"莱奥很满意地重申,"我们想干什么都可以。"

就这样,他让菲利波去前台预定那天晚上的音乐剧《绅士爱美人》,然后他从手提包里拿出了几页纸,坐在了那张红色的大沙发上。

总之,莱奥身上穿着一件白色浴衣,坐在一张红色的沙发上,手上拿着铅笔,在第二天要做的报告上,做一些修订。这时候,撒母耳问:"菲利波到底去哪儿了?"他的声音里有一种掩盖不住的焦虑。莱奥马上想到,他忧虑是因为担心没有票。他对撒母耳保证说:"放心吧,《绅士爱美人》每天晚上都有。我保证,无论如何我们都能搞到票,不行的话,我就让阿尔弗雷德出面。"但随后,他用眼睛的余光看了一眼撒母耳,他注意到,他的话一点儿也没让撒母耳放下心来。撒母耳开始在房间里来回走动,就像一个在等待大厅,等着妻子生产的丈夫一样,焦急地等着自己的第一个孩子出生。最后,撒母耳鼓起勇气,又问了一次菲利波去哪儿了。

"我已经告诉你了,我不知道!他可能在排队。他可能在酒吧要了点东西喝,他可能遇到了一个朋友,遇到了他生命中的女人……或者可能出去散步了。"

"他难道不能告诉我们吗?"

"他为什么要告诉我们呢?你哥哥已经基本是一个成人了。"

"妈妈说,我们做什么都要告诉她一声。"

这时候,莱奥想起了前不久他和瑞秋之间的争执,他当时没放在心上。瑞秋说撒母耳的多虑真让人操心:"他总是在担心,尤其是为哥哥担心。只要菲利波出去一下,他就会焦虑,会想到一些可怕的事情。有一天晚上,他甚至在深夜叫醒了哥哥,因为他担心哥哥死了。"

这就是那个幸福儿子的薄弱之处吗?这就是他收藏的那只最珍贵、最光滑的花瓶上,那道看不见的裂纹吗?他总是很焦虑,充满担心,总是怀疑那些开始很美好的事情,结局会很糟糕,他总是忧心忡忡地等待着可怕的悲剧发生。

莱奥想起了他和瑞秋的那次对话,这时候,菲利波迈着懒散的步子回来了。撒母耳一下子就扑了过去,问了很多问题,就像一位爱吃醋的妻子,等了丈夫一晚上。

"你为什么去了那么长时间?"

"怎么?你问这个干吗,小娘娘腔?"

尽管撒母耳看起来很不安,但能感受他的异常欣喜,就像哥哥是一场空难的惟一幸存者。菲利波躺在床上,撒母耳马上过去,蜷缩在哥哥身边,像艺妓一样柔顺。这间小套房里有两张双人床,莱奥躺在其中一张床上(手上拿着纸和笔),另外一张床是给孩子们睡的。

菲利波开始专注地阅读伦敦的导游手册,这时候弟弟一直在旁边骚扰他,非常烦人,好像要宣泄菲利波晚回来让他承受的担忧,还有哥哥回来之后,他感到的快乐。

最后,还发生了另一件奇怪的事情。

"你让我闻一下你的肚子?"撒母耳对菲利波说。莱奥在想,他是不是听错了。菲利波就好像回答一个最自然、最普通的问题,他说:"你去给我拿一些冰块放在可乐里,我让你闻五秒钟手臂,小娘娘腔。"

这到底是怎么回事儿?莱奥心想。他的两个儿子相互闻味道吗?为什么呢?他觉得这事有点儿奇怪,有点动物性,或者更糟糕,有点像同性恋。他一点儿也不喜欢这件事情,然而这正好说明了他们之间的关系,从身体方面来说,真也有些病态。否则,对于哥哥晚回来几分钟,为什么撒母耳的反应会那么激烈呢?为什么他们总是一个粘着另一个?尤其是:为什么他们会相互闻味道?他们怎么能以气味一个要挟另一个呢?

现在,莱奥看到了两个儿子的行为,没有瑞秋,没有母亲的戏谑和对儿子的调侃,没有瑞秋的缓冲作用,他觉得两个儿子实在太奇怪了,这让他很不舒服。不,他一点儿也不喜欢儿子的这些奇怪表现。仔细想想,他通常对那些奇怪的事情都很讨厌,各种形式的怪异,都让他感到害怕。当然,有创意是一件好事,但是不能超过一定的限度。莱奥一直在调节自己的行为,希望自己能表现得丰富多彩,这是真的,但他总是躲避怪异的行为。随主流的态度,有一种让人放心的东西!成为大家都想成为的人,还有大家期望你成为的那种人,这是一种简单、自然的东西。尝试另一种方式有什么必要呢?要不是为了掩饰某种缺陷,要不是为了掩饰某种荒谬的毛病,为什么要表现得奇怪呢?

菲利波表现得有些不正常的那些年,有时候,莱奥会有一种很荒唐的想法,他认为:这是他的血脉和另一个阶层的女人的血脉混合的结果,是一段孽缘的惨痛后果。

这就是为什么现在,经过了那么长时间,他才想起了母亲说过的话——那是母亲听到他说要娶瑞秋时说的:"总有一天,你会醒悟的!"是的,她就是这么说的。总有一天,你会醒悟的! 就像某种诅咒,莱奥在大儿子表现异常的那些日子,想起了这句话。现在,面对两个儿子的怪异表现,他又想起了那番话。这就是她母亲说的——你会醒悟的意思?我的儿子,你那么痛恨奇怪的事情,你会遇到很多奇怪的事情,你会被奇怪的事情埋葬,你会日日夜夜被奇怪的事情包围。

莱奥的思绪,被撒母耳清脆的笑声打断,在床上,他被哥哥压在身下,正试着挣脱,他挠哥哥的痒痒。这样一个过分的、让人受不了的场景,激起了他的反感,他一反常态抬高了嗓门,用一种粗暴的声音说:"你们有完没完啊,妈的! 我觉得这一点儿也不好玩。"

之后,他马上就感到有些沮丧,莱奥不喜欢斥责儿子,他不喜欢斥责任何人,他抬高嗓门,产生的结果让他很不舒服,让他有一种负罪感。

这就是为什么那天晚上,他后来把两个儿子带到了女王剧场,看完音乐剧,他们在"孟买餐厅"吃饭,整个过程中,他一边想方设法,把儿子那些奇怪表现从脑海中驱赶出去,另一方面,他尽一切努力讨好他们。他看到撒母耳在尽情享受《绅士爱美女》,他很高兴,撒母耳一刻不停地盯着扮演罗蕾莱·李的女演员奥利维亚·纽顿·约翰,之前这个角色是玛丽莲·梦露扮演的。他没有错过一句对话、一个音符,没有错过舞蹈演员和歌手的任何一个舞步。他完全沉醉其中,他跟着音乐节奏,用脚打拍子。在节目结束时,他是第一个站起来鼓掌,也是最后一个停止鼓掌的。他的手都拍红了,眼睛亮晶晶的。在去餐馆的路上,他一直在唱《再见,宝贝》——这个著名音乐剧里,非常有感染力的歌曲,他低着头,一遍又一遍地看着歌单,还有手上的那盘磁带,那是他强迫父亲给他买的,他非常专注,后来差点儿撞上一根柱子。

菲利波和弟弟表现不同,他对这部音乐剧的反应不冷不热,但是他对"印度泥炉炭火烤鸡"却热情高涨,他三下五除二吃完一份之后,又要了一份。

总之,他感到一切都得到了挽回。莱奥又恢复了那个理性、出色的父亲形象,从来不会对着两个快要迈进青春期门槛的孩子吼叫,这两个孩子备受宠爱,他们在享受着一位可爱、慷慨的父亲给他们提供的所有福利。

但是,在睡觉的时候,气氛又一次遭到破坏。

大儿子还是没有戒掉他的恶习:每天晚上睡觉时,他都会戴着随身听耳机,听着那些过时的老歌,开始他夜晚的撞头仪式,这是他不得不做的事情。因为这个缘故,莱奥在熄灯、道晚安之后,他听到那种烦人的撞击声,什么话也没有说,这意味着菲利波正在用头撞击枕头。

当莱奥发现,撒母耳——被一种让人无法理解的模仿精神驱使,也开始用头撞击枕头,这时他被激怒了。这就是他的两个儿子——他们沆瀣一气,都不睡觉,一起用头撞击枕头,让床吱吱乱叫,就像两个该死的基佬在快活。假如老大那么做,是因为他难以控制,老二这么做,是出于一种病态的模仿本能。莱奥真不知道,哪种情况更糟糕一些,他惟一知道的就是，所有这一切让他无法忍受。但是他知道他应该控制自己，他不想再斥责他们了。这样，为了不听到他们弄出的动静，他用手堵住了耳朵，在洗手间躲了一会儿，最后又躺在床上。最后他意识到，激怒他的不是儿子弄出的噪声，而是这种噪声里暗含的意思。他不仅仅不想听到他们弄出的动静，而且他想让他们停止作怪，就是这一点，促使他进行了干预。他打开了床头灯，坐起来吼了一句："够了，你们有完没完啊，妈的！你们像两个神经病！"

对于撒母耳来说，停止他从来都不做的一件事，这很自然，但是对于菲利波来说，这简直是一种折磨。从那时候起一直到假期结束，菲利波就再也没有尝试过，他一动不动躺在那里，当然很难入睡，他肯定万分焦虑。

但是，菲利波不是惟一度过了那个可怕夜晚的人：莱奥被内疚折磨。自从菲利波出生以后，那些心理学家、教育学家、老师、教授、语言康复学家对他说的话，劝告他不要做的事情，那天晚上他都做了。他阻止菲利波表达自己，他打击了菲利波，让他陷入沮丧。他强调了菲利波的怪异，说他是神经病。他让菲利波明白，自己是那么讨厌那件事。

但是，要挽回局面，已经太晚了。假如第一天晚上，菲利波沉浸在那种怪异的仪式之中，莱奥感到很讨厌。但后面的几个晚上，他想到儿子尽一切努力，忍着不那么做，莱奥觉得非常受折磨。他想对菲利波说："来吧，宝贝，没关系的，接着来吧。"但是，他怎么能这么说呢？那只能使情况更加糟糕。

这就是那个周末发生的事情，莱奥如果要把这些事情储存在记忆里——那是关于孩子们的记忆，那个文件夹的名字会是"值得记忆的事情"，会被归类到那些大大小小的"失去的机会"中。这个小假期剩下的几天，都被坏心情笼罩着，菲利波晚上失眠,这从他脸上很明显就能看出来。他有一种无言的怒火,也许是因为他遭受的一切,也许是因为性格,但是这个孩子真的很坚强、很固执!好吧,他好像要对父亲说——我晚上不做傻事,但是白天你身边只能有一座石雕。不知道这对于莱奥来说,是多么苦涩的教训。

从那时候开始,发生了很多事情:昂在赫、开始的几桩起诉、卡米拉的折磨、让他臭名昭著的新闻、和家庭的彻底决裂、坐牢、审判,最后像蟑螂一样的隐居……只有在这时候,莱奥才回想起那几天发生的事情,他的方式没能吸引和征服自己的儿子,他采用的方式全错了,有没有可能他到现在才醒悟过来?他回想起来:因为两个儿子的病态表现,引起了他的厌烦,有没有可能他现在才想起来?看到他们相互闻味道,为了入睡,他们用头撞击枕头,他们是那么难以满足,那么容易受到影响。

可能是菲利波的意外受伤,让莱奥回想起了伦敦那几天的意义。现在,他看到两个儿子在距离他十几米远的地方,菲利波意外受伤,他们处于危机之中:老大的腿在摇晃,老二因为哥哥的疼痛而感到害怕,当然也是出于内疚。

关于伦敦那几天的痛苦回忆——他那时候的优柔寡断,现在正在促使他采取行动。那么多月的迟钝之后,他终于要采取一点行动了。总之,他已经准备好了:他要出去,他要去拯救他们,他一定要去救他们。但是,当他要迈出第一步时(最艰难的一步),瑞秋出来了,她单腿跪了下来,低头看着菲利波的腿,带着医学专业毕业生的镇静,莱奥终于看见了她的脸。他意识到,发生了一件又一件事情,他已经有一年没有看到她的脸了,他觉得瑞秋美极了,和两个孩子一样漂亮。不,他不愿意玷污那种美(一个正在帮助儿子的母亲),因为他自己代表了丑陋。

不，他不会那么做。上天给予他的最后一个机会，一个和家人重聚的机会，短短几秒钟内就化为乌有。这时候，瑞秋把疼得哼哼唧唧的菲利波抬了起来，撒母耳在一边，用一种莱奥熟悉的、恬不知耻的语气问："真的，妈妈，真的没事儿吗？"

这就是最后一幅画，就像其他画儿一样，从门底下滑了进来，几乎让人无法察觉。

我们已经很了解莱奥了，我们可以想象，这种类型的画，会让他感到非常不安和愤怒。那个构思并且画出这幅画的人——在构思和绘制了其他画之后，这一次他做得真的很过火。

在画中，他表现的那种病态的东西，让莱奥想把这位画家关在门外：那是第一次，有人敢画他的家人。怎么解释这幅忽然出现的画呢？这是接下来要发生的事情的预告吗？一种前景和意图的改变？一个通告？一种恐吓？他们不想杀死莱奥，现在他们提高了门槛，威胁到了莱奥最爱的人？

是的，他们是莱奥的最爱。尽管在这时候，莱奥有权不爱他们，但他不可能不爱瑞秋、菲利波和撒母耳，但假如可能的话，他爱他们爱到了该死的地步。莱奥·蓬泰科尔维不是一个心怀仇恨、有报复心的男人。他性格特点，我不得不说，在这幅画面前，他的反应会很糟糕。可能他会愤怒，也许他能找到力量，走到外面去，重新开始他的生活。从另一方面来说，我只能做出推测：根据事情的发展趋势，实际上他没有看到那幅画，我们的这位隐居者，不能像评估其他画一样，评估这幅画。

到目前为止，在整个讲述过程中，我用一种教导的方式，插入了这些画。需要说明的是,最后一幅画是个特例,其他画送到莱奥那里,都没有按照事件发生的顺序,也没有按照绘制时间。小木屋洗手间里的卫生巾是第一幅,那是他从监狱里出来之后不久收到的。后来,几个星期之后,出现了他匆匆忙忙逃向地下室的那张。但是我意识到,这个不是整个事件中最让人困惑的地方。让莱奥开始丧失了信心的事情——是自己大脑功能紊乱,让他感觉到,自己无意中成为了一位隐形漫画家的模特。

有人在监视他吗?有什么东西,或者什么人一直在盯着他吗?从来都不让他一个人待着吗?一个沉默的证人,看着他腐败堕落的每个精彩瞬间,看着他落马,被社会抨击?这种存在想让他明白,在莱奥的生活中,那是他惟一没有失去的东西吗?

对于莱奥来说,刚开始,就像那些没有意义的事情一样,这引起了他的恐惧,那些图画和那位神秘作者,让他很害怕。但是过了几个星期,几个月,他最后接受了这种关注着他的东西,几乎是心安理得地接受了。有时候,莱奥甚至尝试着召唤他,想问问他的看法。有时候,他想摆好姿势,让他来画,尽管莱奥很快就明白了,那位画家对摆好姿势的绘画并不感兴趣。他惟一感兴趣的就是——他的模特焦虑不安的状态,他画的每一幅画都可以命名为《尴尬》。

尽管如此,可能那个画家,并不是那么虚假和戏谑——就像他一直表现的那样,也许那是莱奥剩下的惟一资源。当莱奥收到了父母亲来监狱看他的那幅画,他甚至想——他有点感动、有点痛苦地想,那位暗处的漫画家,会不会是他父母中的一个。

有好几次,莱奥在想:是不是因为那个"存在",才有了晚上那些让他活命的晚餐。另一方面,莱奥不可能没想到:是不是正是那位暗处的画家,撞上了防盗设施,让警报折磨了他一个晚上。他就是那个警报?是他试图引起大家的注意?莱奥从监狱里出来时,那个画在墙上迎接他的、被吊死的男人呢?尽管风格非常不同,也可能是出自同一个人之手?

无论如何,正当最后一幅画,从门底下静悄悄滑进来,莱奥的鼻翼还沉浸在半梦半醒之间,他嗅到了一股强烈的咖啡香味。

就好像他内心有个什么东西爆炸了,形成一种光怪陆离、舒服的感觉。也许是因为已经有很长时间,他都没闻到过咖啡的味道。也有可能,因为瑞秋和孩子们去度假了,就像往年八月一样,现在,在月末的时候,他们又出现了:他们回来,占据了家里的空间。他们漫不经心,几乎有些肆无忌惮,他们很随意地摔上汽车门,大声地喊着泰尔玛。他们在那位隐居的、不受欢迎的、衰竭的(这一点,假如他们没有仔细想的话,他们没法知道,因为罗马城持续了几个星期热带雨林般的潮湿天气,已经造成了多人死亡)住户头顶上走动、甚至奔跑。

总之,假如黑暗带来了寂静,那么清晨的曙光又带来了咖啡的气息,这让莱奥的身体器官又欢呼雀跃起来。即使睁开眼睛,看到通常让他焦虑的天花板,也不能驱散那种愉悦。相反,为了珍惜这个早晨的赠礼,莱奥又闭上了眼睛,像一位恋爱中的少年一样,紧紧地抱着枕头,又睡了过去。

咖啡的气息,用充满温情的方式,让你回忆起你以前的生活。很多年,这种香味,一直都是一个难熬夜晚结束的标志,经过几个小时的失眠之后,妈妈会回到你身边。早上这个时候,也许是因为身上穿着晨衣,或者是因为没有化妆,你母亲脸上棱角分明,让她的美有点黎巴嫩女人的味道。那是你的母亲,你最爱的母亲,在六月的早晨,当你进入到厨房时,她已经坐在桌子前,那个巨大的摩卡壶,摆在桌子中间,就像那些古代的偶像,那个摩卡壶已经用了很多年,被烧得发黑,它还在坚守职责。那个咖啡壶里——那独一无二的形状,意大利设计中的杰作——散发出一种非常刺激,同时又非常柔软的、早晨的气息:生活又一次打开,接着向前进展。现在,你有一种很畅快的感觉,是那种你已经不能享用的饮料激起的。那种饮料在很多年里,都是支撑你行动所需的"汽油"。

你要去上安提诺里教授早上六点钟开始的解剖课,你起床很早,很痛苦。

"这就是法医的工作时间,这就是解剖师的工作时间。这个时间里,吸血鬼和狼人都去睡觉了,该我们起床干活了!"那个疯子一边说,一边把手放到"米奇"的胸腔里。"米奇"是三年级的学生,给他们要解剖的尸体起的名字。传说中尸体只有一具,是一具老尸体,已经不记得是什么时候开始,这具尸体出现在法医解剖专业的实验室里。这位年老、亲爱的米奇,背负着一段很长的故事。有人说,那是上次战争中带来的无数牺牲者之一。无论如何,现在,他是安提诺里教授——这位婊子养的、虐待狂的财产,他最喜欢的事情就是惊吓那些新生,在他们面前摆上这具黏糊糊、让人作呕的尸体,他揭示了生与死的秘密,他的名字叫米奇。他用小指头勾着米奇,就好像他是一名意大利和美国的混血儿,或者因为他长得像住在皇后区的一个叔叔,米奇叔叔。

现在,你想起了进入安提诺里和米奇叔叔的王国时,你嘴里的味道——咖啡。那是大学咖啡厅的咖啡,位于那个庄重的、法西斯风格建筑的前厅,早上那时候,咖啡厅里基本上没人。莱奥在那里,喝一杯脏兮兮、油乎乎、回味很差的咖啡,但正是因为它很难喝,所有非常有效。

大学时期的咖啡,和你婚姻生活中的那杯咖啡截然不同,瑞秋煮的那杯咖啡,要美味得多。这位年轻、迷人、忠诚的丈夫,他对生活的众多要求之一,就是咖啡的质量。在这一点上,瑞秋不会节省,她会去购买那些最珍贵的阿拉伯咖啡,制作最精细,尤其是很新鲜。假如你要得到最新鲜、最芬芳的咖啡,那就需要每个星期都去购买。

那么芬芳的咖啡,会让你联想到星期天。是的,星期天你不用去上班,你躺在床上,听到孩子们的喧闹声从远处传过来,瑞秋正在给他们洗澡。他们像任何小孩一样,吵吵闹闹,很不情愿,菲利波五岁了,撒母耳三岁,瑞秋把他们放到一个浴缸里。这是一个星期中惟一的一天,他们可以进入你的浴室。那个气派的浴室,就像当时建造这栋别墅,是你按照自己的想象建造的:白色的瓷砖、薰衣草的香气、红褐色的大毛巾,尤其是中间的浴缸,又大又圆,好像属于古罗马时期的某个执政官,就在这个小游泳池一样的浴缸里,瑞秋把菲利波和撒母耳放进去,进行他们星期天的沐浴仪式。每次他们进去之前,都会吵吵嚷嚷,但一旦进去了,就很难把他们弄出来。他们舒服自在地待在你的浴缸里,这时候你舒服自在地躺在柔软、芬芳的床上,处于半梦半醒之间。

现在,正是咖啡的香气刺激了你,这种气味让你振奋精神。瑞秋拿着咖啡盘走近你,你感觉到自己的太阳穴在跳动,肩胛骨中间有一种轻微的震动,你的嘴里涌出温热的口水,就像条件反射。你的毒品到了,是融化在水里的咖啡因。这时候,眼前这个情景,是一成不变的重复,非常让人享受:瑞秋端着咖啡盘来了,后面跟着一脸严肃的菲利波,因为刚刚从热水里出来,他皮肤发红,身上穿着天蓝色的儿童睡衣。

"莱奥，撒母耳也想给你端咖啡，但是我们怎么也找不见他。他不见了……"

瑞秋说的话总是一样，这时候撒母耳在她身后，完全隐身——只有他一个人认为，自己没被看到，这是作为一个三岁小孩天真的权利。因为这个缘故，你也加入了这个游戏，好像真的很担心，你压低嗓子，开始呼唤："撒母耳，撒母耳，你在哪里？这个小孩跑到哪里去了？"

但是，撒母耳不回答你，尽管你已经听到他在开心地笑。"菲利波，你看到撒母耳了吗？"菲利波露出一个会心的微笑，就好像在说："我和你都知道，他在那里，但是假如他愿意相信自己没被看到，当我们就随他吧……"这时候，撒母耳绕过挡在前面的妈妈的腿，他浑身湿漉漉的，扑到床上来了，菲利波也跟着上来了。

"不要把爸爸弄湿。你们过来，让他安心喝咖啡。"

两个儿子在你床上，他们不敢拥抱你，也不敢碰你，他们活力四射，把瑞秋那半边床弄得湿漉漉的。房间还是沉浸在一种淡黄、淡蓝的色泽里。瑞秋把托盘放在床头柜上，打开了床头灯。你知道，她受不了黑暗，假如她可以决定，那整栋房子就会永远开着灯。

"不，宝贝儿，求求你，别开百叶窗。如果你愿意，就打开窗帘吧，但是不要打开百叶窗。"

你终于能喝上咖啡了。两个孩子从床上下来，绕了一圈，走到床头柜那里，他们俩在争吵，都争着给你的杯子里放那勺你需要的糖。对于你来说，他们的争吵太大声了，你正要变得不耐烦。感谢上天，这时候瑞秋介入了："这样吧，菲利波放糖，撒母耳你来搅。明白吗？"

明白。这就是他们所做的，直到最后，瑞秋又发话了：

"好吧,撒母耳,这样就好了。不要搅太长时间,咖啡都变凉了。"

你现在一只手上拿着杯子,另一只托着小碟子,你正要把咖啡送到嘴边。菲利波和撒母耳又占据了瑞秋那半边床,开始闹腾。瑞秋轻轻地动了动她的胯部,是想让你明白,她想坐在你旁边。你挪动了一下身子,让她能够坐下来。说真的,现在那杯咖啡,已经不那么好喝了,有点儿凉了,有一点煳味儿。

但是,这就是你的生活,就像这张床,这是你的生活,你所有的生活。

就这样,莱奥忽然发现:那是一种无法言说的东西,那种情感的强度,可以到达怀念。有一种无尽的、原始的冲动,让莱奥想要拥有那一切,他渴望那一切。他渴望两个孩子都回到小时候,比那时候更小。但是,现在他脑子里的情景变了:他脑子里浮现出的,不再是星期天早上,而是星期五晚上,是冬天,天非常晚,而且停电了,外面暴风雨在施虐,闪电发出的光,穿过别墅那些大玻璃橱窗,把房间变成了一部恐怖电影的场片——是那种很平庸的恐怖电影。你躺在床上,觉得那只是时间的问题:实际上,最后菲利波和撒母耳果然来了,他们一个跟在一个后面,尽量掩饰自己的恐惧,他们问都没有问,就钻到了你和瑞秋的中间。他们很讨厌,但又很温柔、难以抵御。他们马上就睡着了,几分钟之后,他们呼吸均匀,沉沉睡去,全身软绵绵的……

所有这一切都永远消失了——莱奥说出这句话,他是在内心说出的,在一种意识不清晰的情况下,他说出了那两个禁忌的字眼:永远。他内心充满了激动,那是让他有点幸福、又有点失落的东西,他找不到任何词语来形容的那种感觉。他想象着那张大床,他感觉很奇怪——他的婚床和他只有一层楼的距离,但确遥不可及,关于暴风雨夜晚的记忆,也好像发生在另外一个地质时代——他记忆中的那张床,越来越大。

现在,在那张床上,不仅仅有他的两个小儿子,还有他小时候的样子——四十年代,一个备受宠爱、娇弱的男孩子。母亲每天除了照顾他,什么也不做,即使晚上也不会离开他。母亲守着莱奥,等着他睡去。现在,那张床太大了,上面有他所有的家人、所有的故事、他所有的经历,蓬泰科尔维家族的世世代代。莱奥的眼睛湿润了,他心潮起伏,呼吸有点困难。他想回到儿子们身边,回到瑞秋身边,他想和他们和好,想向他们解释。他想对他们喊:"这就是幸福,你们不能扇幸福一个耳光,幸福就是一切。我明白了,我现在明白了,我学会了。虽然已经太晚了,但是我明白了。"

现在他也理解了,这几天,他不断思考的那种存在是什么,那种存在不会离开他。那是上帝,因为上帝必须存在,他生命中,地狱般的最后一年就是上帝,就是他沉浸其中的自我遗弃,是他一而再、再而三的放弃,是那些人们归结到他身上的错误,是告发,是卡米拉。所有这些都有一个名字,它的名字就是上帝。那些可怕的、肮脏的事情,都是上帝存在的暗示。

咖啡,咖啡的味道就是上帝。

莱奥就是这样,他从来都没办法一个人待着,他总是生活在别人的照顾下,所以他没办法一个人死去,他没有这个胆量。上帝和他在一起,就好像母亲、瑞秋和他在一起。现在,他生命中的这两个女人都把他抛弃了,任凭他在地下室里腐烂,他需要一些别的东西。他无法相信,人们可以那么沉默地活着,可以长期在没有人惦记和照顾下活着,那种孤独是一种不可理喻的事情。就这样,在蓬泰科尔维家的地下室里,上帝也钻了进来,带着一种安静慈祥的光芒。上帝是一位伟大的母亲,上帝是一位伟大的妻子。

这就是莱奥梦想的死法:在上帝温暖、无法抵御的怀抱里死去。他对死亡的梦想,被咖啡的味道打破了,他蜷缩在一张想象中的大床上——那种花里胡哨、非常俗气的床。遗憾的是,所有这些中,没有任何东西能中和那种折磨着他的尴尬,那种尴尬的强度——即使是死亡,或者安息的梦境,也没办法彻底驱散。遗憾的是,莱奥即使是做梦,也没学到最重要的一课:那就是,没有任何教训可以吸取。

那种声音,和一个放在远处的闹铃有点儿像,混入了他半梦半醒的混乱意识中,我们的意识为了使梦境的前后连贯,把这种声音变成了钟声,或者是狗的吠叫。

他睁开眼睛,那种声音更清晰,更加近切了。那是电话在响,他的私人号码响了起来,莱奥感觉,电话已经响了不下十声了。他站起身来,感到一阵恶心:就好像刚从过山车上下来,他跟跟跄跄地走到写字台前。他感到异常奇怪,居然还有人找他,还有人想跟他说话。他拿起了听筒,问:"谁啊?"他非常谨慎,他的声音听起来很阴森,好像来自另一个世界。

"蓬泰科尔维教授,是我!卢卡,小卢卡,小卢卡。"

"小卢卡?"

"教授,您不要说您不记得我。我是卢卡,小卢卡,我每年都会打电话给您。每年同一天,八月二十八。那天……"

"啊,是的,小卢卡。"

啊,是的,小卢卡,小卢卡姓什么?小卢卡就完了吗。已经有很多年了,那个小卢卡,每年八月二十八,无论在哪里,他都会给莱奥·蓬泰科尔维打电话,表达他的感激之情。小卢卡好心好意,他觉得,自己每年在同一个时间,准时打一个电话,这是一件很礼貌的事情,他认为,莱奥可能会很高兴。或者,事情并非如此:小卢卡就像那些蛮横的人,他只考虑自己的感受,如果有一件事情让他觉得幸福,那就是每年八月二十八,早上八点三十分,拿起电话,给那位曾经救了他性命的大夫打电话。

假如莱奥没记错的话,小卢卡得的是骨肉瘤,那是一种最致命的病,侵袭到了小卢卡的右腿,那时候他刚满十五岁。莱奥对他的诊断是毋庸置疑的,他说:也许,我们能救活这个男孩,但是那条腿保不住了。在这种时候,钻牛角尖可不行,那个年代,外科医生会很轻松地切除所有那些需要切除的部位。

事实上,莱奥错了,他的乐观里有悲观的成分。经过一个让人精疲力竭的治疗,经过理查德教授精妙、保守的外科手术,小卢卡走出了噩梦,他的腿保住了。当然,他有点儿跛,注定后半辈子要使用拐杖——他不得不放弃成为百米赛跑运动员的梦想,但无论如何,他仍健康地活着,可以继续生活。

从那时候起,每年八月二十八的时候,小卢卡都会打电话给他:就是他经过蓬泰科尔维教授的治疗,他出院的那一天。

并不是莱奥记着这一天,而是小卢卡会提醒他,他希望能向他的救命恩人(他喜欢这样叫莱奥)表明,他的感激是那么持久,他现在能活在人世,生活在人们中间,他非常幸福。啊,顺便说一下,他希望他的救命恩人能知道:他的生活非常幸福,那次经历让他学会了,要享受每一个不起眼的瞬间。他希望莱奥能认识他的两个孩子,因为从某种程度上来说,那也是莱奥的孩子。孩子怎么能是莱奥的呢?怎么能这样说呢?"您的孩子,教授。您的孩子,是因为他们能出生,这要归功于他们的救命恩人。"小卢卡教育两个小毛孩子要崇拜救命恩人。"您知道,我们怎么称呼您吗,教授?恩人叔叔。您知道,我们带着崇拜,带着极大的尊重叫您恩人叔叔,您不讨厌吧。"

那种毫不掩饰的甜言蜜语,加上让人反胃的客套,在每年八月二十八,大概早上八点半,都会重复上演,已经有差不多十五年了。这件事,除了给莱奥造成一种困扰,甚至让他感到厌烦,这对于他的耐心——基于他所接受的完美教育,也是一种严峻的考验。他对待小卢卡的方式,是一种不耐烦、让人无法忍受的冷淡,每一次他都表现得很古怪,让人难以接受。但是他的粗鲁,还远远不能让小卢卡退缩,好像让他更加烦人、更加自作主张。每年都是老一套,都是同样的邀请,说的基本上都是一样的话:

"您怎么不来看看我们呢,教授?还有您太太,我的意思是,来我们家看看。我们家在乡下,是一座很小的房子,很小,没有什么特别的,没有什么奢华的东西,但却是一个幸福的家庭,住的都是诚实的人。这里很凉快,不像城市里,现在还热得要死。我们有很好的葡萄酒,真正的葡萄酒。我妻子是一位了不起的厨子,她也很渴望认识您,更别说我的孩子了,对于我的孩子们来说,教授,您就是上帝。"

莱奥不是那种很擅长拒绝别人的人,他总是很难找到借口,回绝别人。小卢卡甜蜜的声音,在他内心激起的不耐烦,让他无论如何都没办法掩盖。他非常讨厌这个男人,他乏味的陈词滥调,还有他过着田园生活的家庭,以及他们对质朴的喜欢,对于简单事情的赞美,那些农民的文化,都让他受不了。天哪!莱奥特别想大喊大叫,每次他听完那个电话,他都气急败坏。每一次瑞秋都会取笑他,她自然会替小卢卡说话,护着他。

"你做到了！这次,你也成功拒绝了,你编了什么借口?"

"别提了。今年他要比往年更坚持,他的说服力在提高,他可能开始上了修辞课了,极有可能,上的是函授课程。"

"好吧,当然了,是函授课程。因为他没条件进行系统、正式的学习,因为他不能像我们的大教授一样,去索邦大学学习。"

"你在说什么啊?我又没有在索邦大学学习过。"

"你很清楚我说的是什么意思,这是你的软肋,你讨厌任何形式的忧愁。你总是做出一副民主人士的样子,你总是在口口声声地说:宽容、自由,但你一直还是那么势利。你真是你母亲的好孩子——一个势利眼,惟一的差别就是,她至少不掩饰这一点。"

"你错了,你不公正。我没有任何成见和仇恨,我不会因为阶级的原因,对任何人产生仇恨,对这个爬虫,更不会如此。"

"爬虫?这难道不是阶级歧视吗?"

"不,这不是阶级歧视。我和这位先生已经通了至少十几次电话,这是我经过比较研究得出的结论。这是一个不可理喻的男人,更别说他的父母了。"

顺便说一下,小卢卡的父母和他们的儿子差不多:都是很没文化、自以为是的人。莱奥不会忘记他们给庇护教皇许的愿。他们怎么能这样做呢?他们一直在跟他讲这件事情。

"您想想看,"有一次,小卢卡的妈妈对莱奥说,"自从儿子生病以后,我丈夫滴酒不沾,晚餐也不喝,这是他给庇护教皇许的愿。"

我们这位意志坚定的科学家,对于这些事情,怎么能不感到厌烦呢?这哪儿是阶级眼啊?莱奥非常讨厌那种人,就像他讨厌圣人和修行者。莱奥可以押上他所有的财产打赌,小卢卡的父母都是反犹太主义者。他们有典型的反犹太人的特征——就是对宗教的过于执着,忠实信奉有些乡野迷信。他们的宗教热情里,充满了机会主义倾向。真的,这就是他们对上帝的看法?他们就这样欺骗上帝他老人家吗?通过不喝酒吗?"上帝啊!我向你发誓:我现在滴酒不沾,我放弃饮酒,想换取你的怜爱。"这就是他们所想的?假如莱奥是上帝,他会很乐意这样来回答:"你喝得酒精中毒,我才不会在乎呢,你往死里喝吧!这关我屁事儿。"

遗憾的是,小卢卡的父母除了信奉上帝,对上帝进行祭献,那些大自然的馈赠:香肠、奶酪、蘑菇、鸡蛋和散装的葡萄酒,他们每天都会带一些来,给自己独生儿子的医生,以表示感谢。他们把医院变成了一个市场,天呐!有一次,尽管很礼貌,莱奥还是忍不住训斥了他们。他们带着那么多食品,来到这样一个地方,没有任何意义,这不是在一家医院应有的表现。有一段时间,莱奥还幻想他们能够吸取这个小小的教训,但最后,那些美味被送到了他家里。他们是怎么会搞到他家里的地址的?他们怎么能这么做?

最近几年,总是瑞秋去接这个电话,她替莱奥承担了这件烦人的事情,这是她通常会做的。在每年开始的时候,就是所谓"换日历"时期(这对于她来说,是一个非常重要的仪式),她在日历上首先标出来的,就是和小卢卡八月二十八日的约定。其实根本就不用操心,她不用看日历就知道,只要在八月二十八,早上八点半去接电话,电话的那一头一定是小卢卡。如果不是他,那还有谁呢?瑞秋用一种很耐心、很礼貌的方式对待他,要比丈夫耐心得多。她让小卢卡说话,让他表达出对莱奥的狂热歌颂和赞美。然后,关于他的救命恩人生活方面,

349

瑞秋会回答几个的问题。最后,她会问小卢卡他的孩子们——一个女儿、一个儿子,怎么样,当然,她记得他们的名字和出生年份。她会又一次替丈夫婉拒他的邀请(遗憾的是,丈夫要在国外参加一个研讨会,或者被医院叫去急诊了),她会无比优雅地摆脱这个纠缠者。

"小卢卡?你怎么会有这个号码?"这是他惟一能想到的问题:他现在笨嘴拙舌、非常机械,就好像一个说法语的人,要用英语说话。

"是您太太给我的。"是的,您太太——只有小卢卡,才会使用这种过时的表达方式,当然,并不是这种措辞选择打动了莱奥,让他又问了一句。

"是我妻子给你的号码?"他感到嘴很干。

"是的,教授,就在两分钟前。"莱奥现在又有一个证据,证明瑞秋已经回家了。咖啡的香味,勾起了他形而上学的浮夸联想,这并不是一个梦(至少这一点可以说明)。"两分钟前。"——小卢卡是这么说的。这就意味着,至少两分钟之前(在这之后发生的事情,莱奥没办法知道),莱奥出现在了瑞秋脑子里。两分钟前,在他妻子意识里,莱奥不仅仅存在于这个世界上,而且就在楼下,通过一段楼梯,或者一个私人电话就可以找到。几分钟之前,瑞秋和小卢卡说起过他,有可能她说得很自然,就好像自从上一次,小卢卡打了电话之后,一切都没有发生变化。

这时候,莱奥试着想象,妻子身上裹着的那件夏天穿的浴袍,那是他送给瑞秋的礼物。她刚从浴室出来,嘴里还有咖啡的味道,从楼上她房间(他们房间)的床头柜上拿起电话。莱奥动用了他所有的想象力,来想象这样一幅普通的画面,但他还是无法想象那个情景。平时对你来说自然而然的事情,有时候会变得不可思议,这真是一件让人难以置信的事情。

莱奥现在的难以置信,和青少年时期感受到的那种难以置信很相似:就好像下课休息期间,他在教室前的走廊里晃荡,忽然间一位校花向他打了招呼,她不仅仅对他微笑了,而且还记得他的名字。当时那位少年,内心充满了喜悦和迷惑,他会在心里一直想:她知道我是谁,她知道我的存在,对她来说,我并不是一个幽灵。

现在,莱奥正是处于这种难以置信的心理状态。

"您不知道,教授,能和您通话,我是多么高兴。我们已经很长时间没有说话了,每年您都很忙。今年能找到您,真是太好的。今年您在家,您没有去参加研讨会,没有出去,没有在医院处理急诊,真幸运。"

莱奥在想:小卢卡是不是在讽刺他。在这种情况下,那可真是一种背信弃义的阴险做法。假如小卢卡知道莱奥所经历的一切,也就是在最近一年他经历的一切(他怎么能不知道?外面的人有谁不知道),那这种讽刺,真是让人无法忍受:邪恶、肮脏、无缘无故。

"这次您躲不掉了,教授。"

"是的,这次我在家,小卢卡。"莱奥的声音里有一种庄重的顺从。

"我很高兴,这次是您接电话。您知道我为什么那么高兴吗?"

"不,小卢卡,我不知道。"

"因为我有一个提议,给您的提议,是一件事情,我想请求您。这件事情,假如您能出面参加的话,对于我们,将会是一件非常荣幸的事情。"

"你说的是什么,小卢卡?"

"一个了不起的想法,教授,也是一个绝对有创意的想法。"

"你指的是?"

"颁一个奖,教授。"

"一个奖?"

"是的,一个奖。"

"什么样的奖?"

"艺术和科学奖。"

"艺术和科学奖?"

"是的,艺术和科学奖。教授,您知道,我们想怎么给这个奖命名吗?"

"小卢卡,你说的'我们'指的是谁呢?"

"指的是我、我的家人,还有生活在这个小村子的村民。我们还要给村长说这件事情,但那只是走个过程。我们很肯定,他也会热情支持……总之,教授,您知道,这个奖我们要以谁的名字命名吗?"

"不知道,小卢卡,我一点儿概念也没有。但我可以猜一猜:加里波第?庇护教皇?或者是加尔各答的特蕾莎修女?"

"不,教授,是给另一个人,但他和您刚才提到的那三个人,完全可以相提并论。"

"也就是说?"

"以您的名字命名,教授,莱奥·蓬泰科尔维艺术和科学奖!"

真让人受不了,事情已经到极致了。莱奥想搞清楚:小卢卡是已经到了恶意的极致,或者是迟钝到了极致。这通电话,好像是命运和他开的一个玩笑,莱奥觉得,这和最近发生的其他事情一样超现实。忽然间,他在想,他和小卢卡的这次通话,是不是他妄想的产物。但是,让他出席颁奖仪式,这一招真是太夸张了。忽然间,他抽身而出,带着一种迫害的狂热激情,以局外人的身份,看到自己和一个想象的人物在讲话。或许,这就是最后的行动,这是最后的迫害行动。因为悲剧之后,发生的事情总是很怪异。因为戏剧之后,只剩下滑稽。

"教授,您知道的,在这种情况下,您出面是必不可少的。这一次,您不能再拒绝我了,也不能退缩。我想出这样一个好办法,可以把您邀请到我这里。我们正在考虑建立一个评委委员会——一个正式的委员会,由法官、记者还有其他像您这样的科学家组成,由您担任委员会主席。教授,不用说,您的任何建议、任何想法我们都会听取。"

是的,这可能从头到尾都是一场玩笑。一个由法官、记者和科学家组成的委员会吗?绝对没有错,这绝对是一场戏弄,一个从来都不爱开玩笑的人,精心设计的恶作剧。

或者事情并不是这样,也许这不是一个玩笑。也许小卢卡从来都不看电视新闻;或者蓬泰科尔维事件在媒体上闹得沸沸扬扬的那几天,他正好没看;也许,小卢卡根本就不看报纸。他为什么要看报纸呢?他已经了解所有他需要了解的事情,假如他关心的只是围绕着自己的那片世界,他用眼睛就可以看到,他为什么非要知道世界上发生的事情呢?不,可能小卢卡什么都不知道。也许,他的同乡们也什么都不知道。也有可能,在几个月前,他们中有人听说了一位变态医生的事情,但随后,他们很快就忘记了那个丑闻的主角是谁。这就是当小卢卡——一位很有想法、非常大胆、热情的村民,决定通过一个奖项,给他们的那个狗屎村子增添一点光彩,他打算用自己反复提到的那位医生——他救命恩人的名字来命名,这时候,小卢卡的同乡们肯定不会想到:小卢卡崇拜的那位有名的教授,和那个变态医生是同一个人。

总之,小卢卡到底是认真的,还是在开玩笑呢?莱奥不知道自己应该怎么想。惟一可以肯定的是:无论小卢卡是否知道那件事情,现在他正在开玩笑,或者他正在说真的,那都不是什么让人愉快的事情。小卢卡让莱奥觉得:他的故事并不是一件有意思的事情,他并没有那么重要。发生在莱奥身上那件疯狂的事情,至少它有象征性和典型性,这样的事情,会让所有人都会记住,没有人会忘记,这是一桩新的德雷福斯事件,一桩新的托尔托拉事件。但实际上,莱奥的故事,或者说事情的荒谬进展,让他的生活成为一场噩梦,他从这场噩梦里面出不来了。而小卢卡的话让人想到,那件事只是一个人比较动荡的生活片段,除了那些涉及的人,没人会对此感兴趣。

这是一个新闻事件,就像世界上那些最没有意义的事情——那些很多人都会遭受的事情。这个故事中没有任何悲剧色彩,莱奥的痛苦里,没有任何英雄主义成分。这就是为什么,假如小卢卡能够实现他的计划,很有可能没人会提出反对。因为莱奥的社会影响力还没有那么大,所以不会激起任何人的愤慨。天哪!他与世隔绝的原因,他好几天都不吃东西的原因,甚至是他正在失去生命的原因,竟然一点儿也不重要。

好吧。他在这个世界上留下的永恒记忆,在他死后,当然不会由他的子嗣来传递,而是留给一个渺小奖项,来纪念这位无名的先生。这真是一件很悲剧的事情,也许是发生在他身上最悲剧的事情。莱奥很精确地感受到了这一点,他看了几秒自己的手腕,现在他的手腕非常纤细消瘦,像骷髅一样。他惟一所能做的事情就是:没有说再见,就把小卢卡的电话挂上了。在接下来的两个小时里,电话不停地响着,他不再理会。

这时候,正好外面电闪雷鸣——外面每个有生命的东西,都好像在召唤着一场暴雨。

这是泰尔玛在几年之后讲给我的——她断断续续、一点一点地讲给我听,中间还夹杂着那种菲律宾式的缄默,她讲述了当时的情况——是什么原因,促使她,在那个八月末的早晨,打开了地下室那扇禁止打开的门,闯入了蓬泰科尔维教授的王国。

"是因为水。"她对我说,"很多水。"可能是因为下暴雨的缘故——前一天下午,整个下午都在打雷闪电,那时候差不多是晚上八点,那场噼里啪啦的暴雨,结束了持续了至少两个月的炎热。

实际上,这没什么可惊讶的,地下室的下水道一直有问题,尤其是十一月的那几个星期,天一直下雨,有时候水会漫到地板上。自从蓬泰科尔维家人住在那里,自从那个房子建起来之后,地下室的地板已经更换、修复了至少十次了。

这就解释了为什么泰尔玛——就像每天早上一样,她打开了那扇对着地下室楼梯的门,她发现,地下室门前已经成了一个几厘米深的水潭,上面还飘着一些吃的东西——她没有惊异或者不安。

这就解释了为什么,她像往常一样勤快,总是忠于职守,她拿着一个水桶和一块抹布走了下去,想把那摊脏东西打扫干净。

但是,当她把抹布和桶收起来之后,她看到门下面又涌出了一些脏水,这就尤其说明,她为什么忽然想到:已经有好几天了,这个秘密的房间里,没有任何声音传出来。

泰尔玛非常害怕,她告诉我,她试着敲门,开始时很小心,然后越来越用力。最后,她决定一边有节奏地敲门,一边低声叫道:"先生……先生……"但是没有人回答她,她接着喊:"教授……教授……"但是,没有任何动静,只有潮湿的气息,从地下室里传了出来。

她没有勇气进去,她不敢。她想了想,觉得没什么拦着她,因为在这个问题上,没有人叮嘱过她什么。整个过程中,没有任何人对她说:"泰尔玛,你不能进地下室。"女主人从来没有明说,但这不能说明任何问题,因为瑞秋太太从来都不会指使你做什么事情,她只是等着你自觉去做。瑞秋太太应该有心电感应的能力,或者说得更准确一点,为了理解她的意思,你应该具备那种能力。心电感应是女主人和其他家庭成员的沟通方式(包括泰尔玛),她会通过心电感应,告诉你应该做什么、不应该做什么。假如真的有什么要求,那就是从上个夏天开始,在过去的一年——尽管事情没有说出来,但对于所有人来说,这是很明了的事情,就是那里面不能进去。这间地下室成了禁区,是敌人的领地。

尽管泰尔玛为蓬泰科尔维家工作没多长时间,但她喜欢把自己当成家庭中的一员。她接替了卡门的工作(卡门是孩子们以前的保姆,谁知道为什么,他们从来都不提她),她自然而然地就融入了这个家庭,这对于她来说很重要。泰尔玛作为女人——她已经成年很长时间了,她在意大利落脚,一句意大利语也不会说,只会说一点点英语,一位三十七岁的女人,不漂亮、个子很矮,而且有一种过于敏感的羞怯,她生于距离马尼拉一百多公里的一个内陆小村子。她在那个落后的村子里长大,那个村子因为每平方公里的母鸡数量而出名,那也是村子的主要经济来源。在那里,女人们在打谷场上累弯了腰,男人们不停地抽烟喝酒。泰尔玛在一种可怕的气味中长大,后来她逐渐习惯了。

她到达奥杰塔小区之后,闻到了那种让人陶醉的气息,她才意识到,之前她生活在其中的气味有多可怕。这里,一年四季都散发着天堂般的芬芳。夏天的时候,你会闻到栀子花、泥土、树叶,还有刚割完的青草的味道;秋季,你会闻到潮湿的苔藓、蘑菇的气息,夹杂着干树叶散发的味道;冬天降临时,你会想到暖气开到最大,东西烤煳的味道,还有壁炉燃烧的气息;春天的时候,好吧,你说不清楚那是什么味道,但你很容易被这些气味吸引:茉莉、天芥菜、薰衣草……生活在那里非常美好,早上起来,晚上睡觉都很舒服,尽管那里距城里很远。

尤其是距离生活在罗马的菲律宾人聚会的地方很远,那是在城市的另一头,每个星期天,做弥赛之前,大部分菲律宾移民都会去的一个地方。可怜的女人,她需要换乘三次公共汽车,大概需要一个小时一刻钟的时间,才能赶到那个地方。从另一个方面来说,泰尔玛和其他老乡、工友还有一起出来闯荡的朋友聊天,交流经验之后,她才明白,总的来说,在蓬泰科尔维家干活还是不错的,和那些朋友、同行相比,泰尔玛认为自己算是非常幸运了。

当然,蓬泰科尔维家人也有一堆毛病。他们很奇怪,他们是犹太人,要求很高。尤其作为犹太人这一点,是一件很特别的事情,她从来都没有想到过:在这个世界上,有一些人是不信耶稣的,他们不庆祝圣诞节和复活节(至少他们不这么叫)。每年,在犹太宗教节日期间,根据不同的节日,泰尔玛总是充满好奇,帮助瑞秋布置家里,然后准备一些节日美食,那些食品并不是每样都很好吃。然而,在蓬泰科尔维家里,犹太教也不是问题。泰尔玛有一个朋友,也是在一个犹太人家庭里工作,那位太太是非常狂热的教徒,不让她在房间里挂十字架。好吧,像这样的事情,瑞秋太太永远都不会做,她从来不会那么傲慢。

蓬泰科尔维家人一直都很客气,他们从来都不会歇斯底里,从来都不会肆无忌惮。他们从来不会无缘无故斥责你,这已经算是一种运气了,因为这世界上有那么多疯子,尤其是那些对生活感到厌倦的太太,她们的性格反复无常。泰尔玛听别人讲了那些太太的事迹,尤其是她们儿子的事迹:他们大吵大闹、蛮横不讲理、肆意辱骂……但是,蓬泰科尔维家的孩子不这样,他们都很客气,几乎充满温情。瑞秋太太作为这个乐团的指挥,把他们教育得很好。她不让孩子们在下午很热的时候踢足球,因为那时候她在休息。假如他们很随意地指使泰尔玛干什么,没有说"谢谢"或者"拜托了",她就会斥责他们。

天哪!瑞秋太太,泰尔玛很敬重这个女人。那次,她借给泰尔玛一笔钱,数目不小,泰尔玛把钱寄回了菲律宾,因为她老家房子的屋顶,被那个季节经常光顾的台风卷走了,房子里生活着她的四个兄弟,他们游手好闲,无钱修补。更别说那一次,嘉斯铭——泰尔玛一个年轻、放纵的堂妹,从男主人钱包里偷钱被抓住了。尽管如此:瑞秋不仅说服了嘉斯铭的雇主,没有告发她,而且自己掏腰包,把那些偷的钱如数还了回去,最后,她甚至允许嘉斯铭搬到蓬泰科尔维家里,住了一段时间。

不,瑞秋和其他太太截然不同,有时候,那些太太也来蓬泰科尔维家做客;瑞秋和泰尔玛的朋友、堂姐妹的女雇主一点也不一样,瑞秋太太不是一个无所事事的人。她不是那种早上睡到十点才醒来,一起来就头疼、心情很坏的人。泰尔玛起床后,就看到她已经起来了,她正在厨房里,用一个小玻璃杯喝咖啡,已经开始安排一天的活动了。瑞秋一般会这样说:

"看来,今天我又得当一天的出租车司机了。"她说得很含糊,泰尔玛很难理解其中的意思。泰尔玛只是微笑着,不接话,也不做评论,最后泰尔玛从太太的手中,接过她正在干的活儿:一个正在清洗的盘子、一个正在冲水的杯子、一把正在装咖啡的摩卡壶。泰尔玛会接替瑞秋,做她手头上的事情,瑞秋也会自然让她做。

提到出租车司机,这可能暗示瑞秋会整天在外面,她要开车载人去城里,需要送儿子去学校,放学后去接他们,带他们去游泳,打网球,看眼科,还要去市场上买东西,去交保险,去银行,去公证人那里,或者把鞋子送到鞋匠那里。有时候,她还要去看望那个得了老年痴呆症的姑姑,有时候她会以为瑞秋是小偷,见到她后会破口大骂。但是,瑞秋在城里转的那一大圈,尤其是要为丈夫采购食物,他工作完以后,晚上回来时,家里要准备好很多好吃的。比如说,每次教授从外面出差回来,回到罗马时,瑞秋就会让泰尔玛做一个汤,还要煮肉,好像要让他恢复体力。教授呢,他希望毛巾和床单每天都换。这位教授看起来一点儿也不严厉,他特别热衷于吃,晚上他想吃好东西,假如晚上的肉太干、鹅肉肠不够有滋味、西红柿不够好吃,或者面条煮得太软……好吧,他就会当面说你。

最近一年,在泰尔玛看来,瑞秋太太的生活非常脱离正轨。这个家庭发生了什么可怕的事情,所有人都在谈论,但泰尔玛情愿不知道,她的那些朋友询问她,她也什么都不说。发生的事情,用一种始料不及的方式,彻底改变了整个家务的安排。有一天,教授藏到地下室里去了,泰尔玛不明白是他自己选择这么做的,还是被迫这么做的。她想起来,她的小村子里脑膜炎流行时,突然间,路上看不到老人和小孩,他们都躲藏在家里。

有一两次,警察来到家里,把家里翻得乱七八糟,泰尔玛感到非常害怕。有一天早上,泰尔玛整理太太房间时,发现教授的衣服都消失了。不仅仅是衣服消失了:任何和他相关的东西都不见了。发生了什么事情?教授到底做了什么?泰尔玛很难相信——那位英俊、温和的男人,不知道为什么,他总是和泰尔玛讲英语,那个男人的每个毛孔都散发着权威的气息,他的生活那么简单、那么优雅,她无法相信,他能做出什么可怕的事情。尽管泰尔玛已经习惯于不过问跟自己无关的事情,尽管她的意大利语还不够好,她还不能理解餐桌上,母亲和孩子们的对话。尽管如此,有很多次,她摆放餐具,收拾餐具时,她明白了,教授不仅仅被他们从日常生活中剔除出去了,而且也成为了他们谈话中的禁忌,这让她害怕得要死。

当水从门底下不停地流出来时,这就是为什么泰尔玛不知道该怎么办,她不知道自己是应该进去,还是应该去叫瑞秋太太,或者像其他时候,让水流去吧,不用管它。

最后,她做出了决定:她决定去找人。客厅里光秃秃的,像往年一样,从夏天开始,他们会把装饰客厅的地毯、窗帘都撤掉。现在,距离九月已经没有几天了,经过前几天的暴雨——那种暴风雨非常像她家乡的雨,现在天气凉快下来了,而且也没有那么多蚊子了。不过,很快家里就会出现很多苍蝇,还好现在家里没有虫子,家里不但没有虫子,连一个人也没有。

泰尔玛看了看花园,又去了厨房和餐厅,最后她鼓起勇气,去了家里人睡觉的地方,也就是太太、孩子们和客人的房间。假如不是风把报纸吹得到处都是,太太的房间就会和往常一样,整齐得无懈可击。

但是,旁边菲利波和撒母耳的房间就不一样了。泰尔玛打开门之前,她敲了很长时间,她总是害怕碰到他们光着身子。她最后终于决定打开门时,扑面而来的还是往常的味道,还有往常的凌乱。菲利波和撒母耳刚从英国夏令营回来,他们在那里一边学习,一边度假。瑞秋那年没去海边,而是去了她姑姑家里住了几个星期,照顾她。无论如何,瑞秋都没让孩子们丧失去夏令营的习惯。他们是昨天回来的,像往常一样,回来的时候,他们都瘦了,但是异常兴奋。他们的行李都放在地上,摊开来,塞满了脏汗衫、单只的袜子,还有变形的球鞋。有三条湿毛巾和一件浴衣搭在椅子上,还有一大堆可能是从英国买来的碟片。洗手间里的情景也是一样糟糕,就好像两个孩子在浴缸外面洗了澡,而不是在浴缸里。

这时候,泰尔玛真的感到有些绝望,她觉得自己被抛弃了。她又来到了花园,决定叫人,但是家里没有人。她有点哭哭啼啼地走下通往地下室的楼梯:她敲门,再敲门,越来越用力。忽然间,她觉得在门里什么东西动了一下,也可能是一阵风。

最后,她万分焦急,冲破了禁忌,她不停地呼唤耶稣,就好像只有上帝才能给予她力量,上帝会原谅她现在所做的事情。她试着打开门,她以为门是反锁着。

但是门开着。

房间像一个泥潭,迎面而来的气味,是泰尔玛遥远家乡,稻田的气息,是那种她熟悉的潮湿、腐烂的气息。

教授的身体在地上:面朝下,脸和胸脯都浸泡在水里,只露出一点枯瘦的背部,非常像一条潜伏的鳄鱼。

尽管最后这个比喻是我想象的,当然不是泰尔玛说的,因为当时的处境,她惟一能做的就是发出一声惊恐的尖叫,那是世界上所有的侦探小说,通常都会描述的尖叫。

泰尔玛一直在尖叫,我在想:现在莱奥没有了,这个世界是不是忽然间变得好些了。现在,错误被战胜了,伴随着那些错误的恶习、腐败、自恋、罪恶也都没有了,更别说轻浮、糊涂、不负责任的乐观,以及对好运的无条件信任。好吧,现在事情肯定会向好的方向发展。

是的,我知道,我现在是在讽刺,而且说得很平淡、很没意思。我这么说,是想让那些应该明白的人明白,因为我在生你们的气。咚!咚!你们能听见我说的话了吗?正是你们:住在楼上的三个人,你们不留情面、纯洁无辜,你们坚决站在公众道德的一边,是你们让他在楼下腐烂。这是真的,真的。我不得不说,莱奥的死用了太长时间,但是,现在他终于做到了,现在轮到你们清理现场,轮到你们付出代价了。

未完待续……①

---

① "记忆的误伤"系列小说第二部——《形影不离》一书,入选"二十一世纪年度最佳外国小说·2013"系列,已由人民文学出版社于二〇一三年十二月出版。

鸣　谢

首先需要感谢玛丽莱娜·罗斯,感谢她在诉讼知识方面的支持。

感谢卢卡·科尔德罗教授,感谢他在儿童肿瘤学方面接受本人的采访。

感谢乔瓦娜·伊奇诺和安东内罗·帕塔内,感谢他们对于那个年代的法律程序方面的建议。

最后要感谢的是西蒙内,给这部小说,还有下部小说的写作提供后勤服务,感谢萨维里奥,他一直不离不弃,跟随着我。